에프라시압
이야기

EFRÂSIYÂB'IN HIKÂYELERI
by İhsan Oktay Anar

이 도서의 국립중앙도서관 출판시도서목록(CIP)은
e-CIP 홈페이지(http://www.nl.go.kr/cip.php)에서 이용하실 수 있습니다.
(CIP제어번호: CIP2009002336)

에프라시압

Efrasiyab'in Hikâyeleri

이야기

이흐산 옥타이 아나르 장편소설
이난아 옮김

문학동네

닐센에게

지금으로부터 그리 멀지 않은 삼십 년 전, 아나톨리아 중부의 한 마을에 폼 잡는 걸로 유명한 건달이 있었다. 그는 어느 때고 일어날 수 있는 싸움을 염두에 두고 가느다란 줄무늬가 있는 군청색 양복 재킷을 어깨에 슬쩍 걸친 채 건들건들 걸으며 싸울 건수를 찾았다. 밤마다 들이켠 라크*로 항상 벌겋게 충혈된 눈으로 길 가는 사람들을 뚫어지게 쳐다보는 이 건달과 마주치면 사람들은 배가 드러나게 입은 셔츠, 목에 건 부적, 얼굴에 난 칼자국 두 군데, 조끼에 꽂고 다니는 나이프의 끝과 새끼손가락에서 번쩍이는 반지에 기겁하고 걸음아 날 살려라 하고 도망쳤다. 술집에서 친구들과 마신 라크 때문에 마음속으로 스며든 우울과 슬픔, 흥분이 눈의 모세혈관을 터뜨렸기 때문에 이 건달은 몽롱한 시선으로 앞을

---

* 터키에서 '국민 음료'라 불리는 증류주로, 주로 물에 희석해 마신다.

바라보았고, 꽉 다문 입술 사이로는 술자리에서 나누는 얘기 외에 다른 말이 나오지 않았다. 이 과묵함과 진지함은 자신의 폼 나는 건달 이미지에 손상을 주지 않기 위한 것이었다. 폼을 잡기 위해 허풍을 잘 떠는 편도 아니었기에 그는 자신의 슬픔과 자만심을 마음속에 감춰둬야만 했다. 이러한 상황은 그를 아주 신경질적인 사람으로 만들었다. 특히 술집에서 나오면서 그에게 아첨하던 친구들의 말, 그들이 전해준 자신에 대한 남들의 험담을 떠올릴 때면 그의 눈에서는 오만과 분노로 불꽃이 이는 것처럼 보일 정도였다. 하지만 그는 폼을 구기지 않기 위해 한 블록을 지날 때까지 이를 악다물고 참았다. 하지만 머릿속에서 상상을 거듭하다 더이상 참을 수 없을 때면, 결국엔 어떤 길모퉁이의 가로등 밑에서 "야……!" 하고 고함을 지르고는, 그 몽롱한 눈빛으로 어디 싸움을 걸 만한 사람은 없는지 사방을 둘러보았다. 그러나 인적이 드문 한밤중이었다. 건달은 늘 비틀거리며 집으로 돌아갔다.

아내와 첩은 문 앞에서 기다리고 있다 그를 부축해 팔걸이가 없는 긴 의자에 앉혔다. 그들은 건달이 신은 앞이 뾰족한 굽 높은 신발을 벗기고 깨끗한 흰옷도 벗긴 다음 푸른색 줄무늬 파자마를 가져왔다. 또한 그의 잇새로 속삭이듯 흘러나오는 듣기 거북한 욕설에 신경 쓰지 않고 미지근한 물이 담긴 세숫대야를 가져와 발을 씻겼다. 아침이 되면 건달은 속옷과 파자마 차림으로 밥상 앞에 앉았고, 숙취로 인한 두통에 짜증을 내며 가여운 그녀들에게 욕설을 내뱉으며 따귀를 올려붙이곤 했다. 대충 식사를 끝내고 나면 손에 염주를 들고, 라디오에서 신나는 음악이 흘러나오든 말든 엄숙한 표정을 지으며 담배 한 대를 피웠다. 정오 무렵 아내와 첩이 옷을 입혀주면 그는 껄렁껄렁 소리 나게 염주를 돌리면서 찻집으로 갔다. 그가 안으로 들어가면 찻집에 있던 사람들은 말썽에 휘말리지 않기 위해 허겁지겁 자리에서 일어나 예를 갖췄고, 찻집 주인은 그가 주문하기도 전에 설탕이 약간 들어간 커피를 물 한 잔과 함께 즉각 테이블에 대령했다. 그는 같은 동네에 사는 여러 사람들의 뒤를 봐줬는데, 물론 이도 폼을 잡기 위해서였다. 그는 때로 아저씨처럼 조언을 해주기도 했고, 만약 밥벌이도 못하고 빌빌거리는 사람이 있으면 힘깨나 쓰는 사람들에게 말해 일자리를 구해주겠노라고 말하곤 했다. 그는 진중하고, 폼 나고, 멋쟁이 아저씨라는 칭찬에 사족을 못 썼기 때문에, 그의 주위에는 아첨꾼들과 알랑거리는 사람들도 많았다. 이들은 그의 인조 실크 셔츠가 너무 멋지고 염주 돌리는 소리도 끝내준다고 치켜세우면서, 그가 일으킨 사건들을 말해달라고 간청했다. 건달은 자신이 얼마나 많은 운명의 수레바퀴를 통과했는지를 열거하면서도 자신의 이야기 가운데 일부는 뻥이라는 것을 알기 때문에, 입을 다물지 못하고 자신의 말을 듣는 사람들을 우습게 보고 무시했다. 그가 자신의 고민과 고통을 털어놓을 만큼 믿을 수 있는 사람은 이십 년 지기 친구뿐이었다. 그는 이 친구를 얼마나 믿느냐 하면, 어느 날 밤 술자리에서 거나하게 술을 마신 후 눈물을 흘리면서 오 년 전부터 발기가 되지 않는다는 걸 털어놓을 정도였다.

　어느 날 이 건달은 라크를 사러 구멍가게에 가다 문득 목덜미에 와 닿는 차가운 입김을 느꼈다. 등 뒤에서 알 수 없는 누군가가 아주 차가운 기운을 뿜어대고 있었다. 건달은 뒤돌아서서 무례한 이 사람을 혼내주기로 마음먹었다. 하지만 곁눈질로 보니 그 사람은 건장한 체격에다 키도 컸다. 그에 비해 건달의 키는 차가운 숨을 내뿜고 있는 사람의 가슴께 정도밖에 미치지 못했다. 그 사람은 마치 어떤 종단의 사제처럼 무릎까지 오는 검은색 긴 옷을 입고 있었다. 건달은 고개를 들어 그 남자의 얼굴을 쳐다볼 엄두를 내지 못했다. 그는 오스스한 전율을 느끼며 라크 값을 지불하고 가게에서 나왔다. 목덜미의 차가운 기운은 여전히 사라지지 않고 있었다. 이 느낌이 다음 날 아침까지도 사라지지 않자, 그는 메스를 잘 쓰기로 유명한 오칼르라는 별명의 할례 전문 의원을 찾아가 이 이상한 기운에 대해 설명했다. 이때껏 수백 명의 환자에게 주사를 놓고, 수천 명의 아이들을 메스로 수술해 온갖 저주의 말을 다 들어왔지만 건강에 관한 한 논쟁의 여지 없는 전문가인 이 의원은 건달의 목덜미를 검사하고는 이렇게 단정 지었다.

"자네 목덜미에 마치 노인들의 손에 핀 검버섯 같은 것이 정확히 일곱 개가 나 있네. 미안하지만 이건 내 지식과 경험으로는 알 수 없는 증상이군. 술과 담배를 줄이고, 여기저기 기웃거리며 싸움을 하지 말라는 충고밖에 할 수 없겠네. 왜냐하면 자네 목덜미에 차가운 기운을 뿜은 사람이 누구인지는 몰라도 보통 사람은 아닌 것 같으니 말이야. 게다가 만약 그가 초자연적인 능력마저 갖고 있다면 어떤 학문과 지혜를 동원해도 대항할 수 없을 것 같군. 그렇게 알고 있게나."

이 말을 들은 건달은 정확히 일주일 동안 바깥출입을 하지 않았

다. 그사이 집에 있던 라크가 바닥났다. 그래서 잠깐 구멍가게에
나간 그는 다시 목덜미에 차가운 입김을 느꼈다. 뒤를 돌아보았을
때 그는 자신이 '죽음'과 마주 보고 있다는 것을 깨달았다. 큰 키
에 검은색 긴 옷을 입은 그는 기도할 때 쓰는 새까맣고 납작한 모
자 혹은 그 비슷한 것을 머리에 쓰고 있었다. 쉰 살 정도 되어 보
였다. 검고 긴 수염에 마음속까지 꿰뚫어 보는 듯한 차가운 푸른
색 눈동자를 가지고 있었다. 다시 말해 죽음은 검은 옷을 입고, 의
중을 알 수 없는 눈길에 동화에나 나올 정도로 무서운 모습을 하
고 있었던 것이다. 그가 누구인지 알아챈 건달은 일순 가슴이 철
렁 내려앉았지만, 그동안 몸에 밴 습관이 있어, 구멍가게 주인 앞
에서 체면을 구기고 싶지 않았다. 그래서 위엄 있는 목소리와 거
친 태도로 물었다.

"왜 내 주위를 기웃거리고 있어? 나한테 무슨 볼일이라도 있나?"

죽음은 겉모습만큼이나 차갑고 굵은 목소리로 대답했다.

"네 짐작대로, 나는 죽음이다. 이승에서의 너의 기한이 다됐기
때문에 너를 데리러 왔다. 준비는 됐나?"

건달의 턱은 덜덜 떨렸고 이가 서로 딱딱 부딪쳤다. 그럼에도
그는 정신을 가다듬고 아무 일 없는 것처럼, 하지만 더듬거리며
말했다.

"하지만 난 이제 겨우 마흔세 살이야. 게다가 건강도 그렇게 나
쁘지 않아. 할 일도 아주 많이 남아 있고 말이야. 뭐, 그래, 일말의
동정심도 없이 내 목숨을 가져간다고 치자. 그럼 내 아내와 첩, 그
가련한 두 여자는 나 없이 어떻게 살지? 그리고 내가 뒤를 봐주고

있는 가련한 사람들은 나 없이 어떻게 이 세상에서 살아가지? 나
는 중요한 사람이야. 많은 사람들이 나의 도움을 기다리고 있다
고. 나를 불쌍히 여기지 않는 건 그렇다 쳐도 그 가련한 사람들에
게도 일말의 동정심이 없나? 자넨 정말 매정하기 짝이 없군!"

속수무책의 상황 앞에 순간 눈물까지 글썽거렸던 건달은 말을
끝내고 침을 꿀꺽 삼켰다. 왜냐하면 자신이 죽음에게 거의 애원하
다시피 말을 하는 바람에, 은근슬쩍 자신을 곁눈질로 쳐다보던 구
멍가게 주인 앞에서 자신의 위신이 말이 아니었기 때문이었다. 설
상가상으로, 손에 들고 있던 걸레로 진열장을 닦고 있던 주인은
마치 아무것도 보지도 듣지도 못한 척하고 있었다. 구멍가게 주인
이 찻집에 가 건달의 품위를 손상시키는 이 장면을 이야기할 게
불 보듯 뻔했다. 건달은 어깨를 쫙 펴고 고개를 앞으로 내밀며 다
시 폼을 잡아야겠다고 생각했다. 그리고 그날까지 라크를 마셔대
느라 충혈되고 몽롱한 눈으로 겁날 것 없다는 듯 죽음을 똑바로
쳐다보며 말했다.

"오해하지 마. 내가 난감한 처지에 놓였다고 해서 이렇게 말하
는 것은 아니니. 맹세하건대 자네는 자만심이 강한 것 같군. 기한
이 다되었다느니, 내 명이 끝났다느니, 목숨, 삶 이따위 것들은 다
쓸데없는 말이야. 이봐, 내 이익을 위해서 이런 말을 하는 게 아니
야. 난 단박에 사람의 영혼과 머릿속을 읽는 사람이야. 해서, 난
자네는 쓸데없는 소란 따윈 두려워하지 않는다는 걸 알아. 내 생
각에 자네는 싸움이나 겨루기를 마다하진 않을 것 같은데, 그렇지
않나? 누군가가 자네에게 도전하면 고개를 떨어뜨리고 물러나지

는 않을 텐데 안 그래?"

이렇게 말하는 건달의 충혈되고 몽롱한 눈에서 교활한 빛이 반짝였다. 건달은 자신의 말이 적의 민감한 부분을 정확하게 건드렸다고 생각해 아주 만족스러운 표정으로 손가락으로 콧수염을 비비 꽜다. 그러고는 어떤 영화에서 본 장면을 떠올리고 다음과 같은 제의를 했다.

"난 자네가 내기를 좋아한다는 걸 알고 있어. 남자 대 남자로 게임 한판 하는 게 어때? 박진감을 높이기 위해 뭘 걸고 하면 좋을 것 같은데. 만약 내가 이기면 내게 백 년의 수명을 더 줘, 어때?"

죽음은 차가운 눈을 희생자에게서 떼지 않고 대답했다.

"모두들 그렇게 말하곤 하지. 지금까지 자신이 산 세월이 충분하다고 여긴 사람은 아무도 없었다. 그래서 대부분 내게 게임을 제의했지. 물론 네 말대로 내가 게임을 좋아하는 건 사실이야. 게다가 네 말대로 내기에서 도망치는 성격도 아니고. 너의 제의를 받아들이지. 그렇다면 어떤 게임을 할까? 체스는 어때?"

그러자 마치 죽음이 수치스런 것을 입에 올렸다는 듯 건달은 얼굴을 찡그리며 말했다.

"체스? 그 허튼 게임을 뭐 하러 해! 지능이 아니라 운을 걸고 해야 남자라 할 수 있지. 찻집에서 하는 게임은 어때? 예를 들면 으뜸패 게임 말이야."

"사실 내게 그리 익숙한 게임은 아니군. 그런데 그 게임은 네 명이서 해야 하는데, 다른 사람들은 어디서 찾지? 자네가 이기면 백 년의 수명을 더 주지. 네 제의를 수락하겠다. 그런데 자네가 지면

나에겐 뭘 줄 거지?"

건달은 잠시 망설였다. 기분이 울적해진 것이다. 하지만 얼마 지나지 않아 그는 눈을 다시 반짝이며 죽음에게 대답했다.

"암, 당연히 네 명이 게임을 해야지! 내가 지면 나 그리고 나와 편먹은 사람의 목숨도 가지고 가. 그러면 자네는 꿩 먹고 알 먹는 셈이지."

물론 죽음으로서는 이 제의를 거절할 이유가 없었다. 죽음은 건달에게 편먹을 사람을 찾는 데 일곱 시간, 그러니까 자정까지 시간을 주었다. 그때까지는 아직 시간이 많이 남아 있었기 때문에 죽음은 앞으로 목숨을 거두어갈 사람들을 점검하는 등 자신의 일을 할 수 있었다. 검은 장정의 명부를 펼쳐 살펴보니, 다음 차례의 가련한 사람이 이 근처에 살고 있었다. 그는 젯잘 데데*라는 이름의 칠순 노인이었다. 이렇게 나이를 많이 먹은 사람이니 자신의 목숨을 넘기는 순간 큰 말썽을 일으키지 않을 것이다. 왜냐하면 대부분의 노인들은 어차피 자식들을 다 키우고, 성지순례도 다녀오고, 여기저기 있던 빚도 다 갚고, 수의(壽衣) 비용까지 모아둔 터라, 죽음과 맞닥뜨렸을 때 젊은이들처럼 핑계를 대지 않았기 때문이다.

해가 떨어진 직후 죽음이 젯잘 데데가 살고 있는 집의 대문을 두드리자, 한 아이가 문을 열어주었다. 노인의 손자 중 한 명인 것 같은 아이에게 죽음이 말했다.

---

* '데데'는 할아버지라는 의미.

"자, 할아버지한테 가서 빚을 받으러 왔다고 전해라."

손님의 차가운 표정에 많이 놀란 듯 아이는 곧장 거실로 달려가, 그곳에서 손자 손녀들에게 이야기를 해주고 있던 할아버지에게 이 소식을 전했다.

"할아버지! 할아버지! 이상한 남자가 왔어요. 할아버지가 그 사람한테 빚을 졌대. 근데 구멍가게 아저씨처럼은 보이지 않던데요!"

이에 할아버지가 대답했다.

"난 모든 빚을 다 갚아 목숨 외에는 빚이 남아 있지 않은데. 안으로 모셔라. 누굴까?"

아이는 단숨에 문으로 달려가 손님을 안으로 들였다. 죽음은 젯잘 데데 옆으로 와, 긴 보료 위에 책상다리를 하고 앉았다. 다섯 살에서 여덟 살 사이로 보이는 정확히 열 명의 손자 손녀는 그 이상한 외모의 손님을 주의 깊게 훑어보았다. 그 아이들이 보는 앞에서 대놓고 말하고 싶지 않았던 죽음은 노인의 귀에 대고 자신이 누구인지 속삭였고, 가련한 노인은 그 자신도 어쩔 수 없었던지 인간적인 반응을 보이며 오싹한 표정을 지었다. 젯잘 데데가 이렇게 인간으로서는 당연한 반응을 보이자, 손님이 할아버지의 귀에 아주 흥분되는 무엇인가를 속삭였다고 생각한 손자 손녀들도 무척이나 궁금해하며 할아버지에게 졸라대기 시작했다.

"할아버지! 할아버지! 저 사람이 귀에 대고 뭐라고 말했어요? 빨리 말해줘요!"

물론 이것은 아이들에게 사실대로 말할 만한 이야기가 아니었다. 그래서 노인은 대답을 피했다.

"음, 아무 말도 하지 않았단다. 별 얘기 아니었어!"

그러자 손자 손녀들이 모두 한꺼번에 할아버지의 팔과 다리에 매달려 소리치며 날뛰기 시작했다.

"아니야! 우리를 속이는 거죠? 할아버지에게 뭔가 중요한 말을 한 거 다 알아요. 그래서 할아버지가 놀랐잖아요! 봐요, 얼굴이 새하얗게 질렸다고요! 빨리 우리한테도 말해줘요!"

아이들은 마룻바닥 위에서 팔짝팔짝 뛰면서 손으로는 박자를 맞추어 모두 한 목소리로 "말해줘, 말해줘, 말해줘!" 하고 소리쳤다. 그중 몹시 흥분한 한 아이는 긴 보료 위로 올라와 펄쩍펄쩍 뛰면서, 노인의 바로 귀 밑에서 신경이 곤두설 정도로 손뼉을 치기까지 했다. 아이들은 좀처럼 포기할 것 같지 않았다. 그래서, 손님이 왔을 때 아이들에게 이야기를 해주고 있던 노인은 어차피 아이들이 자신의 상상력의 영향하에 있던 것을 감안해 거짓말을 할 수밖에 없었다.

"좋아, 말해주마. 사실은 내게 에프라시압의 보물이 있는 곳을 말해줬단다. 그래서 난 흥분했던 거란다."

이 말을 듣자마자 아이들은 깜짝 놀라 찍소리도 내지 못했다. 젯잘 데데는 장난꾸러기 손자 손녀들의 입을 다물게 했기 때문에 만족스러웠다. 하지만 상황은 아직 끝난 게 아니었다.

"에프라시압의 보물이 어디에 있대요, 할아버지?"

아이들 중 한 명이 이렇게 묻자, 노인은 마치 아주 가까운 곳에 있기라도 하듯 창밖으로 대강 아무 곳이나 가리키며 대답했다.

"저어기! 카프 산*에 있는 어떤 동굴에 숨겨져 있다는구나!"

소란이 진정되자, 노인은 이제 죽음과 함께 집을 나와 영원을 향한 여행을 나서는 데 아무런 걸림돌이 없을 거라고 생각했다. 그는 손님에게 일어나라고 신호를 보냈다. 그러고는 죽음과 함께 거실에서 나와 현관문 앞에서 신발 끈을 묶기 시작했다. 그런데 죽음이 좌우를 두리번거리기 시작했다. 자신의 신발이 보이지 않았던 것이다. 바로 그때 다섯 살 정도 되어 보이는 손녀가 어리광을 부리며 다음과 같이 말하자 상황은 분명해졌다.

　"할아버지! 우리도 데려가!"

　손님과 할아버지가 자신들을 빼놓고 에프라시압의 보물을 찾으러 간다고 생각한 아이들이 죽음의 신발을 감췄고, 이렇게 해서 노인의 영원으로의 이동을 저지했던 것이다. 젯잘 데데는 처음에는 좋은 말로 타이르다 나중에는 야단을 치며 손님의 신발을 당장 가져오라고 했지만, 아이들은 도무지 물러설 기세가 아니었다. 게다가 그때까지 아무 말도 하고 있지 않던 손자 하나는 부당한 대우라도 받은 듯 눈물을 흘리며 고래고래 소리를 질렀다.

　"우릴 속일 생각 마세요, 할아버지! 모를 줄 알아요? 저 사람과 지금 보물을 찾으러 가는 거잖아요? 우리도 데리고 가요! 그러지 않으면 저 사람 신발을 내주지 않을 거예요!"

　그러자 노인은 귀를 쫑긋 세운 채 의심스럽게 자신을 바라보는 아이들이 듣지 못하도록 죽음에게 이렇게 속삭였다.

　"내게 몇 시간만 주시오. 아이들이 잠시 후 라디오에서 나오는

---

* 터키 동화나 민담에 나오는 전설 속의 산.

옛날이야기를 듣고 잠이 들 거요. 아이들이 깊이 잠들면 집을 나와 당신 곁으로 가겠소."

그런 후 아이들에게 다음 날 아침 일찍 모두 함께 길을 나서 보물을 찾자고 말하자, 집 안이 환호성으로 쩡쩡 울렸다. 자신의 신발을 되찾은 죽음은 집에서 나와 건달과 만나기로 했던 야간 영업 찻집으로 향했다. 이렇게 해서 잠시 후 벌어질 게임에 참가할 네 번째 선수도 찾은 셈이 되었다. 약속을 지킬 것으로 보이는 젯잘 데데는 죽음과 같은 편을 먹게 될 것이다.

자정 무렵 정말로 누군가를 데리고 찻집으로 온 건달은 게임 테이블에서 자신을 기다리고 있는 죽음과 그의 맞은편에 앉아 있는 노인을 보았다. 건달은 게임을 같이할 짝으로 당연히 의형제를 맺은 이십 년 지기 친구를 선택했다. 하지만 친구에게 사실을 그대로 얘기하진 않았다. 건달은 죽음과 한판 승부를 겨룰 거라곤 꿈에도 생각 못 한 이 가련한 사람에게 어떤 멍청이와 두당 옷 한 벌을 걸고 게임을 하기로 했다고 거짓말을 했던 것이다. 건달은 옷 한 벌을 벌어볼 생각에 잔뜩 흥분한 의형제와 함께 초록색 천이 덮인 테이블에 앉은 후, 찻집 종업원에게 게임 도구를 갖다달라고 했다. 건달은 돌을 섞어서 죽 늘어놓은 후 그중에서 으뜸패를 하나 골랐다. 그러자 다른 선수들도 젯잘 데데가 나누어준 돌들을 각각 자신들의 판 위에 놓았다. 자정이 되자 게임이 시작되었다. 사실을 말하자면, 죽음에게 도전한 건달의 손에 들어온 패는 형편없었다. 시간이 흘러도 그의 손에는 좋은 패가 들어오지 않았다. 그의 얼굴은 붉으락푸르락해졌고, 뺨이 떨리고 눈과 눈썹에서는 경련이 일었다. 왜냐하면 건달은 아무것도 모르고 옷 한 벌 때문에 노름판에 앉은 의형제가 손에 든 것을 자신에게 보여주며 이기려고 애를 썼지만 성공하지 못했고, 으뜸패를 내놓지 않고 두 배의 점수를 따기 위해 네 번이나 판을 돌았다는 것을 알아챘기 때문이다. 결국 올 것이 오고야 말았다. 죽음은 하얗고 차가운 손으로 다른 선수들에게 자신의 돌을 보여주었다. 그는 게임을 연속해서 모두 이긴 것이다. 건달은 위급한 상황에 직면하게 되었다. 그는 눈과 눈썹이 경련을 일으키고 이를 딱딱 부딪치면서 의형제에게 이 중대 사안을 설명할 적당한 말을 찾고 있었다. 그런데 죽음이 그의 수고를 덜어주었다. 죽음이 건달의 의형제에게 다가가 처참한 실상을 귀에 대고 속삭이자마자, 그때까지 옷 한 벌을 벌기 위해 안간힘을 썼던 가련한 사람은 커다란 충격을 받고 자신의 인생이 거의 아무것도 아닌 것 때문에 끝장났다는 것을 알아채고는 권총을 빼들었다.

"압튤라흐만 형! 나를 형의 운명에 끌어들이다니! 이십 년 지기 의형제라고 믿었는데 내게 이런 짓을 하다니!"

그는 이렇게 비명에 가까운 고함을 지르고는 건달에게 네 발을 발사했다. 그러자 피투성이가 되어 바닥에 뒹굴던 건달도 권총을 빼들고는 몽롱한 시선으로 의형제를 바라본 후 "죽어도 살아도 우린 함께 있어야 해, 이 개자식아!" 하고 고함을 치며 총을 쐈다. 결국 바닥에는 두 구의 시체가 나뒹굴게 되었다. 찻집에 있던 사람들은 공포에 질려 시체 주위로 모여들었다. 이제 거기에서 더이상 할 일이 남아 있지 않았던 죽음은 젯잘 데데에게 머릿짓으로 밖으로 나가자는 신호를 보냈다. 곧 동틀 시간이었다.

젯잘 데데는 죽음의 뒤를 따라 어두운 골목을 걸으며, 그 시간 아무것도 모르고 쿨쿨 자고 있을 손자 손녀들을 생각했다. 어쩌면 모두들 꿈속에서 에프라시압의 보물을 보고 있을지도 몰랐다. 젯잘 데데는 아침에 자신이 없는 것을 알고 아이들이 얼마나 상심할지 떠올렸다. 목숨을 내놓는 것보다 아이들과 헤어지는 것이 더 힘들 것 같았다. 노인이 이런 생각에 빠져 있는데, 앞서 가던 죽음이 마치 그의 생각을 읽기라도 한 듯 뒤를 돌아보았다. 무슨 말인가를 하려는 듯했다. 과연 얼마 지나지 않아 죽음이 그 차갑고 단호한 목소리로 말했다.

"게임에서 내 짝이 되어준 자네에게 빚을 졌네. 그래서 그들에게 준 기회를 자네에게도 주고 싶네."

노인은 이 말을 믿는 눈치가 아니었다. 어쩌면 자신이 어떻게 감히 죽음과 한판 승부를 겨루겠냐고 생각했을 수도 있다. 노인이 대답했다.

"당신이 게임을 좋아한다는 건 알고 있소만, 난 오늘까지 이기기 위해 게임을 한 적은 한 번도 없소. 게임이 주는 즐거움 그 자체로 만족했을 뿐이오."

죽음은 답변 그 자체보다는 노인이 이런 생각을 한다는 것에 놀란 것 같았다. 한동안 서로 아무 말도 하지 않은 채 걷다 죽음이 다시 입을 열었다.

"자네가 옳아. 결국 모든 게임에서 내가 이기니까. 게임하는 사람들에게는 게임으로 인해 느끼는 즐거움이 덤이지. 하지만 대부분의 사람들은 이 사실을 몰라. 그래서 나와 내기를 하고는 지는 거지. 그들은 게임에서 잘못된 것을 원하는 셈이니까. 하지만 자네에겐 기회를 주고 싶어. 내 생각에는 이편이 더 공정할 것 같군."

젯잘 데데는 한동안 생각한 후 물었다.

"알겠소, 그런데 어떤 게임을 하지요?"

죽음이 말했다.

"게임 자체가 주는 즐거움 이외에는 그 어떤 목적, 규칙 그리고 조건이 없는 게임, 그러니까 진짜 게임을 하지. 난 자네가 손자 손녀들에게 전설이나 동화 같은 이야기를 들려주는 것을 봤기 때문에, 자넨 이미 준비가 되었다고 생각하네. 한 주제를 택해서 서로에게 이야기를 해주기로 하지. 이기기 위해서가 아니라, 단지 이야기를 하는 즐거움 자체를 위해서 말일세. 이야기 한 편당 자네에게 한 시간의 목숨을 더 허락하겠네. 어떤가?"

노인이 대답했다.

"정 그렇다면, 우리가 서로에게 해줄 이야기의 주제 두 가지는 내가 택하고 싶소. 왜냐하면 당신이 내 목숨을 손아귀에 쥐고 있으니 나보다 우위에 있다는 것은 따져볼 필요도 없으니까. 게다가 사실 난 약간 두렵소. 그러니 우리가 서로에게 해줄 이야기가 공포에 관한 것이었으면 좋겠소. 불과 얼마 전에 죽음과 알게 된 사람이 사랑 이야기를 할 상황은 아니니 말이오. 그리고 내가 마음의 준비를 할 수 있도록 당신이 먼저 이야기를 시작했으면 하오."

죽음은 노인의 조건을 받아들였다. 그런 다음 그들은 해가 뜰 때 셀람 마을을 향해 길을 나섰다. 죽음은 이 마을에서 누군가를 찾아야 하는 모양이었다. 검은 장정의 명부에 쓰여 있는 것이 맞다면, 그 사람의 이름은 우준 이흐산이었다. 그 남자가 살고 있는 곳은 꽤 멀리 떨어져 있기 때문에 그들에게는 시간이 많았다. 그들이 발걸음을 재촉하는데 언덕 너머에서 해가 떠오르면서 첫 햇살이 그들의 얼굴을 비췄다. 무슨 이유에서인지 죽음은 마치 햇살이 그 자신에게 어떤 영원한 광명의 길이라도 열어준 듯 잠시 주춤하더니 게임을 시작했다.

그가 시작한 이야기의 제목은 '화창한 날'이었다.

*

지금으로부터 그리 오래되지 않은 반세기 전, 그러니까 20세기 말엽, 아나톨리아 중부의 어떤 마을 외곽에, 교도소와 비슷한 사층짜리 거대한 석조 건물이 있었다. 건물 꼭대기에 있는 풍향계에 달린 깃발 하나가 바람에 펄럭이는 탑, 커튼이 쳐진 데다 꼭꼭 닫혀 있는 작은 창문들, 그리고 그 앞을 지나가는 사람에게 의기소침과 무상함을 불러일으키는 기념비 같은 문이 있는 이 건물은 기숙학교였다. 학생들이 이 건물에 들어오기 위해서는 문 꼭대기에 있는 독수리 동상 밑을 지나야 했다. 그 동상은 아카데미에서 공식적으로 제명된 탓에 제대로 균형 감각을 익히지 못한 조각가가 만든 것이었다. 조각가의 실수로 이 동상은 밑에 있는 사람들을 항상 흘겨보게끔 제작되어 있어 학생들을 공포에 떨게 했다. 문을 열면 끝없이 넓고 높은 천장과 지저분한 노란색 벽이 이어지는 홀이 나왔다. 이 홀의 벽에는 기숙학교의 역대 교장들 가운데 여섯 명의 사진과 두 명의 유화 초상화가 걸려 있었다. 교장들의 사진 밑에는 크기가 좀더 작은 교감들의 사진이 진열되어 있었다. 하지만 이 작은 사진 속의 사람들도 냉혹해 보이기로 치자면 교장 못지않았다. 따귀, 자, 몽둥이 따위의 무기로 오랜 세월 동안 무지와 싸웠기 때문인지는 몰라도 눈에는 분노의 불길이 활활 타오르고 있었다. 간단히 말해 이 벽에 걸린 사진 중 웃거나 미소 짓는 사람의 얼굴은 눈을 씻고 봐도 찾아볼 수 없었다. 게다가 교장이나 교감의 모습과 별반 다를 바 없이 벽은 높고, 넓고, 추하고 더러웠다. 추함에 거대함을 더하면 혐오감이 두려움으로 변한다는 것을 아는 정부는 학교를 이런 색으로 페인트칠하는 것이 적절하다고 여겼다. 어차피 두려움은 이 건물을 지배하고 있는 유일한 유령이었다. 이것만으로는 부족했던지 기숙학교의 외관도 그 지역에 사는 사람들에게 별로 친근감을 주지 않았고, 날이 어두워지면 건물 주위를 오가는 사람도 없었다. 더욱이 추운 겨울이면, 달빛 아래서 이 음침한 건물의 실루엣을 본 늑대와 들개 들은 위험을 감지한 듯 아침까지 내내 울부짖었다.

　기숙학교에 있는 삼백 명 남짓한 남학생들의 상황은 또 달랐다. 열두 살에서 열여섯 살쯤 된 이 아이들 중 일부는, 아침 무렵 꾼 악몽의 기억을 생생히 간직한 채 다시 우울한 삶을 시작하기 위해 눈을 뜨곤 했다. 학교의 규율과 규칙은 아이들의 삶을 감옥에 넣기 위해 만들어진 것이었다. 그렇기 때문에 아이들은 아침이면 불이라도 난 듯 규율에 맞게 신속히 침대를 정돈한 후 곧장 화장실로 달려갔다. 그러고는 바느질도 형편없는 싸구려 천 소재의 교복을 입자마자 삼백 명을 수용할 수 있는 식당으로 몰려가 우유, 올리브, 치즈와 빵이 나오는 아침식사로 배를 채웠다. 당번 교사가 귀청을 찢는 삑 소리를 내며 호각을 불면 식사를 끝내고, 야단법석 고함을 치고 소란을 피우면서 교실로 우르르 몰려갔다. 그러다 선생이 올 것임을 알리는 수업 시작 종소리가 복도에 울려 퍼지면 사방은 쥐 죽은 듯 고요해졌다. 가장 최악의 저주스런 순간은 바로 이때였다. 하루의 첫 수업이었기 때문에 잠이 덜 깬 상태로 까다롭고 신경질적인 선생이 손에 자를 들고 교실로 들어오면, 희생양처럼 기다리고 있던 가련한 아이들은 존경심을 표하기 위해 자리에서 후다닥 일어났다. 선생의 손에 들려 있는 자에는 물론 눈금도 있었지만, 그보다는 자 위에 쓰여 있는 '인간이 되게끔 나를 때려주오'라는 문장이 더 눈에 띄었다. 학생들이 '영웅'이라 부르는 이 기하학 도구로 선생은 주로 학생들의 키를 재거나, 잘못을 한 남학생에게 자를 보여주며 그 위에 있는 문장을 큰 소리로 읽으라고 시켰다. 가련한 아이는 결과를 뻔히 알면서도 '인간이 되게끔 나를 때려주오!'라는 문장을 큰 소리로 읽어야 했고, 선생은 마치 잘못 들은 듯 혹은 학생이 자신에게 이상한 것을 원하기라도 해서 이해하지 못하는 척, "뭐? 뭐라고? 알아듣지 못했는데!"라고 말하곤 했다. 학생이 자 위에 있는 글을 다시 읽으면, 선생은 이것을 명령으로 이해하고는 가련한 학생의 요구를 즉시 들어주었다.

특히 선생이 호주머니에서 검은 장정의 출석부를 꺼낼 때면 아이들의 얼굴에서는 순식간에 핏기가 사라졌다. 더 최악인 것은, 선생이 자신의 질문을 받고 자리에서 일어나야 할 희생자를 곧바로 선택하지 않는다는 것이었다. 그는 마치 코란을 읽듯 천천히 출석부를 넘기면서 고문의 시간을 질질 끌곤 했다. 이러는 동안 학생들의 얼굴에는 피가 몰리고, 쿵쿵 뛰는 심장은 흉골을 압박했다. 출석부를 천천히 넘길수록 앞 번호 학생들은 안도했지만, 그러다가도 선생이 갑자기 첫 페이지로 돌아가면 아이들의 가슴은 철렁 내려앉았다. 결국 복권에 당첨된 학생은 새파랗게 질린 얼굴로 칠판 앞으로 나가, 이제 신이 내리신 지혜에 의지해 머리를 쥐어짜 이리저리 굴리며 선생의 질문에 대답할 준비를 했다. 그 순간까지 숨을 멈추고 운명을 기다리던 다른 학생들에게 수업이 끝났음을 알리는 종소리는 구원의 손길이나 다름없었다. 텅 빈 복도에 종소리가 울려 퍼지면 아이들의 눈빛은 금세 반짝거렸고, 뺨에는 생기가 돌았으며, 교실은 축제 분위기가 되었다. 곧장 운동장으로 뛰어나가기도 했고, 어떤 학생들은 정신을 차리기 위해 화장실로 가 얼굴을 씻기도 했다. 구두시험에서 나쁜 점수를 받은 학생들은 자신들을 위로하는 친구들과 함께 슬픔을 떨쳐버리기 위해 망을 보면서 담배를 한 대 피우는 일도 종종 있었다. 담배는 이 기숙학교에서 정말이지 가장 귀중한 것이었다. 그것을 손에 넣기 위해서는 학교에서 몰래 빠져나가 근처 마을까지 가야 했기 때문이다. 아이들은 아무도 이 일을 혼자서 하지 않았고, 반드시 공범을 찾았다. 이것이 인간의 영혼에 있는 어떤 감정인지는 모르겠지만, 절대적인 외로움 속에서 혼자 벌받는 것은 학생들에게 죽음처럼 느껴졌고, 죄와 흥분 그리고 이것으로 인해 받을 벌을 공유하기 위해 그들은 친구들에게 애원할 수밖에 없었다. 결국 마음이 맞은 두 학생은 기회를 틈타 벽을 넘었고, 단숨에 마을로 달려가 담배 마는 종이와 가장 좋은 연초를 사서 돌아오곤 했다. 하지만 누가 담배를 피우는지는 이미 교내에 알려져 있기 때문에, 당번 교사들로 구성된 규율부는 악몽처럼 기숙사를 급습했고, 가련한 아이들은 악몽 속에서 겪은 일을 실제로 경험하게 되었다. 호주머니, 옷장, 서랍을 뒤지면서 담배라는 해로운 물질 이외에 반라 혹은 전라의 여자 사진, 카드, 주사위, 음란 서적, 연애편지가 발각돼도 마찬가지였다. 그럴 때면 텅 빈 복도는 따귀 소리와 자비를 베풀어달라고 비는 비명 섞인 맹세로 메아리쳤다.

밤에 압수한 담배, 카드, 사진들은 아침에 학교 운동장에서 불태워졌다. 연대 사열하듯 모든 반이 운동장에 집합하자, 유해한 물질과 출판물 소지죄로 잡힌 아이들은 사형수처럼 자신의 죄목이 기록된 표를 옷핀으로 가슴에 달고 친구들 앞에 섰다. 이 죄지은 아이들의 처벌은 항상 체육 선생이 담당했다. 선생은 따귀를 때리기 전에 학생의 목에 이상이 생기지 않도록 먼저 한 손으로 귀를 잡아, 따귀를 맞는 순간 머리가 돌아가지 않도록 예방했다. 바로 이때 교장이 학생들에게 훈계할 절호의 기회를 놓칠 리 없었다. 교장은 로마인 웅변가 같은 분위기로 단상으로 올라가 전장에서 고함치듯 아무 말이나 내뱉으면서 학생들에게 겁을 줬다. 이 의식은 담배와 카드 더미에 불을 붙일 때 끝이 났다. 그 아까운 담배와 쉰두 장짜리 카드 몇 벌, 에이스, 킹, 잭, 퀸 그리고 여배우의 사진들이 불길 사이에서 재가 될 때, 학생들은 연기 냄새에 밴 금지된 아름다움의 향기와 사라진 천국의 구름들을 폐로 들이마셨다. 이것으로는 충분하지 않은 듯, 학생들이 교실로 들어가면 종교 교사의 충고와 위협이 시작되었다. 그는 카드에 있는 사제들이 그들을 종교와 믿음에서 벗어나게 만들어 불신자로 만들고, 나체의 여자 사진들을 보며 자위를 계속하면 정력이 빨리 떨어지며, 담배를 피우면 불로 창조된 진*의 분노로 화를 당할 거라고 설명하곤 했다. 앞줄에 앉은 어떤 나서기 좋아하는 학생이 "선생님, 진한테 어떻게 화를 당해요?" 하고 묻자, 교사는 그 학생의 따귀를 올려붙이며 "봐라, 바로 이렇게 당한다!"라고 대답했다.

그런데 어느 날 바로 이 기숙학교에 일련의 이상한 변화들이 생기기 시작했다. 그렇지 않아도 바깥의 천국의 빛이 겨우 들어오는 작은 창문들에 두꺼운 검은색 커튼을 새로 달았던 것이다. 이것도 모자란 듯, 모든 교실에 두 개씩 달려 있던 사십 와트짜리 전구 중 하나가 뽑혀나갔고, 나머지 한 개는 이십오 와트짜리로 교체되었다. 소문에 의하면 이 변화의 이유가 새로 부임한 교장이 피린증**으로 고통을 겪고 있어 햇빛은 말할 것도 없고 전등 빛조차 그의 피부에 이상한 모양의 깊은 상처를 내기 때문이라는 것이었다. 교

---

* 코란에는 신의 피조물로 인간, 천사, 진(jinn)이 언급되고 있다. 인간은 흙에서, 천사는 빛에서, 진은 불에서 창조되었다고 한다. 진은 인간에게 해를 끼치기도 하고 복을 가져다주기도 하는 존재이며, 우리나라의 도깨비와 비슷한 성격을 가지고 있다. 악마와는 다른 존재이다.
** 혈색소의 대사 이상으로 피와 소변에 과량의 포르피린(헤모글로빈의 금속을 제거한 화합물)이 생기는 질환.

장을 처음 본 학생들은 너무나 놀라 입술이 부르틀 정도였다. 햇빛을 전혀 쐬지 않은 탓에 그의 혈색은 잿빛이었고, 병 때문인지 몰라도 잇몸이 위로 올라가 있었다. 그는 검은색 옷을 입고 있었는데 빛과의 접촉을 피하기 위해서인지 몰라도 손에는 검은 장갑을 끼고 있었다. 이러한 차림새 때문에 학생들은 그에게 '백작'이라는 별명을 붙였다. 새 교장은 식당에서 다른 선생들처럼 학생이 먹는 음식을 먹지 않고, 요리사에게 비장 요리를 주문했다. 이는 아마도 빛에 노출되면 피부에 생기는 상처에서 흘러나오는 피를 보충하기 위해서일 수도 있었다.

어느 날 점심식사 전에, 친구들이 일부러 내민 발에 걸린 한 남학생이 중심을 잡으려다 검은 커튼 중 하나를 잡는 바람에 커튼이 달려 있던 막대가 떨어져버린 사건이 있었다. 이렇게 해서 안으로 들어온 햇빛이 백작의 얼굴에 닿자마자 그는 비명을 지르며 바닥에 엎드렸다. 학생들은 백작의 얼굴에 생긴 상처와 잇몸에서 피가 철철 흘러내리는 것을 보고는 공포에 휩싸였다. 출혈은 이틀 동안 멈추지 않았다. 양호 선생은 그에게 피를 만들어주는 식품인 비장, 말린 포도, 포도 시럽, 적포도주를 권했다. 그 사건의 원인을 제공한 학생은 중벌을 받았다. 이러한 상황이 재발하는 걸 막기 위해서인지 교장은 이 기숙학교에 자신과 함께 부임했고, 무엇으로 보나 친한 친구임이 확실한 미술 선생을 빛 감독자로 임명했다. 미술 선생은 방, 교실, 식당, 그러니까 모든 곳에 백작보다 먼저 들어가 문과 창문에서 빛이 새어 들어오는지를 점검했다.

이 미술 선생이 전에 근무했던 학교에 다니는 어떤 학생이 좋은 일을 한답시고 이 기숙학교에 있는 친구에게 쓴 편지 내용이 사실이라면, 교장의 친구인 화가는 손이 매운 사람이었다. 그의 별명은 '귀머거리'였다. 미술 선생으로서 예민한 영혼을 가진 이 남자는 진분홍색을 혐오했기 때문에 학생들에게 이 색을 사용하지 못하게 했다. 하지만 반항기가 다분한 학생들 중 한 명이 이 금기를 위반한 적이 있었다. 그 학생의 그림을 본 선생은 화가 머리끝까지 치밀어올라 학생의 따귀를 갈겼다. 그런데 학생도 이에 지지 않고 손에 온 힘을 실어 스승의 귀를 강타했다. 바로 그날 이후 선생의 왼쪽 귀는 거의 들리지 않게 되었고, 별명이 '귀머거리'가 되었던 것이다. 이 별명은 기숙학교에 삽시간에 퍼졌다. 미술 선생은 기숙사에서 자고 있는 학생, 화장실에서 담배를 피우는 학생, 쉬는 시간에 떠드는 학생, 식당에서 밥을 먹는 학생들이 기회가 있을 때마다 자신을 과거의 별명으로 부르고, 자신이 별명이 마치 전과 기록처럼 학생들의 비공식적인 기록에 올라갔다는 것을 곧 알게 되었다. 그는 정말로 주먹이 셌지만 몸은 삐삐 마르고 키가 작았다. 피부는 창백하고 주름이 많았다. 사십대라는 징후로 눈두덩이 살이 처져 눈꺼풀을 덮고 있었다. 의미심장하고 심오한 그의 눈빛은 그가 정말로 예술가의 혼을 가지고 있으며, 회화 예술이 그에게 많은 것을 의미한다는 것을 보여주고 있었다. 오로지 예술을 통해 이상적인 아름다움을 아는 것은 마치 추한 것을 다른 사람들보다 더 쉽게 식별하고, 그 추한 것을 볼 수 있는 눈을 가지게 된 것이나 다름없었다. 그에게는 아름다움을 만끽할 정도는 아니지만 그것을 식별할 정도의 재능이 있었기 때문에, 추함 그리고 이로 인해 느끼는 고통, 혐오, 추함에 대한 무시는 귀머거리의 삶의 기본이 되었다. 그는 그 추함으로 가득한 세계와는 반대되는, 자신이 선망하는 천재 화가들의 그림에서 아름다움을 발견했다. 하지만 이 화가들이 자신이 추하다고 생각하는 세계에서 찾아낸 아름다움을 도무지 이해할 수 없었다. 이러한 의미에서 그는 신이 인간에게 가르쳐준 선(善)은 알지만, 그 선을 만끽하는 대신 다른 사람들을 악인으로 치부하고 비난하는 도덕주의자 같은 사람이었다. 간단히 말해 아름다움은 이 남자의 내면에 도무지 들어가 있지 않았던 것이다. 사실 그는 아름다움을 사랑했지만, 그것에 도달하지는 못했다. 도달하면 즐겁고, 도달하지 못하면 절망인 것이 사랑이라는 말이 맞는 것 같기도 하다.

예술과 도덕적인 가치에 수백 년 동안 도무지 이르지 못했기 때문에 이것들을 위해 평생을 바치는 것을 바보짓으로 보고, 아름다움을 창조하는 대신 그것을 돈, 폭력 혹은 간교함으로 손에 넣는 것을 미덕으로 여기는 사람들이 사는 나라의 학교에서, 미술 과목은 중요하게 여겨지지도 않을뿐더러, 수업 역시 별로 진지하게 받아들여지지 않았다. 실제로 남학생들이 가장 많이 두려워하는 수업은 수학, 물리 그리고 화학이었다. 이 과목을 가르치는 선생들의 거만함은 하늘을 찔렀고, 얼마나 거드름을 피우는지 그 근처에 얼씬하기도 힘들었다. 이러한 이유로 그들이 때리는 따귀마저 학생들에게는 의미가 있었다. 수학이나 물리를 가르치는 것은 견실하고, 당당하고, 현실적인 사람들이 선호하는 직업이었다. 반면에 미술 교사직은 무익한 활동, 자수를 놓는 것처럼 여자들이 하는 쓸모없는 일, 환상을 꿈꾸는 건달들의 직업이었다. 실상 귀머거리가 그날까지 보고 알았던 거의 모든 사람들은, 계산하는 일은 남자에게, 아름다움과 그것을 창조하는 일은 여자에게 어울리는 것이라고 했으며, 두번째 것을 무시할 뿐만 아니라 그것을 더럽히고 손상시키는 것도 바람직한 일로 여겼다. 힘에 대한 열망 때문인지는 몰라도 인간이 도달하는 유일한 지점은 남성다움과 그것을 사용하는 가장 거친 방법인 폭력일 것이다. 이 폭력의 가장 노골적인 형태는 아름다운 것, 어쩌면 여성적인 것을 손상시키는 것이나 더럽히는 일일 것이며, 이는 물론 인간에게 힘이 있다는 감정을 불러일으킨다. 이 모든 것을 잘 알고 있는 귀머거리가 한 번도 결혼을 하지 않은 것은, 그 자신에게 여자가 필요하지 않을 정도로 백작, 즉 새로 부임한 교장의 남성다움이 넘치는 스타일을 좋아했기 때문일 것이다. 이 경우 폭력이 지향하는 것은 아름다움이 아닌 추함이었다.

귀머거리는 학생들에게 현실이 아니라 아름다움을 선사하는 예언자 같은 분위기로 교실로 들어와 원근법, 인체의 비율, 기본색과 이 기본색에서 파생된 색들에 대해 마치 이승에 대한 비밀을 말해주듯 학생들에게 설명하곤 했다. 예를 들면 황금 비율을 설명할 때 흥분이 극에 달해 말로 설명할 수 없는 황홀경에 이른 순간, 단어는 마치 그가 아니라 다른 존재에 속한 것인 양 입술에서 흘러나오고, 눈동자는 설명할 수 없을 정도로 커지고, 시선은 허공을, 어쩌면 자신 내면에 있는 어떤 곳으로 향하곤 했다. 이 순간 학생들은 너무나 놀라 킥킥대며 매를 맞지 않기 위해 입술을 깨물었지만, 이미 신경이 바이올린 현처럼 팽팽해진 몇 명의 아이는 이를 제어하지 못했다. 킥킥대는 소리 때문에 현실 세계로 돌아온 귀머거리는 아이들의 무례한 태도 앞에서 피가 머리로 솟구쳤고, 분노로 끓어오르는 선생의 눈동자를 본 아이들의 얼굴에서는 핏기가 사라졌다. 조금 전 예술의 예언자의 의미심장한 말들이 메아리치던 교실에서는 이제 따귀 때리는 소리와 고통의 신음 소리가 들려왔다. 아름다움, 섬세함 그리고 우아함을 담은 분노는 진정 마법적이고 눈부셨다. 선생은 멋들어지게 따귀를 올려붙이고, 정강이를 걷어찼다. 특히 귀머거리는 아이들이 그린 그림에 점수를 줄 때 더욱더 우아했다. 색의 하모니를 이루어내지 못한 아이들의 한쪽 귀를 죔쇠처럼 꽉 잡은 후, 이 사이로 "네게 '하모니'가 뭔지 가르쳐 주마" 하고 속삭였다. 이 말을 한 후, 대위법*을 적용하려는 의미에서였는지 가련한 학생의 다른 쪽 귀도 잡았다. 그러면 가련한 학생은 양쪽 귀로 고통의 심포니를 들었다. 이 보편적 음악의 코다**는 무릎으로 학생의 꼬리뼈에 가하는 타격으로 끝나곤 했다.

귀머거리는 아이들이 우아함, 아름다움 그리고 예술을 이해하지 못했기 때문에 그들을 혐오했다. 그런데 기숙학교에서 임무를 시작한 지 열흘이 채 되기 전, 그 아이들 중 한 명이 그의 눈길을 끌었다. 아직 일학년인 이 아이는 그림에 뛰어난 재능이 있었다.

---

* 둘 이상의 독립된 선율이나 성부를 동시에 결합시켜 곡을 만드는 복음악(複音樂)의 작곡법. 크게 선적 대위법과 화성적 대위법으로 나뉜다.
** 음악 용어로 '종결부'라는 의미.

값싼 수채화 붓을 대가의 경지에 이른 일흔 살의 중국인 수묵화가처럼 노련하게 사용했고, 종이 위에서 유연하고 우아한 춤을 추면서 걸작을 만들어냈던 것이다. 아이는 수학과 화학 과목에서는 재능을 보이지 않았기 때문에 한 번도 칭찬을 받은 적이 없었지만, 항상 미소 짓고 있는 것으로 봐서 그다지 불만은 없는 것 같았다. 아이는 정말이지 마냥 미소를 짓고 있었다. 귀머거리는 수업 시간에 그 아이를 처음 보았을 때 "뭐 좋은 일이라도 있냐! 삶아놓은 양머리처럼 쪼개고 있게?" 하고 소리 질렀다. 그러자 아이들이 "선생님, 쟤는 항상 웃어요. 얼굴이 원래 그래요"라고 대답했다. 기껏해야 열세 살 정도 먹어 보이는 이 아이의 이름은 보라 메테였다. 하지만 혈색이 좋고 뺨이 붉어서 아이들은 그 아이를 '알야낙'*이라고 불렀다. 그림을 그릴 때 입가의 미소는 더 깊어지고, 얼굴은 분홍색으로 변한 것으로 보아 이 아이는 이 일에서 아주 커다란 희열을 느끼는 것이 분명했다. 며칠 동안 아이를 주시하던 귀머거리는 그 아이에게 있어 유일하게 부족한 것은 회화 예술을 진지하게 받아들이지 않는 거라고 결론 내렸다. 이 예술은 진지함을 요구한다. 왜냐하면 그가 책에서 보았던 모든 천재 화가들은, 별로 재능 없는 화가들이 그들의 초상화를 그렸다 해도, 얼굴 표정이 부루퉁하거나 엄격한 모습을 하고 있었기 때문이다. 결국 귀머거리는 붉은 뺨을 한 아이가 장차 자신처럼 성공할 거라고 생각했다. 하지만 그것은 오산이었다. 그 반 아이들에게 내주었던 풍

---

* '붉은 뺨'이라는 의미.

경화 숙제를 거두고 있을 때 그 아이의 그림을 보고는 자신의 실수를 알게 된 것이다. 이 미소 짓는 아이는, 뭐랄까, 간단히 말하면 천재였던 것이다. 미술 선생은 그날 저녁 백작의 방으로 갔다. 방 안에는 촛불만 켜져 있었다. 새 교장의 방 안에는 귀머거리가 그린 유화들이 걸려 있었다. 그 그림들은 대부분 자신의 귀를 잘라 매춘부에게 선물한 그 유명한 화가의 그림에서처럼 환한 태양이 있는 들판의 풍경을 담고 있었다. 정말 모든 그림에 해가 있었다. 하지만 사실을 말하자면 이 황연(黃鉛)의 태양은 무척 칙칙해 보였다. 왜냐하면 귀머거리는 화려한 색을 사용하는 것을 유치하다고 여기고 있었기 때문이다. 마치 연금술사처럼 팔레트 위에서 까다롭고 세심하게 색감을 계산하고 회화 기법의 모든 기교를 사용했음에도 자신의 그림이 왜 멋지지 않은지 그는 늘 의아해했다. 그것은 무척 슬픈 일이었다. 왜냐하면 그는 절대로 해 아래로는 나가지 못하는 백작에게 그림으로나마 햇살을 선물하기 위해 그림에 인생을 바쳤기 때문이다. 자연이 창조한 다른 색들도 있었지만, 귀머거리의 그림에 있는 태양 그리고 그것이 환하게 밝힌 밀밭은 밀랍 노란색 이상의 것이 되지 못했다. 간단히 말해, 이 진지한 화가는 오로지 발가벗었을 때 아름다운 자연에게 색채 예술의 섬세함에 더럽혀진 옷을 입혀, 누드 대신 정물화를 그렸던 것이다. 팔레트와 캔버스 위에서 그가 태양의 색에 도무지 이르지 못한 것은, 진지하지만 흐릿한 색들에 대한 의미 없는 동정 때문인 것 같았다. 결국 열렬한 사랑으로 불타는 미술 선생의 칙칙한 그림들은 백작의 눈에 별로 들어오지 않았다. 그를 흥분시키지도 기뺨으로 숨 막히게 하지도 못했다. 게다가 백작은 상처 때문에 이틀 동안 침대에서 나오지 못하고 있었다. 출혈이 너무 심해 포도시럽, 말린 포도, 적포도주처럼 피를 만들어주는 음식들도 별 도움이 되지 않았다. 이러한 상황은 물론 귀머거리에게는 너무나 슬픈 일이었다. 어느 날 밤, 귀머거리는 백작의 머리맡에 있는 축음기를 켜고 〈이카로스의 비상〉이라는 음반을 틀었다. 그는 사랑하는 사람의 머리를 쓰다듬은 후 "걱정하지 마, 곧 태양을 볼 수 있을 거야" 하고 중얼거렸다.

다음 날, 학생들이 저녁식사를 채 마치기 전에 반장이 알야낙에게 교장실로 가보라고 말하자 친구들은 흠칫했다. 분명 좋은 일은 아닐 것이었기 때문이다. 얼굴에 항상 미소를 머금고 있던 아이는 표정 하나 변하지 않고 교장실로 향했다. 그런데 이상하게도 교장이 앉아 있어야 할 자리에 귀머거리가 앉아 있었다. 아이는 서서 기다렸다. 귀머거리는 왜 불려왔는지 모르는 아이에게 한동안 아무 말도 하지 않았다. 불확실한 상황은 두려움을 불러일으킨다. 이 정적은 물론 아이에게 자신의 권위를 느끼게 해주기 위한 것이었다. 하지만 아이는 귀머거리가 말하지 않는 것에 만족한다는 듯 계속 미소를 짓고 있었다. 이러한 상황에 도리어 놀란 것은 귀머거리였다. 귀머거리는 약간은 마음속의 어두운 감정 때문에 말을 더듬으며 알야낙에게 말했다.

"넌 그림에 재능이 있더구나. 그래서 네게 좀 신경을 쓰기로 했다. 일단 이걸 알아야 한다. 재능은 노력하지 않는 한 아무것도 아니다. 그러니까 앞으로는 더 열심히 노력해야 한다. 봐라, 이것은 이제 네 거다."

귀머거리는 테이블 위에 있는 나무 상자를 열었다. 팔레트, 물 감, 천 조각, 아마인유, 팔레트 나이프, 붓과 멋진 유화물감 세트 였다. 알야낙의 눈이 반짝였다. 얼굴의 미소가 조금 전보다 더 환 해진 듯했다. 귀머거리는 그에게 휴대용 이젤도 주었다. 이 모든 것을 준 남자가 아이에게 원하는 유일한 것은 모든 일을 제쳐두고 그림만 그리는 것이었다. 더 기쁜 것은 그가 화창한 날에는 수업 에 들어가는 걸 면제받았다는 것이었다. 귀머거리는 지금 내리고 있는 비가 그쳐 날씨가 개면 이젤과 그림 도구를 들고 곧장 들판 으로 나가 해가 있는 풍경을 그리라고 조건을 달았던 것이다. 아 이는 그저 고마울 따름이었다. 아이는 좋아라 날뛰며 기숙사로 돌 아갔다. 그러고는 그림 도구를 서랍에 넣었다. 무슨 일이 있었는 지 말했지만 아이들은 믿지 않았다. 하지만 그 아이는 수업에 들 어가지 않아도 된다는 것보다도 마음껏 그림을 그릴 수 있다는 것 에 더 기뻐했다. 밤에 친구들이 자고 있을 때에도 아이는 너무나 흥분한 나머지 잠을 이루지 못했다. 신의 은총으로 내일 아침 날 씨가 화창하다면 얼마나 좋을까! 하지만 동이 틀 무렵 아이는 하 늘에서 검은 비구름을 보았다. 아이는 침울한 마음으로 아침을 먹 었다. 수업에 들어가려고 하는데 반장이 아이에게 교장실에서 다 시 부른다고 알려주었다. 아이는 흥분하여 교장실로 뛰어갔다. 어 쩌면 날씨가 흐린 날에도 정물화 같은 걸 그리라고 할 수도 있었 기 때문이었다. 교장실로 들어갔을 때 아이는 흠칫 놀랐다. 귀머 거리 옆에 끔찍하게 하얀 얼굴에 잇몸이 위로 올라간 백작이 앉아 있었다. 귀머거리가 말을 꺼냈다.

"이번에는 그림을 그리라고 부른 게 아니다. 너도 알다시피 교장 선생님이 편찮으시다. 그래서 피가 필요해. 너는 아주 튼튼하고, 혈색이 좋은 아이야. 우리가 네게 베푼 선행에 대한 보답으로 네 피를 좀 줄 수 있겠지?"

귀머거리는 아이가 이 일을 수락하지 않을 이유가 없다는 듯 턱으로 긴 의자를 가리켰다. 삶에서 보았던 추함이 그의 마음에 낳은 혐오를 자연스럽게 받아들인 탓에 악과 무자비를 삶의 기본 요소로 보게 된 남자는, 마치 정당한 복수를 하듯 거침없이 아이의 팔을 걷었다. 그는 서랍을 열고, 입구에 가느다란 호스가 묶여 있는 병을 꺼냈다. 그러고는 가련한 아이의 팔에 고무줄을 꽉 묶은 후, 튀어나온 혈관 중 하나에 호스 끝에 달린 바늘을 찔렀다. 병은 동맥에서 뿜어져나오는 피로 차오르기 시작했다. 자신의 피를 본 아이는 숨이 막힐 것 같았다. 병을 손에 쥐고 피가 가득 차기를 기다리는 선생의 단호함과 태연함에 아이는 너무 놀란 나머지 아무 말도 할 수 없었다. 어쨌든 이것은 선생이 분명히 나쁜 짓을 하고 있는 게 아닌 것으로 비쳐야 했다. 잠시 후, 병이 피로 가득 차자 귀머거리는 바늘을 뽑았다. 그러고는 아이에게 안정을 취할 틈도 주지 않고 가도 좋다고 말했다. 아이는 어지러웠다. 수업 시간에는 귀가 웅웅 울렸다. 점심을 먹으려고 앉았을 때, 아이는 교사 전용 식탁의 한가운데에서 백작을 보았다. 귀머거리는 적포도주 병을 들고 백작의 잔에 음료를 따르고 있었다. 붉은 뺨을 한 아이는 속으로 '내 피를 마시고 있어' 하고 생각했다. 백작은 크리스털 잔을 들어 한 모금 마신 후 혀를 쩝쩝거리며 입 안에서 굴려 맛을 본후, 그 맛과 향을 충분히 느끼기 위해 코로 숨을 내쉬었다. 온통입 안을 채운 맛을 깊이 음미하고 있었던지 눈은 허공에 고정되어있었고, 시선은 내면을 향하고 있었다.

불행히도 다음 날도 날씨는 개지 않았다. 게다가 앞으로 정확히일주일간 쏟아질 비가 그날부터 내리기 시작했다. 곧 겨울이 다가올 것이었기에 그리 놀랄 일은 아니었다. 기숙학교 교정에 있는나무의 앙상한 가지들이 무덤에서 편히 잠들지 못한 주검의 바짝마른 손처럼 검은 구름으로 덮인 하늘을 향해 뻗어 있었다. 비를동반한 강풍에 학교 창문의 나무 덧문들이 삐걱거리며 부딪쳤고, 한밤중의 번개가 두려움에 사로잡힌 침대 속 가련한 아이들의 얼굴을 비췄다. 아직 현실감각이 완전히 무르익지 않은 이 나이 때학생들에게 이런 자연현상은 혼을 쏙 빼놓을 정도로 무서운 것이었다. 천둥이 쳐 텅 빈 복도가 엄청난 소음으로 신음하면 침대에누운 아이들 모두는 기도문을 읊조리며 담요에 더 꼭 매달리며 어서 아침이 오길 손꼽아 기다렸다. 비, 폭풍, 번개, 천둥소리와 자연의 모든 힘은 마치 서로 짜기라도 한 듯, 어둠 속에서 추한 괴물과 귀신들을 만드는 상상력의 효소를 쉽사리 부풀릴 수 있는 슬픔, 음울, 근심, 공포로 가득한 시커멓고 끈적끈적한 안개를 사방에 내뿜고 있었다. 아이들의 머릿속에는 할아버지, 할머니에게서들은 귀신, 정령과 요정 이야기가 하나 둘 떠올랐고, 제아무리 꼭꼭 담요로 감싸고 있어도 이 유령들 중 하나가 덥석 발을 잡을 것만 같아 겁을 잔뜩 먹고 있었다. 다른 곳에 비하면 침대는 상대적으로 안전한 곳이었다. 가령 그 한밤중에 어두운 복도를 지나 화장실에 가는 것은 죽는 일만큼이나 싫은 일이었다. 화장실에 가고 싶어 몸을 비비 꼬고 있는 아이들은 어른들 말을 듣지 않고 밤에 차를 많이 마신 것을 후회했다. 괘종시계가 정확히 자정을 알리는 순간, 엄청난 천둥소리와 번개가 치는 무시무시한 날씨에, 더이상 생리현상을 참을 수 없었던 운 나쁜 아이는 이제 신에게 자신을 맡기는 수밖에 없었다. 아이는 마지못해 이층침대에서 내려와 조금 전까지 두꺼운 담요 속에서 누렸던 안전함에서 벗어나 어둠 속에서 손을 더듬으며 먼저 책상을 찾으려고 했다. 책상 위에 있는 성냥을 찾아 촛불을 켜는 데 성공했을 때는 최소한 기도문 두 소절을 다 읊은 후였다. 복도로 나가 흔들리는 촛불이 벽에 걸려 있는 교장들의 얼굴을 밝혔을 때, 이 운 나쁜 아이의 심장은 당장이라도 멈출 것 같았고 안색은 새하얗게 질렸다. 아이는 위험하고 소름 돋는 이 화장실 여행을 하는 동안 뒤에 누군가가 있다는 상상에 사로잡혔다. 하지만 뒤를 돌아보았다간 진짜로 무서운 장면을 보게 될 것 같아 고개를 돌리진 않았다. 가장 커다란 재앙은 촛불이 꺼지는 것이었다. 몇 번쯤 촛불을 다시 켜려고 할 때, 재수 없게 번개가 쳐 아주 잠깐 동안 복도와 그 위의 것들을 환히 밝힌 순간 아이는 꼭 누군가를 본 것 같았다. 만일 거기에 우르릉 쾅 하고 천둥까지 쳤다면 너무 놀란 나머지 아이는 입술이 부르텄을지도 모른다. 화장실에 도착해 허리춤을 풀고 일을 볼 때는 연신 좌우를 살펴보았다. 이제 볼일을 보았으니 시원한 기분으로 기숙사로 되돌아가야 했다. 천둥, 빗소리, 폭풍우 그리고 나무 덧문의 삐

격거리는 소리로 가득한 그 복도를 운명에 순응하는 마음으로 빠른 걸음으로 지나 방에 도착하면 마침내 아이는 두려움에서 해방되는 것이다. 그러나 아직 긴장을 풀 순 없었다. 날듯이 이층침대로 올라가는 순간 귀신 하나가 덥석 그의 발을 잡을지도 모르기 때문이다. 학생이 담요를 귀까지 끌어올렸을 때에야 이 오디세우스의 여행은 겨우 끝이 나는 것이다.

이러한 나날이 계속되던 어느 날, 실증 학문을 공부하고 있어 유령이나 귀신 같은 초자연적 창조물들의 존재를 별로 믿고 싶어 하지 않는 어떤 무모한 학생이 과학 교육에 공헌하기 위해 자신이 근거 없는 두려움을 이겨내고 한밤중에 고요한 복도에서 혼자 한 바퀴 돌아다니겠다며 코란에 손을 얹고 맹세했다. 그러고는 건전지로 작동하는 손전등 하나를 준비했다. 괘종시계가 자정을 알리기 시작하자, 이 아이는 촐랑대며 이층침대에서 내려와 장차 자신의 영웅 행각에 증인이 될 친구들을 깨웠다. 예상했던 것처럼 번개가 치고 천둥소리가 들려왔으며, 비도 세차게 내렸고, 이것으로도 모자라 지붕 어딘가에서 부엉이 우는 소리도 들렸다. 아이는 카드 한 질을 걸고 내기를 한 친구들에게 말했던 대로, 복도와 계단들을 지나 그 빗속에서 교정으로 나가 기숙사 창문을 향해 손전등을 깜박여 임무를 완수했음을 친구들에게 증명할 예정이었다. 이 대담한 학생은 소리를 내지 않기 위해 맨발로 복도를 걷기 시작했다. 계단이 상대적으로 밝다는 것을 알고는 손전등을 끄고 일층으로 내려갔다. 드디어 직원 전용 문을 통해 교정으로 나가 빗속을 걸어가 기숙사 창문에서 자신을 구경하는 친구들에게 손전등으로 신호를 보냈다. 임무를 완수한 아이는 거의 뛸 듯이 문을 향해 걸어가 기숙사 건물 안으로 들어갔다. 그리고 손전등을 막 켜려고 하는데 저쪽 복도의 끝에서 나타난 가늘고 긴 어떤 시커먼 실루엣을 보고는 심장이 멎는 듯한 느낌을 받았다. 아이는 재빨리 구석에 몸을 숨겼다. 심장이 쿵쿵 뛰었지만 가만히 기다렸다. 그런데 이상한 일이었다. 실루엣은 그를 향해 다가오고 있었는데 발소리가 들리지 않았던 것이다. 이 상황을 이해하지 못한 학생은 구석에서 머리를 내밀고 그가 오는 쪽을 보는 순간 공포에 질리고 말았다. 피투성이의 잇몸과 새하얀 얼굴, 검은 옷을 입은 괴물이 비현실적인 모습으로, 날아가듯 저학년 기숙사로 향하고 있었던 것이다. 소름이 돋은 아이는 소리쳐 도움을 요청하고 싶었지만 목소리는 나오지 않았고, 다리가 풀려 그 자리에서 주저앉고 말았다. 잠시 후 정신을 가다듬은 아이는 우선 도움을 요청할 수 있는 곳으로 가야겠다고 생각했다. 일학년들이 머무는 기숙사로 가 모두를 깨울 참이었다. 아이는 단숨에 기숙사 문 앞으로 갔다. 문은 반쯤 열려 있었다. 아이가 막 그 안을 들여다보려고 하는 순간 번개가 쳤다. 그 바람에 아이는 붉은 뺨을 한 아이의 목 쪽으로 몸을 숙이고, 동맥에 꽂은 바늘 달린 관을 통해 가련한 아이의 피를 게걸스레 빨고 있는 괴물을 다시 보고 말았다. 정신이 나가버린 아이는 미친 듯이 계단을 뛰어올라 단숨에 위층 복도를 지나 기숙사로 돌아왔고, 아이의 친구들은 그 아이의 머리카락이 새하얗게 변해버린 것을 보았다. 새 머리카락 색깔 때문에 친구들 사이에서 이제 '데데'라는 별명으로 불릴 이 학생은 그의 용기와 대담함을 모두에게 증명했기 때문에 내기에서 이겼고, 쉰두 장짜리 카드 한 질의 주인이 되었다. 두려움으로 벌벌 떨었던 것은 사실이지만, 친구들로부터 카드 한 질을 받은 그 순간은 그 아이의 인생에 있어 전환점이 되었다. 왜냐하면 지나치게 반항적인 기질 때문에 퇴학을 당한 뒤 몇 년 후, 아이는 이 카드로 놀음판에서 네 개 도시의 상인들의 돈을 따, 가게 하나를 여는 데 필요한 자금을 손에 넣었던 것이다.

일주일 후 어느 날 밤, 갑자기 폭풍우가 그쳤다. 일출을 몇 시간 앞두고 시커먼 거인 같은 구름이 걷히고, 며칠 동안 계속된 비로 흠뻑 젖은 땅에 이번에는 작고 고요한 폭포에서 흐르는 은빛 시냇물처럼 차가운 달빛이 쏟아지기 시작했다. 얼마 전까지 윙윙 울부짖던 폭풍우 대신, 나뭇가지에서 떨어지는 물방울 소리, 멀리 계곡에서 메아리치는 자칼의 울부짖는 소리, 밤새들의 날갯짓 소리가 들렸다. 아침 무렵 동쪽 하늘이 서서히 붉은빛으로 물들자 둥지에서 깨어난 새들이 한꺼번에 지저귀기 시작했다. 이 모든 것은 물론 며칠 동안 이어진 악몽 같은 잠에서 깨어난 자연이 동쪽에서 오는 왕, 태양을 맞이하는 준비였다. 이 어둡고 음침한 세계는 드디어 동쪽 지평선에서 미소를 지어 보냈던 것이다. 헤엄치고, 날고, 걷고, 고통받고, 기뻐하고 죽음을 기다리던 모든 창조물이 기다렸던 메시아는 이제 왔고, 삶을 소생시키는 빛으로 자연을 어루만져 깨웠고, 슬픔과 우울을 쫓아내고 기쁨과 흥분을 퍼트렸고, 장님들의 눈을 뜨게 해 병을 치유했다. 빛과 행복의 통치권이 이렇게 해서 시작되자, 노래를 통해 이 메시아의 광휘와 장엄함을

44

알리도록 자연의 여신은 모든 새들을 하늘로 날려 보냈다. 하루 전만 해도 지상에 악몽 같은 비를 퍼부었던 먹구름들로 가득했던 하늘이 이제는 청명하게 개어 새들도 날아다니고 있었다. 이렇게 은총을 받은 태양은 높은 곳으로 떠올랐고, 결국 하늘의 맨 꼭대기에 세상의 영광과 장엄함의 도장을 찍었다. 죽음과 어둠의 마지막 파편인 그림자들이 빛의 지배로 작아지고 작아지다 결국에 사라진 이 순간은 어쩌면 일시적인 불멸이 존재했던 순간이었을 것이다. 그렇다. 이것은 우상숭배자들의 천국이었다. 태양이 뜨는 나날은 세상에서 현실이 아니라 아름다움을 찾는 사람들의 축제일이었다. 이 축제는 사흘간 지속되었다. 화창한 사흘이 끝나던 날 저녁 무렵, 다시 비가 억수같이 퍼붓기 시작했다.

아침이 되었을 때 친구들은 붉은 뺨의 아이를 깨워보려고 애썼다. 그러나 아이는 열흘 동안 밤마다 피를 빨려 이미 죽어 있었다. 얼굴은 새하얬지만 여전히 미소 짓고 있었다. 당번 교사와 교감 선생이 와 기록을 했다. 사인은 식욕부진과 빈혈로 인한 기력 저하였다. 소식을 듣자마자 흥분해서 기숙사로 달려온 귀머거리가 아이의 서랍을 점검하다 자신이 찾고 있는 것을 발견했다. 아이가 해가 뜬 사흘 동안 그린 그림이 그곳에 있었다. 귀머거리는 마치 마법에 걸린 것 같았다. 그는 자신이 절대 가지지 못했고 가질 수도 없을 어떤 재능의 산물을 보고 있었던 것이다. 이것은 단순한 기법의 구현이 아니라 아름다움을 볼 수 있는 재능을 가진 사람의 작품이었다. 매일 밤 괴물이 자신을 방문한 후, 아이는 침대에서 일어나 들판으로 가 태양이 떠오르는 것을 본 것이 틀림없었다.

캔버스에 일출 장면이 그려져 있었던 것이다. 그러나 태양과 빛의 그림을 간절히 보고 싶어하는 백작을 실망시키려는 듯, 해는 그려져 있지 않았다. 동트는 풍경에는 해가 아직 뜨지 않았지만, 아이는 첫 햇살들이 보이는 지평선 너머에 있는 그 푸르스름한 노란 하늘과 이 빛이 밝힌 자연과 함께 자기 자신도 그림에 그려 넣었다. 나무들 바로 옆에서 손에 팔레트를 들고 이젤 앞에서 그림을 그리는, 붉은색 반바지를 입은 아이였다. 그 아이는 마치 해가 뜨고 악몽이 끝나기를 기다리고 있는 것 같았다. 그림에 이렇게 소량의 빛과 이렇게나 많은 아름다움이 있다는 것은 놀라운 일이었다. 어쩌면 백작은 아이의 피가 아니라 이 그림에 있는 빛을 빨아 마신 것 같았다. 그렇다, 열한 살짜리 천재가 그림을 그렸던 것이다. 그림을 그리던 순간 어쩌면 그 아이의 몸에 한 방울의 피도 남아 있지 않았을지도 모른다, 하지만 아이는 피가 아니라 삶에 목말랐던 것이다. 이러한 이유로 매일 밤 동맥에서 자신의 삶을 빨린 후 눈물을 흘리면서, 어쩌면 떠오르는 해 그러니까 삶을 맞이하기 위해 곧장 들판으로 뛰어갔던 것이다. 하지만 그림에서도 볼 수 있듯 해는 아직 떠오르지 않은 상태였다.

귀머거리는 그림을 백작의 방으로 가지고 갔다. 분노가 아닌 절망스러운 모습이었다. 그림을 백작에게 건네주며 이렇게 말했다.

"네게 태양과 빛을 약속했는데, 미안해. 하지만 빛보다 피를 선호한 것은 너였어. 네게 삶은 빛이 아니라 피 그 자체였나보군. 의심할 것 없이 너의 죽음도 빛이 되겠지. 이 그림을 가져! 죽음이 지평선 너머에 있다는 것에 고마워해야 할 거야."

백작은 그림을 받았다. 그리고 더 잘 보기 위해 서랍장 위에 놓았다. 평생 동안 절대로 보지 못할 태양이 이번에도 떠오르지 않은 것이다. 그는 자신에게 태양을 가져다주겠다고 약속한 친구를 쳐다보고 그의 얼굴에 떠오른 표정의 의미를 알았다. 귀머거리는 서랍장 서랍에서 리볼버*를 집어 들고, 백작의 뒤에 있는 침대에 주저앉았다. 축음기에서는 〈이카로스의 비상〉이 흘러나오고 있었다. 백작은 친구가 무엇을 하려는지 확실히 알고 있었다. 리볼버가 발사되었을 때에도 표정 하나 변하지 않았다. 침침한 방에서는 음악이 크레셴도로 계속 흐르고 있었다. 백작은 그림을 보았다. 그곳에서 해가 뜨기를 기다리는 붉은색 반바지를 입은 아이를 보았다. 해가 뜨고 있었다. 하루의 첫 햇살이 산에, 나무에 그리고 모든 자연에 비쳐 주위를 밝혔다. 괴물은 생전 처음 태양과 빛을, 그러니까 죽음을 보았다. 그가 빨았던 삶이, 찢어진 상처에서 쏟아져나오기 시작했다.

반바지를 입은 아이는 캔버스에 해를 그린 후 팔레트를 놓고 햇살의 나라를 향해 걸어가기 시작했다. 이제 그림은 완성되었다. 삶을 향해 걸어가는 아이가 산 뒤로 사라지고, 그림에서 다시는 보이지 않게 되었다.

이 그림은 나중에 학교 식당에 걸렸다. 학생들 중 누군가가 액자 밑에 '화창한 날'이라고 썼다. 그림은 가장 어둡고, 비가 많이 오고, 수업과 구두시험이 가장 많은 음울한 날에도, 앞으로 그것

---

* 수동식 연발권총의 일종.

을 바라볼 생각을 하는 사람들의 마음을 상쾌하게 해주었다. 점심 식사 후에 있을 필기시험을 생각하는 저학년 학생의 시선이 국수가 들어간 그 맛없는 수프를 먹을 때 그 화창한 풍경에 머물면, 여하튼 이유는 뭔지 모르지만, 얼굴에 미소가 번졌다. 사람의 마음속에 있는 빛을 끄려고 한 냉혹한 교장이 경영하던 기숙학교에 다니던 나이 많은 학생부터 시작해서 상상력이 뛰어난 사람들은 바로 이 그림의 이야기를, 붉은 뺨의 아이와 잔인한 화가, 그리고 피를 빠는 잔혹한 교장의 이야기를 만나는 사람 모두에게 들려주었고, 듣는 사람들은 놀랐다. 그렇게 해서 이 학교를 졸업하고 이제 나이가 쉰이 넘은 사람들은 언제나 이 어두운 학교에 있는 유일한 빛이 〈화창한 날〉이라고 기억하게 되었다.

*

죽음이 이야기를 끝냈을 때 그들은 군에 위치한 셸람 마을에 도착해 있었다. 군의 시장도 이 마을에 위치하고 있었다. 주위는 밝았고, 이미 가게를 연 상인들은 첫 손님을 기다리고 있었다. 죽음이 찾는다는 우준 이흐산은 예상대로라면 여기 어딘가에 있을 것이었다. 젯잘 데데는 자신이 이야기할 차례가 왔기 때문에 골똘히 생각에 잠겨 있느라 좌우를 별로 둘러보지 않았지만, 시장의 물건들은 종류가 무척 다양하고 눈을 현혹시키는 것들이었다. 차양이 쳐진 시장 안으로 들어가 한참을 걷다보니 사람들이 많아졌다. 검은 장정으로 된 명부를 펴고 주소에 눈길을 던진 죽음이 말한 대로라면, 우준 이흐산은 아주 가까운 가게에 있었다. 하지만 그 가게에 도착하는 것은 거의 불가능해 보였다. 무슨 일인지는 알 수 없지만 사람들이 구름처럼 몰려들어 모든 길을 막고 있었기 때문이다. 군중들 사이에 꽉 끼인 죽음과 노인은 앞으로 나아가는 것은 고사하고, 전후 좌우 어느 쪽으로도 돌아설 수 없는 상황이었다. 그런데 이상했다. 눈부시고 비싼 물건들이 팔리는 이 시장에 모인 군중들은 하나같이 가난하고 허름하고 지저분한 사람들이었던 것이다. 또한 거칠게 손짓 발짓을 해가며 서로를 밀치는 폼이 이들이 어떤 이득을 얻기 위해 이곳에 인산인해를 이루며 모여 있다는 생각이 들게 했다. 실제로, 호주머니에 돈이 있다고 말할 수는 없어도 손에는 계산기와 주판을 든 몇몇 사람들이 뭔가 투자할 궁리를 하고 있다는 것을 그들의 눈에서 반짝이는 빛을 보며 느낄 수 있었다. 결국 그 끝없는 고함 소리, 중얼거림과 속삭임에서 이 많은 사람이 이곳에 모인 것은 불쌍하고 가련한 사람들에게 재산을 나누어주기로 결정한 어떤 자비로운 상인 때문이라는 것을 알게 되었다. 그런데 그 분배가 늦어졌는지 사람들이 중얼거리며 불평을 늘어놓기 시작했다. 하지만 자비로운 상인이 나타나자마자 불평불만은 사그라졌고, 이번에는 속삭이는 소리가 들려오기 시작했다. 바로 그때 죽음은 사냥감을 발견한 사냥꾼처럼 움찔했다. 우준 이흐산이 그 자비로운 상인 바로 뒤에서 인파를 구경하고 있었던 것이다. 완전히 흥분한 듯 죽음은 손가락으로 그를 가리키며 "저기, 저기, 바로 저기에 있어!"라고 소리쳤다. 그러고는 손과 팔로 인파를 가르면서 등 뒤에 있는 젯잘 데데와 함께 목표에 접근하려고 했다. 이번에는 그를 놓치지 않으려는 의지가 역력했다. 그 남자는 그들을 발견하지 못한 것이 확실했다. 어쩌면 못 본 척, 못 들은 척하는 것일 수도 있었지만, 죽음은 그 남자의 무신경한 모습을 보고는 화가 머리끝까지 났다. 결국 우준 이흐산은 표정 하나 바꾸지 않고 상인의 곁을 떠나 인파 속에 파묻혔고, 얼마 지나지 않아 사라지고 말았다. 그를 놓친 죽음은 전혀 예기치 않았던 태도로 화를 내고 신경질을 부렸다. 그가 임무를 수행할 때 성공을 하지 못한다면 그 이유는 어쩌면 이 감정적인 격분 때문일 수도 있다. 하지만 좌우를 둘러보는 폼을 봐서는 아직 희망을 완전히 버리지 않은 것이 분명했다. 사실 어느 한순간 그는 우준 이흐산과 눈이 마주치기도 했다. 하지만 우준 이흐산은 아주 먼 곳에 있었고, 눈이 마주치자마자 얼굴을 돌렸다. 그렇다, 그를 못 본 척하는 게 분명했다. 머리끝까지 화가 난 죽음은 그의 뒤에서 "우준 이흐산!" 하고 소리쳤다. 하지만 이미 멀리까지 간 그는 신경 쓰지도 않았다. 간단히 말하면, 그는 죽음을 본 척 만 척한 것이다. 찾고 있던 사람을 눈앞에서 놓친 것도 모자라, 죽음과 젯잘 데데는 인파 속에서 옴짝달싹 못했다. 그들은 있는 힘껏 이 사람 저 사람을 밀치고 당기며 길을 터 겨우 인도로 나서게 되었고, 안도의 숨을 내쉬었다. 죽음은 검은 장정의 명부를 펴서 본 후 노인에게 이렇게 말했다.

"지금은 놓쳤지만, 난 그가 아텐 마을로 갔다는 걸 알고 있네. 그곳은 여기서 꽤 멀지. 하지만 우리가 계속 내기를 하고 있으니 여정이 지루하지는 않을 걸세. 이번에 자네가 해줄 공포 이야기가 무척 궁금한데, 제목이 뭔가?"

젯잘 데데는 '비다즈의 저주'라고 대답한 후 이야기를 시작했다.

*

아나톨리아 마을에 사는 아이들의 밤이 아주 길고, 아주 재미있고, 약간은 '소름 끼치게' 지나가는 이유 중 하나는 할아버지 할머니가 들려주는 정령과 요정 이야기들 때문이다. 다 같이 밥상에 둘러앉아 식사를 마치고 나면 손자들은 곧장 할머니 곁으로 달려간다. 그러고는 커피를 마시고 있는 할머니에게 이야기를 해달라고 조른다. 이 세상을 떠난 남편과 다투고, 이웃들과 남을 흉보고, 비방하고 힐책하면서 말이 인간에게 미치는 강한 영향에 관한 한 거의 전문가가 된 할머니는 손자들의 부탁을 못 들은 척하지 않고 지난밤의 이야기보다 더 무서운 이야기를 해주곤 했다. 이렇게 해서 아이들은 부모님의 말씀을 듣지 않고 시내에 먹을 감으러 간 마흔 명의 개구쟁이 남자애들이 어떻게 유명한 거인 이스펜디야르한테 차례로 잡혀 아궁이에서 구워졌고 먹혔는지를 하얗게 겁에 질린 얼굴로 귀를 쫑긋 세우며 들었다. 이야기를 할 때 아이들의 상상력을 장악하는 능력이 거의 입신의 경지에 이른 할머니는 아이들을 더욱더 소름 끼치게 하기 위해 어떤 것을 말해주고 숨겨야 하는지를 아주 잘 알고 있었다. 가령 이야기를 하다 말고 "숲

속에 있는 요괴가 어디에 숨어 있는지를 셸라하틴에게만 말해줄 테다. 너희들은 일단 저만치 물러가 있거라!"하고 말하는 것이다. 이 말을 듣고 실망한 아이들은 애걸복걸하지만, 할머니의 단호함에 하는 수 없이 그 자리에서 멀리 떨어진다. 그러면 할머니는 셸라하틴이라는 총애하는 손자의 귀에 비밀을 속삭이면서, 동시에 구석에서 안달하는 아이들의 질투심을 불러일으키기 위해 그쪽으로 시선을 한 번 살짝 던지는 것도 잊지 않았다. 그러다보면 이야기의 긴장감은 더욱 극에 달했고, 비밀에 근접하기 어려울 뿐 아니라 자기들 중 한 명만 그걸 알고 있다는 사실이 비밀의 가치를 몇 배나 올려놓았다. 아이들은 셸라하틴을 졸졸 따라다니며 애원하기도 하고 어떤 때는 위협하기도 하며 요괴가 숨어 있는 곳을 알아내려고 했다. 이야기가 끝나면 이따금 아이들 중 누군가는 창밖의 신비스런 어둠에 눈길을 던지고는 무서운 생각에 빠져 아랫입술을 축 늘어뜨렸다. 그러면 할머니는 담배에 불을 붙여 피우고 거품이 풍성한 커피를 맛있게 마시면서, 자신이 어린 시절에 경험했던 공포가 후대에도 전달됨으로써 정의가 실현되었다고 생각하기도 했다.

이러한 밤에는 가끔 손자들에게 보물 이야기도 해주곤 했다. 페라흐누르라는 요정이 실라히르라는 이름의 왕자에게 시집을 갈 때 가져간, 무서운 빈나즈가 훔친 항아리에 가득 든 분홍색 진주로 이루어진 그녀의 혼수품, 제케르야, 이스펜디야르 그리고 에프라시압이라는 이름의 거인들이 먹지도 입지도 않고 동굴에 모아둔 수많은 황금, 구두쇠로 유명한 잔인한 마법사 위제이르의 지하실에 있는 다이아몬드, 압퇼와합이라는 도둑이 흐드르, 젬쉬트, 이삭, 아담, 로크만, 이맘 그리고 오스만이라는 이름의 난쟁이들에게서 훔친 황금 가루로 가득 찬 항아리, 이쉬외나즈 술탄의 다이아몬드, 소매치기 외이셸의 은으로 가득 찬 꾸러미에 대한 이야기를, 할머니는 돈의 가치를 알고, 환상에 빠져 쓸데없는 짓을 하지 말라는 의미로 아이들에게 들려주곤 했다. 어쩌면 이 이야기들 덕분에 아이들은 터무니없는 일을 벌이지 않을 것이고, 그로써 장차 가난한 사람이 되지 않을 것이기 때문이다. 할아버지들의 경우 조상이 남겨준 보물 이야기를 마치 자신이 경험한 것처럼 이야기해 손자들의 혼을 쏙 빼놓곤 했다. 이야기 속에 자신의 구체적 경험을 가미한 할아버지들은 명절 때마다 손자들에게 주었던 용돈이, 사실은 자신이 젊었을 때 지하에 사는 쉬하입이라는 거인의 보물을 훔쳐서 판 돈이며, 만약 저축하지 않고 낭비했다면 바로 괴물이 찾아와 자신의 멱살을 잡았을 거라고 말했다. 물론 할아버지들은 정령과 요정이 나오는 무서운 이야기들을 들려주는 한 손자들이 자신들의 말에 귀를 기울일 거라는 사실을 알고 있었다. 아이들을 공포라는 방법으로 통제하는 기쁨을 만끽한 그들은, 때로 아이들을 모아 들판으로 데려가거나, 수백 년 전 우상숭배 시기에 로마인들이 남긴 대리석 석관, 비탈길 중간에 있는 기념비와 그 위에 쓰여 있는 이상하고, 이해할 수 없고, 신비로운 글들을 보여주었다. 그러면서 마법에 걸려 있기 때문에, 그 유적들 밑에 있는 보물들을 꺼내는 것이 불가능하다고 설명해주기도 했다. 하늘이 내린 자비로 예언자가 탄생하여 이제 그 어떤 마법도 통하지 않지만, 이전의 마법들은 여전히 효력을 지닌다고 말해주었다. 이러한 이유로 할아버지는 그 안과 밑에 있는 많은 항아리 속에 황금이 들어 있지만, 마법으로 보호되는 우상숭배자들의 무덤을 파헤치는 것은 웬만한 용기로는 감행할 수 없는 일이며, 이러한 열망 때문에 화를 당하고, 입과 코가 비뚤어진 다수의 불운한 사람들은 회개를 하며 신앙 요법가의 호흡 치료법이나 영묘 방문에 의지해야 했다고 말해주었다. 게다가 노인이 발로 땅을 치면서 "바로, 여기 있는 보물을 파서 꺼낼 수만 있다면, 저 산만큼의 사탕을 살 수도 있을 텐데!"라고 말하면, 손자들은 쥐 죽은 듯이 조용해졌다.

이렇게 보물 이야기를 들으면서 성장했기 때문인지, 할아버지들이 돌아가시고 그들이 남긴 말의 가치가 높아져서인지는 몰라도, 간혹 이런 이야기를 사실로 믿는 사람들도 있었다. 시골의 밤은 너무나 길어 대화는 오랫동안 계속되었고, 자신의 이야기에 이목을 집중시키는 가장 빠른 길인 동시에, 돈 그리고 이와 비슷한 축복에 대해 신비스런 정보를 주기도 했기 때문에, 거의 모든 사람들은 숨겨진 보물에 대해 이야기했다. 그리하여 버려진 집, 카이사르 시기의 로마 유적인 경계비(碑), 산속에 있는 폐허는 의심의 대상이 되고, 게다가 삽과 곡괭이를 든 몇몇 도굴꾼들이 달이 뜨지 않는 밤에 이곳들을 찾았다는 소문이 들려왔다. 하지만 가장 최악의 것은 가련한 마을 사람들의 바로 코앞에 묻힌 보물들이 이방인들에 의해 발견되는 것, 그러니까 그 많은 보물들이 다른 사람들에게 유용했다는 것이다. 이러한 상황이 벌어지면 마을 사람들은 사건 현장에 가, 한때 항아리 항아리마다 황금이 들어 있었지만 지금은 텅 빈 구덩이 주위에 모여, 딸을 보쌈당한 아버지들처럼 분노하고 삿대질을 하며, 화가 잔뜩 나 서로를 비난하곤 했다. 그러고 나서는 똑같은 분노를 느끼며 사냥총을 들고는 시골 사람 특유의 질투심과 상처 입은 자존심으로, 보물을 훔쳐 간 도굴꾼들의 뒤를 추적했다. 그 지역의 세세한 지리를 잘 알고 있는 그들은 결국 보물 도굴꾼을 찾아내 몰아세우다 '내게 도움이 되지 않았으니, 네게도 도움이 되면 안 되지!'라는 생각으로 경찰에 신고했다. 하지만 경찰서에서 항아리 안에 있는 금을 세고 기록하는 것을 보다보면 침을 질질 흘리고 속이 썩어 문드러지는 것 같은 느낌을 받았다. 칠대째 수백 년 동안 갈았던 논밭에서 이렇게 발견된 반짝반짝 빛나는 금이 자신의 눈앞에서 하나하나 세어지는 것을 보고는 눈이 돌아간 촌부들에게 가짜 보물 지도를 팔아 부자가 되는 것은 세상에서 가장 쉬운 일이었다. 이 일을 하기 위해 가장 적합한 방법은, 항아리 안에 고물 구리 조각들을 넣은 다음 땅에 파묻고 가짜 지도에 위치를 표시하는 것이었다. 그리하여 지도를 산 사람은 보물이 가치가 없다손 치더라도 결론적으로 어떤 것을 찾은 셈이 되었던 것이다. 하지만 이런 모험은 대개 비극으로 끝나버렸다. 표시가 된 곳을 파고 황금 대신 고물 구리 조각이 가득 든 항아리를 발견한 촌부는 열두 살 먹은 아들에게 마을 양복점에서 옷 한 벌을 맞춰주고, 모자를 쓰게 하여 남자로 만들어주었다. 그런 후 손에 권총을 쥐여 대도시로 보내, 가짜 지도를 판 후레자식을 붙잡아 아비의 복수를 하라고 당부하는 것이다. 그런 후 두

달쯤 지나, 그는 시놉 병원에서 온 편지 한 통을 마을 이맘*에게 읽도록 하고, 임무가 성공적으로 완료되었다는 것을 알게 된다.

　이러한 이야기로 들끓고 있는 아나톨리아의 한 마을에, 땅속에 매장되어 있는 보물 이야기를 하도 들어 약간 맛이 간 갈오울루 집안의 함디라는 쉰 살 먹은 남자가 있었다. 그는 아내 그리고 걸핏하면 싸우는 장모와 함께 살고 있었다. 그는 젊었을 때 이웃집 아들의 결혼식 장면을 보고는 코란에 손을 얹고 자신의 삶을 보물 찾는 일에 바치겠다고 맹세한 일이 있었다. 그 결혼식이 도가 지나치게 화려하고 호화로웠던 이유는, 이웃집 사람이 "보물이 마법에 걸려 있으면 정령으로 인해 화를 당해!"라는 말에 신경 쓰지 않고 어떤 기념비 밑을 파서 어마어마한 보물을 찾았기 때문이다. 금에 대해 잘 알고 있는 마을 금은보석상에게 감정을 의뢰한 결과, 그것이 파티 왕 아부네자이르의 보물이며, 세계의 모든 보석상인들이 이 최고급 금을 몇 백 년 동안 찾고 있었던 것을 알게 되었다. 이웃집 사람은 이 기회를 놓치지 않고 자신의 아들을 그 지역에서 가장 행동거지가 바르고 애교 있는 처녀와 혼약을 맺고는, 결혼식에 동네방네 모든 사람을 초대했다. 북 치는 사람들이 광장을 뒤흔들었고, 나팔수들이 불어내는 나팔소리가 하늘 끝까지 퍼졌으며, 초대 손님들은 사흘 밤낮으로 발을 구르며 춤을 춰 땅과 하늘이 진동을 했다. 예물 전달식이 시작되었을 때, 먼저 시누이 될 사람이 신부에게 호화로운 목걸이를 걸어주었다. 그 뒤를 이어

---

* 이슬람 사원에서 예배를 인도하는 사람.

시동생 될 사람이 파티 왕비 펜타포니파의 다이아몬드 반지를 신부에게 끼어주었다. 그런 다음 시누이들은 팔찌, 숙모들은 목걸이, 숙부는 코걸이를 걸어주었다. 얼마 지나지 않아 신랑의 삼촌들 중 한 명이 신부의 발목에 황금 발찌를 채워주자, 외삼촌들은 궤에 있는 반지들을 한 움큼 가지고 와 신부의 모든 손가락에 끼워주었다. 할아버지들 중 어떤 사람은 신부 허리에 황금 벨트를 둘러주고, 누군가는 금 브로치를 신부의 가슴에 꽂아주었다. 자신의 순서가 오자 신부에게 황금 흉갑을 입혀준 시어머니 다음으로 신랑 아버지가 아부네자이르 왕의 멋진 왕관을 아들의 머리에 씌우자 예물 전달식이 끝났다. 완전히 흥분한 하객들은 기뻐서 사냥총을 쏘아대며 주위를 떠들썩하게 만들었다.

이 결혼식이 있은 후 갈오울루 함디도 결혼을 했다. 그런데 그의 아내는 험상궂은 얼굴을 한 여자였다. 게다가 이 앙알거리는 여자는 결혼할 때 남편과의 다툼에서 자신의 편을 들 심술궂고 잔소리가 심한 엄마도 데리고 왔다. 만약 함디가 아내에게 한마디 할라치면, 이 잔소리 심한 여자는 즉시 팔을 걷어붙이고 딸을 편들려고 나섰다. 증오에 가득 차 아랫입술을 깨물고 사위의 뒷덜미를 내려쳐 그를 땅에 처박곤 했다. 이렇게 구타를 당하고 난 다음에는 불성실하고 가난한 남자와 결혼했다며 울고불고 난리를 치는 아내와 허리에 손을 얹은 장모의 잔소리 마당이 시작되었다. 장모는 주로 아무것도 하지 않고 불평만 늘어놓는 함디의 게으름에 대해 비난했지만, 대부분 이것만으로 끝나지 않고 그의 모든 단점들을 얼굴에 대놓고 퍼부었다.

"갈오울루! 갈오울루! 이 게을러터진 놈! 장미처럼 아름다운 내 딸을 울며불며 애원해 내 품에서 빼앗아가더니, 지금은 뭐가 어째, 마음에 들지 않는다고? 곰보 자국이 난 네 못생긴 상판은 어떻고! 내 딸을 동네 이장, 하사관들이 달라고 해도 주지 않고 너처럼 못생긴 난쟁이에게 주었더니! 내가 미쳤지, 주지 말았어야 하는데, 너처럼 멍청한 얼굴을 한 놈에게는! 바보 같은 놈! 꼬락서니 하고는! 지저분하고 게을러 터지고 역겨운 놈! 돈 한 푼 없고 못생긴 놈! 한 번만 더 내 딸을 마음 아프게 해봐라, 그때는 네 팬티를 확 내리고 눈도 파버리겠다!"

정말이지 장모가 이렇게 쏘아붙일 때면 그는 찍소리도 하지 못했다. 잔소리가 끝나면 장모는 "퉤!" 하고 사위의 얼굴에 침을 뱉은 후에야 속이 후련해진 모습으로 하던 일로 돌아갔다. 갈오울루는 이렇게 무자비한 처우를 당할 때마다 그 휘황찬란하고 멋졌던 결혼식을 상기하면서, 보물을 찾아 부자가 되려는 공상에 빠지기 시작했다. 만약 그도 왕의 보물을 찾는다면 장모가 자기 앞에 엎드릴 것이고, 그의 노예가 될 것이며, 이후부터는 그의 이름마저도 몸을 정갈하게 한 후 부를 것이다. 시월과 추수 달 사이의 긴 기간 동안 이러한 공상으로 밭과 비탈길을 돌아다니며 기도를 해 마법을 없애면서 석관들을 모조리 조사한 갈오울루는 몇 년 동안 겨우 한 줌의 구리돈을 찾았을 뿐이었다. 우상숭배자 소아시아의 왕의 얼굴이 새겨져 있는 동전들을 마을 철물점에 주고 오로지 냄비 하나를 얻었을 뿐이었다. 보물 도굴에 대한 열망이 그에게 가져다준 것은 겨우 이것뿐, 대지는 그 품에 안고 있는 금을 도무지 그에게 넘겨주지 않았다.

그러던 어느 날 갈오울루는 마을의 역전 찻집에서 바구니가 달린 짙은 빨강색 낡은 오토바이를 타고 대도시에서 온 어떤 남자를 알게 되었다. 얼굴이 붉은 것으로 보아 술에 쩔어 사는 게 분명한 이 남자가 보낸 오십 년 정도의 세월은 그의 머리카락에 무수한 흰머리만 남겨놓은 것 같았다. 아마도 수없이 많은 사기를 당해 이제는 부끄러움이 무엇인지도 모르게 된 것 같았고, 무슨 기회든 잡으려고 담비 새끼처럼 툭 튀어나온 눈은 뿔테 안경의 알에 거의 붙어 있는 것처럼 보였다. 그는 키도 크고 잘생겼지만 마른 사람이었다. 아주 폼을 잡고는 깡마른 손가락으로 주황색 염주를 흔들고 있었고, 무슨 굉장한 사람이라도 되는 듯 음절에 강조를 해가며 또박또박 말을 했다. 양말을 바짓가랑이 위로 끌어올리고, 셔츠 단추를 배까지 열어놓은 것으로 보아 그에게 우아함의 흔적이 있다고는 할 수 없었다. 하지만 가슴에 있는 부적, 조끼 주머니에 있는 체인 달린 시계 그리고 배기 장치가 고장 난 오토바이의 소음은 그의 뻐기는 태도와 허세를 완성해주고 있었다. 이러한 모습을 한 자신이 미칠 영향을 계산한 모양인지, 솔직히 그는 아주 편안해 보였고, 세상사에는 좀체 관심이 없는 듯 보였다. 한편 주위 테이블에 앉아 있던 마을 사람들은 그를 곁눈으로 힐끗거렸고, 가끔 티 나지 않게 그를 가리키며 서로의 귀에 무엇인가를 속삭이다 그와 눈이 마주치면 눈길을 피하곤 했다. 남자는 옆 테이블에 있는 사람들에게 거짓말을 늘어놓았다. 대화가 무르익자 갈오울루는 그의 이름이 압튈케이리바르라는 것을 알게 되었다. 운명의 장난인지 이 사람은 모든 도굴 장비를 갖춘 보물 사냥꾼으로, 방방곡곡에서 활동하는 사람이었다. 그가 정말 그렇게 생각하고 있는 건지는 알 수 없지만, 갈오울루에게 설명한 대로라면, 보물로 가득 찬 소아시아의 왕 비다즈의 동굴을 찾는 것은 시간문제였다. 하지만 그의 손에는 무덤의 위치가 표시된 지도 반쪽만 있을 뿐이었다. 남은 반쪽은 어떤 보물 사냥꾼에게 있었다. 그는 자신의 직업을 후회하며 남은 생을 내세에 맡긴 데다 부친과 조부와 함께 성지순례를 떠나기 위해 급전이 필요한 사람이라고 했다. 압퇼케 이리바르는 그 남자가 원하는 돈을 줄 만한 동업자가 있다면, 그는 부자가 될 거라고 말했다. 하지만 여기에는 물론 용기와 대담성이 필요했다. 갈오울루는 이제 나이가 들어 삶을 더 온화한 시선으로 바라보았기 때문에 계산적이며 겁이 많고 용기가 없는 사람들에게 관용을 베풀 준비도 되어 있었다. 보물 사냥꾼의 말을 주의 깊게 듣고 있던 갈오울루의 눈이 반짝였다. 결국 그는 "이보시오! 내가 당신의 동업자가 되겠소!"라고 말해버리고 말았다.

하지만 갈오울루가 이 일에 투자를 하기 위해서는 먼저 장모가 팔찌를 팔게끔 설득해야 했는데 이는 무척 어려운 일이었다. 하지만 그의 동업자도 쉽게 포기할 사람은 아니었다. 그는 뭔가 방법을 찾아 그녀의 동의를 이끌어낼 셈이었다. 그날 밤 그들이 바구니가 달린 오토바이를 타고 마을에 왔을 때, 보물 사냥꾼은 난생처음으로 가장 무시무시한 여자와 만나게 되었다. 그녀는 고집불통이었다. 한편으로는 저질스럽고 누구인지도 모르는 사람들을 집으로 데리고 왔다며 사위에게 입에서 나오는 대로 온갖 말을 다

퍼부었다. 하지만 남자는 온갖 수단을 다 동원해 드디어 노파를 설득한 듯했다. 하지만 이번엔 노파가 보물의 육십 퍼센트를 자신에게 달라고 고집을 부렸다. 남자가 아무리 설득해도 노파는 물러서지 않았다. 그녀는 팔찌 스물일곱 개를 주는 대신 보물 사냥꾼에게 보증서에 서명하고 오토바이를 자신에게 맡겨야 한다고 우겼다. 결국 보물 사냥꾼은 굴복했고, 보증서에 서명한 후 팔찌를 받아 그 늦은 밤에 마을을 떠났다. 살면서 배반을 당해본 사람이라면 그가 다시는 돌아오지 않을 거라고 생각할 수도 있다. 하지만 그는 정직한 사람이었는지 이틀 후 지도의 나머지 반쪽을 가지고 나타났다. 보물이 있는 장소는 이제 확실해졌다. 하지만 이상하게도 그 남자의 얼굴이 하얗게 질려 있었다. 성지순례를 위해 지도의 반쪽을 판 그 보물 사냥꾼에게서 비다즈 왕의 무덤이 저주받았다는 이야기를 들은 것이다. 비다즈 왕은 그가 만지는 모든 것을 황금으로 변하게 하는 능력이 있었다. 어느 날 왕은 사랑하는 딸의 머리를 쓰다듬었고, 아버지의 손이 닿자마자 딸은 황금으로 변해버렸다. 그것을 본 비다즈가 아이고, 하고 탄식하며 손으로 자신의 이마를 친 순간 그 자신도 황금으로 변하고 말았다. 당시의 학자들은 사람의 손이 닿아야만 그가 원래의 모습으로 돌아올 것이라고 말했다. 하지만 백성들 중 그 어떤 용기 있는 사람도 저주에 걸린 그를 만지려고 하지 않았다. 황금으로 변한 채 불멸의 존재가 된 비다즈는 이 상태로 무덤에 안치되었고, 수세기 동안 자신을 만져 부활시킬 희생자를 기다렸고, 여전히 기다리고 있다고 했다. 그러니까 무덤에 들어가 그를 만진다면, 신이여 굽어 살피소서, 비다즈는 소생할 것이었다!

따귀를 얻어맞은 듯 정신을 못 차리게 한 이 사실에 보물 사냥꾼은 땅이 꺼질 듯 한숨을 내쉬었다. 그러고는 보료에 털썩 주저앉아 손으로 머리를 감싸더니 깊은 생각에 잠겼다. 보물 사냥꾼의 슬픔 때문인지 집 안은 쥐 죽은 듯 고요했다. 그는 눈물을 흘리면서 어렸을 때 목수의 도제로 보내려고 했던 아버지의 말을 듣지 않은 자신에게 저주를 퍼부었고, 작고한 아버지가 편히 잠들기를 기원했다. 말 잘 듣는 착한 자식이었다면 지금쯤 황금으로 변한 왕과 소생하기를 기원하는 사자(死者)들의 뒤를 좇고 있진 않을 것이다. 반항적이며 모험가의 영혼을 가진 젊은이가 오래전 아버지의 말을 듣지 않고 내린 결정의 결과가 바로 이 순간 독이 되어 돌아온 것이다. 게다가 이미 그는 노파의 팔찌도 판 뒤였다. 비다즈에 관한 전설을 미리 알았다면 이 일에 욕심을 내지도 않았을 것이고, 다른 사람에게 피해를 주지도 않았을 것이다. 하지만 이미 화살이 시위를 떠났으니 결과를 얻어내야만 했다. 보물 사냥꾼은 팔로 눈물을 훔친 후 자신만만하고 희생심 가득한 표정을 지으며, 이 저주받은 무덤에 혼자 가서 위험에 맞서겠다고 선언했다. 어차피 그는 결혼도 하지 않았고, 자식이 있는 아버지도 아니었다. 그는 갈오울루에게 밖의 안전한 곳에서 자신을 기다리고, 무덤에서 무슨 일이 일어나든 모든 것은 자신이 감당하겠다고 말했다. 이러한 희생에도 불구하고 그는 자신의 몫을 높이고 싶어하지 않았다. 어차피 그는 돈 따위에 별로 눈독을 들이지 않았다. 만약 이 일이 아무 탈 없이 끝나면 자신을 위해 기도를 해주고, 우상숭배자인 왕에게 죽임을 당하면 장례식을 치른 후 추도 기도를 올려주는 걸로 충분하다고 했다. 하지만 그가 이러한 말을 할 때, 갈오울루의 장모는 보물 사냥꾼을 의심에 가득 찬 시선으로 훑어보며 그의 속마음을 읽으려고 애썼다. 그녀는 겁을 먹고 움츠러든 심약한 사위가 밖에서 기다리고 있을 때, 보물 사냥꾼이 무덤에 혼자 들어가 금이고 은이고 무엇이든 모조리 자신의 주머니에 넣을 것이 분명하다고 생각했다. 하지만 자신은 속아 넘어갈 사람이 아니었다. 그래서 노파는 보물 사냥꾼이 화장실에 갔을 때 사위를 불러, 보물 사냥꾼과 함께 무덤 속으로 들어가겠다는 맹세를 받아냈다. 하지만 그래도 여전히 마음이 편하지 않았다.

드디어 어느 날 밤, 등에 삽과 곡괭이를 지고, 마치 죄를 짓고 걱정이 많은 사람들처럼 겁에 질려 잔뜩 움츠린 두 사람의 그림자가 꼭대기를 향해 한 계곡의 비탈길을 걸어가고 있었다. 산 정상에서는 굶주리고 사나운 늑대들이 울부짖고 있었고, 폐허와 나무의 움푹 팬 곳에 움츠리고 있는 부엉이들도 음산한 소리를 내며 울고 있었다. 이 두 그림자들 중 하나는 장비들로 가득한 무거운 자루를 운반하고 있었고, 추위로 덜덜 떨고 있었다. 다른 하나는 혹독한 날씨 때문이 아니라 흥분과 두려움으로 떨고 있었는데, 가끔 성냥불을 켜 손에 들고 있는 지도를 보며 방향을 정하는 것으로 보아 진짜 무게, 그러니까 양심의 짐은 그가 지고 있는 것 같았다. 두번째 남자가 극도로 긴장해 그 흥분을 이기지 못하고 이빨을 탁탁 부딪치자, 때마침 그곳을 지나던 담비가 순간 멈춰 서서 귀를 쫑긋 세우더니 주위를 둘러보았다. 바로 이 신비스런 밤에 두 그림자는 드디어 어떤 꼭대기에 가까워졌고 그들의 걸음은 점점 빨라졌다. 가파른 언덕을 올라가고 있는 두 사람은, 멀리서 보면, 달빛 아래서 정말로 아주 작고 아주 가련해 보였고, 예기치 않은 위험으로 가득 찬 야만의 자연 속에서 거의 눈에 띄지 않았다. 잠시 후 두 사람은 드디어 정상에 도달했다. 주위를 둘러보자 입구가 바위로 닫힌 동굴이 보였다. 이 분야의 베테랑인 보물 사냥꾼은 갈오울루가 나른 자루에서 보리가 가득 든 봉지를 꺼내더니 그 안의 보리를 깔때기를 사용해 바위의 갈라진 틈에 쏟았다. 그런 다음 목에 건 가죽 수통에서 물을 몇 모금 들이켠 다음 바위 틈새를 채운 보리에 대고 뿜기 시작했다. 이렇게 하면 물기로 인해 보리의 부피가 팽창하여 동굴을 막은 바위를 깰 것이기 때문이다. 한동안 기다리자 갑자기 바위에 균열이 생기더니 깨졌다. 그들은 있는 힘을 다해 동굴 입구를 치웠다. 그들의 심장은 금방이라도 터질 듯 맹렬하게 뛰고 있었다. 보물 사냥꾼은 흥분을 가라앉히기 위해 가죽 수통에서 약간의 물을 마셨지만, 겁이 나 숨이 멎을 지경이었다. 갈오울루는 그를 의심스런 눈길로 쳐다보다, 동굴 안으로 들어가려는 보물 사냥꾼을 제지하고는 약삭빠른 눈빛으로 말했다.

"잠깐만, 나도 데려가시오!"

보물 사냥꾼은 동업자의 눈빛의 의미를 알고 있었다. 그래서 그를 말리지 않았다. 이렇게 해서 두 사람은 몇 세기 동안 깨끗한 마음을 가진 그 어떤 사람도 발을 내딛지 않은 동굴로 들어갔다.

호롱불을 켜자, 그곳이 정말로 바위를 파서 만든 무덤이라는 것이 드러났다. 벽에는 우상숭배자들의 형상이 있었다. 그 형상들이 매우 불길한 시선으로 두 사람을 쳐다보는 것으로 보아, 모두 마법에 대해 아주 잘 알고 있는 것 같았다. 무엇을 생각한 순간이 아니라, 본 순간 두려움을 느끼는 단순한 사람처럼 갈오울루도 벽화를 보자마자 새하얗게 질렸다. 벌벌 떨면서 기도문을 읊던 그는 장모의 말을 떠올리면서도 이 저주받은 무덤으로 들어온 자신에게 화가 났다. 하지만 통로는 무척 밝았고, 그들이 걸어갈수록 더 밝아지는 것 같았다. 갈오울루가 보물 사냥꾼에게 속삭였다.

"눈이 부시니 호롱불의 밝기를 조금 낮추시오."

하지만 빛은 점점 더 밝아지고 있었다. 결국 갈오울루는 빛이 너무 강해 눈물을 흘리기 시작했다. 대비를 철저히 한 보물 사냥꾼은 색안경을 썼다. 마침내 무덤이 있는 방으로 들어간 두 사람은 이 강한 빛의 원천을 알게 되었다. 저주받은 비다즈 왕의 광채나는 순금의 몸이, 수세기 전 모습 그대로 각석 위에 누워 있었다. 강한 광채와 그 광채가 퍼트린 노란 빛으로 죄인들의 눈을 현혹시켜 그들을 타락시키는 이 사악한 금속은 무덤에 들어온 두 사람의 정신을 쏙 빼놓았다. 소아시아의 왕 비다즈의 순금으로 된 몸에서 발광하는 빛이 그들의 눈동자에서도 반짝였고, 이 황금 덩어리가 발산한 빛은 마치 섬광처럼 그들의 심장으로 들어가 영혼에 불을 붙였다. 그 장관에 도취된 두 사람은 최면에 걸린 듯 스스로를 주체하지 못하고 넋이 빠져 노란 빛을 향해 서서히 다가갔다. 이러한 정신 상태에서는 어차피 자신을 제어해야 한다는 생각도 할 수 없었다. 보물 사냥꾼은 비다즈의 곁으로 가 몸을 숙였다. 황금의 몸 위에 내려앉은 먼지를 제거하기 위해 입으로 후 하고 불자 샛노란 이십사 캐럿짜리 금가루들이 빛을 뿜으며 공중으로 올라갔다. 정신을 차리고 주위를 둘러보았지만 다른 귀중품들은 보이지 않았다. 무덤에 있는 유일한 황금은 비다즈 왕의 몸뿐이었다.

하지만 바로 그때 사람들 대부분이 금을 숭배한다는 사실을 입증할 만한 사건이 일어났다. 갈오울루는 무슨 소리를 들은 듯 좌우를 둘러보다 아무것도 보이지 않자 새끼손가락으로 귀를 후비기 시작했다. 마치 거역할 수 없는 어떤 왕이 그에게 명령을 내리고 있는 것 같았다. 비다즈 왕을 보았을 때 그가 자신에게 말을 하는 것처럼 느껴졌다. 사실 이것은 황금의 소리였다. 마치 왕은 백성들에게 자신이 위대하다는 감정을 불러일으키고, 그들에게 이러한 형태로 복종하도록 하기 위해 일부러 금이 되기를 선택한 것 같았다. 갈오울루와 보물 사냥꾼의 대화는 입술을 움직이지 않아도 금이 있다는 것만으로 충분했다. 각석 위에 누워 있는 저 황금 덩어리가 저주받은 금속인지 비다즈 왕인지는 알 수 없었다. 하지만 그것은 이 두 사람에게 무슨 값을 치르더라도 황금을 소유하라고, 그러니까 자신을 만지라고 명령을 하고 있었다. 어차피 위험한 길에 들어선 갈오울루는 천성을 제어하지 못하고, 왕을 향해 손을 뻗쳤다. 바로 그 순간 동업자가 그의 의도를 알아채고는 타락한 남자의 손을 잡았다. 하지만 손은 마치 갈오울루의 것이 아니라 마치 다른 존재라도 되는 듯 덜덜 떨면서 계속 뻗어나가고 있었다. 결국 재앙은 현실이 되었고, 갈오울루의 가운뎃손가락이 왕의 몸에 닿았다! 살이 죽음에 닿자 왕은 눈을 떴고, 수백 년 동안 자고 있던 각석 위에서 일어섰다. 자신들이 범한 죄 때문에 새하얗게 질린 두 사람은 바로 그 앞에 서 있었다. 죄인들이 도망치지 못하도록 유령은 무덤의 문으로 뛰어가 유일한 출구를 막아섰다. 그는 자신을 만져 소생시켜준 그들에게 같은 형태로 보답하고 싶어하는 것 같았다. 등을 쓰다듬어 그들을 명예롭게 함으로써 황금만큼 귀중한 존재로 만들려는 것이다. 이제 살과 뼈가 있는 몸을 갖게 되었지만 왕에게선 원래의 매력을 찾아볼 수 없었고, 사냥감을 잡고 싶은 듯 유령처럼 머리 위로 들어 올려 펼친 긴 손톱과 뼈만 앙상한 손은 거의 괴물처럼 변해 있었다. 게다가 수백 년이 지났는데도 되살아났다는 기쁨으로 인해 얼굴로 피가 몰렸기 때문에 눈은 새빨갛게 충혈되었고, 잇몸은 보라색으로, 혀는 시커멓게 변해 있었다. 무엇보다도 두 인간이 그의 입맛을 돋웠던지 황금색 입가에서는 침이 흘러내리고 있었다. 이 소름 끼치는 광경 앞에서 갈오울루는 넋이 나간 듯 "아이고! 아이고! 아이고!" 하고 비명을 질렀다. 그러자 유령은 날카로운 손톱을 세우고, 충혈된 눈에 사악하고 잔인한 광채를 발하며, 그들을 향해 다가오기 시작했다. 그가 발걸음을 옮길 때마다 바닥이 흔들렸고, 그 결에 천장에서 흙먼지가 떨어졌다. 유령의 발걸음으로 흔들리는 바닥의 신음 소리와 함께, 두 죄인이 탁탁탁 이를 부딪치는 소리도 저주받은 무덤 속에서 울려 퍼졌다. 보물 사냥꾼이 읊는 기도문과 무슨 말인지 알 수 없는 갈오울루의 비명 소리가 벽에 메아리치고 있었다. 그런데 바로 이때 예기치 않은 일이 일어났다.

그들이 이 무덤으로 떠나기 전날 밤 갈오울루의 장모는 꿈에서 늙은 원숭이를 보았다. 나이가 너무 많아 이제 나무에 오를 힘도 남지 않은 이 원숭이는, 야자나무 꼭대기에서 먹고 마시며 즐기는 니자메틴과 흐드르라는 이름의 두 마리의 젊은 원숭이에게 꽥꽥 소리를 지르면서 자신에게도 야자열매를 달라고 부탁하고 있었다. 하지만 이 의리 없는 젊은 원숭이들은 속삭이고 낄낄거리면서 늙은 원숭이에게 야자열매 껍질을 던지며 놀리고 있었다. 꿈이 마음이 깨끗한 사람에게 진실을 보여준다는 것을 아는 노파는 신뢰할 수 없는 사위와 보물 사냥꾼이 공모해 자신을 속이고 있다고 믿었다. 이러한 이유로 장모는, 어쩌면 당연한 것인지도 모르겠지만, 무덤까지 두 남자를 몰래 따라가기로 마음먹었던 것이다. 그들이 집을 나선 후 노파는 어둠 속에 자신의 모습을 숨기기 위해 머리끝부터 발끝까지 검은 천을 두르고, 손에 톱을 들고 그들을 따라갔다. 그 늙은 몸으로 산과 언덕을 넘었으며, 두 남자가 어떤 동굴로 들어가는 것을 보고는 한 장소에 몸을 숨겼다. 노파는 밖에서 한동안 기다리다, 달빛 아래 반짝반짝 빛나는 톱의 무게를 손으로 한번 가늠해본 후 동굴로 들어갔다. 통로를 지나자 노파의 눈앞에 펼쳐진 광경은 놀랄 만한 것이었다. 유령이 사위와 보물 사냥꾼을 구석에 몰아넣고는 그쪽을 향해 걸어가고 있었던 것이다. 물론 노파에게 등을 돌린 상태였다. 이 상황을 보고 화가 잔뜩 난 노파는 신에 의지하면서, 악에 받쳐 아랫입술을 깨물며 손에 들고 있던 톱으로 유령의 머리를 내리쳤다. 하지만 비틀거리며 바닥으로 넘어지던 왕의 손이 노파에게 살짝 닿았고, 이렇게 해서 일은 벌어지고 말았다. 머리에서 피를 흘리며 숨을 거둔 왕의 손길이 닿은 노파는, 마치 전설에서 그러하듯 마법처럼 황금으로 변해버리고 만 것이다. 황금으로 변한 장모는 허공에서 얼어붙은 손에 들린 톱으로 유령을 다시 내리칠 준비를 하고 있었고, 여전히 악에 받쳐 아랫입술을 깨물고 있었다. 톱에 일격을 당해 머리가 움푹 팬 유령은 바닥에 쓰러지자마자 믿을 수 없는 모습으로 마르더니 녹아버렸고, 겨우 뼈만 남아 있다 결국에는 한 줌의 재로 변해버렸다. 이 모든 일이 끝났을 때 주위는 악취로 가득했다. 근육의 긴장이 풀린 나머지 일을 저지른 갈오울루의 바지에서 풍겨나오는 냄새였다. 사실 둘 다 다리가 풀렸지만 보물 사냥꾼은 정신을 놓지 않아 이런 일을 저지르진 않았다. 그는 노파의 몸을 시금석으로 문질러보고 그것이 순금이라는 것을 확인했다. 이로써 갈오울루는 자유의 몸이 되었고, 부자까지 되었다. 황금으로 변한 장모는 이제 갈오울루의 보물이 되어, 보석상에 팔리기를 기다리고 있었다. 사위는 단지 톱의 손잡이만 팔고서도 트랙터 한 대와 칠만 칠천 평방미터의 토지를 샀다. 보물 사냥꾼은 재산의 마지막 한 푼까지 노름판에서 잃은 후, 그날 밤 무덤에 들어가기 전에 바크라와* 한 접시를 자신이 다 먹어치우는 대신 노파가 먹게 했더라면 금의 무게가 더 나갈 것이라는 생각을 하며 후회했고, 일주일 후에 자살했다.

한밤에 할머니 할아버지가 아이들에게 해준 이야기에 따르면, 돈이 충분하지 않았던 사십 명의 보석 상인들은 함께 돈을 모아

---

* 꿀을 듬뿍 뿌린 터키 과자.

장모를 샀다. 갈오울루는 돈을 받자마자 제일 먼저 군으로 나가 옷 한 벌, 중절모 그리고 발목 부분에 주름이 잡힌 가죽 부츠를 주문했고, 양복점에서 옷을 찾는 날 모든 이를 금으로 씌웠고, 다음으로 트랙터 한 대를 사서 타고 마을로 돌아오자 사람들은 나팔을 불고 북을 치며 그를 맞이했다. 새로 산 말을 곧장 가져오라고 한 후, 마부가 말의 고삐를 잡고 있을 때 그는 등자를 밟고 안장에 앉은 후 사진을 찍었다. 세월이 한참 흐른 뒤 손자들은 그 사진을 보고 흑백사진인데도 반짝이고 있는 그의 금니에 놀랐다. 한 할머니는 이 이야기를 해주면서, 아내의 집요한 부탁을 견디지 못한 갈오울루가 집에 자석식 전화를 가져와 이장의 집과 연결했으며, 손님들에게 타르하나*와 페르시아 캐비아가 들어간 팬케이크를 골동품 도자기에 담아 대접했다고 설명해주기도 했다. 어떤 사람들은 사기꾼 재봉사가 파산한 연극단에서 나폴레옹 역을 맡을 사람을 위해 재단한 장군 제복을 최신 유행이라며 속여 그에게 팔았으며, 갈오울루가 이 이상한 옷을 입고는 정확히 한 달 반 동안 돌아다니다 도시에 가서야 비로소 사기를 당했다는 것을 알아챘다는 이야기를 해주었다. 또 어떤 사람들은 그가 자동차를 샀고, 그의 아내가 이 자동차에 레이스 커튼을 짜서 달았으며, 갈오울루는 장미와 닭을 수놓은 자수 시트가 깔린 자동차를 타고 먼지를 폴폴 일으키며 매일같이 마을 찻집을 오갔다고 했다.

---

* 토마토, 고추, 양파, 향초, 삶은 밀, 우유 또는 요구르트를 넣어 발효시킨 후 말려서 빻은 스프용 재료.

*

젯잘 데데가 이야기를 마치자 죽음이 말했다.

"우리 둘 다 공포 이야기를 한 가지씩 했다. 하지만 우리는 공포라는 이 기본적인 감정을 별로 진지하게 받아들인 것 같지 않군. 내가 죽음 그 자체임에도 공포를 잘 모르고 있으니 내게 관용을 베풀어주게. 하지만 오랜 세월 동안 나를 기다리는 자네 같은 사람이 사실 더 진지하고 소름 끼치는 이야기를 할 거라고 기대했었네. 최소한 이 문제에 관한 한 자네는 나와 비교해 논쟁의 여지가 없을 정도로 우위에 있지. 하지만 자네는 이를 정당하게 사용하지 못했어. 소름이 돋는 대신 한두 군데에서 내가 미소를 지었다는 것을 난 기억하네. 이는 물론 공포 이야기에서는 용서할 수 없는 결점이지. 하지만 우리가 게임을 계속해야 하니 이제 다른 주제를 골라야 하네. 어떤 주제를 택할 텐가?"

노인은 한동안 생각한 후 대답했다.

"나는 나이도 많고, 신께 기도와 간청을 하는 사람이오. 그리고 아주 종교적인 이야기도 많이 알고 있지요. 지금부터는 종교적인 이야기를 하면 좋겠군요."

죽음이 말했다.

"정말 적절한 선택이군. 어떤 면에서는 공포와도 관련이 있는 것 같고. 사람들을 종교로 이끄는 것이 신에 대한 두려움에서 비롯되었다고 본다면, 이 종교적인 이야기도, 최소한 사람들에게 일종의 공포 이야기가 될 수도 있지. 하지만 사실 난 사람들의 이런 생각은 절대 옳다고 보지 않아. 나는 내 이야기에서 공포를 중요하게 여기지 않을 거야. 하지만 자네는 아마도 이번에는 진짜 공포 이야기를 하겠지. 어쨌든, 두고 보면 알겠지."

어느새 그들은 아덴 마을에 도착했다. 죽음이 말한 대로라면 우준 이흐산은 여기에 있는 것이 확실했다. 좁은 골목길을 한참 걷고 있는데, 꽤 먼 곳에서 무슨 소리가 들려왔다. 누군가가 애절하게 우는 소리였다. 하지만 그 울음소리에 슬픔이 배어 있다고는 할 수 없었다. 그 소리에서 많은 고통을 당하고 이제는 평온을 되찾은 사람의 기쁨이 느껴졌기 때문이다. 다시 말해 그 울음은 행복을 잃은 것에서 비롯한 슬픔이 아니라, 슬픈 날을 뒤로하고 행복에 다다른 기쁨을 표현하고 있었다. 하지만 상처의 흔적은 아직 남아 있는 것 같았다. 그 소리가 들리는 쪽으로 다가갔을 때 그들은 곧 그것이 울음소리가 아니라, 곡조라는 것을 알게 되었다. 소리의 아름다움에서 고통이 아니라, 가라앉은 고통이 남긴 슬픔과 어떤 아픔이 끝났다는 것에 대한 기쁨이 느껴졌다. 얼마 지나지 않아 그들은 그것이 멋진 바이올린의 아련하고 슬픈 소리임을 알게 되었다. 스무 살이 채 안 되어 보이는 어떤 젊은이가 궤짝 위에 올라가 바이올린을 켜고 있었다. 얼마나 애절하게 켜는지 주위에 모여 연주를 듣는 사람들 중 몇몇은 눈물을 글썽거리고 있었다. 실상 젊은이의 눈도 젖어 있었다. 게다가 울먹이는 듯한 곡조의 연주를 끝냈을 때 젊은이는 살짝 건드리기만 해도 울음을 터트릴 것 같았다. 그는 감정이 너무 깊어져 있어 자신에게 다가오고 있는 죽음을 얼른 알아채지 못했다. 어쩐지 그가 우준 이흐산이 있는 곳을 알고 있을 것 같았다. 하지만 죽음이 우준 이흐산이 있는 곳을 물었는데도 젊은이는 놀라거나 흠칫하는 것 같지도 않았다. 그 순간 죽음은 젊은이를 만지는 실수를 하고 말았다. 조금 전에 연주했던 슬픈 곡조의 격정에서 아직 벗어나지 못하고 울먹이던 젊은이는, 실상 눈에 눈물을 머금고 있던 터라, 누군가가 자신을 만지자마자 곧장 엉엉 울기 시작했다. 그가 얼마나 애달프게 울던 지, 이따금씩 무엇인가를 말하거나 최소한 가리키고 싶어하는 것 같았지만 곧 울음에 파묻혀 그의 말은 도무지 입에서 나오지 않았 다. 손으로 무엇인가를 가리키는 것처럼 보였지만, 무얼 말하려는 건지도 알 수 없었다. 이런 상태에서 꽤 시간이 지났고, 드디어 젊 은이는 자신을 추스른 후 죽음에게 말했다.

"우준 이흐산은 아까부터 여기 있었어요. 내가 엉엉 울고 있었 기 때문에 당신에게 말하지 못했습니다. 하지만 당신에게 계속 그 를 가리켜 보였어요. 그런데 당신은 저의 그 노력을 알아채지 못 했어요. 제가 가리킨 곳을 쳐다보았다면 그를 보았을 겁니다. 그 는 제가 손가락으로 왜 자신을 가리키는지 이해하지 못하는 것처 럼 오랫동안 우리를 바라보다 가버렸습니다."

이 상황에 아주 화가 난 죽음은 젊은이의 따귀라도 때릴 듯 손 을 들어 올렸다. 우준 이흐산을 또다시 바로 눈앞에서 놓친 것이 다. 예민한 성향의 젊은이는 이 상황에 움찔하더니 마음의 상처를 입고는 다시 눈물바다에 빠졌다. 검은 장정의 명부를 호주머니에 서 꺼내 살펴본 죽음은 젯잘 데데에게 말했다.

"이제 메와 마을로 가세. 난 우준 이흐산이 거기로 갈 거라고 확신해. 거기로 가면서 우리는 게임을 계속하면 되고. 하지만 난 지금 신경이 상당히 곤두서 있기 때문에 이야기니 뭐니 해줄 상황이 아냐. 그러니 이번에는 자네가 먼저 시작하게. 어떤 이야기를 할지 결정은 했나?"

노인은 "'어느 성지 방문' 이야기를 하려고 하오"라고 대답했다. 그러고선 메와 마을을 향해 길을 나서면서 이야기를 하기 시작했다.

*

소문에 의하면, 지금으로부터 오십여 년 전 디야르베키르에 디와나라는 마을이 있었다. 이 마을의 이맘은 일흔 살이 훌쩍 넘었기 때문에, 영혼이 천국에 갈 기쁨으로 몸에서 가만히 있지 않고 노망기를 보였다. 늙은 이맘은 기도를 올리는 횟수를 자주 잊었고, 때때로 기도용 깔개 위에서 졸기도 했다. 나중에는 기도 시간에 첨탑의 발코니에 올라가 기도 시간을 알리는 기도문을 읊는 대신, 손을 귀 뒤로 가져가서는 가젤*을 읊고, 금요 설교에서는 신자들에게 자신의 군복무 시절에 대해 늘어놓기 시작했다. 결국 어느 날에는 수 개념마저도 잊어버린 듯했다. 숫자들 간의 수량 차이를 정확히 가늠하지 못해 몇 번 기도를 올렸는지 계산을 하지 못했

---

* 터키 고전문학 운문 형태의 일종.

고, 해가 지고 두 시간 뒤에 기도를 하려고 온 신자들에게 밤새 기도를 올리게 해 그들을 수없이 많은 은총에 파묻히게 했다. 종교적 의무를 실행하지 못한 사람들은 이 상황을 중단시키고 싶었지만, 그가 인도한 그 많은 기도의 은총을 받고 있는 노인에게 무례를 범해 죄를 짓고 싶은 마음은 털끝만큼도 없었다. 하지만 그들은 이맘이 직업을 놓게 될 날이 머지않았음을 칠 년 전부터 알고 있었다. 사람들은 이에 대비하기 위해 오래전부터 자기들끼리 돈을 모아 마을에서 배움에 가장 의욕이 있어 보이는 아이를 신학교에 보냈다. 하지만 이 학생은 아주 말썽꾸러기에다 반항기가 철철 넘치는 아이였다. 한 학년을 두 번 다니고, 거의 매년 교칙 위반으로 벌을 받았다. 특히 삼 년제 학교에서 육 년째 되는 해에 퇴학의 위기에 처하자, 마을 사람들은 버터, 말린 고기, 꿀 몇 항아리, 달걀 두 바구니 그리고 닭 일곱 마리를 들고 학교 문턱을 뻔질나게 드나들어 그 말썽꾸러기 아이가 퇴학당하는 걸 겨우 면하게 만들었다. 드디어 어느 날 그 아이가 학교를 졸업했을 때, 그러니까 이제 이맘이 되었다는 소식이 들려오자 마을 사람들은 잔치를 벌였다. 그가 마을에 도착한 날 양 네 마리와 산양 한 마리를 잡았고, 이 희생양들의 피를 사람들의 이마에 묻혔다. 하지만 옛 이맘은 도무지 사원에서 나오려고 하지 않았다. 신도들이 그에게 필요 이상으로 은총을 받아 천국으로 가는 다리를 지나기 어려울 것이니, 이제 은퇴하고 종교와 기도에 헌신해야 한다고 말하자, 그는 신도들을 배은망덕하다고 비난했다. 그는 너무나 화가 나고 속이 상해 사원 첨탑으로 올라가 목청이 터져라 고함을 치며 온 마을이 은혜라는 것을 모른다며 만방에 떠들어댔다. 그를 첨탑에서 끌어내기는 힘들었다. 왜냐하면 안에서 문을 잠그고, 그것도 모자라 철 빗장으로 걸어 잠갔기 때문이다. 둘째 날 그는 저주를 그만두고 다시 손을 귀에 대고는 가젤을 읊기 시작했다. 사흘째 되는 날 저녁에는 장단에 맞춰 코란을 읽기 시작했고, 밤새 코란을 처음부터 끝까지 다 읽었다. 아침에 일어난 마을 사람들은 주위가 조용해진 것을 알게 되었다. 그리하여 결정을 내리고 첨탑으로 들어가 첨탑 발코니의 문을 온 힘을 다해 열었는데, 옛 이맘의 흔적을 어디에서도 발견할 수 없었다. 사람들은 이것이 그가 마치 기도 시간을 알리는 기도문 소리처럼, 첨탑 발코니에서 하늘로 올라갔다는 명확한 증거라고 받아들였다.

그런데 일림다르, 그러니까 새로 부임한 이맘은 이상한 사람이었다. 기도 시간과 기도 시간 사이에 마을 찻집으로 가 라디오에서 흘러나오는 노래를 듣질 않나, 흥겨운 노래가 나오면 찻집에서 기도 시간을 기다리고 있는 사람들에게 "자, 일어나세요, 발을 구르며 춤을 춥시다!" 하고 말하기 일쑤였다. 이렇게 해서 결혼식이나 축제도 아니었지만 나이깨나 든 사람들은 자리에서 일어나 서로 팔짱을 끼고, 손에 손수건을 들고, 이맘을 위시하여 춤을 추다 모든 사람들 앞에서 창피를 당했다. 기도 시간이 되어도 일림다르는 여전히 발을 구르며 춤을 추고 휘파람을 불면서, 다섯 살 먹은 남자아이를 불러 첨탑에 올라가 기도 시간을 알리는 기도문을 읊으라고 말했다. 기대하지도 못했던 좋은 일을 하게 되어 기쁜 개구쟁이 아이가 사원 첨탑에서 애달픈 목소리로 기도문을 읊고 있을 때, 이맘은 손에 든 손수건을 흔들며, 함께 발을 구르며 춤을 추던 사람들을 사원으로 데리고 갔다. 이게 전부라면 그나마 다행이었겠지만, 이맘은 죽은 사람의 몸을 씻으면서, 고인의 영혼이 천국으로 가도록 기도를 올리는 대신 노래를 불렀다. 그러니까 그는 죽음도 삶만큼이나 기분 좋게 맞이했던 것이다. 그리하여 사람들은 노망이 들기는 했지만 승천한 과거의 이맘을 그리워하기도 했다.

하지만 디와나 마을 사람들이 알아채지 못한 어떤 사건이 젊은 이맘의 인생관을 약간 바꾸어놓은 것 같았다. 군 소재지 학교의 어느 교사가 들판에서 산책을 하다 개 떼들의 공격을 받아 도망쳐 어렵사리 목숨을 건진 사건이 있었다. 그런데 그 와중에 그는 자신이 가지고 있던 책을 잃어버리고 말았다. 그 책은 『문명사』라는 작품의 제2권이었고, 이렇게 해서 한 세트에서 한 권이 비게 되었다. 그래서 교사는 잃어버린 한 권을 찾아다주는 마을 사람에게 읽고 쓰는 법을 공짜로 가르쳐주겠다고 약속했다. 그런데 바로 그 책을 운명의 장난으로 일림다르가 찾았던 것이다. 신학교의 엄한 선생들은 그에게 읽고 쓰는 것이 지긋지긋한 일이라는 생각을 주입시켰으며, 성직에 필요한 것들을 모두 그에게 외우게 했었다. 이러한 이유로 그가 더 공부할 필요는 없었지만 그래도 일림다르는 책의 제목이 궁금했다. 그것은 '극동 문명'에 관한 책이었다. 이맘은 책에 그림도 있는 것을 보고는 최소한 한번 훑어보고 싶은 생각이 들어 나무 밑에 앉아 손가락에 침을 묻혀가며 책장을 넘기기 시작했다. 그러다 그림들 중 하나에 눈길이 갔고, 거기에서 눈을 뗄 수 없었다. 그것은 가사(袈裟)를 입고 책상다리를 한 채 손은 무릎 위에 올려놓은, 명상에 빠진 어떤 성자의 사진이었다. 가장 이상한 것은 이 동상의 얼굴에 서려 있는 미소였다. 명상에 빠진 그 남자는 극도로 아름답고 즐거운 것을 보거나 느꼈음에 분명했다. 일림다르는 마법에 걸린 듯 해가 질 때까지 그림에서 눈을 떼지 못했다. 저녁이 되어 마을로 돌아온 그는 소년들 중 한 명을 불러 책을 교사에게 가져다주라고 시켰다. 그런데 다음 날 아침 그 소년이 엉엉 울면서 마을로 돌아왔다. 왜냐하면 그 교사가 고타마*의 그림이 책에서 찢겨나간 것을 알아채고는 아이의 따귀를 올려붙였던 것이다.

그날 이후 일림다르는 갈수록 조용해지고 부드러워지고 겸손한 사람이 되었다. 주로 들판이나 산기슭의 작은 언덕에서 혼자 배회하고, 사람들이 많은 곳에는 별로 가지 않고 사원 혹은 집에서 깊은 상념에 빠졌다. 하지만 경쟁 마을인 젠게필의 이맘은 그처럼 소박하거나 조용한 사람이 아니었다. 정반대로 존경받을 만하며, 신중한 사람이었다. 어떤 부당한 처사로 인해 신학교를 이등으로 졸업한 이 사람은, 마치 신의 품에서 우상숭배자들을 바라보는 아이의 비난하는 마음, 복수심 그리고 안정감이 묻어나는 진지하고 찡그린 상을 하고 있었으며, 이슬람 관습에 맞게 윗입술을 덮지 않은 아몬드 모양의 콧수염, 굵은 음성, 절대 터번을 벗지 않는 격조 높고 멋진 사람이었다. 라마단 금식 기간의 저녁식사를 새끼

---

*석가모니.

양고기, 밀가루 음식, 생크림을 듬뿍 올린 카다이프* 같은 음식으로 시작하는 것을 좋아했기 때문에 몸은 통통하고 볼은 핑크빛으로 반짝였으며, 목덜미는 두꺼웠다. 천사들마저 제압하는 확고한 믿음으로 반짝반짝 빛나는 눈으로 마치 영혼을 읽고는 비난하듯 신자들을 주시하면, 가련한 사람들은 마음속으로 신은 위대하다고 생각하며 기도를 올렸고, 신에 대한 복종과 죄의식으로 고개를 떨어뜨렸다. 그 기념비적인 남자가 바른 장미유 향기와 함께 그의 위풍당당함과 장엄함은 주위에 물결처럼 퍼져나가 신자들의 영혼에 부딪혀 침착성을 완전히 잃게 만들었다. 일일이 열거하며 적는 것으로는 페이지가 모자랄 그의 미덕들 중 하나는 절약 정신이었다. 온갖 종류의 낭비를 거부하는 이 이맘은 사망 후 삼 일, 사십 일, 오십이 일째 되는 날 기도를 드리며 명복을 빌어주거나 메브리트**에 초대되어 받은 돈을 함부로 쓰지 않았다. 이렇게 절약한 끝에 이맘은 마침내 성지순례를 가기 위해 필요한 돈을 다 모았다. 이제 성지순례도 마치면 종교 축일 기간에 사람들에게 손등 대신 카바***의 신성한 바닥에 닿은 손바닥에 입 맞추게 하는 성지 순례자, 그러니까 지상에서는 마지막 단계에 이르고 하늘에서도 높은 지위에 오른 사람이 될 것이었다.

하지만 그가 성지순례 여행을 준비하는 것이 디와나 사람들에게는 결코 좋은 일이 아니었다. 왜냐하면 젠게필과 디와나는 앙숙

---

* 디저트로 먹는 파이 유의 밀가루 음식.
** 무함마드의 탄생과 삶을 서술한 사행시, 혹은 이 글을 읽는 종교 의식.
*** 메카에 있는 무슬림들이 가장 신성시하는 신전.

지간이었기 때문이다. 이 적대감은 십 년인지 십오 년 전인지 젠게필 출신의 어떤 음유시인이 디와나 처녀들의 가슴을 멜론에 비유하는 노래를 지어 라디오에서 부르기까지 한 데서 비롯된 것이었다. 노래가 라디오에서 흘러나온 지 하루가 지나 젠게필은 백 명 정도의 디와나 마을 청년들에게 습격을 당했다. 디와나 마을 청년들은 찻집에서 하릴없이 시간을 보내는 젠게필 사람들을 거칠게 다루었고, 따귀를 올려붙였으며, 거울과 유리를 깨뜨렸다. 왜냐하면 디와나 사람들은 밭에서 주로 멜론을 키웠는데 맛은 차치하고라도 그 풍만함을 자랑으로 삼고 있었기 때문이다. 이렇게 해서 양쪽 마을의 젊은이들은 최소한 각각 오십 명씩 한데 몰려 돌과 몽둥이를 들고 들판과 산기슭에서 자주 싸움을 벌였다. 그 외에도 적대감만큼이나 지독한 경쟁도 시작되었다. 말이 나돌지 않도록 하기 위해, 남의 입방아에 오르지 않기 위해 두 마을 사람들은 용맹성, 재산, 몸치장 문제 등 매사를 경쟁하기 시작했다. 상황이 이렇게 되자, 디와나 사람들은 자신들의 이맘이 원수 마을의 이맘만큼 멋들어지게 꾸미지 않는 것 때문에 의기소침해 있었다.

이러한 이유로 디와나 사람들은 자신들의 이맘도 성지순례에 보내야만 했다. 하지만 자기들끼리 모은 돈은 겨우 여행 경비의 절반밖에 되지 않았다. 결국 사람들은 그 지역에서 영향력 있고 부자인 지주에게 도움을 청하기로 결정했다. 금요 예배를 마친 마을 어른들은 이맘 모르게 곧장 지주에게로 갔다. 그들의 말을 들은 지주는 한 가지 조건을 내걸며 그들의 요구를 받아들였다. 일림다르 이맘을 성지에 보내주겠지만, 일흔 살 정도 된 지주의 아버지와 상사병에 걸린 열여덟 살짜리 아들이 이맘과 동행해야 한다는 것이었다. 더 정확히 말하면 이 노인과 노인의 손자가 이맘의 감시와 보호하에 있어야 한다는 것이었다. 디와나 사람들은 이 조건을 당장 받아들였다. 하지만 마을 사람들이 지주와 흥정을 했다는 것을 모르는 이맘은 이것을 절대로, 죽어도, 받아들일 사람이 아니었다. 왜냐하면 신성한 여행에서 이맘이 감시해야 하는 소년은 상사병 때문에 이제 쇠사슬에 묶어놓을 정도로 신경질적이고, 어떻게 말해야 하나, 완전히 미친 사람이었기 때문이다. 사춘기에 들어선 후 지금까지 한 번도 입을 열지 않았던 이 소년은 자신이 사랑하는 사람이 누군지 절대 말하지 않았다. 그가 열일곱 살이었을 때 보름달이 뜨는 밤마다 집에서 도망쳐 사방을 공격하고 양과 닭을 죽이기 시작하자, 사람들은 이제 그를 창고에 가두고 벽에 쇠사슬로 묶어야 한다고 생각했다. 눈에서 항상 사나운 빛이 번뜩이는 소년이 성지순례를 가는 것은 물론 종교적으로 받아들여질 수 없는 일이었다. 하지만 아주 영민한 누군가가 그 소년의 아버지에게 아이가 신성한 땅을 디디고 그 내세의 공기를 호흡하면 마음속에 있는 악마가 떠날 수밖에 없을 것이라고 말했고, 소년의 아버지는 그 말을 잊지 않았던 것이다. 성지순례에 함께 갈 노인도 별로 신뢰할 만한 사람은 아니었다. 여든 살이 된 제케르야라는 이름의 이 노인은 레몬처럼 신 성품에다 심술궂고 퉁명스러우며 잔소리가 심한 사람이었다. 지주가 그를 성지순례에 보내게 된 것은 하즈*가 되고 싶다며 아들을 들볶는 아버지의 성격이 좀 누그러지기를 기대했기 때문이었다.

그날 밤 누군가가 이맘의 방문을 두드렸다. 나가보니 정원에서 이맘을 기다리는 마을 사람들 사이에 늑대를 닮은 야만적인 눈빛을 하고 쇠사슬에 묶인 소년과 발목 부분에 주름이 잡혀 있는 부츠를 신고, 머리에는 푸시**를 쓰고, 회색 양복의 옷깃에 빨간 카네이션을 달고 거드름을 피우는 꼬장꼬장한 노인이 있었다. 디와나 사람들은 만면에 웃음을 가득 띤 채 흥분해서 이맘에게 지주가 그를 성지순례에 보내주기로 했다고 입에 침이 마르게 떠들어대고 있었다. 하지만 그들은 웬일인지 회소식을 전해주면서도 시선을 피하고 있었다. 게다가 다음 날 문구류를 사러 도시에 나갈 때 그를 태우고 갈 노새도 벌써 준비되어 있었다. 그런데 이맘은 별로 관심을 갖지 않았고, 카바를 향한 마음의 여행이 하즈만큼이나 종교적으로 가치가 있는 거라고 설명하려고 했다. 하지만 마을 사람들은 온갖 수단을 다 동원해 그를 설득하려고 했으며, 좋은 말이 먹혀들지 않으면 협박도 서슴지 않아 결국은 이맘의 동의를 구해내는 듯했다. 그러다 마을의 이장이 나서서 진짜 문제를 언급했다. 하즈는 종교적인 의무이지만 이것에도 조건이 있다고 한 것이다. 이맘은 신성한 땅에 두 명을 더 데리고 가 신의 은총을 세 배로 받아야 한다는 것이었다. 일림다르가 그들이 누구냐고 묻자 디와나 사람들은 한목소리로 "가련한 할아버지와 그의 미친 손자!"라고 외쳤다. 이들은 아주 지극한 연민으로 머리를 좌우로 흔들

* 무슬림들의 종교적 임무 중 하나인 성지순례를 마친 사람에게 부여하는 칭호.
** 남자들이 머리에 쓰는 네모난 천으로 된 수건.

며, 할아버지와 손자가 카바에 가고 싶은 열망으로 몸이 달았다고 말했다. 게다가 어떤 사람들의 눈에서는 눈물마저 흘러내렸다. 그 사이 다섯 살 먹은 한 아이가 군중을 뚫고 나와 이맘의 손을 잡았다. 아이가 자신의 손등에 입맞춤을 할 거라고 생각한 이맘은 이를 저지하지 않았다. 하지만 아이는 손수건에 싼 금화 일곱 개를 그의 손에 쥐여준 후, 올 때처럼 재빠르게 군중 속으로 사라졌다. 이맘은 속았다. 이미 돈을 받아버린 것이다. 마을 사람들이 자리를 뜨느라 어수선한 가운데 이장은 자신이 처한 상황을 파악하려고 애를 쓰는 이맘에게 말했다.

"종교적으로 허락된 돈이오. 성지순례를 가서 숭고한 하즈가 되어 마을로 돌아오시오. 이제부터 신중하게 행동하고, 우리 마을이 나쁘게 소문나지 않게 하시오."

이맘이 여전히 어리둥절한 표정으로 사방을 둘러보는데, 그의 집에서 마지막으로 나간 마을 사람이 그때까지 밖에서 기다리고 있던 늑대 눈빛의 아이를 안으로 데리고 들어와 긴 보료에 앉혔다. 뒤를 이어 제케르야 데데가 안으로 들어왔다. 할아버지는 그 밤늦은 시간에 배가 고프다며 음식을 달라고 했다. 정말이지 노인의 잔소리는 참을 수 있는 종류의 것이 아니었다. 하지만 그의 성격을 아는 마을 이장은 이들과의 첫 대면에서 이맘의 고통을 가라앉히려고 그랬는지 한 여자를 시켜 이맘의 집으로 음식을 보내왔다. 그런데 밥상 앞에 앉은 제케르야 데데는 수프가 싱겁고 너무 뜨겁기까지 하다며 불평을 늘어놓았다. 음식을 가져온 여자도 그 말을 듣고 투덜거렸다. 너무나 화가 난 노인은 잔소리를 하며 팔을 휘휘 젓기 시작했다. 하지만 그는 이 무례함 때문에 아주 비싼 대가를 치러야만 했다. 그가 분노하며 팔을 휘젓는 순간, 아주 사나운 시선으로 노인을 바라보던 손자가 쇠사슬에 몸이 묶여 있었는데도 노인의 엄지손가락을 깨물었던 것이다. 손가락을 도무지 놔주지 않는 것으로 봐서, 음식이 마음에 들지 않았던 까다로운 노인과는 반대로, 소년은 입에 들어간 음식에 불만이 없는 듯했고, 아주 맛있다고 생각하는 모양이었다.

드디어 순례 준비가 끝나자, 질히제* 달 시작을 조금 남겨둔 어느 날 아침 이흐람**을 두른 세 사람은 집을 나섰다. 디와나 사람들은 두 갈래 길이 만나는 곳까지 그들과 동행했다. 정오 무렵 꽤 낡은 성지순례 전용 버스가 흙먼지를 일으키며 갈림길에 도착했다. 버스 안에는 이흐람에 몸을 감싼 하즈 후보자들이 있었다. 이맘은 모터가 달린 교통수단을 타는 게 이번이 세번째였다. 그랬기 때문에 그는 여행의 즐거움을 만끽하기 위해, 그 역시 하즈 후보자인 운전사의 옆 빈자리에 앉았다. 버스가 출발하고 꽤 긴 시간이 지나자 산악 지대가 시작되었다. 버스가 비탈길을 올라가고 있을 때 갑자기 소나기가 퍼붓기 시작했다. 의자에 몸을 푹 파묻은 이맘은 경치를 맘껏 즐겼다. 그는 고도가 높은 산길을 갈 때 눈 덮인 정상, 깊은 나락, 위험한 길을 바라보는 것을 아주 좋아했다. 그사이 눈도 내리기 시작했고, 눈은 얼마 지나지 않아 진눈깨비로

---

* 이슬람력의 열두번째 달로 성지순례를 가는 달.
** 성지순례를 가는 사람들이 두르는 옷.

변했다. 하지만 산을 넘고 아래쪽으로 내려가기 시작했을 때 날씨는 온화해졌다. 이맘은 맨 앞자리에서 편안한 마음으로 길을 바라보다 한 떼의 늑대가 버스와 함께 뛰고 있다는 것을 알게 되었다. 게다가 빨리 뛰는 몇 마리는 버스를 추월하고 있었다. 늑대를 보자 이맘은 갑자기 성지순례에 데려가야 했던 야만적인 소년이 떠올랐다. 뒤를 돌아본 이맘은 제케르야 데데의 옆 좌석이 비어 있는 것을 보고는 가슴이 철렁 내려앉았다. 그들은 사나운 눈빛을 한 소년을 데려오는 것을 잊었던 것이다! 당황한 이맘은 급히 뒤쪽으로 가 노인을 깨웠다. 그러고는 그에게 손자가 어디 있는지 물었다. 대답은 끔찍했다. 제케르야 데데는 손자가 미쳤기 때문에 그에게 성지순례가 허락되지 않을 거라고 생각해, 즉석에서 결정을 내려 그 아이를 버스에 태우지 않았다고 말했다. 게다가 이 까다로운 성미의 노인은 일인용 의자에서 앉아 있으면서도 불편하다며 불만을 터뜨렸다. 이맘은 씩씩거리며 그에게 "뭘 했다고요 할아버지! 아이를 그곳에 혼자 남겨두고 왔다고요? 사슬로 매어놓지 그러셨어요? 그러면 마을 사람들이 그 아이를 아버지에게 데려다주었을 텐데" 하고 말하자, 제케르야 데데는 거들먹거리면서 "물론 묶어두었지! 아, 버스 뒤에 묶어두었다니까!" 하고 대답했다. 이 말을 듣고 순간 돌아버린 이맘은 손으로 자기 이마를 쳤다. 그러니까 정오부터 저녁 이 시간까지 미친 아이가 버스 뒤에 묶여 끌려오고 있으며, 그 빗속에서, 눈 속에서, 진눈깨비 속에서, 벼랑에서 어쩌면 이미 몸이 갈기갈기 찢겨졌을지도 모르는 것이다. 이맘은 그제야 늑대가 왜 버스 뒤를 뒤쫓아오는지 이해하게 되었다. 늑대들은 아이의 시체에서 떨어져나간 살점들에 맛을 들였는지 모두 꼬리를 흔들며 뛰어오고 있었던 것이다. 이맘은 황급히 버스의 뒤쪽으로 달려갔다. 하지만 주위가 어두워지고, 창문에는 얼음이 끼어 있었기 때문에 바깥이 잘 보이지 않았다. 그는 즉시 운전사에게 소리를 질러 버스를 세우라고 말했다. 하지만 운전사는 그의 말에 귀 기울이지 않았다.

"이 늑대 떼가 우글거리는 곳에서 어떻게 멈춥니까? 봐요, 어림잡아도 백 마리는 되겠는데요!"

하지만 운전사에게 버스 뒤쪽 범퍼에 누군가 묶여 있다고 말하자 그는 자신의 귀를 의심했다. 결국 버스가 멈춰 섰다. 주위는 완전히 어두워져 있었다. 다른 승객들도 상황을 알게 되었고 한바탕 소동이 일기 시작했다. 뒤쪽 창문을 살펴봐도 도무지 소년의 운명을 알 수 없었다. 그날 밤 어둠 속에서 보이는 것은 오로지 날카로운 이빨과 번뜩이는 사나운 눈들뿐이었다. 밖에 이렇게 많은 짐승들이 있었기에 아무도 나가서 소년의 생사를 확인할 용기를 내지 못했다. 하루에 겨우 차량 한두 대가 지나가는 이 한적한 길에서 누군가에게 도움을 요청한다는 것도 불가능해 보였다. 하지만 알고서도 아이를 모른 척하고 그냥 간다는 것은 큰 죄였다. 아주 희박하긴 해도 아직 아이가 살아 있을 가능성이 있었고, 운전사를 비롯해 승객 모두가 이흐람을 두르고 있었던 것이다. 이흐람을 두른 사람은 생명을 죽이는 건 말할 필요도 없고, 죽음의 원인이 되는 일, 풀 한 포기 혹은 나무에서 잎사귀 하나 떼어내는 것, 게다가 긁는 것조차 종교적으로 금지되어 있었던 것이다. 모든 재앙이 한꺼번에 들이닥쳤다. 어둠 속에서 늑대 몇 마리가 버스에 아주 가까이 다가왔고, 한두 마리는 몸을 세워 앞발을 버스에 대고 창문을 통해 안을 들여다보기도 했다. 이런 일이 벌어지는 동안, 자신에 대한 손님들의 신임을 높이기 위해 성지순례에 나선 카이세리 출신의 상인은 커다랗고 사나운 눈으로 창문을 통해 자신을 바라보는 늑대를 보고는 화를 내며 "훠이! 훠이!" 하고 소리지르며 쫓아내려고 하고 있었다. 하지만 이 행동은 짐승들의 화를 더 돋워, 늑대들이 날카로운 이빨을 드러내며 그 남자에게 으르렁거리는 결과를 낳고 말았다.

성지순례자들은 밤새 그 한겨울의 추위와 두려움에 몸을 떨며 밤을 샜다. 드디어 날이 밝아오기 시작했다. 하지만 늑대들은 여전히 그 자리를 떠나지 않았고, 오히려 더 많이 몰려든 것 같았다. 이맘은 더이상 참지 못하고 짐승들을 쫓아내면서 버스의 뒷문을 약간 열어 뒤쪽을 쳐다보았다. 그가 본 광경은 그야말로 경악 그 자체였다. 버스가 달려온 그 많은 길과 빠른 속도 그리고 그 많은 위험을 겪었는데도 사나운 눈빛의 소년은 여전히 살아 있었던 것이다. 게다가 아주 작은 상처 하나도 입지 않았고, 옷도 한 군데도 찢기지 않은 것으로 보아 오는 내내 뛰었던 것이 틀림없었다. 가장 이해할 수 없었던 것은 소년이 늑대들과 놀고 있다는 사실이었다. 동물들은 꼬리를 흔들며 그의 곁으로 가 그의 목, 얼굴 그리고 손을 핥았다. 소년도 형제들에게 같은 반응을 보이며 동물들의 털을 핥고, 입맞춤을 하고 냄새를 맡았다. 늑대들이 버스를 따라온 것은 분명 버스 뒤에 묶인 채 아주 먼 길을 달린 이 소년 때문이었

음이 분명했다. 정신을 차린 이맘은 신의 힘에 의지하여 버스에서
내려 눈 깜짝할 사이에 쇠사슬을 풀고는 그 한끝을 손으로 잡고
다시 안으로 들어왔다. 그는 승객들에게 도움을 요청해 문을 약간
열어놓고, 온 힘으로 쇠사슬에 매달려 소년을 끌어들이기 시작했
다. 이맘이 이 힘겨운 일을 하고 있을 때, 밖에서는 형제들과 헤어
지고 싶지 않은 소년의 고함 소리와 늑대들의 울부짖는 소리가 들
려오기 시작했다. 소년은 질질 끌려서 드디어 버스 문 옆까지 왔
다. 하지만 문을 여는 것은 결코 현명한 일이 아니었다. 왜냐하면
늑대들이 자신의 형제라고 생각하는 소년이 사람들에게 잡히는
것을 구경만 하고 있지 않았으며, 살짝 열린 문을 통해 네다섯 마
리가 한꺼번에 안으로 들어오려고 했던 것이다. 게다가 다른 늑대
들은 창문을 공격하기 시작했다. 하지만 승객들이 쇠사슬을 꼭 잡
아 소년의 발이 땅에서 떨어지자 운전자는 버스를 출발시켰다. 늑
대들은 버스 뒤를 여전히 따라오고 있었지만, 버스 안에 있는 사
람들은 드디어 문을 열고 소년을 안으로 끌어올렸다. 운전사가 기
어를 올려 속력을 내자 동물들과의 사이는 점점 멀어졌다. 결국
따라잡지 못하리란 걸 안 늑대들은 어딘가를 다쳐 고통스러운 개
처럼 울부짖기 시작했다. 소년도 이 이별 때문에 울고 있었다. 소
년은 정오 때까지 울고 나더니 약간 진정되는 듯했고, 지독한 피
곤함이 밀려왔는지 꾸벅꾸벅 졸기 시작했다. 결국 얼마 지나지 않
아 소년은 의자에 앉은 채 곯아떨어졌다.

소년이 눈을 떴을 때는 한밤중이었다. 대부분의 승객들은 잠을
자고 있었다. 소년은 쇠사슬이 허락하는 한도 내에서 몸을 일으켜

창밖을 바라보았다. 하늘에는 보름달이 떠 있었다. 달빛은 소년 바로 앞 의자에 앉아 잠을 자고 있는 메르지폰 출신의 상인의 대머리를 비추고 있었다. 소년은 눈이 부셨다. 상인의 귀는 분홍빛에다 통통했다. 소년은 이전에 귀를 문 적이 있었기 때문에 그 맛을 알고 있었다. 소년은 주저하지 않고 상인의 귀를 물어버리고 말았다.

물론 이는 도가 지나친 행위였다. 성인조차 인내심을 바닥나게 하는 이 사건 때문에, 종교와 믿음에 위배된 행동을 할까봐 두려워한 성지순례자들은 동이 틀 무렵 이 세 사람을 버스에서 내리게 했다. 바깥에 나온 늑대 소년이 기뻐하고 있을 때, 일림다르는 돌 위에 올라 앉아 고개를 숙이고 깊은 상념에 빠졌다. 제케르야 데데는 서늘한 날씨에 이흐람을 입고 있으면서도 잔소리를 늘어놓았다. 왜냐하면 하즈가 되고자 하는 이 심술궂은 노인의 꿈이 수포로 돌아갈 수도 있었기 때문이다. 일흔 살을 넘긴 후 아이처럼 되어버리고, 솔직히 말한다면 노망기가 보이기 시작한 제케르야 데데는, 자신의 나이에 걸맞지 않는 일련의 모습이 드러나기 시작하자 아이들, 손자 손녀들, 자식과 며느리들 앞에서 잃어버린 체면과 존경심을 조금이라도 되찾고자 성스런 땅에 가고 싶었던 것이다. 젊은 시절에는, 나이가 들면 가난한 사람들의 꿈속에 나타나 그들에게 보물이 있는 곳과 운명을 말해주는 흰 수염의 노인처럼 존경받는 사람이 될 거라고 상상했다. 하지만 일흔 살이 되었을 때, 그는 꿈속에서 자신이 화장실에 있는 것을 보았고, 아침에 이불이 젖어 있는 것을 소스라치며 알아챘을 때 이 상상은 잘못되었다는 것이 드러났다. 그날 며느리들이 킥킥거리며 이불 빨래를 하고 있을 때, 이제 자신이 존경받는 일은 반으로 줄어들 것이며, 체면이 완전히 구겨졌다는 것을 안 제케르야 데데는, 저녁때까지 홀로 들판에서 거닐다 모든 사람이 잠든 후에야 집에 돌아올 용기를 냈다. 하지만 일이 안 되려는지 노인은 그날 밤 꿈에서 자신이 화장실에 가는 것을 또 보게 되었다. 하지만 이번에는 바지를 막 내리려는 찰나 흰 수염의 노인이 화장실에 나타났다. 그러고는 위협하듯 지팡이를 휘두르며 만약 소변을 참지 못하면 주위 사람들에게 수치를 당할 거라는 사실을 그에게 알려주었다. 제케르야 데데에게 있어 이 꿈의 가장 소름 끼치는 부분은, 자신이 아무리 늙었다손 치더라도, 그 흰 수염의 노인이 실은 그보다 나이가 적어 보이는데 자신을 무시하는 듯한 태도를 보였다는 점이다. 그날 이후 노인은 수치스러운 상황에 또다시 처하지 않기 위해 날이 어두워지기 시작하면 수박을 먹지 않았고, 차도 조금만 마시려고 노력했다. 하지만 전과는 어쩔 수 없었다. 이를 만회하기 위해서인지는 몰라도, 그는 읍내 양복점에서 맞춘 멋들어진 양복과 기병 바지를 입고 발목 부분에 주름이 잡힌 부츠를 신었다. 그리고 머리에는 터번을 감고 허리에는 탄띠를 찼으며, 옷깃에는 카네이션을 꽂은 후, 겨드랑이에 총신이 긴 활강총(滑腔銃)을 끼고 곧장 마을 찻집으로 향했다. 이러한 모습을 몇 달 몇 년을 거르지 않고 유지했지만 사람들은 자신에게 존경을 표하지 않았고, 어떤 옷을 입든 위풍당당한 태도, 진지함은커녕 상황을 더욱 악화시키기만 했다. 결국 그는 '데데'라는 칭호가 별것이 아니라는 것을 이해하게 되었다. 이러한 이유로 무례한 사람들이 자신에게 '하즈 데데'라고 부를 수 있도록 성지순례를 보내달라고 아들을 졸라대기 시작했고, 지금 여기까지 온 것으로 봐서 성공했다고 할 수도 있었다.

길이 갈라지는 곳에서 저녁때까지 기다린 후 일림다르는 지나가는 트럭을 멈추게 하더니 운전사와 한동안 이야기를 나누었다. 그러고는 운전사와 얘기가 잘되었는지 그에게 금화 두 닢을 건네주었다. 이렇게 해서 세 명은 운전사 옆에 앉아서 길을 떠났다. 제케르야 데데는 이때부터 의심을 하기 시작했다. 왜냐하면 길이 갈라지는 곳에서 동쪽으로 갔기 때문이다. 밤에 국경을 넘었을 때 그는 아랍인들의 나라에 들어왔다고 생각했다. 이 이상한 나라에서 경비병들이 그들을 멈춰 세우고 질문을 하자, 일림다르는 "저는 촌부입니다. 이들은 가련한 할아버지와 손자이고요"라고 말했다. 노인은 속아 넘어갈 사람이 아니었다. 지금까지 수많은 하즈 이야기를 들었고, 그 끝없이 펼쳐지는 사막과 이 사막에서 갈증으로 사망한 하즈들의 이야기를 듣고 눈물을 흘렸다. 그런데 그들은 며칠 동안 산과 언덕을 지나가고 있었고, 사막은커녕 들판조차 보지 못한 상태였다. 게다가 자신들이 가는 방향은 동쪽이었다. 트럭이 밤길을 달릴 때 운전사 옆에서 잠이 들었던 제케르야 데데는 아침이 되자 앞 유리를 비추는 태양의 강한 빛 때문에 잠이 깼고, 눈이 부셔 이마 위에 손차양을 만들어 잠결에 자신의 운명, 그러니까 동쪽을 바라보았다. 뭔가 잘못되어간다는 그의 예감이 맞아떨어진 것이다. 자신이 들은 대로라면 카바는 동쪽이 아니라 남쪽에 있었다. 하지만 그는 비열한 사람이었기 때문에 자신들이 잘못

된 길로 가고 있다는 것을 알면서도 말하지 않았고, 이맘이 계속 실수를 저지르는 것을 일부러 보고만 있었다. 왜냐하면 자신들이 가고 있는 길에 대한 의심을 조금씩 말한다면, 그에게 완벽하게, 충분히 야단칠 기회가 별로 없을 것이었기 때문이다. 하지만 이 여행의 끝에서 메카에 도착하지 못하면 비로소 그때 일림다르의 실수를 대놓고 말하고, 할 말 안 할 말 다 해 수치를 안겨줄 것이며, 어차피 자신이 옳기 때문에 이렇게 해서 세상은 자신의 것이 될 것이라 믿었다.

사실 노인이 옳은 것도 같았다. 트럭을 타고 며칠이 걸린 여행을 한 후 도무지 아라비아라고 할 수 없는 이상한 곳에 도착한 것이다. 일림다르는 이곳이 바그다드라고 말했다. 그렇다면 도시의 중앙을 관통하는 강이 티그리스 강이어야 했다. 지난밤부터 불결해졌기 때문인지 몰라도 수백 명의 사람이 이 강에 들어가 온몸을 정갈히 씻은 후 물 밖으로 나와 책상다리를 하고 앉아, 자신이 범한 죄를 뉘우치는 듯 깊은 상념에 빠져 있었다. 절망, 근심에 얼마나 몰입해 있던지 그들의 엉덩이를 꽉 꼬집어도 표정 하나 변하지 않을 것 같았다. 그가 본 바그다드 사람들은 정말로 이상했다. 제케르야 데데는 옆에 소몰이꾼도 없이 거리에서 혼자 돌아다니는 소들 중 한 마리가 어떤 청과물 가게에 들어가 주인의 눈앞에서 가게에 있는 야채들을 맛있게 먹는데도 주인이 소를 쫓기는커녕 머리를 쓰다듬는 것을 보고는 완전히 기가 막혀버리고 말았다. 게다가 다음 날 일림다르가 가져온 겨울옷을 입고 각기 노새의 등에 타고 남쪽이 아니라, 정반대로, 북쪽에 있는 높은 산을 향해 길을 떠나게 되자 더더욱 이해할 수가 없었다. 왜냐하면 카바가 남쪽에 있다는 것은 확실했기 때문이다. 이를 이맘에게 말한다면 그는 "모든 길은 메카로 통한다" 같은 말로 얼렁뚱땅 상황을 넘길 것이고, 자신을 까다로운 노인으로 치부할 것이 뻔했다. 따라서 일단은 입을 다물고, 장차 빌미로 삼기 위해 인내심을 가지고 이맘에게 대항할 무기들을 모으는 게 더 이익이 될 것이었다. 노새를 타고 여행한 지 이틀째 되던 밤, 제케르야 데데는 손자와 일림다르가 잘 때 이맘의 호주머니를 뒤져 자신이 찾던 무기를 발견했다. 그것은 책에서 찢어낸 한 페이지였다. 그 종이에 있는 그림은, 책상다리를 하고 바닥에 앉아 미소 짓는 것으로 보건대 유치한 것을 생각하는 누군가의 좌상을 그린 것이었다. 달빛 아래서 그림을 살펴보던 노인은 불현듯 한 가지 사실을 깨달았다. 이것은 좌상, 그러니까 우상이었던 것이다! 그렇다면 이맘은 틀림없이 우상숭배자일 것이다! 제케르야 데데는, 거짓말할 필요도 없이, 이 일에 약간 기뻤다. 왜냐하면 자신의 오해일 수도 있지만, 이제 일림다르를 이교도로 비난할 수 있기 때문이다. 이러한 이유로 그의 눈빛은 부드러워졌고, 그는 회심의 미소를 지으며 종이를 접어 원래 있던 자리에 넣었다.

결국 이맘의 술수가 드러난 것이다. 며칠 동안 메카로 향하고 있었지만 사막이고 뭐고 보이기는커녕, 이제는 산의 정상과 가까운 곳에서 눈 위를 걷고 있었다. 하지만 가장 놀라운 것은 하늘이 푸른색이 아니라 군청색이라는 것이었다. 이 역시 그 어떤 하즈 이야기에서도 설명되었거나 들었던 것이 아니었다. 노인은 다시 입을 꼭 다물고 아무 말도 하지 않았고, 여행이 끝나고 이맘의 잘 못이 만천하에 드러나기만을 기다렸다. 동시에 자신의 침묵이 사실은 아주 심오하고 엄청나게 끔찍한 것을 의미하고 있다고 믿었다. 일림다르는 자신들의 노정이 성지순례를 가는 길이 아니라는 것을 제케르야 데데가 알고 있음에도 왜 자신에게 반기를 들지 않았는지 몇 번이고 자문할 것이고, 결국 노인이 더 큰 음모를 꾸미고 있다고 생각할 것이다. 하지만 제케르야 데데의 바람은 실현되지 않았다. 언덕 밑으로 내려가 산길을 돌았을 때 그는 자신의 눈앞에 펼쳐진 풍경 앞에서 그만 얼어붙고 말았다.

바로 맞은편에 있는 언덕 정상에 마치 궁전처럼 거대하지만 무척이나 소박하고 수수한 어떤 신전이 있었던 것이다. 하지만 그건 마을 문방구 벽에 걸려 있는 카바의 모습과는 닮은 구석이 하나도 없었다. 언덕에 가까이 갔을 때 신전 창문으로 몇몇 사람들이 눈에 띄었다. 그들은 모두 보라색 혹은 주황색 가사를 입고 있었다. 비탈진 언덕에 다다랐을 때 일림다르는 물건이 든 자루를 등에 지고, 소년의 쇠사슬을 잡고 신전으로 가는 돌계단을 오르기 시작했다. 너무나 놀라 손가락이 입으로 들어간 노인은 그들을 따라갔고, 보라색 가사를 입은 하즈들의 대부분이 눈이 위로 치켜올라간 사람들이라는 것을 알아챘다. 그렇다, 이맘은 그들을 속였고 메카 대신에 기독교 신전으로 데리고 왔던 것이다. 제케르야 데데는 좌우를 둘러보며 종루를 찾았지만 발견하지 못했다. 이상한 것은 주위에 십자가와 비슷한 것이 없다는 것이었다. 결국 그는 자신이 찾는 것을 보았다. 신전의 벽에는 마치 옛 알라메인*의 깃발에 있던 것처럼, 끝이 꺾어져 있기는 해도 십자가 모양이 있었다. 더 최악인 것은 이 이상한 신전의 단체로 예배를 드리는 구역으로 갔을 때, 지난번 이맘의 호주머니에서 꺼낸 그림에서 본 우상을 본 것이다. 그것은 얼핏 봐도 사람 키의 네 배 정도가 되는 거대한 좌상이었다. 우상은 그림에서처럼 책상다리를 하고 앉아 깊은 상념에 빠져 있었고, 죄인들을 속여 그들로 하여금 신을 부정하게 만들었다는 것을 알기 때문인지는 몰라도 은밀히 미소를 짓고 있었다. 손은 무릎에 놓고 생각에 잠긴 이 거대한 우상의 주위에는 수많은 촛불이 켜져 있었다. 보라색 가사를 몸에 감은 승려들 중 몇몇은 가끔 좌상 앞으로 와 경외심으로 몸을 숙였고, 합장한 손을 먼저 가슴에, 그다음에는 입으로 가져가 우상과 같은 미소를 지었다. 아마도 그에게 존경을 표하는 것 같았다. 지금 이 모든 것이 몇 날 며칠 끝에 그들이 온 곳이 카바가 아니라는 것을 확인시켜주고 있었다. 노인은 뭔가 방법을 찾아 우상숭배자들 틈에서 빠져나간 다음, 곧장 마을로 돌아가 이맘의 죄를 만천하에 드러내야 했다. 우상숭배자들의 신전에서 탈출할 기회를 찾기 전까지는 이곳이 카바라는 속임수에 넘어간 척하는 것이 가장 옳은 방법이었다.

더욱이 이곳에 자신들에게 한 달 정도 머물 방이 배정된 것은,

---

* 이집트 지중해 연안에 있는 도시. 남쪽에 해면보다 낮은 카타라 저지가 펼쳐져 있어 이집트와 리비아를 잇는 육상교통의 요지이며, 해수욕장이기도 하다. 2차 대전 중인 1942년 7월 롬멜 장군이 이끈 독일·이탈리아 침략군이 리비아에서 카이로를 향해 진격할 때, 몽고메리 장군의 연합군이 이를 저지하여 그해 10월 격퇴하기까지 주된 격전지가 되었다.

그들이 그저 지나가다 들른 여행가들로 보이지 않는다는 의미였다. 우상숭배자들의 신전에서 도망칠 때까지 이곳이 메카라는 속임수에 넘어간 척하기로 굳게 마음먹은 제케르야 데데는 이맘에게 말했다.

"다행히 신성한 땅에 도착했군. 이제 이 세상에서 뭘 더 바라겠나? 하즈가 되었으니, 이것으로 난 충분하네. 자네가 잡는 것은 모두 황금이 되길 비네. 나처럼 사고무친 노인을 성지순례에 데리고 왔으니, 자네의 다리에 카바의 은총이 내리길 비네."

그렇게 말하면서도 노인의 눈에서는 교활한 빛이 반짝이고 있었다. 그런데 일림다르는 무심한 듯 노인에게 대답했다.

"할아버지 여기는 카바가 아닌데요. 수도원이에요. 이 사람들도 하즈가 아닙니다."

그러고는 하즈가 아니라고 했던 수도원의 사람들을 '불자' 혹은 이와 비슷한 용어를 사용해 지칭했다. 이 소름 끼치고, 말이나 글로는 도저히 표현할 수 없는 말을 듣자 노인은 자신이 중요한 상황에 처해 있다는 것을 깨닫게 되었다. 입으로 담는 것이 종교적으로 금기시된 것을 이렇게 솔직히 대놓고, 손가락으로 눈을 찌르듯 태연하게 설명하는 것으로 보아 일림다르는 노인이 사실 속아 넘어가지 않았으며 이 커다란 비밀의 냄새를 맡고 있었다고 의심하고 있던 것이, 그동안 그의 반응을 살피고 있었던 것이 틀림없었다. 순간 제케르야 데데는 소름이 오싹 돋았지만 내색하지 않고 말을 돌리며 물었다.

"그러니까 헤지라 이전에 여기가 신전이었던 거군. 지금 설교자들이 있으니 얼마나 다행인가! 어떤 칼리프가 이곳을 사원으로 바꾸었나?"

하지만 이맘은 뭐가 마음에 들지 않았던지 여전히 노인을 괴롭히려는 듯 신전의 커다란 방에서 책상다리를 하고 앉아 미소 짓고 있는 좌상이 성인이라는 것을 계속 강조했다. 다른 언어의 이상한 단어들에 별로 혀가 잘 돌아가지 않는 제케르야 데데가 만약 잘못 듣지 않았다면, 이 성인의 이름은 '뷰처'와 같은 어떤 것이었다. 이맘은 '불교 신자'들은 네 가지 성서를 인정하지 않는다고, 그러니까 그들은 성서가 없는 사람들이라고 주장했다. 하지만 노인이 돌돌 만 긴 종이를 읽는 설교자들을 보았다고 말하자, 사실 그 책은 베다*라고 대답했다. 그는 이해하지 못하는 척하면서 바로 이맘에게 물었다.

"무함마드의 베다** 설교라고?"

그때까지 노인을 주시하고 있던 일림다르는 마침내 그때까지 참았던 것이 터지고 말았다. 그는 화가 나 손뼉을 치며 고개를 휙 돌리면서 소리 질렀다.

"속는 척하지 마세요, 할아버지! 다 알고 있잖아요!"

상대가 평정심을 잃고 패배를 인정하는 것을 본 노인은 마음이

---

* 힌두교의 경전.
** 632년에 이슬람교의 예언자인 무함마드가 십만 명의 무슬림들에게 한 고별 연설. '베다'는 터키어로 '작별'이라는 뜻으로 무함마드는 이 마지막 설교에서 자신이 다시는 순례를 할 수 없을 거라는 말로 자신의 죽음을 암시했다. 여기에서는 힌두교의 베다와 같은 동음이의어를 쓴 언어적 유희이다.

편해져 눈빛도 부드러워졌다. 신경이 곤두선 이맘을 몽롱한 시선으로 바라보면서 속으로 '하즈 제케르야가 어디 속아 넘어갈 줄 알고! 내게 던진 낚싯줄을 이렇게 되돌려주는 거 봤지! 이곳이 카바가 아니라는 것을 받아들이고, 너의 우상숭배자 친구들과 밤에 와서 나를 죽여보시지그래! 다 헛수고야! 넌 하즈 제케르야가 노련한 사람이라는 걸 아직 모르고 있어. 하지만 두고 봐, 너의 악의와 죄를 다 폭로할 테니' 하고 생각했다. 이렇게 생각하자 노인의 마음은 약간이나마 편해졌다. 하지만 그렇다고 해서 위험이 모두 사라진 것은 아니었기 때문에 곧 '뷸자들'이 와서 자신에게 그들의 종교를 강요하거나 죽일 거라고 믿고 있었다. 결과적으로, 이 우상숭배자들의 신전에서 탈출하지 않을 경우 일촉즉발의 상황에 놓이게 될 것이었다.

다음 날 아침, 늑대 소년은 쇠사슬에 묶인 채 잠을 자다 갑자기 아주 화를 내며 깨어났다. 굶주린 괴물처럼 주변을 사납게 쳐다보더니 있는 힘을 다해 울부짖으며 발버둥을 쳤다. 얼마나 심하게 요동쳤던지 그 반동으로 쇠사슬이 묶여 있던 동그란 쇠고리가 벽에서 뽑혀버렸다. 잠시 후 방문이 열리고 보라색 가사를 두른 승려 한 명이 이맘과 노인에게 인사를 하며 안으로 들어왔다. 그의 손에는 책이 들려 있었다. 바닥에 책상다리를 하고 앉은 승려는 이 책을 펴고는 길고 아름다운 가락에 맞춰 기도문을 읊기 시작했다. 그런데 놀라운 일이 일어났다. 기도문을 얼마 읽지 않았는데 늑대 소년은 마치 진정이 된 듯 멍하니 승려를 쳐다보았던 것이다! 그러더니 마침내 소년도 승려처럼 책상다리를 하고 앉아 찬송을 듣기 시작했다. 숨을 죽이고 듣는 것으로 보아 무척 감명을 받은 듯했다. 그 광경을 잘 이해할 수 없었던 노인은 이맘에게 이것이 어떤 찬송인지를 물었다. 그가 들은 대답은, 만약 잘못 이해한 것이 아니라면, '바가바드기타'* 같은 것이었다. 저녁 무렵 이 서사시 독해가 끝났을 때, 늑대 소년은 순한 양으로 변해 있었다. 책을 덮은 승려는 곧장 소년의 곁으로 가 가여운 소년의 쇠사슬을 풀어주고 머리를 쓰다듬었다. 몸이 자유로워졌지만 소년은 신경쓰지 않았다. 그 틈을 타 사방을 공격하지도 않았고, 다른 사람들을 깨물지도 않았다. 흥미로운 점은 늑대 소년이 신전의 경배실에 있는 석상처럼 책상다리를 하고 앉아 손을 무릎 위에 얹고, 무엇인가를 생각하는 척했으며, 호두만 한 뇌로 무엇을 꾸미는지 모르겠지만, 미소마저 지었다는 것이다. 하지만 순한 양으로 변한 소년은 제케르야 데데에게 신뢰를 주지 못했다. 노인은 침대로 들어갈 때, 잠을 자다 공격받을 경우 자신을 방어하기 위해 슬리퍼를 벗어 한 손에 쥐었다. 그러고는 밤새 한숨도 못 잤다. 자는 척하면서 언제 돌변할지 모를 손자를 감시하고 있었기 때문이다. 하지만 소년이 태도를 바꿀 조짐은 보이지 않았다. 그러다 아침이 밝아올 무렵 노인은 어떤 움직임을 느끼고는 소스라치게 놀랐다. 이상한 일이었다. 소년이 미동도 하지 않는데 몸이 움직이고 있었던 것이다. 더 정확히 말하자면, 책상다리를 한 채 천장을 향해 몸이 붕

* 산스크리트어로 '신의 노래'라는 뜻이며, 힌두 문헌에 나오는 서사시 혹은 고대 인도의 힌두교 경전의 하나.

뜨기 시작한 것이다. 그의 몸이 바닥에서 떨어져 어른 키만큼 상승했을 때, 노인은 눈이 튀어나올 것만 같았고 심장은 미친 듯 쿵쿵 뛰었다. 결국 그는 참지 못하고 "아, 신이시여! 아, 무함마드여!"라고 고함을 지르며 상념에 빠진 소년에게 슬리퍼를 던진 다음, 담요를 머리끝까지 끌어올리고는 덜덜 떨면서 기도를 올렸다.

사위가 밝아오자 소년은 오랜 침묵을 깨고, 이제 무슨 조화인지는 모르겠지만, 앉은 자리에서 기도문을 읊기 시작했다. 눈을 감은 채 구슬픈 목소리로 중얼거리는 이 기도문은 전날 승려가 그에게 읽어준 서사시였다. 얼마나 커다란 감명을 받았던지 한 번 듣고도 외웠던 것이다. 노인뿐만 아니라 승려들도 깜짝 놀라 방 안으로 모여들기 시작했다. 왜냐하면 소년이 그 서사시를 원래의 것과 다른 가락으로 읊었기 때문이다. 동양음악의 비밀을 풀기 위해 인생을 바치고, 오랜 세월을 이곳에서 보낸 어떤 헝가리 음악가는 소년이 읊은 가락을 곰곰이 생각했다. 그는 그 서사시를 몇 시간이고 들었지만 4분의 1음, 반음을 도무지 알아내지 못했고, 오리무중 상태였다. 그리하여 부다페스트에 있는 아내가 자신에게 보낸 이동 녹음기를 방에 설치하고는 소년의 목소리를 레코드판에 녹음했다.

그런데 늑대 소년이 이런 이상한 상태가 된 후 이맘은 우울함에 휩싸였다. 그날 아침부터 표정을 찌푸리고 있던 이맘은 하루 종일 언짢은 얼굴을 하고 부루퉁해서, 절망에 빠진 사람처럼 한숨을 푹푹 쉬고 있었다. 물론 노인이 그의 이런 심경을 눈치 못 챌 사람은 아니었다. 노인은 사실 마음이 착한 자신의 손자가 하룻밤 사이에 성스런 사람이 되자 이맘이 그를 부러워하고, 이 표현이 적당하다면, 질투심으로 활활 타오른다고 생각했다. 사실 일림다르는 상심에 빠져 얼굴을 찡그리며 그에게 "당신 손자는 반쯤은 짐승이 되어 인성에서 일 보 정도 뒤에 있었습니다. 우리는 그보다 백 보 정도 앞서 있었고요. 이제 그가 한 걸음 내디디면, 우리는 구십구 보를 내디뎌야 하지요"와 비슷한 말을 하기도 했다. 게다가 고기를 보면 환장하던 아이가 이제는 밥 한 사발로 하루를 보내기 시작하자, 이맘의 계산은 물거품이 되고 말았다. 왜냐하면 자신이 세세하게 계산하여 생각한 미래의 경지에, 소년의 천성이 강인해서인지는 몰라도, 소년은 하루 만에 이르렀기 때문이다. 어느 날 그는 노인에게, 안간힘을 다해 어렵사리 자신이 감추고 있는 비밀을 결국 털어놓듯이, 부러워하며 말했다.

"당신의 손자는 성모에게로 갔소."

그는 이 말을 마치 이 성모가 아주 아주 먼 곳에 사는 것처럼 아련하게 말했다. 그러자 손자가 신전을 떠나 자신을 혼자 남겨두었다는 생각에 노인의 가슴이 철렁 내려앉았다. 그리하여 단숨에 방으로 달려갔고, 손자가 방 안에 있는 것을 보고는 신에게 감사를 드렸다. 소년은 앉아서 명상을 하고 있었다. 기분이 좋아진 노인은 연초 주머니를 꺼내 담배 한 대를 말았다. 승려가 서사시를 읽어주던 날까지 별로 말이 없던 손자가 갑자기 성인이 되자, 소년의 할아버지라는 이유로 노인은 이제 자신이 무척 안전하다고 느꼈다. 그런데 소년은 기도문 읊는 것 이외에 다른 것은 몰랐고, 말은 한두 마디도 채 하지 않았으며, 우상숭배자들을 상대도 하지

않았다. 그렇다고 그들에게 "이 사람은 내 할아버지예요. 이 사람
도 나처럼 성인입니다. 내게 하듯 이분에게도 존경을 표해주세요"
라는 말로 노인을 위해주지도 않았다. 그래도 손자의 이러한 입지
가 자신들을 우상숭배자들 사이로 데리고 온 사기꾼 이맘의 자존
심을 꺾은 것 같았다. '불자'라고 불리는 우상을 숭배하는 승려들
에게 있어 서열이나 단계는 중요한 것이기 때문에, 손자가 자신보
다 한 단계 더 앞서 있을수록, 이맘이 자신에게 해를 입히기는 아
주 어려울 것이었다. 하지만 노인은 그곳에서 기다리고 싶지 않았
다. 네 개의 벽 사이에 있는 것이 벌써 답답해지기 시작했기 때문
이다. 게다가 우상숭배자들은 고기를 입에 대지도 않았고, 아침저
녁으로 밥만 먹었다. 수다를 떨던 중 그는 일림다르에게 이렇게
말했다.

"이맘 선생, 이 밥이 목으로 넘어가지 않네그려. 한 사람당 서너
푼을 모아 희생 제물로 쓸 양을 하나 잡거나 주위 마을에서 아궁
이에서 구운 양을 가져오게 하면 어떨까?"

이 말을 들은 이맘이 놀라며 대답했다.

"안 돼요, 할아버지! 여기에서는 소도 죽이지 않고, 고기도 먹
지 않아요! 꼭 고기를 원하면, 당신의 생명이 그러하듯이, 당신에
겐 당신 살만으로도 충분해요. 잊지 마세요! 당신이 무엇을 먹든
지 당신은 바로 그것이 돼버린다는 걸."

이 말을 제대로 이해하지 못한 노인이 "늑대들이 날 먹으면 어
찌 된다는 거지? 그러면 늑대가 사람이 된다는 말인가?"라고 묻
자, 일림다르는 당황하며 대답했다.

"아니오, 당신은 늑대 안에서 살게 될 것입니다. 늑대가 될 거라고요."

다음 날 저녁 일림다르는 노인에게 아침이 되면 이곳에서 당장 떠날 것이라고 말했다. 그런데 이 말을 듣자마자 노인은 너무나 놀라 입술이 부르트고 말았다. 우상숭배자들이 성인으로 간주하는 손자 때문에, 이맘이 사악하게도 자신의 노력이 신전 안에서 실현되지 못할 것이라는 사실을 깨달은 것을 알아차린 것이다. 이맘은 노인의 눈을 피해 소년을 감시하기 위해 더러운 계교를 꾸미고 있는 것이 틀림없었다. 그런데 부끄러운 줄도 모르고, 고향으로 돌아갈 것이라고 말하고 있었다. 이것이 미끼라는 것은 확실했다. 왜냐하면 소년은 그들과 함께 가지 않을 것이기 때문이다. 일림다르가 맹세까지 하며 승려들이 그를 놓아주지 않는다고 말했지만, 이 이야기를 믿기는 힘들었다. 기도로 악귀를 쫓고 나이 든 처녀에게 남자를 찾아주는 것 같은 기적을 이루지 못하는 성인이 세상과 세계에 어떤 이익이 되겠는가 말이다. 뜬눈으로 밤을 새운 노인은 결국 이맘이 하즈가 되려고 하는 자신처럼 신앙심 깊은 노인을 산중에서 죽게 만들 결심을 했다는 판단을 내렸다. 그렇다면 이 위험에서 벗어나는 유일한 길은 그와 대결하는 것뿐이었다. 이를 위해서는 무기가 필요할 것이다. 그래서 노인은 침상에서 일어나 지하에 있는 부엌으로 갔다. 그의 목적은 위험한 부엌 도구, 예를 들면 칼을 갖는 것이었다. 그렇지만 부엌은 잠겨 있었다. 하지만 성물들이 있는 방 옆을 지나가던 노인의 눈에 엄청나게 휘황찬란한 붉은 벨벳 베개 위에 놓여 있는 지팡이가 들어왔다. 한때 '뷰처'가 지니고 있었다고 하는 이 성스런 지팡이가 누군가의 허리를 치면 그 사람의 비명이 하늘까지 울려 퍼진다고 했다. 노인은 사방을 둘러본 후 지팡이를 얼른 집어 들고는 위층의 방으로 재빨리 걸어갔다. 손에 무기가 있기 때문에 자신감에 차 빠른 걸음으로 걸으면서, 더 빨리 걷기 위해 네 걸음마다 지팡이에 몸을 실었다. 지팡이 끝이 땅을 칠 때 내는 '탁' 하는 소리가 복도에서 울려 퍼지자 노인은 기분이 좋아졌다. 하지만 그가 손에 넣은 이 무기를 들고 침상에 들어가자, 지팡이가 닿은 돌바닥에서 물이 솟아나오기 시작했다. 해가 떴을 때 이맘과 노인은 마당에서 자신들을 태우고 갈 노새가 있는 곳으로 내려갔다 돌바닥에 생긴 샘들에서 솟아나오는 물을 쓸어내느라 수백 명의 승려들이 동원된 것을 보게 되었다.

결국 그들은 남쪽을 향해 길을 나섰다. 말로는 마을로 돌아간다고 했지만 노인은 이에 속아 넘어갈 사람이 아니었다. 노새 등에 앉아 산길을 넘어갈 때 제케르야 데데는 손바닥에 침을 뱉고는 지팡이를 두 손으로 거머쥐었다. 앞서 가고 있는 이맘의 등을 지팡이로 내려치려는 것이었다. 하지만 지팡이를 휘두른 순간, 이맘이 등자쇠를 매만지기 위해 몸을 숙이는 바람에 목표물이 빗나가고 말았다. 게다가 손바닥에 침을 너무 많이 뱉었기 때문에 그만 지팡이가 손에서 미끄러져 빠져나가 절벽 밑으로 날아가버렸다. 지팡이가 계곡으로 떨어지면서 부딪친 바위들에서 물이 솟아 나왔다. 이리하여 그 계곡은 그 지역에서 가장 비옥한 곳이 되었다. 등자쇠를 다 매만진 일림다르는 고개를 돌려 노인을 바라보았다 이상한 느낌을 받았다. 노인의 얼굴이 새하얗게 질려 있었던 것이다.

"왜 그러세요, 할아버지? 수도원을 떠나서 슬픈 건가요?"

그러자 노인은 고개를 숙이고는 이렇게 대답했다.

"그려! 모두들 얼굴이 환하게 빛나고, 신앙심이 깊은 사람들이었지!"

노인은 정말로 의기소침하고 슬퍼 보였다. 아즈라엘*과 대결하려던 시도가 수포로 돌아갔던 것이다. 이제는 운명에 순응하는 수밖에 다른 방도가 없었다. 하지만 그들이 한적한 곳, 동굴 그리고 인적 없는 길을 지났음에도 불구하고 이맘은 그를 죽이려는 생각이 없어 보였다. 혹시 자신이 무언가 오해를 하고 이맘에게 잘못을 저지른 것은 아니었을까? 산을 넘고, 사람들이 몸을 정갈히 하기 위해 강으로 들어가는 그 이상한 도시에 진입했을 때, 제케르야 데데는 순간 이제는 목숨을 건졌다고, 드디어 안전한 상태가 되었다고 생각했다. 여기에서 버스를 타고 서쪽으로 가기 시작했을 때, 이맘은 여전히 선잠을 자고 있었다. 버스가 드디어 테헤란이라는 도시에 도착하자, 이맘은 거기에서 축음기 한 대를 구입했다. 밤에 휴식을 취할 때는 우상숭배자들의 신전에서 만난 헝가리 음악가가 녹음했던 레코드판을 틀고, 소년이 읊은 기도문을 몇 시간이고 들었다. 그는 무척 우울하고 엄숙한 사람으로 변했다. 밤에 모두들 잠을 잘 때 그는 한숨을 푹 내쉬었고, 때때로 눈시울도 적셨다. 게다가 고향에 아주 가까워졌을 때, 노인은 이맘이 하즈

---

* 임종 시에 영혼을 육체에서 분리시키는 천사.

를 죽이는 고통을 경험하지 않기 위해 자신을 죽이는 일을 포기했으며, 자기가 품었던 나쁜 의도 때문에 피눈물을 흘리고 있으며, 자신의 목적이 실현되지 못했기 때문에 감사를 드린다고 생각하기 시작했다. 그래서 그는 이맘을 위로하려고도 했다. 그에게 회개하는 사람은 항상 용서를 받으며, 자신도 그를 용서했다고 하지만, 이를 위해 그가 더 노력을 하고 더 경의를 표해야 할 필요가 있다고 말했다. 하지만 이맘은 항상 얼굴을 찌푸리고, 잠을 잘 때 노인의 머리가 그의 어깨로 떨어지기만 해도 화를 내며 앵돌아졌다. 그러니까 양심의 가책이 그를 놔두지 않는 것 같았다.

소년을 버스 뒤에 묶어놓았다는 것을 알아차리고 버스를 세우는 바람에 한때 늑대들에 에워싸여 버스 안에서 밤을 지새웠던 곳에 당도하자, 이맘은 운전사에게 이곳에서 내리겠다고 말했다. 제케르야 데데는 그 이유를 이해할 수 없었다. 왜냐하면 때는 엄동설한이었고, 어느 때고 눈보라가 몰아칠 기세였기 때문이었다. 일림다르는 건방지게도 "행운을 빕니다!"라는 말만 던지고는 노인의 손등에 입도 맞추지 않은 채 내려버렸다. 그가 가지고 간 것은 단지 축음기와 레코드판뿐이었다. 제케르야 데데는 그의 이 무례함을 오랫동안 마음속에서 곱씹었다. 그는 얼마나 화가 나고 분했던지 옆 좌석이 비어 있는 어떤 승객을 발견하고는, 그의 곁에 가서 앉아 이맘을 씹기 시작했다. 그는 거의 아침까지 쉬지 않고 불만을 토로했다. 해가 떴을 때 버스는 마을로 들어가는 갈림길에 도착했다. 제케르야 데데는 이 갈림길에서 내려 걷기 시작했다. 마을에 이르자 손자들이 그를 보고 뛰어오면서 "할아버지! 할아버지! 카바 주위를 돌았어요?" 하고 소리쳐 물었다. 아이들이 그의 손등에 입을 맞추기 위해 손을 잡자 노인은 자랑스럽게 "그럼, 그럼, 당연히 돌았지!" 하고 대답했다.

한편 밤에 산중에서 버스에서 내린 일림다르는 눈보라가 몰아치는 날씨를 뚫고 정상을 향해 올라가기 시작했다. 레코드판은 재킷 속 품 안에, 축음기는 등에 진 자루 안에 들어 있었다. 드디어 그는 도달할 수 있는 가장 높은 곳에 이르러 늑대들을 기다리기 시작했다. 냄새를 맡았는지 짐승들의 울부짖는 소리가 벌써부터 들려오기 시작했다. 그는 어떤 바위 밑에 앉아 자루에서 축음기를 꺼냈고 레코드판을 올려놓았다. 울부짖음은 이제 더 가까이에서 들려오기 시작했다. 그는 이 상태로 움직이지 않고 있으면 눈보라 속에서 얼어 죽을 거라는 걸 알고 있었다. 벌써부터 발의 감각이 없어지기 시작했다. 가능한 한 빨리 손잡이를 돌려 축음기를 켜는 것이 좋을 듯했다. 하지만 이 추위에 손을 움직이는 것은 무척 어려웠다. 그때 그가 예상한 대로 늑대들이 주위를 에워싸기 시작했다. 늑대들은 무척 굶주린 것처럼 보였다. 축음기의 손잡이를 돌리기 시작했을 때, 우두머리 늑대가 그에게 다가올 준비를 하고 있었다. 이 멋진 순간에 그는 동상의 마지막 징후를 느끼기 시작했다. 몸속에 어떤 따스한 기운이 퍼지고, 달콤한, 마치 영원으로 가는 잠이 결국에는 몰려오기 시작했던 것이다. 축음기는 이제 다 준비되어 있었다. 그는 레코드판 위에 바늘을 올려놓았다. 이제 그는 미소 짓고 있었다. 첫 가락이 울려 퍼질 때 그는 눈을 감았고, 잠 속으로 빠져들었다.

늑대들은 그 소리를 알아들었다. 그들은 한순간 마치 자신들이
광포한 동물이라는 것을 잊은 듯, 소리가 들려오고 있는 곳으로가
죽음기의 냄새를 맡았다. 그러고는 주인의 목소리로 '바가바드기
타'를 듣기 시작했다.

*

젯잘 데데가 이야기를 끝냈을 때 그들은 메와 마을에 도착했다.
죽음이 노인을 보며 말했다.

"그런 종교 이야기는 한 번도 들은 적이 없어. 게다가 이야기 제
목이 '어느 성지 방문'이라는 것이 상황을 더 악화시키는 것 같군.
사람들은 나의 숨결을 그들의 목덜미에서 느꼈을 때, 왜 그런지는
모르겠지만, 성스런 감정에 휩싸이던데, 자네는 별로 그런 것 같
지 않아. 그렇지 않다면 용서를 빌고, 애걸해야 하는 이런 상황에
서 종교 이야기를 하는 척하면서 나를 놀리지는 않았을 테지. 자
네는, 곧 숨을 거둘 사람들이라면 으레 갖는 두려움뿐만 아니라
경외심과 종교적 감정에 기인한 우월감도 이용하지 않았네. 사실
난 자네에게서 가장 잔인하고 무자비한 사람도 정도에 이르게 하
여 성인으로 만드는 이야기를 기대했었어. 그런데 자네는 이 기회
를 놓쳐버렸어. 간단히 말하면 자네는 자네 마음이 가는 대로, 그
저 머리에 떠오르는 것을 이야기해준 거야. 내가 자네였다면 약간
머리를 굴려서 저세상에서 내게 도움이 될 숭고한 것을 설명했을

텐데. 게다가 이야기에는 조금도 두려운 면이 없었네. 이는 물론 종교 이야기로서는 커다란 결함이지. 그러니까 자네는 종교뿐만 아니라 공포도 유용하게 사용하지 못한 셈이네. 자네 혹시 내가 죽음이라는 것을 믿지 않는 건 아닌가?"

이에 노인이 대답했다.

"오늘날까지 삶은 내게 항상 멋진 것들을 보여주었소. 이 세상 에서는 모든 것이 아름답소. 추한 것이란 없소. 어쩌면 속아서 바 보처럼 삶에서 추한 것을 보는 사람이 추한 거요. 하지만 나는 세 상을 두려움이 아닌, 아름다움으로 인식하고 있소. 내가 세상을 그렇게 보고, 세상도 나를 보고 미소를 짓는데, 내가 세상을 보며 미소를 짓지 않을 이유가 어디 있겠소?"

노인이 말을 채 끝내기도 전에, 그들이 접어든 골목에서 야단법 석을 떠는 소리가 들려왔기 때문에 죽음은 젯잘 데데의 마지막 말 을 듣지 못했다. 골목에서 결혼식이 거행되고 있었다. 북소리가 둥둥 울리고, 피리 소리가 울려 퍼지고, 캐스터네츠, 작은 드럼 소 리가 들리고, 현악기 소리, 소란스런 총소리, 온가르*의 소음과 북 소리들이 서로 경쟁을 하고 있었고, 결혼식과 하객들은 와자지껄 한 분위기와 악기들의 하모니 속에 파묻혀 있었다. 사람들 말을 들어보니 네 명의 자매들이 네 명의 형제들과 합동결혼식을 올린 다는 것이었다. 놀라운 건 이뿐만이 아니었다. 신부들의 어머니인 과부도 신랑들의 아버지인 홀아비와 한 이불을 덮기로 결정하고

---

* 세 줄짜리 현악기.

웨딩드레스를 입었던 것이다.

상징적이며 조화로운 모든 것을 떠받드는 마을 사람들을 놀라게 했던 것은 바로 과부의 이 결정이었다. 갖가기 악기들이 뒤섞여 흥겹게 연주하는 가운데 죽음이 갑자기 멈춰 섰다. 그가 찾고 있던 우준 이흐산이 먼 곳에서, 신부들 옆에서 모습을 드러냈던 것이다. 신부들과 그들의 어머니에게 장신구를 달아주려고 하는 것 같았다. 얼마 지나지 않아 우준 이흐산은 정말로 호주머니에서 금화를 꺼내 신부들에게 일일이 달아주기 시작했다. 죽음은 그를 향해 서둘러 뛰어갔다. 우준 이흐산은 마지막 금화를 달고 있다, 죽음을 알아보고는 놀랐다. 그는 정신을 가다듬고 호주머니에서 한 줌 가득 잔돈을 꺼내더니 자신과 죽음 사이에 뿌렸다. 쨍그랑거리며 땅에 떨어져 굴러가는 돈을 보자 사람들은 뿌려진 모이 앞으로 몰려드는 닭처럼 동전을 줍기 위해 우르르 몰려드는 바람에 죽음 앞의 길이 막혀버리고 말았다. 이렇게 해서 그의 시도는 수포로 돌아갔고, 우준 이흐산은 또다시 죽음의 손아귀를 벗어나게 되었다. 이것도 모자라 또다른 불운이 닥쳤다. 노인은 희생자를 찾으려고 안간힘을 쓰고 있는 죽음의 팔꿈치를 잡고 한적한 곳으로 끌고 갔다. 에프라시압의 보물을 찾으러 갈 때 데리고 가겠다고 약속한 열 명의 개구쟁이 손자들을 인파 속에서 보았기 때문이다. 아침에 일어났을 때 할아버지가 떠나버린 것을 안 손자들이 그를 찾아 나선 것이었다. 모두들 눈에 불을 켜고 사방을 둘러보고 있었다. 약속을 해놓고도 할아버지가 자신들을 속였으며, 이것은 부당하다고 생각하고 있었기 때문에 모두들 화가 나 씩씩거리고 있었다. 죽음과 노인은 빨리 이곳을 벗어나야만 했다. 검은 장정의 명부를 확인한 죽음은 엘할리드 마을로 가자고 말했다. 갈 길은 멀었다.

우준 이흐산 때문에 화가 나 한동안 씩씩거리던 죽음은 두번째 종교 이야기를 자신이 해야 한다는 것을 기억해냈다.

"자네가 해준 이야기와는 다르게 내가 할 이야기는 진짜 종교 이야기일세. 이 이야기를 들으면 신성하고 초자연적인 느낌에 압도되고, 현세와 내세의 다양한 모습을 알게 될 것이며, 황홀경에 빠져 눈물을 흘릴 것이네. 왜냐하면 자네에게 '세계사'라는 제목의 이야기를 해줄 것이기 때문이지. 난 이 이야기를 아무에게나 해주진 않아. 행운의 여신이 자네에게 미소를 지어, 자네 앞에 그 무엇과도 비교할 수 없는 종교 이야기를 해줄 나 같은 존재가 나타났다는 것에 감사 기도라도 드려야 할 거야."

"제목이 정말로 '세계사'라면 무척이나 긴 이야기이겠군요. 세계의 역사만큼 끝이 없다면, 나는 세상의 종말이 올 때까지 살게 되겠구려."

"닥쳐! 이건 진지하고 심각한 이야기야!"

죽음은 노인의 말에 크게 상처받고, 불쾌해하는 것 같았다. 그는 시선을 하늘로 돌렸다. 허공을 바라보는 눈에 현세를 초월한 반짝임이 아른거리는 것으로 보아, 이야기를 떠올리고 있는 것이 분명했다. 얼마 지나지 않아 죽음은 저세상의 진지하고 굵은 목소리로 '세계사' 이야기를 풀어놓기 시작했다.

옛날 아나톨리아의 한 작은 도시에, 아무리 욕심 많은 사람도 만족시킬 수 있을 정도로 크고 적어도 삼백 년은 된 시장이 있었다. 제가 가진 것만으로는 만족하지 못하는 인간의 욕구가 그렇듯이 도시 사람들은 기회가 있을 때마다 시장으로 몰려왔고, 이들로 인해 골목과 가게는 늘 바글바글 들끓었다. 시장에서 제일 높은 건물인 첨탑의 발코니로 올라간 무에진*은 주머니 시계를 보며 예배 시간이 오기를 기다리다 천국에 가장 가까운 이 높은 곳에서 아래에 있는 사람들을 보며, 그들이 세속적인 일에 이렇게까지 몰입해 있는 것에 불만을 토로하곤 했다. 이 시장에는 하루에 다섯 번 하늘에서의 부름이 있을 뿐만 아니라 세계 각지에서 물건들도와 사람들을 현혹시키고 그들을 내세와 현세 사이에서 갈팡질팡하게 만들었다. 와크케비르** 산(産) 식용유가 담긴 가죽 자루를 실은 어느 대상의 낙타들은 시장의 동문(東門)으로 들어가다, 서문으로 방금 들어온 옷감 뭉치들을 실은 허름한 차의 경적 소리에 깜짝 놀라곤 했다. 그러다 낙타를 모는 사람들과 운전사 사이에 길을 내주는 문제로 언쟁이 일었다. 하지만 이 언쟁은 휴식 시간을 마친 한 구리 제품 상인들의 시끄러운 망치 소리에 묻혀버렸고, 그때 거기를 지나가던, 자신의 가장 큰 밑천인 목청으로 물건

---

* 이슬람 사원에서 하루에 다섯 번 예배 시간을 알리기 위해 기도문을 읽는 사람.
** 흑해 지역 트라브존 시의 한 지명.

을 알리느라 내지르는 어느 행상의 고함 소리는 이 모든 소리를 단숨에 다 삼켜버렸다. 하지만 얼마 지나지 않아 이 소리도 대상들의 숙소 벽에 메아리치다 시장의 엄청난 소음 속에 묻혀버렸다. 하지만 이 소란이 언제까지고 계속되진 않았다. 날이 어두워져 인적이 끊기고, 삐걱거리며 내려가는 셔터 소리가 사라지는 순간이면 정적이 찾아와 모든 세속적인 소리가 실로 덧없다는 것을 한 번 더 일깨워주었고, 어디선가 멋진 소리가 들리는 듯도 했다. 하지만 야간에 순찰하는 시장 경비들은 오로지 도둑들의 발소리에만 귀 기울였기 때문에 이 소리를 잘 듣지 못했다. 그들은 단지 수천 명의 고아들을 배불리 먹일 수 있는 엄청난 재산들이 자물쇠로 채워진 가게들을 지킬 뿐이었다.

이 시장에 수공예로 먹고 사는 상인들 이외에 밀가루, 견과류, 식용유, 과일 그리고 야채 판매로 밥벌이를 하는 상인들이 자리 잡은 엘렘* 거리라는 곳이 있었다. 예전에 이 거리로 들어와 둥지를 튼 상인들은, 축복인지는 몰라도, 조상들로부터 상속받은 막대한 재산들을 새로운 일에 투자하는 것은 쓸데없다고 여기고 지금의 밥벌이 터를 떠나지 않았다. 거의 모든 상인들이 그랬지만, 특히나 식용유와 밀가루를 파는 상인들은, 배가 나오고 땅딸막하고 목이 두꺼웠다. 짧고 두꺼운 다리는, 통통한 그들의 몸이 아니라, 사업처럼 손해 볼 위험 부담이 있는 일에서 재산의 무게와 고민을 받쳐주고 있는 것 같았다. 체인이 달린 회중시계를 찬 이 사람들

---

* 터키어로 고통, 고뇌, 슬픔이라는 의미.

은 얇고 가벼운 신발을 신고, 머리에는 예배드릴 때 쓰는 납작한 모자 혹은 지그재그로 감겨 있는 터번을 쓰고 돌아다녔다. 이들 모두는 예배와 기도에 열심인, 꽤 신실한 사람들이었다. 하지만 매일 저녁 그날의 수입을 결산할 때, 가난하고 굶주리는 사람들이 주변에 널려 있는데도 자신은 세속적인 일과 은총에만 파묻혀 있다는 사실에 일말의 가책을 느꼈다. 그리하여 그 답답함을 해소시키기 위해서인지는 몰라도, 집으로 돌아갈 때 반드시 거지의 손에 마음에서 우러나오는 적선을 하곤 했다. 특히 저녁밥을 위장에 채워 넣고 나면 포만감에 몸이 꺼지는 것 같은 느낌을 받으며 자신이 삶의 의미를 찾지 못하고 헛되이 돈만 벌었다는 생각을 하곤 했다. 아내들의 잔소리, 자식들의 불효 혹은 고질병이 주는 고통, 몸이 느끼는 포만감의 영향으로 세상은 그들에게 더욱더 어두워 보였다. 이러한 상황에서 거의 모든 상인들은 재산을 팔아 가난한 사람들에게 나눠줄 거라며 코란에 손을 올리고 맹세하곤 했다. 그러나 상인들 사이에 이런 분위기가 만연해 있긴 해도, 그들 중 한 명이라도 이 맹세를 실행에 옮겼다는 이야기는 듣지도 보지도 못했다. 어쩌면 가난한 사람들에게 나눠줄 거라고 맹세한 물건과 재산을 살 사람이 나서지 않았기 때문인지도 몰랐다. 그래서 상인들은 대신 하루에 다섯 번씩 사원에 가 예배를 드리는 것을 절대 빠뜨리지 않았고, 이로써 양심의 가책을 어느 정도 털어내곤 했다. 또한 수돗가에서 몸을 정갈히 하고 있던 어떤 상인은 때때로 곁눈질로 사람들을 주시하며, 내세의 빚을 갚기 위해 누가 사원에 오고, 누가 그것을 등한시하는지를 판단하려고 했다. 이 때문인지는 몰라도, 카바를 방문해 이름 앞에 하즈를 붙이게 된 어떤 상인은 이제 천당행이 보증되었고, 그가 서는 보증은 다 인정받았고, 그의 서명과 도장은 신뢰를 주었다. 그렇지만 상인들은 미신에 대한 믿음도 누구보다 강했다. 때로 구입한 물건이 썩은 것을 안 손님이 저주를 퍼부어 가게들 중 한 곳이 파리를 날리기라도 하면, 이웃 가게 주인들은 그 저주가 전염되지 않도록 액땜 기도를 하고, 물에 납을 붓곤 했다.* 물론 예방 조치는 이것으로 그치지 않았다. 모든 가게 주인은 흉안(凶眼)에 맞서 눈 모양으로 된 액땜용 구슬들을 걸어놓았다. 게다가 한번은 어느 종교 축일 전날, 누구의 저주인지는 몰라도, 시장에서 활보하는 한 쌍의 흉안 때문에 모든 액땜용 구슬들이 하나하나 다 깨져 모든 가게들의 풍성함과 부유함이 고갈되어버린 적이 있었다. 그러자 수입이 떨어진 상인들은 저주를 없애기 위해 시장 사원에서 기도를 드리고, 어느 교파의 교주에게서 받았던, 이익을 남게 해주는 기도문도 문 위에 걸었다. 흉안에 대한 예방조치 이후 침체된 사업이 정상으로 돌아오고 손님들이 또 들이닥치기 시작하자, 이익과 부유함이 지속되고 풍부함이 계속 넘쳐나도록 하기 위해 낙타 한 마리, 숫양 두 마리, 양 열두 마리를 잡아 그 고기를 가난한 사람들에게 나눠주었다. 이런 식으로 상인 무리에 대한 다른 이야기들도 쓴다면, 종이도 펜도 남아나지 않을 것이다. 하지만 자신들의 진면목을 알고 있는

---

* 납을 녹여 물이 들어 있는 그릇에 부어 그 납의 형태를 해석하며 악운, 마법, 병 따위를 예방하거나 환자를 치유하는 미신.

몇몇 상인들은, 자신들을 이렇게나 자비로운 사람들로 표현한 작가에게 고맙다는 표시로 자나 깨나, 아침저녁으로 기도를 했을 게 분명하다.

상점들이 늘어서 있는 엘렘 거리에서, 손님들의 발길이 뜸해진 오후에 지루하고 따분해진 상인들은 주로 계산대 앞에서 졸곤 했다. 시간이 흐를수록 이들의 눈꺼풀은 무거워지고, 졸음은 속수무책으로 몰려왔다. 하지만 사업하는 사람들에게 있어 이 반수 상태는 위험한 것으로 간주되었다. 왜냐하면 이런 식으로 토끼잠을 자고 있으면, 기회만 엿보고 있던 흰 수염의 성인이 갑자기 상인들의 꿈속에 들어와 공격한 후, 위협하듯 지팡이를 흔들며 그들에게 재산과 물건을 가난한 사람들에게 나눠주라고 요구하는 일이 빈번했기 때문이다. 그래서 상인들은 조수에게 자신이 잠에 빠지면 엉덩이를 꼬집어달라고 단단히 일러놓곤 했다. 그런데 어느 날 올 것이 오고야 말았다. 정오 무렵 케밥과 생크림을 올린 카다이프 반 접시를 먹어서 그랬는지, 압튈제야트라는 이름의 상인은 자신의 가게에서 물 담배를 피우다 그만 잠에 빠져들었고, 연기를 빨아올리는 물 담배 튜브를 손에서 떨어뜨리기까지 했다.

압튈제야트는 꿈에서 손에 지팡이를 들고 어깨와 팔을 헐렁하게 덮은 토가 같은 옷을 입고 흰 수염이 달린 성스런 얼굴의 노인을 보았다. 안개 속에서 상인을 향해 천천히, 단호한 걸음으로 다가온 할아버지가 아주 중요한 것을 말하려 한다는 것이 엄숙한 얼굴 표정에 역력히 드러났다. 게다가 꿈속이기 때문인지, 노인은 키가 작았는데도 상인을 위에서 내려다보고 있었고, 잠시 후 입에

서 위력 있게 흘러나올 충고와 명령이 논쟁의 여지 없이 받아들여
질 거라고 믿는 눈치였다. 노인은 한두 걸음 떨어진 곳까지 오더
니, 상인의 영혼을 읽고 그의 성격과 기질을 확인하려는 듯 심오
하고 속을 꿰뚫어 보는 시선으로 그를 훑어본 후, 천둥소리를 연
상시키는 굵고 초자연적인 목소리로 다음과 같이 말했다(노인은
약간 혀가 짧았고, 'ㄹ' 발음을 굴리고 있었다).

"여봐라, 상인! 너는 몇 주 동안, 몇 달 동안, 몇 년 동안 그리고
수십 년 동안 이 세상에서 죄인들의 눈을 속이고, 그들을 타락시
키는 많은 물건들을 원가의 열 배, 백 배, 천 배에 팔았다. 반짝반
짝 빛나는 금화를 모았고, 지갑에 가득한 돈과 수백 장의 차용증
서는 금고에 다 들어갈 수 없을 정도다. 가격이 떨어지고, 손님이
뚝 끊어지고, 사업이 잘되지 않을 거라는 걱정으로 잠을 설쳤고,
밤낮으로 걱정과 근심으로 몸부림을 치기도 했다. 결국 부자 중의
부자가 되었지만 마음은 가난한 자가 되었다. 사실 네가 그 많은
고생을 하면서 많은 돈을 모으기 전에 나의 요구 사항을 말했어야
했는데, 안타깝구나! 하지만 지금에야 이걸 말할 운명이었나보니
어쩌겠느냐! 사실 너는 내세를 무시하고 세속적인 일에 빠져 옳지
않은 일을 했다. 너의 운명은 사업이 아니라 내 손에 있다. 그러니
너는, 오랜 세월 동안 먹지 않고, 마시지 않고, 입지 않고 모은 재
산을 당장 가난한 사람들에게 나누어주고 아즈파얌에서 나를 찾
아야 한다. 나의 이름은 살리흐이며 너의 운명은 내 손안에 있다.
지금 잠에서 깨어나자마자, 금고에 있는 차용증서들을 네게 빚진
사람들에게 아무 조건 없이 돌려주어라. 네 돈과 물건들을 가난한

사람들에게 나누어주고, 당장 아즈파얌으로 가 거기에 있는 산을 올라가라. 나는 바로 그 산의 정상에 사는 은둔자다. 내 곁으로 와서 내 손등과 옷자락에 입을 맞춰라."

압퇼제야트는 얼굴이 새하얗게 질리고 말았다. 한때 먹지도 않고 그 많은 고생을 해가며 모은 엄청난 재산이, 주제 파악을 못하는 노인의 명령 때문에 사라질 참이었다. 이 분별없는 노인이 그가 한 푼 밑천도 없이 오랜 세월 동안 조수 노릇을 하면서 일을 시작했던 시기에 그의 꿈에 나타났다면, 노인이 원하는 것을 기꺼이 받아들여 그의 손등에 입을 맞추고, 그의 제자가 되어 마음과 영혼을 풍부하게 하고, 내세의 밑천을 키웠을 것이다. 하지만 그는 지금 사업으로 이미 많은 돈을 번 후였다. 그 많은 재산을 노망난 늙은 남자의 두 입술 사이에서 나온 터무니없는 몇 마디 말로 허비하는 것은 절대 현명한 짓이 아니었다. 그리고 무엇보다 압퇼제야트는 헛소리를 두려워할 사람도 아니었다. 그래서 그는 정신을 차리고는 노인에게 말했다.

"수염과 머리가 하얗고, 옷이 깨끗하고, 옳은 말을 하는 은둔자여! 당신은 내가 나의 돈, 재산, 물건, 쾌락과 안락함, 세상의 모든 좋은 것을 버리고, 어디에 있는지도 모르는 아즈파얌 산에 사는 당신에게 가, 당신 앞에 무릎을 꿇고, 손등과 옷자락에 입을 맞추고, 당신의 축복을 받길 원하시는군요. 만약 당신이 내 처지였다면 어떻게 하시겠습니까? 당신은 산속에서 은둔을 하고, 명상을 하며 사느라 세상사를 잊고, 머리카락과 수염은 하얗게 셌고, 남은 생에 중요하게 할 일이 남아 있지 않군요. 허리는 굽고, 이도

다 빠졌구려. 보시오! 게다가 당신은 혀 짧은 소리로 말을 하는군요. 물론 이 모양새를 한 당신이 돈에 중요성을 부여할 처지에 있는 사람은 아닐 겁니다. 게다가 한 발은 이미 무덤에 들어가 있는 것 같고요. 하지만 아직 늦은 것은 아니오. 산속에서 명상을 하며 그 많은 시간을 허비했으니, 이제 그만 내려오시오. 불길이 얼마 남지 않은 당신 인생의 마지막 시기에, 저세상에 가기 전에 조금이나마 희열을 만끽하며 사시오! 간단히 말하면 나의 운명이 당신의 손에 있는 것이 아니라, 당신의 운명이 내 손안에 있소. 또 장례식을 치르려고 감춰둔 돈도 몇 푼 있을 테니, 내게로 올 때 그 돈도 가지고 오시오. 술집과 갈보 집에서 함께 씁시다그려."

신성한 사람에게 해서는 안 될 이 버릇없는 말을 채 끝맺기도 전에, 이 무례한 상인에게 화가 머리끝까지 난 노인은 분노로 입술이 파르르 떨리기 시작했고, 피가 머리로 솟구쳤기 때문에 부릅뜬 눈동자는 곧 튀어나올 것만 같았다. 하지만 화가 난 노인이 분에 못 이겨 아랫입술을 깨물며 단숨에 지팡이를 처들고 뻔뻔한 상인의 머리를 막 내리치려는 찰나, 운 좋게도 그 못된 상인은 꿈에서 깨어나 간발의 차이로 구제되었다.

소스라치며 꿈에서 깨어난 압뷜제야트는 흥분을 가라앉힌 후 심호흡을 했다. 그리고 신성한 노인을 냉대하고 자신의 무기로 공격해 이 무상한 세상에서의 유일한 버팀목이자 위안인 엄청난 재산을 아주 쉽게 구해낸 데 감사 기도를 올렸다. 상인으로서 그는 자신에게 무엇인가를 요구하는 사람을 포기시키는 가장 좋은 방법은, 최소한 그가 요구하는 것만큼 자신도 그에게서 뭔가를 요구하는 것이라는 걸 알고 있었다. 하지만 꿈이 별로 좋지 않았기 때문인지 몰라도, 다음 날 그의 가게에는 손님의 발길이 끊기는 듯했다. 시장을 돌아다니는 수천 명의 손님이 그의 가게 앞을 지나가면서 판매를 기다리는 다양한 물건을 무관심하게 쳐다보고, 어깨를 으쓱거렸으며, 가격이 싼데도 입을 삐죽거리며 물건을 사지 않았다. 이에 압튈제야트는 도매상으로 가 눈을 현혹시키는 물건들을 사 합리적이고 저렴한 가격을 매겨 가게에 쌓아놓았다. 하지만 손님들은 눈길을 사로잡는 물건들과 싼 가격을 보고도 아무런 관심도 보이지 않았고, 한 사람도 가게 안으로 발을 들여놓지 않았기 때문에 그는 개시조차 하지 못했다. 드디어 사흘째 되던 저녁, 미치기 일보 직전에 이른 상인은 가게 앞으로 뛰쳐나가 인파들 사이로 파고 들어가더니 마구잡이로 먹살을 잡거나 바지를 잡고 늘어지면서 그들을 억지로 가게 안으로 끌어들이려고까지 했다. 그러고는 모든 물건을 원가에 팔겠다고 말했다. 하지만 이러한 상황에서조차 손님들은 못 들은 척했으며, 상인이 먹살을 놓는 순간 그의 손에서 빠져나가 아무 말도 하지 않고 인파들 속으로 사라졌다. 그러다 압튈제야트는 맞은편의 가게를 보고 모든 상황을 파악하게 되었다. 이웃 가게들과 비교해 자신의 사업장이 빛나 보이지 않았던 것이다. 그의 가게가 실제로 존재한다고 생각하기 힘들 정도였다. 가게와 가게 안에 있는 물건들은 마치 환영처럼 보였다. 그의 가게는 장사가 되지 않았고, 곧 꺼져버릴 불꽃 같았다. 결국 현실을 보게 된 압튈제야트는 얼굴이 새하얗게 변했다. 오랜 세월 그의 수입원이었던 그의 사업장은, 살리흐라고 하는 성

스런 사람의 분노 때문인지는 몰라도, 갈수록 희미해져갔고, 시간
이 흐를수록 환영처럼 눈앞에서 지워져갔다.

　가게에 있는 멋진 물건들의 광휘가 시간이 지날수록 사그라지
기 시작하는 것을 알게 된 압뷜제야트는 상인들이 떠받드는 교주
를 방문해 절대 파산에서 자신을 구해주고, 고민에서 벗어나는 길
을 찾아달라고 부탁하고 애걸하기로 마음먹었다. 그는 자신도 상
인이지만, 교도들을 시장 한가운데에 있는 테케*로 받아들이는 이
성스러운 동시에 세속적인 남자 앞에 가 자신에게 닥친 재앙을 설
명했다. 무료해하다 의자에서 잠시 졸고 있을 때 살리흐라는 이름
의 포악한 노인이 그 기회를 포착해 자신의 꿈속으로 들어왔고,
밤낮으로 이를 악물며 모으고 모은 삼천 금화 정도 되는 자신의
재산을 단숨에 날려버리려는 듯, 평생 일도 안 하고 게으름을 피
운 가난한 사람들에게 나눠주라고 명했다는 이야기를 늘어놓았
다. 압뷜제야트에 의하면 살리흐는, 자신의 재산과 물건을 이 사
람 저 사람에게 나눠주라고 요구하는 것으로 신의 정의를 거부하
고 있는 것이다. 운명이 가한 큰 타격에 심하게 상처를 받았던지,
그는 살리흐에 대해 불평을 늘어놓은 뒤 한숨을 내쉬고 한두 번
침을 꼴깍 삼키기까지 했다. 점심때 먹었던 칼로리가 높은 음식을
소화시키느라 몸이 노곤해 의자에서 잠이 들었을 때 그가 꾼 악몽
에 나타난 주제 파악을 못하는 노인의 말이 그를 너무나 힘들게
했기 때문에 눈에 눈물마저 고인 그는 결국 더이상 감정을 억누르

---

　* 이슬람교 수도자들이 기도와 의식을 행하며 기거하는 장소.

지 못하고, 손뼉을 치며 비명을 질렀다. 콧물을 훌쩍이며 우는 교도의 모습에 가슴이 아팠던지 교주의 눈에도 눈물이 글썽였다. 하지만 그는 운명의 부침을 많이 봤기 때문인지 이 커다란 재앙 앞에서도 의연하게 행동하고, 흑흑거리며 우는 상인과는 반대로 표정에 별로 변화가 없었다. 남들의 근심 앞에서 취하는 이 근엄한 태도 덕분에 그는 교주가 되었던 것이다. 흐느낌과 눈물이 그치는 듯하자 그는 교도에게 다음과 같이 말했다.

"이보게, 압뒬제야트! 자네는 지금 자네가 당한 재앙 때문에 울고 있네. 하지만 내 생각에 자네는 용서받기 힘든 죄에 대한 벌을 받고 있는 것 같군. 믿음이 있는 사람이 져야 할 이 세상에서의 의무는 열심히 노력하는 것, 고생을 해가며 근검절약해서 돈을 버는 것, 열심히 일해서 밥벌이를 하는 것, 고난과 싸우고 열심히 살면서 재산을 모으는 것, 그리고 많은 고생을 하면서 이룬 이 부유함의 은총을 맛보는 것일세. 하지만 자네는 일에서 손을 떼고 게으름을 피우느라 대낮에 의자에서 잠에 빠져들고 말았네. 자네가 빠져든 이 죄의 잠에서 살리흐가 나타난 것은, 분명 자네의 게으름과 부주의를 벌주고자 했기 때문일 걸세. 이미 엎질러진 물인데 어쩌겠나? 자네의 최고 상품들은 손님들 앞에서 꺼져가는 불처럼 흐릿해지고 있네. 자네 가게의 행운은 이제 끝났고, 이러다간 곧 파산할지도 모르지. 재앙에 책임이 있는 살리흐가 자네에게 고통을 주었다 하더라도, 그가 성스런 노인이라는 것에는 변함없네. 어차피 곧 파산할 테니, 내 생각에는 살리흐의 명령대로, 파산의 먹구름이 자네 사업장에 드리우기 전에 재산을 가난한 사람들에게 나누어주고, 당장 아즈파얌에 가 그의 손등과 옷자락에 입을 맞추고 자비와 용서를 구하게. 이렇게 하지 않으면 밑천도 못 찾고 곤경에 빠질 것이고, 오랜 세월 동안 성스런 노인의 경고에 귀 기울이지 않은 불충한 사람으로 기억될 걸세. 게다가 자네가 이 난관에 부딪힌 것으로 봐서 살리흐에겐 어떤 초자연적인 특별함이 있는 것이 분명하네. 만약 자네가 약속을 지켜 아즈파얌에 가 그의 손과 발에 입을 맞추고 그의 등을 쓸어준다면, 그의 마음이 풀려 자네를 위해 마법을 부려 과거 재산의 두 배를 얻게 될지도 모르는 일이지. 그러니 자네 재산을 처분하게. 자네 돈이 얼마나 되는지 모르지만 가난한 사람들에게 기부하게나. 그리고 나를 내 이익만을 생각하는 사람으로 생각하지 말고, 자네 사업장을 내가 인수하고 싶어한다는 걸 알아주었으면 하네. 자네에게 삼백 금화를 지불할 준비가 되어 있네. 이 액수가 적게 느껴질 수도 있겠지만, 어차피 자네가 갖지 않고 가난한 사람들에게 나눠줄 것 아닌가. 그러니 그건 가난한 사람들이 생각하도록 내버려두고 자네는 고민하지 말게. 게다가 내가 교주이기도 하니, 내 돈은 구매를 희망하는 다른 사람들보다 종교적으로 더 인정되는 것이기도 하지. 자네가 속세와 사업에서 물러나 영혼을 내세에 바친 것으로 생각하고, 이제 금화의 액수가 아니라 종교적으로 인정되는지의 여부로 일을 판단하는 사람으로 간주하겠네. 나의 제의를 잘 생각해보게나. 그리고 내가 말한 것들도 명심하게."

　며칠 후 도시의 파발꾼들은 둥둥 북을 치며 모든 거리를 돌아다니면서, 부유한 상인인 압뷜제야트라는 이름의 고뇌 많고 신실한 믿음을 가진 어느 가난한 자들의 아버지가, 꿈을 꾸다, 사라진 세계의 비밀을 깨닫고는 이제 현세가 아니라 영혼의 풍부함을 중요하게 여기게 되어 모든 재산을 가난한 사람에게 나눠줄 것이며, 자신의 고뇌를 치유하고 영혼의 명령에 따라 부활하기를 원하는 가난한 사람들과 도움이 필요한 사람들은 돌아오는 신성한 금요예배 직후 사원 옆에 있는 테케 앞에서 구호금을 현금으로 받을 수 있을 거라고 사방에 알렸다. 배가 고프고, 돈이 필요하고, 배에서 꼬르륵 소리가 나고, 빈털터리가 된 가난한 사람들은 이 소식을 듣자마자 정신을 잃을 정도로 기뻐했고, 축제의 분위기에 휩싸였다. 귀에서 귀로 소곤대며 전해진 이 소식은 얼마 지나지 않아 도시의 경계를 넘어 퍼지게 되었다. 드디어 약속한 날인 금요일, 거지와 빈털터리 들의 군대가 도시로 몰려들었다. 평생 동안 가난, 고난, 불운 그리고 걱정 근심과 싸웠던 이 군대의 병사들은 재산 분배에서 자신들의 몫이 많아지도록 시장 사원에 들이닥쳐 예배를 드리고 기도를 올렸다. 이 불운한 사람들은 잠시 후 받게 될 몇 푼을 놓고 신께 애원하며 아멘을 외쳤다. 이들은 가난의 미덕에 관한 사원 이맘의 설교를 들은 후, 곧장 압뒬제야트가 돈을 나눠주기로 한 테케로 몰려갔다. 하지만 그곳의 문은 닫혀 있었다. 꽤 많은 시간이 흘렀는데도 가난한 사람들의 구원자인 상인이 모습을 드러내지 않자 사람들은 투덜거리기 시작했다. 이들 중 인내심 없고 신경질적인 성격의 사람들은 상인이 늦는 것을 자신들에 대한 모욕이라고 여겨, 분노로 눈빛을 이글거리고 화가 나 손을 흔들며 짜증을 내기 시작했다. 자신의 운명에 순응하고 고개를 떨어뜨린 순한 사람들이 서로를 위로하며 고개를 젓는 것으로 보아, 심술궂고 호전적인 친구들의 반응을 옹호하는 듯했다. 게다가 그들 중 한 명은 차용증서 지불 기간이 바로 오늘로 끝나기 때문에, 만약 가혹한 상인이 조금 더 늦게 와 돈을 나눠주지 않는다면, 빚을 제때에 갚지 못해 압류 혹은 가산 이자도 감수해야 할 거라고 말했다. 불평이 갈수록 높아지는 가운데 여든 정도 되어 보이는 허리 굽은 한 노인이 지쳤다며 인파를 헤치고 앞으로 뛰쳐나왔다. 몇 푼 받자고 기다리는 데 질리고, 화가 머리끝까지 뻗친 노인은 나이 때문에 무릎이 아프지 않았다면 뛰기까지 했을 것이다. 지팡이까지 감안한다면, 그가 세 다리로 뛰었다고도 할 수 있겠다. 화가 나 테케 쪽으로 뛰어간 노인은 코로 씩씩 숨을 내쉬면서, 이제 그만 구호금을 분배해달라고 지팡이로 문을 두드리기 시작했다. 그가 무슨 말인가를 더 했지만, 이가 남아 있지 않기 때문에 말이 새어 그의 불평과 바람이 무엇인지 잘 알아들을 수 없었다. 하지만 그의 요구가 무엇인지는 분명했다. 그 난리를 쳤는데도 문이 열리지 않자 그는 몇 걸음 뒤로 물러났다. 그러고는 마치 서커스 광대처럼 뛰더니 땅에 댄 지팡이를 버팀목으로 삼아 공중으로 날아 두 다리로 문을 꽝, 하고 찼다. 이 소동이 있고 나서야 드디어 문이 열렸고, 압륄제야트가 모습을 드러내자 모두들 입을 다물었다.

한 무리의 교도들이 무거운 책상과 의자를 문 앞으로 가지고 왔다. 그러고는 책상 위에 커다란 공책, 잉크, 압지(押紙)와 펜을 올려놓았다. 책상 앞으로 가지고 온 두번째 의자는 상인의 회계원이 앉을 자리였다. 돈을 받은 모든 사람들은 회계원이 기입하는 금전

출납부에 액수를 적고 서명을 해야 했으며, 나눠준 돈은 모두 지출로 표기되어야 했다. 돈을 나누어줄 준비가 끝나고 마침내 한 짐꾼이 돈 자루를 등에 지고 오자, 그때까지 입을 꼭 다물고 있던 군중 사이에서 "와!" 하고 함성이 터졌다. 이 함성이 가라앉자 속삭임과 중얼거리는 소리가 들려오기 시작했다. 압뒬제야트는 책상 앞에 줄을 선 사람들의 자존심을 상하지 않게 하려고 곧장 돈을 지불했고, 액수를 쓰고 서명을 마친 사람은 바로 돌려보냈다. 상인의 꿈에 나타난 살리흐의 경고대로 자선금은 회계원에 의해 지출로 기입되었고, 압뒬제야트의 어깨에 있던 천사도 가만히 있지 않았다. 선행을 일일이 장부에 적는 임무를 맡은 이 천사가 쉬지 않고 일하고 있을 때, 상인의 왼쪽 어깨에 있던 죄목을 적는 천사는 더이상 영감이 떠오르지 않는지 지루해하며 연신 하품을 하고 있었다. 드디어 그 많은 재산이 거의 다 배분되었다. 자루에는 겨우 한두 푼이 남아 있었다. 상인이 이 돈을 꺼내 마지막 사람에게 막 주려고 하는데, 오른쪽 귀에서 천사의 목소리가 들렸다.

"압뒬제야트! 너의 착한 일을 쓰다보니 선행 장부에 이젠 빈 페이지가 남아 있지 않구나. 네가 남은 금화 세 닢을 이 가난한 사람에게 기부해도 장부에 쓸 수 없을 것이다. 장차 필요할지 모르니 그 금화를 품에 넣어두어라."

압뒬제야트는 천사의 말에 귀 기울여 마지막 남자에게 자선을 베풀지 않았다. 이에 완전히 화가 난 남자는 콧김을 씩씩 내뿜으며 "이 구두쇠야, 난 네가 금화 세 닢을 품에 감추는 것을 보았다. 너의 자선이 필요한데 나를 빈손으로 보내는구나. 너의 이 악행을 절대 잊지 않으마. 널 저주하겠다. 넌 네가 필요한 사람을 절대, 절대 찾을 수 없을 것이다! 넌 그를 찾는 것으로 네 인생을 보낼 것이다!"라고 말했다. 그러고는 저주를 받은 가련한 상인이 그를 붙잡을 틈도 주지 않고 눈물을 흘리며 뛰어가버리고 말았다. 압뛸제야트에게 필요한 유일한 사람은 물론 살리흐였다. 지금 그는 재산을 모두 잃었을 뿐만 아니라, 저주의 말까지 들은 것이다. 사실 그가 한 일에 실수가 있었다고 말할 수는 없다. 그는 모든 재산을 가난한 사람들에게 나눠주었고, 그 결과 이제는 그도 가난한 사람이 되었으므로 이 금화 세 닢 정도는 가질 권리가 있었기 때문이다. 하지만 어쨌든 오해의 결과로 그가 들은 저주는 자신과 그의 운명, 그러니까 살리흐 사이에 놓여 있는 장애물과 같은 것이었다. 하지만 이 장애물은 인간의 지력으로는 무척이나 이해하기 힘든, 거의 마법적인 거룩한 실체였다. 그에게는 살리흐를 찾는 것 이외에 다른 해결책도 없었다. 그는 지체하지 않고 길을 나서기로 결정했다.

자신이 내린 결정으로 부유함과 세상사에서 사는 데 필요한 모든 것과 작별을 고한 압뛸제야트는 아즈파얌으로 가기 위해 도시를 나서 동문으로 향하다 신발 가게에 들러 일주일 전에 주문했던 샌들을 받았다. 자신의 본질과 운명을 찾기 위해 울퉁불퉁하고 먼 길에서 삶을 보낼 고행자를 위해 만든 이 질긴 샌들의 밑창은, 덧없는 세상에서 오래오래 버틸 수 있도록, 영원히 존재할 수 있도록, 쇠로 만들어져 있었다. 압뛸제야트는 샌들을 신은 후 신발 가게 옆 목공소로 들어갔다. 장미 나무로 조각해 니스를 칠한, 양쪽 끝이 쇠로 된 지팡이가 준비되어 있었다. 재산을 나눠준 후 얻게 된 수도승이라는 칭호와 함께 이제 그의 유일한 밑천은 운명이었다. 그의 삶에 열린 새로운 페이지에 운명이 덧붙인 금화 세 닢을 점검한 후, 쇠 샌들을 신고 쇠 지팡이를 들고 동문을 통과해 길을 나섰다. 다행히 하늘은 맑고 날씨는 화창했다. 비와 폭풍이 다가오기 전에 산과 시내를 건넜다. 많은 다리를 건넜고 폐가에서 잠을 잤다. 하지만 사흘 후 음식이 바닥나자 수도승의 삶이 얼마나 어려운지 파악하기 시작했다. 정확히 하루 반나절 동안 아무것도 못 먹은 탓에 속이 메슥거리고, 머리가 어지럽고, 눈앞이 깜깜해지기 시작했다. 위가 쓰리고, 영양 부족으로 손발이 떨렸다. 결국 지치고 힘이 빠진 그는 어떤 나무 밑에 털썩 주저앉았다. 그러고는 눈물을 흘리며 신세 한탄을 하기 시작했다. 이렇게 통곡하던 중 마음속에서 '아!' 하고 고함이 터져나오는데, 나무에서 그의 입 속으로 배가 떨어져 이 고함 소리는 도중에 끊겨버리고 말았다. 그는 앉은자리에서 위쪽을 쳐다보았다. 반짝이는 붉은 별과 닮은 즙 많고, 맛있어 보이는 과일들이 주렁주렁 매달려 있었다. 하늘에서 입으로 떨어진 이 과일을 깨물었을 때, 그는 배고픔의 지옥으로부터 포만감과 아름다움의 천국으로 올라갔다. 배가 부르자 그는 평온하게 잠 속으로 빠져들었다. 그는 꿈속에서 그 열매가 매달려 있던 배나무를 보았다. 뱀 한 마리가 배나무의 몸통을 감고 있었다. 뱀이 이삭이라는 이름의 한 학자에게 만약 과일들 중 한 알의 맛을 보게 되면 신의 매력에서 벗어나 세속적인 매력을 보게 될 거라고, 그 이유는 이 나무가 지혜의 나무이기 때문이라고 말하고 있었다. 그러자 학자는 나무에 달려 있는 열매 바로 밑으로 가 입을 최대한 벌리고는 배가 자신의 입으로 떨어지기를 기다리기 시작했다. 하지만 하늘의 매력에 빠진 배는 천국을 두고 세상으로 떨어지는 것을 원하지 않았고, 이 때문에 학자는 안달을 하고 있었다. 많은 시간이 흘러 하늘의 자비도 끝이 나 무르익은 배는 신의 용서를 빌고 학자의 입으로 떨어져 그를 현자로 만들어주었다.

길고 깊은 잠에서 깨어난 압뢸제야트는 몇 알의 배를 자루에 넣고 다시 아즈파얌을 향해 길을 나섰다. 이제 배가 불렀지만, 날이 갈수록 형언할 수 없는 어떤 슬픔이 더욱더 그의 마음을 갉아먹기 시작했다. 왜냐하면 며칠 동안 이 타향 땅에서 혼자였으며, 슬픈 운명은 그가 가는 길에 대화할 그 누구도 보내주지 않았기 때문이었다. 자신의 운명에 도달하기 위해 먼 길을 나선 이 여행길에서 누군가와 슬픔과 고통을 털어놓고, 마주 보고 울면서 서로의 마음을 보듬어줄 수 있기를 기도했지만, 여전히 그런 사람과 만날 운을 얻지 못했기 때문에 자신의 고민을 마음속에 묻고 속으로 눈물을 삼켰다. 다음 날 영혼을 목마르게 하는 외로움의 병은 더욱더 심해지고, 그의 눈에는 눈물이 고였다. 그때 그는 깊은 계곡의 한가운데에 있었다. 양쪽에 늘어선 언덕들은 그의 외로움만큼이나 높았고, 머리 위에 있는 하늘은 그의 고민만큼 아득해 보였다. 이러한 상황에 가슴이 아팠던 그는 입을 벌리고 있는 힘껏, "아아, 슬프도다!" 하고 절규했다. 비가 흩뿌리기 시작했다. 가련한 상인의 비명이 계곡의 비탈길에 몇 번이나 메아리치자, 산도 그의 슬픈 운명에 가슴이 아팠는지 그에게 "아, 가엾구나!" 하고 말했고, 하늘은 눈물을 흘렸다. 외로움 때문에 숨이 막힌 불운한 사람은 최소한 그 소리라도 듣기 위해 다시 "아아, 슬프도다!" 하고 소리 쳤는데, 그때 계곡의 다른 쪽에서 "이봐요!" 하고 외치는 소리가 들려왔다. 바로 그때 비가 그치고, 해가 나타났다. 하늘에는 무지 개가 떴다. 반가움에 가슴을 떨며 압튈제야트는 소리가 들려오는 곳으로 얼굴을 돌렸다. 그리고 사슴 같은 눈, 앵두 같은 입술, 가 녀린 몸매, 활 같은 속눈썹, 화살 같은 눈썹을 한 절세미인을 보게 되었다. 깊은 외로움에 빠져 있던 그에게 번개처럼 떨어져 그의 어두운 세계를 밝힌 이 미녀는 몽롱한 시선으로 압튈제야트를 힐 끗 보더니, 어디로 가는지 알 수 없었지만, 살랑살랑 걸어갔다. 그 녀를 보자마자 사랑에 빠져 가슴이 뛰기 시작한 남자는 그녀의 앵 두 같은 입술에 입을 맞추기 위해 "아, 예언자시여!" 하고 소리치 며 그녀 쪽으로 뛰어갔다. 손에 지팡이를 들고, 밑창이 쇠로 된 샌 들을 신은 한 수도승이 욕정에 차 자신을 향해 다가오는 것을 본 처녀는 도망치기 시작했다. 그렇게 쫓고 쫓기던 그들은 드디어 무 지개 밑에 도달했다. 처녀가 무지개 밑을 지나가자, 운명의 장난 인지 그녀가 갑자기 젊은이로 변해버렸다. 압튈제야트는 절망에 빠져 못 박힌 듯 그 자리에 멈춰 섰다. 사랑하는 사람에게 이르지 못했을 뿐만 아니라, 자신의 혼을 쏙 빼놓은 여인이 젊은 남자로 변해버리기까지 한 것이다. 게다가 무지개도 사라져버리고 말았 다. 그러자 이번에는 젊은 남자가 압튈제야트를 뒤쫓아오기 시작 했다. 너무 놀라 어리둥절해 있던 압튈제야트는 있는 힘을 다해 계곡에서 들판을 향해 도망치면서 "신이여 도와주세요! 사람 살려!" 하고 목청껏 소리쳤다. 젊은이에게 쫓겨 열심히 달리다 우연히 샘을 본 압튈제야트는 자신이 한 마을의 물길에 있다는 것을 알게 되었다. 그는 사랑에 빠진 남자로부터 자신을 지키기 위해 힘껏 뛰면서 운명에 저항했다. 드디어 마을로 들어간 그는 위험에서는 벗어나게 되었지만 몹시 숨이 찼다. 혼이 나간 듯 지쳐 있는 그를 본 사람들이 주위에 몰려들었다. 그들 중 어느 인정 많은 사람이 두려움으로 하얗게 질린 그에게 물을 건네주는 선행을 베풀었다. 압튈제야트는 물 한 사발을 벌컥벌컥 마신 후 입가를 닦고는 마을 사람들에게 물었다.

"아즈파얌 산이 이곳에서 멉니까?"

"바로, 저기 저 산이오!"

한 사람이 지평선에 엷은 자색의 거인처럼 솟아 있고 정상이 구름으로 덮여 있는 웅장한 산을 가리키며 말했다. 그 사람이 검지로 산을 가리키자, 사람들도 무의식중에 그곳을 바라보았다. 그러더니 하나같이 머리끝에서 발끝까지 소름 끼쳐하며 산에서 눈길을 돌렸다. 압튈제야트는 그 모습을 하나도 놓치지 않고 다 보았다. 한 노인에게 그 이유를 계속 캐묻자, 노인은 그 산의 자락에 위치한 집에 사는 포악한 네 명의 형제가 여행객들에게 길을 내주지 않는 데다, 홀연히 산으로 떠났던 마을 사람들 가운데 아무도 돌아오지 않은, 위험으로 가득 찬 곳이기 때문이라고 설명해주었다. 이 말을 들은 압튈제야트는 얼굴이 새하얗게 질려버렸다. 이 위험한 산을 오르려 하다가는 재산을 모두 잃은 자신에게 이제 전

재산이 되어버린 목숨을 잃을 수도 있는 것이다. 하지만 그의 운명이 바로 저 산의 정상에 있는데 어쩌겠는가! 그는 아침까지 뜬눈으로 밤을 새우며 골똘히 생각에 잠겼다.

한때 에르주룸의 데르만 마을에 신앙심이 깊고, 예배와 기도에 헌신하는 셀라미 투즈라는 남자가 있었는데 그에게는 두 아들이 있었다. 이들 중 지금으로선 그 이름을 언급하기가 적합하지 않은 큰아들은, 신앙적인 측면에서 아버지와 경쟁할 정도로 아침부터 밤까지 예배를 드리는 신실한 젊은이였다. 하지만 작은 아들인 페유즈는 아버지뿐 아니라, 신앙심 면에서 아버지에 결코 뒤지지 않을 정도로 존경스러운 형의 조언에도 귀 기울이지 않고, 어둠의 학문에 관심을 기울이고 있었다. 그는 어차피 세상에 한번 태어난 이상 우주의 비밀을 풀지 않고 저세상으로 가고 싶지는 않았고, 학문이 영원한 데 반해 인간의 목숨은 유한하기 때문에 한시라도 빨리 대도시에 가 그곳에 있는 대학에서 철학과 의학, 연금술을 배우고자 하는 열망으로 불타오르고 있었다. 신앙뿐 아니라 이 아들들에게도 자신의 삶을 바친 가련한 아버지는, 신의 조화에 관한 확신을 얻기 위해 보이지 않는 세계의 비밀에 목말라하는 작은 아들 페유즈가 흉안이나 악령의 영향하에 있다고 생각했다. 그리하여 그를 에르주룸의 유명한 늙은 여자 마술사, 마법사, 신앙 요법가들에게 데리고 갔다. 그렇게 점을 치고 액땜을 하고 부적을 달고, 온천에도 가보았지만 그 어떤 것도 효험이 없었다. 무척이나 영특한 페유즈는 하나를 배우면 열을 알았고, 야망이 있었기 때문에 자신의 생각과 신념을 쉽게 포기하지 않았다. 좋은 말로 타일러서는 아들을 바른길로 인도할 수 없다는 것을 안 아버지는, 결국 아들을 발밑에 놓고 기절할 때까지 인정사정없이 몽둥이로 때렸다. 하지만 매를 든 그날 밤 아들은, 아버지가 먹지도 않고 입지도 않고 이십이 년 동안 모은 금화 열일곱 냥을 훔쳐서 가출하고 말았다.

우주의 비밀을 풀겠다는 일념으로, 신의 조화에 대해 확신하고 내적인 평화를 찾기 위해 어둠의 학문을 배우고자 하는 페유즈가 철학과 연금술 교육을 위해 필요한 이 돈을 훔쳐 달아나자 그의 가족은 가난뱅이가 되어버렸다. 페유즈의 배반을 도무지 용서할 수 없었던 아버지는 배은망덕한 아들을 자식이 아니라고 말한 데 그치지 않고, 이를 확실히 하기 위해 마을 이장에게 가 서명을 하고 도장이 찍힌 서류까지 만들었다. 그로부터 정확히 삼 년 후, 그가 항상 갔던 찻집에서 단골들이 그에게 열흘에 한 번 나오는 신문을 보여주었다. 1면에 유럽인들처럼 예복을 입고 나비넥타이를 맨 아들 페유즈의 사진이 있었다. 신문은, 삼 년 동안 배운 학문으로 모든 자연과학의 대가가 된 이 학자가 모래 위에 선을 그어 치는 점과 해몽을 통해, 보이는 세계의 모든 사건들의 방향을 안내하는 법칙들을 하나 둘 발견해냈으며, 연금술로 상수(常數)들을 발견하여 현자의 돌을 얻은 후 신에게서 지력을 받는 데 성공한다면 황금을 만드는 일도 머지않았다고, 이렇게 해서 가난은 역사 속으로 사라질 것이라고 쓰고 있었다. 신문에서 이 기사를 읽고 에르주룸에서 학자가 탄생했다는 사실에 어깨가 으쓱해진 사람들은 페유즈 아버지의 등을 두드리며 악수를 건네 축하하려고 했지

만, 페유즈가 배은망덕한 자식이라는 생각에 변함이 없던 아버지
는 그들의 선의를 물리쳤다. 그는 신문을 구겨버렸다. 그러고는
그때의 고통이 되살아났는지 손수건을 꺼내 흐르는 눈물을 닦기
시작했다. 그는 페유즈가 자신의 자식으로 살기를 거부했다는 것
과 관련해 이장에게서 받은 서류를 찻집에 있는 사람들에게 보여
주었다. 그러면서 아주 오래전부터 자신에게는 두 명이 아니라 한
명의 아들만 있으며, 그 아들은 아침저녁으로 사원에 가 예배를
드리며, 운명을 거역하는 길로 접어들지 않았다고 말했다.

  큰아들은 정말 밤낮 할 것 없이 기도와 예배로 하루하루를 보냈
다. 그러면서도 세속적인 일에 지장을 주는 것이 옳지 않다고 생
각했기 때문에 하루 한 시간 정도 시계 수리공 옆에서 조수로 일
하면서 밥벌이도 했다. 이 시계 수리공에게는 휘르뮈즈와 에흐리
반이라는 두 딸이 있었다. 그런데 큰아들이 이 딸들 중 큰딸, 그러
니까 휘르뮈즈에게 반하고 말았다. 그녀를 향한 사랑의 불길로 몇
날 며칠을 고뇌하던 어느 날 밤, 그는 부끄러워하면서 아버지에게
가까스로 자신의 고민을 털어놓았다. 아버지는 휘르뮈즈를 칭찬
하는 말들과 그녀의 정숙함과 교양에 대해서도 이미 들은 바가 있
었다. 그리하여 아버지는 노파들과 중매쟁이들을 보내 그녀의 아
버지에게 딸을 청했다. 하지만 시계 수리공은 하나의 조건을 제시
했다. 그는 두 딸을 동시에, 두 형제와 결혼시키길 원했던 것이다.
휘르뮈즈를 큰아들에게 주는 것에는 이의가 없었다. 하지만 에흐
리반도 페유즈와 결혼해야 했다. 가족의 전통이었던 것이다. 노파
들과 중매쟁이들이 시계 수리공에게 이 조건을 철회하라고 입이

닳도록 이야기했지만 그는 단호했고, 한번 내뱉은 말을 거두지 않았다. 사랑하는 여자와의 결혼에 이르지 못하게 된 큰아들은 식음을 전폐하기에 이르렀다. 그는 사랑의 열병으로 활활 타올라 날이 갈수록 야위어갔다. 결국에는 고열이 나면서 몸져눕게 되었다. 그는 의식을 잃고 누워 있으면서도 사랑하는 여자의 이름을 부르며 헛소리를 했다. 의원을 불러와 식초 물에 담근 수건으로 몸을 닦으며 열을 내리려고 했지만 아무런 효과가 없었다. 결국 의원은 아버지에게 이것이 의학적인 열이 아니라, 아들의 가슴이 사랑으로 타고 있어 생긴 열, 그러니까 상사병이라고 말했다. 만약 사랑하는 사람과 이어지지 못하면, 얼마 지나지 않아, 기껏해야 한 달 후에는 죽을 거라고 진단을 내렸다.

　속이 타 문드러져가던 아버지는 큰아들의 목숨을 구하기 위해 자존심을 버리고 페유즈에게 편지를 써, 형의 생명이 위급한 상황이며 형을 살리기 위해서는 형이 사랑하는 여자의 동생과 당장 결혼해야 한다고, 그러면 자식으로 다시 받아들일 용의가 있다고 솔직하게 밝혔다. 하지만 일주일 후에 도착한 답장에서 페유즈는 자신은 결혼을 전혀 생각하고 있지 않으며, 그 이유는 시간의 절반은 학문에, 나머지 절반은 부도덕한 여자들과 보내기 때문이라고 밝혔다. 그러면서도 형이 사랑에 빠진 여자의 여동생의 사진과 이름을 보내달라고 했다. 아버지는 페유즈의 방자함에 화가 머리끝까지 났지만, 죽음의 문턱에서 고통을 겪고 있는 큰아들을 살리기 위해서는 페유즈가 해달라는 대로 하는 수밖에 없었다. 그래서 그녀의 이름을 쓴 짧은 편지와 함께 사진을 동봉하여 그 후레자식에게 부쳤다. 그러자 전혀 예상치도 않게 열흘 후에 페유즈가 나타났다. 그는 아버지가 보낸 편지에서 그 여자의 이름을 읽자마자, 사진을 볼 필요도 없이 당장 결혼하겠다고 마음먹었던 것이다. 이렇게 해서 상사병에 걸린 큰아들의 영혼이 영원으로 옮겨 가기 바로 직전에, 고민 많은 아버지는 시계 수리공에게 두 딸을 신의 명령과 예언자의 동의하에 자신의 아들들에게 달라고 했으며, 언약을 하고 약혼식을 치른 후 결혼식 준비를 하기 시작했다.

아버지는 사흘간 계속될 결혼식을 치르기 위해 빚을 내 양 예순 마리와 염소 스무 마리를 잡았다. 몇 개의 솥에 밥을 하고, 아이란* 수백 사발을 날랐다. 피리를 불고, 북을 쳤으며, 여럿이 손을 잡고 춤을 췄다. 하객들에게 접시 가득 음식을 대접했으며, 돈도 많이 뿌렸다. 많은 축복의 기도가 올려졌고, 박수갈채를 받아, 눈도 마음도 즐거웠다. 드디어 신랑이 신방에 들어갔다. 사랑은 고귀했지만 그날 페유즈의 첫날밤에는 화성, 목성처럼 숭고한 하늘에서 돌아가는 천체의 법칙보다는, 그 행성들 아래 아담 이후 인류가 지속될 수 있도록 해준 별의 법칙이 함께하고 있었다. 밤이 지나고 해가 뜰 때, 큰아들이 에르주룸의 동쪽 하늘에서 분홍빛 여명을, 그러니까 신방에서 처음으로 베일을 거둬 얼굴을 보여주고 자신에게 처녀성을 바친 휘르뮈즈에 대한 연보라색 사랑을 보물처럼 마음속에 간직하고 있는 동안 페유즈의 마음은 새벽 빛깔 같았다. 밤새 세속적인 허기를 채운 그는 해가 뜨자 침대에서 일어났고,

---

* 요구르트를 희석시킨 음료.

이번에는 초자연적인 갈증을 해소하기 위해 대도시에서 가져온 궤짝을 열고 어둠의 학문과 관련된 책을 꺼냈다. 책을 읽자 어찌 된 일인지, 그의 얼굴에 절망적인 사람들에게서나 볼 수 있는 도움을 갈구하는 표정이 드러났다. 눈동자에 떠오른 근심 어린 떨림은, 한 자라도 놓칠 경우 지금까지 배운 그 많은 학문이 카드로 만든 성처럼 갑자기 무너져버릴 수도 있다는 생각 때문인 것 같았다. 그가 한 줄 한 줄 주의 깊게, 하나도 놓치지 않고, 마치 코란을 읽는 것처럼 처음부터 끝까지 삼키듯 읽고 있음을, 입술이 빠르게 움직이고 있는 것만으로도 충분히 알 수 있었다. 집중력이 떨어졌는지 잠시, 전신 거울 속에서 자신을 바라보고 있는 아내 에흐리반에게 눈길을 주었다. 여자는 거울에 있는 모습을, 거울 속의 형상은 여자를 넋을 잃고 마주 보고 있었다. 바로 그때 페유즈는 자신이 무엇을 보고 있는지를 알아채고 새하얗게 질리고 말았다. 거울에 아내의 모습 대신 어떤 남자가 있었던 것이다. 공포에 휩싸인 페유즈는 신고 있던 실내화를 벗어 그대로 거울을 향해 던졌다. 거울은 산산조각이 났다. 남편의 눈에 서린 두려움을 읽은 에흐리반은 그에게 이렇게 말했다.

"사랑하는 낭군님. 거울에서 당신이 나 대신 본 사람은 내 오빠 아자질이에요. 우리가 함께 나쁜 일을 했기 때문에 아버지가 오빠를 저 멀리 아즈파얌으로 내쫓았어요. 지금 오빠는 아즈파얌 산자락에서 방랑자처럼, 부랑자처럼 떠돌아다니고 있어요. 우리가 희열 속에 보냈던 초야에서 당신은 나뿐만 아니라 동시에 악(惡)도 알게 된 거예요. 첫날밤에 도장을 찍은 나와의 혼인 서약은 동시에 내 오빠 아자질과의 서약이기도 해요. 우리 셋 사이의 이 계약에 그의 서명과 도장이 빠져 있어요. 따라서 당신은 당장 그를 찾아 그와도 서약을 해야만 해요. 당신이 엄청난 욕망에 휩싸여 오랜 세월 동안 찾아다녔던 학문과 지혜는 내가 아니라, 그가 당신에게 줄 거예요. 이 기회를 놓치지 말고 아자질을 찾으세요."

페유즈가 아내 에흐리반에게 부랑자처럼 정처 없이 떠돌아다니는 사람을 어떻게 찾느냐고 묻자 그녀가 말했다.

"아버지가 쫓아낸 후 아즈파얌 산자락에서 정처 없이 떠돌아다니는 내 오빠를 찾는 것은 물론 쉽지 않아요. 하지만 그에겐 결점이 하나 있어요. 바로 이 결점 때문에 그를 잡을 수 있을 거예요. 귀를 활짝 열고 지금부터 내가 하는 말을 잘 들으세요. 내 오빠 아자질은 자기 자신에게 매료되어 있어요. 자신에게 매료되어 있기 때문에 거울을 좋아하지요. 산자락의 한 폐허에 전신 거울을 갖다 놓은 다음 손에 밧줄을 들고 구석에 잠복해 계세요. 내 오빠는 한밤중에 돌아다녀요. 거울을 보자마자 분명 그곳으로 와 자신을 바라보기 시작할 거예요. 그가 거울을 보느라 넋이 나가 있을 때 기회를 보아 밧줄로 그를 묶으세요. 그를 붙잡으면 따귀를 때리면서 우리의 혼인 계약서에 도장을 찍도록 강요하세요."

과거와 미래에 땅과 하늘에서 일어났거나 아직 일어나지 않은 사건들과 현상들의 전체, 이 비밀스런 세계에서 발생하는 모든 것의 진행 과정에 방향과 의미를 제시하는 자연의 법칙, 우주의 내면, 천둥, 번개 그리고 폭풍의 비밀을, 행성과 유성의 궤도, 서로에게 지저귀며 끊임없이 솔로몬과 시바의 여왕의 보물이 있는 것을 말하는 새들의 언어와 문법, 다이아몬드, 루비, 에메랄드 혹은 귀하거나 귀하지 않는 모든 크리스털의 수수께끼, 요셉의 자손에게 고통을 준 파라오 시대의 유산인 경이로운 파피루스 두루마리에 있는 난제들의 풀이, 적당한 양의 흑연을 유황과 섞어 금을 얻어내는 비결, 동양의 신전에서 수백 명의 호위병이 지키고 있는 밀교 서적의 좀먹은 자리, 망원경으로도 어렵게 볼 수밖에 없는 외진 곳에서 비밀스레 돌아가는 우주의 일련의 자연 현상들…… 간단히 말하면 측정할 수 없고 계산할 수 없으며, 이해할 수 없고, 재고 생각하는 것이 거의 불가능한 많은 문제들에 대해 항상 궁금해하고, 고심하고, 추측해온 페유즈는 이 많은 학문과 지식, 지혜를 그에게 가르쳐줄 수 있는 아자질을 붙잡아 그와 계약을 하기 위해, 킬림*으로 싼 커다란 전신 거울을 등에 지고, 곧장 아즈파얌을 향해 길을 나섰다.

그로부터 수일이 지난 어느 날 밤, 그는 아즈파얌 산자락에 도착했다. 그는 등에 무거운 짐을 진 채 돌아다니면서 밤을 보낼 적당한 곳을 찾다. 지붕 일부가 무너져 내려앉은 어떤 방치된 농가에서 머물기로 결정을 내렸다. 폐가로 들어간 페유즈는 거울을 싼 킬림을 풀었다. 그러고 나서 밧줄을 허리에 감은 후 전신 거울을 벽에 기대어놓고 몸을 킬림으로 둘둘 말고는 구석에 누웠다. 폐가의 지붕에 난 커다란 구멍으로 보름달이 보였다. 차가운 달빛이 얼음 기둥처럼 방으로 내려와 거울에 부딪히자마자 산산조각이

---

* 털이 없고 앞뒤가 없는 양탄자의 일종.

나듯 부서졌고, 허공에 떠다니는 빛나는 눈송이들의 결정처럼 사방으로 흩어졌다. 바로 이때 갑자기 문이 삐거덕거리는 소리가 들렸다. 막 잠이 들려던 페유즈는 그 소리에 쫑긋 귀를 세웠다. 그곳에 도착한 바로 그날 밤 그의 운명이 발밑으로 왔다는 사실에 흥분과 기쁨으로 가슴이 쿵쿵 뛰기 시작했다. 폐가에 있는 전신 거울을 보고 초자연적인 느낌을 받았던지 안으로 들어온 생명체는 좌우를 두리번거리지도 않고 곧장 유일한 목표인 거울을 향해, 어쩌면 그의 자아를 향해 소리 없이 다가갔다. 이 생명체는 다름 아닌 아자질이었다. 솔직히 그는 아름답지 않았고, 기껏해야 잘 치장한 사람에 불과했다. 그는 멋진 군청색 양복을 입고 있었고, 비단 셔츠에 배와 번개무늬가 있는 넥타이를 매고 있었다. 이는 아마도 금단의 열매와 성스러움의 상징일 것이다. 현란한 금박 장식 고리가 달린 신발은 번쩍번쩍 빛났고, 키가 커 보이고 싶었는지 굽도 높았다. 의상은 이렇게 현란했지만, 아자질의 코와 턱은 길었고, 눈은 약간 작았으며 미간이 좁았다. 머리는 또 얼마나 말끔히 빗어 내렸는지 관자놀이에서 내려와 귀를 덮고, 목덜미까지 덮은 곱실거리는 머리카락은 보는 사람을 현혹시키기에 충분했다. 머리칼이 곱실거리는 것에 대해 뭐라 할 말은 없지만, 머리칼이 흐트러지는 걸 못 참는 성격이기 때문인지, 아니면 단지 머리 형태에 대한 불만 때문인지, 흐트러지지 않도록 물을 묻혀 빗은 머리칼을 위와 옆에서 꼭 눌러 머리통에 잘 붙여놓고 있었다. 마치 소가 머리를 핥은 것 같았다. 검지에는 다이아몬드와 에메랄드가 박힌 순금으로 된 반지를 끼고 있었다. 금과 다이아몬드에 가치를 부여하는 사람들이라면 이 반지를 낀 손이 가리키는 그 어디든 기꺼이 가겠다고 멋진 것이었다. 아자질은 한껏 거드름을 피우며 거울 앞에 서서, 좌우로 한 번 돌고는 어깨 너머로 자기 자신을 훑어보았다. 연이어 이번에는 왼쪽으로 돈 후 휘황찬란한 자신의 모습을 넋 놓고 바라보았다. 하지만 바로 그때 등에 먼지 하나가 붙어 있는 것을 발견한 그는 재킷 호주머니에서 비단 손수건을 꺼내 이것을 닦아냈다. 창백한 달빛 아래에서도 아주 사소한 결점까지 알아차리는 것으로 봐서 그는 자신의 멋진 외모에 누구보다 관심 있고 잘 알고 있으며, 또 무척이나 자랑스러워하는 것이 분명했다. 어깨를 으쓱거리고 가슴을 부풀린 것으로 보아 알 수 있었다. 하지만 지나치게 힘을 준 탓인지 재킷 어깨 뒤의 한 곳이 울자 그는 얼굴을 찡그리며 거울을 돌아보고는 손바닥으로 가볍게 치면서 운 곳을 없앴다. 이 일이 끝나자 아자질은 다시 손수건을 꺼내 두 손으로 손수건 끝을 잡더니, 발을 돌 위에 올리고는 몸을 숙여 손수건으로 신발에 광을 내기 시작했다. 광이 잘 나도록 가끔 신발에 침을 뱉기도 했다. 나중에는 침을 뱉는 대신 호호 입김을 불기도 했다. 광내는 일이 끝나자 거울 앞에서 한두 걸음 뒤로 물러나 신발의 앞과 뒤를 바라보며 살펴보기 시작했다. 사실 모든 것이 완벽하게 된 것 같았지만, 바로 이 순간에 불행하게도 바람이 불어와 머리 모양을 흐트려놓고 말았다. 이렇게 해서 아자질은 바지 호주머니에서 빗을 꺼내 머리를 처음부터 다시 빗을 수밖에 없었다. 왼쪽 가르마를 타고는 먼저 옆으로, 다음에는 관자놀이에서 뒤쪽으로 빗었다. 호주머니에서 손거울을 꺼내 머리 뒤로 가져가서는 전신 거울을 통해 그 멋진 위쪽 목덜미를 마음껏 바라보았다. 하지만 몸치장과 허세에 들인 이 많은 노력은 모두 허사가 되고 말았다. 왜냐하면 구석에 몸을 감추고 아까부터 그를 지켜보고 있던 페유즈가 손에 밧줄을 들고 갑자기 그를 덮치자, 몸싸움을 하던 도중에 아자질의 머리칼과 의상이 엉망이 되고 말았기 때문이다. 재킷과 바지는 구겨졌고, 머리칼은 흐트러졌고, 온몸이 먼지와 흙투성이가 되고 말았다.

아자질을 묶은 페유즈는 조금 전에 자기 몸을 감쌌던 킬림을 바닥에 펼친 후 둘둘 말아 그를 때리기 시작했다. 자신의 힘을 이렇게라도 보여줘서 아자질처럼 자신도 만만한 사람이 아니며, 학문과 지혜는 차치하고라도, 최소한 싸움과 레슬링에서 그보다 뒤지지 않는다는 것을 증명하기 위해서였다. 손과 팔이 묶인 아자질은 둘둘 말린 킬림으로 머리, 허리, 등을 맞을 때마다 고함을 질렀고, 보름달까지 그 고함 소리에 주위에 있던 부엉이들이 놀라서 도망쳤다. 결국 그는 고통과 그 많은 흙먼지에 견디지 못하고 용서를 구하기 시작했다. 페유즈가 말했다.

"에흐리반의 오라버니시여! 나의 형님이신 아자질! 당신 앞에 있는 이 친척에게 학문과 지혜를 가르쳐주시오. 이 사람에게 연금술과 불멸의 비밀을 당장 알려주시오! 우리가 살고 있는 이 덧없는 세상의 비밀, 당신이 알고 있는 모든 학문과 과거와 미래의 신비를 설명해주시오."

수없이 맞아 힘이 빠지고 지친 아자질이 대답했다.

"내 아버지가 나를 이곳으로 쫓아내 여동생 에흐리반과 나를 갈

라놓았지만, 에흐리반을 생각해서 네게 원하는 것을 가르쳐주는 것이 내 목숨의 대가군. 일단 먼저 나를 풀어주게."

페유즈가 풀어주자 자유의 몸이 된 아자질은 품에서 어떤 과일을 꺼냈다. 붉고 빛났으며, 즙이 많고 맛있어 보이는 과일이었다. 페유즈는 탐스러운 그 과일의 생김새를 보고는 한두 번 침을 꿀꺽 삼켰다. 배가 꼬르륵거리고 입에 침이 고이기 시작했다. 아자질이 말했다.

"이보게! 자네가 보고 있는 이것은 지혜의 과일이네. 이 과일의 맛을 본 사람은 과거와 현재의 모든 것을 맛보게 되지. 모든 학문과 우주의 신비는 바로 이 과일의 맛에 존재하고 있어. 이 맛을 입천장에서 느꼈을 때 현자가 될 것이며, 과거와 미래의 모든 시간을 매 순간 빠짐없이 다 알게 될 것이네. 하지만 자네와의 계약에 조건이 하나 있네. 자네가 이러한 순간에 누군가에게 만약 '멈춰, 지나가지 마, 넌 정말 아름답구나!'라고 말하면 내가 거울에서 보았던 매력에 빠졌다는 의미야. 자네는 이 말을 하는 순간, 자네에 대한 나의 주권과 지배권을 그 즉시 받아들이고, 나와 함께 아즈파얌의 쓰레기장인 힌놈에서 살게 될 것이네. 이를 수락하겠나?"

페유즈는 지체하지 않고 이 조건을 수락하고 아자질이 내민 과일을 받았다. 과일을 입으로 가져가 깨물었을 때 과즙이 양쪽 입가장자리로 흘러나왔다. 황홀한 향기가 콧속을 가득 채웠다. 그의 혀는 영원한 지혜의 맛과 접촉했다. 과거와 미래의 모든 시간의 맛이 그의 혀에서 영혼으로 흐르기 시작했다. 그 맛을 더 깊이 느끼기 위해 눈을 감은 그는 지혜의 열매와 그것의 반짝임과 퍼지는 붉은 섬광을 보았다. 붉은 반짝임이 퍼지자 아주 넓고 깊은 안개 속에서 미래와 미래의 일곱 명의 사람을 보게 되었다. 이들은 그 와 에흐리반 사이에서 태어날 아들들이었다. 그는 제히르, 네지 르, 데미르의 포악함과 살인, 횡포를, 실라히르, 쥐베이르, 지한기 르, 페다이르의 비루하고 가난한 삶을 경악과 슬픔 속에서 바라보 았다. 영원한 지혜와 불멸의 삶을 얻게 된 사람으로서 승리를 축 하하기 위해, 그가 아자질을 붙잡았던 농가에서 아내와 아들들을 살게 하고, 그들이 이곳을 번성시키고 높은 담과 성곽으로 두르는 것을 보았다. 대를 이어나갈 자식도 낳지 못한 아들들이 하나 둘 씩 죽어가는 것을 바라보았고, 모든 자식들의 고통과 흐르는 피를 맛보았다. 경악과 슬픔 속에 자신의 대가 끊기는 것을 보았다. 아 들들이 무덤에서 잘 때 지식과 부에 대한 열정으로 길을 나선 사 람들이 군대처럼 떼를 지어 피를 흘리는 것을, 거대한 금고들이 돈, 금 그리고 죄로 채워지는 것을, 교만함에 빠져 신을 죽여 십자 가에 매다는 것을 바라보았다. 자신도 그들 중 하나였다. 그리고 '진실'을 보자마자 커다란 수치심을 느꼈다. 세속적인 지식을 거 부하고 신에 다가가 그를 보고 싶었다. 그의 이 바람은 이루어졌 고 하늘로 올라가기 시작했다. 그는 이제 빛 속에, '평온의 나라' 에 있었다. 하늘로 올라갈수록 주위는 밝아졌다. 바로 그때 그 앞 에 아자질이 나타나 그에게 영원한 지혜의 과일을 내밀고는 신 안 에서 사라지는 것과 신이 되는 것 중 하나를 선택하라고 했다. 사 라지는 것은, 존재하는 것이다. 하지만 그는 신이 되고 싶었다. 그 리하여 금단의 열매의 맛을 보았다. 신이 아니라 선과 악을 알았기 때문에 그는 자신으로부터 이탈했고, 자신의 본질을 잃었다. 그가 찾고 있던 지혜, 즉 세상과 만났다. 모든 조상들을 빠짐없이 다 보았다. 자신의 삶이 하나도 빠지지 않고 그의 눈앞을 지나갈 때, 그 삶을 두번째로 살았다. 같은 고통, 같은 수치심, 같은 슬픔을 맛보았다. 자신이 어디에서 잘못했는지 몰랐다. 알아야만 했다. 아즈파얌의 폐가에서 아자질에게 그 맛있는 과일을 받았을 때 답을 찾았다고 생각했다. 죄와 지혜의 맛을 입천장에서 다시 느꼈을 때, 그의 입에서 다음과 같은 말들이 쏟아져 나왔다.

"멈춰, 지나가지 마, 넌 정말 아름답구나!"

그의 바람은 받아들여졌고 이 순간은 절대 사라지지 않았다. 지혜와 죄의 맛에 이른 혀로부터 쏟아져 나온 이 단어들로, 끔찍한 악순환과 영원한 한순간 속에 있는 지옥을 스스로 택하게 된 것이었다.

소문에 의하면, 페유즈의 형, 그러니까 그 이름을 여기에서 언급하기에 별로 적합하지 않은 큰아들은 결혼식을 올리기 전 자신으로 하여금 피눈물을 흘리고 수많은 고통을 느끼게 한 아내 휘르뮈즈를 향한 사랑의 후유증을 앓고 있었다. 이제는 그녀와 한 베개를 사용함에도 불구하고, 그는 여전히 열이 많이 났고, 몇 날 며칠이고 고통스레 신음하고 있는 것이었다. 사실 휘르뮈즈는 정말로 그럴 만한 가치가 있는 여자였다. 그녀에게서 악과 욕심이라고는 눈을 씻어도 찾을 수 없었기 때문이다. 성인들 다음으로 신에게 가장 가까운 존재인 동물들도 이를 느끼고 있었다. 아주 옛날부터 지금까지 잔인한 인간들에게 사냥감과 먹잇감이 되었기 때문에 인간들로부터 도망친 영양, 비둘기, 꿩 그리고 수없이 많은 창조물들은 휘르뮈즈의 선한 마음씨와 아름다움을 확연히 보았기 때문에 그녀 곁으로 다가가 그녀와 대화를 나누고 싶어했다. 바로 이러한 이유로 큰아들은 휘르뮈즈에 대한 사랑이 더욱더 커져, 자신이 그녀에게 걸맞은 사람이 되게 해달라고 아침부터 저녁까지 신에게 애원하게 되었다. 결국 운명도 선의 표상인 이 여자가 보다 위대한 사랑에 걸맞은 사람이라는 결론을 내렸고, 어느 날 밤 먼 대양에서 차가운 바람을 몰고 왔다. 휘르뮈즈의 가냘픈 몸은 열에 들떠 몸져눕게 되었다. 집으로 부른 의원들은 그녀의 몸에서 나는 열을 오로지 죽음이라는 차가운 바람만이 떨어뜨릴 수 있다고 말했다. 생의 마지막 날 밤, 그녀는 죽음을 정원에서 맞이하고 싶다고 말했다. 바로 그날 밤 차가운 바람이 불었고, 휘르뮈즈는 미소를 지었으며, 그녀의 섬세한 영혼은 차가운 바람의 소용돌이와 함께 몸에서 빠져나가 서서히 보름달을 향해 떠오르기 시작했다. 이 와중에 그녀는 아주 슬픈 목소리로 노래를 불렀다. 자신의 사랑이 그녀의 몸과 자신을 떠나는 것을 보며 피눈물을 흘리던 큰아들은 아내가 하늘에 떠 있는 별들 사이로 사라지지 못하게 하려고 자리를 박차고 일어났다. 그는 왼손으로 연인의 치맛자락을 잡았지만, 그 옷자락을 놓치고 주먹 쥔 상태로 손만 허공에 남아 있었다. 그 순간 마비된 손은 그후 꽉 쥔 상태로 남게 되었다.

페유즈는 에흐리반이 낳은 일곱 명의 아들의 아버지가 된 후 아자질에게 약속한 대로 지옥으로 갔고, 여전히 사랑의 열병으로 신음하는 왼손이 마비된 큰아들에게는 더욱더 끔찍한 재앙이 기다리고 있었다. 어느 날 과부가 된 며느리를 보다 못한 시아버지는 큰아들의 귀에 대고, 죽은 동생 페유즈의 아내와 관습상 당장 결혼해야 한다고 속삭였다. 큰아들은 휘르뮈즈의 가치를 아는 착한 사람이었기 때문에 아버지의 말을 거역하지 못했다. 예기치 않게 제수와 결혼을 하게 된 그는 휘르뮈즈의 장례식 때보다 더 깊은 고통을 느꼈다. 그래서 그는 그녀와 완전한 의미의 하나가 되지는 않았다. 이러한 상태가 몇 년이고 계속되자 더이상 참을 수가 없었던 에흐리반은 어느 날 밤 남편에게 말했다.

"나의 남자여! 난 당신의 아내인데 당신은 남편의 의무를 다하지 않고, 내게 희열을 맛보여주지 않는군요. 신방에는 들어왔지만 당신은 일부러 이러한 희열을 피하는군요. 이제 이 상황을 정리하고 밤새 나와 함께 열정적으로 사랑을 나누시지요. 희열을 끝까지 만끽하기로 해요. 나를 알게 되면 내게 있는 지혜도 알게 될 것입니다. 나의 지식을 당신에게 증명할 기회를 주세요. 나와 신방에 들어가요. 아침이 되면 마비된 당신의 손이 나의 지식으로 치유될 것입니다."

한순간 넋이 나갔던지, 큰아들은 이 말을 믿고 그녀와 초야를 치렀다. 사랑을 나누고, 욕정과 열정에 사로잡혀 마음껏 즐긴 후 아침 무렵 에흐리반을 소유했다. 그러고 나서 그는 에흐리반에게 약속한 대로 마비된 손을 치유해달라고 했다. 에흐리반이 한두 마디 주문을 외우자 몇 년 동안 꽉 쥐고 있던 손가락이 정말로 펴졌다. 하지만 동시에 큰아들의 비명이 하늘을 찔렀다. 왜냐하면 사랑하는 연인 휘르뮈즈를 잡으려다 쥐었던, 그로부터 오랫동안 펴지지 않았던 손안에, 이 선하고 선하며 아름답고 아름다운 아내의 치마에서 떨어져나온 한 조각 천이 남아 있었던 것이다. 마비된 손안에 자신도 모르게 오랜 세월 동안 가지고 있던 이 꽃무늬 천 조각을 본 그는 비탄에 빠져 소리 지르며 몸부림쳤다.

"신이시여 지금 저를 죽이지 마시고 살려두셔서, 이 고통을 충분히 겪도록 해주십시오."

그날 밤으로부터 아홉 달 열흘이 지났을 때 에흐리반은 아부제르와 알렘다르라는 이름의 몸이 붙어 있는 쌍둥이를 낳았다. 큰아들은 집을 나가 수도승처럼 배회하기 시작했고, 드디어 자신이 가야 할 마땅한 곳인 아즈파얌에 다다랐다. 그렇다! 먼저 휘르뮈즈, 그다음에는 에흐리반과 결혼한 이 큰아들의 이름이 살리흐였다. 사람들은 그가 아픔을 견딜 수 없을 정도로 예민하고 지나치게 고결한 영혼을 소유한 사람이기에 자신이 경험한 모든 것을 잊고 마치 완전히 다른 사람처럼 새로운 삶을 시작하고 싶어했다고, 예를 들면 장사를 하면서 평범한 사람처럼 삶을 살아가기를 바랐다고 들 말했다.

그의 꿈속에 나타난 살리흐의 요구에 따라 물건과 재산을 팔아 가난한 사람들에게 나누어준 압튈제야트는 이 모든 사건이 일어나고 많은 세월이 흐른 후 아즈파얌에 왔던 것이다. 그의 운명은 살리흐에게 달려 있었으며, 이 성스런 노인은 바로 압튈제야트가 바라보고 있는 산의 정상에 있었다. 마을 사람들은 산자락에 있는 농가에 살면서 그곳을 지나다니는 사람들을 괴롭히는 네 형제들의 흉악함과 잔학성에 대해 입이 닳도록 설명을 해주었다. 이 형

제들의 이름은 실라히르, 쥐베이르, 지한기르 그리고 페다이르였
다. 사람들에 따르면, 이들은 자신의 의무가 아닌데도 우주의 신
비를 연구하다가 아내의 오빠인 아자질에게 유혹당한 페유즈라는
학자의 아들들이었다. 그곳을 지나가야만 했던 압튈제야트는 죽
을 각오를 하고 아즈파얌 산을 향해 길을 나설 수밖에 없었다. 아
침에 길을 나서 하루 종일 발이 아프도록 걸었지만 산자락에는 도
착할 수 없었다. 보름달이 구름 사이로 나왔을 때, 그는 아무리 피
곤하더라도 밤새 길을 걸어가, 저 잔인한 형제들의 눈에 띄지 않
고 무사히 지나가야 한다고 생각했다.

피곤하고 지쳤음에도 불구하고 달빛 아래서 정상을 향해 오르
막길을 오르고 있을 때, 어딘가에서 탬버린, 북소리, 흥겹고 즐거
운 노랫소리와 악기 소리가 들려오기 시작했다. 아즈파얌 산의 음
산한 분위기 속에서 이 소리를 들은 압튈제야트는 호기심이 일었
다. 그는 가던 길을 멈추고 덤불 뒤에 앉아 사람의 혼을 빼놓는 노
랫소리가 들려오는 곳을 바라보았다. 먼 곳에서 농가의 불빛이 보
였다. 압튈제야트는 '밤이니까 어차피 나를 보지 못할 거야. 농가
로 다가가 창으로 안에서 무슨 일이 있는지만 보고 가던 길을 계
속 가야지'라고 생각하고는, 정상으로 가는 길에서 약간 벗어나
웃고 떠들며 음악 소리가 울려 퍼지는 농가 쪽으로 갔다.

그곳에 다가가자, 농가의 안채가 오래된 폐허 위에 지어졌다는
것을 금방 알아볼 수 있었다. 비바람 때문에 닳고닳아, 구멍이 숭
숭 난 스펀지 같은 모양이 되어버린 돌로 에워싸여 있는 오래된
구역의 성벽 틈새는 최소한 십 년 전에 잘라 다듬은 반듯한 돌로

막혀 있었다. 정원의 분수대, 집과 맞닿아 있는 탑으로 미루어 보아, 과거 한때 이곳에 유희를 좋아하고 호화로운 생활을 했던 누군가가 살았음을 알 수 있었다. 하지만 지금은 아무도 돌보지 않는지 곧 폐허가 될 지경이었다. 약간의 수고와 노력을 하면 이곳을 다시 과거의 상태로 복원할 수 있을 터였다. 하지만 안에서 들려오는 흥겹고 즐거운 소리로 보건대, 지금의 주인은 땀 흘려 일할 생각이 별로 없는 것 같았다. 압뛸제야트는 집주인의 무신경에 약간 용기를 얻어 창문 가까이 다가가 한쪽 눈으로 커튼 사이로 보이는 안을 엿보기 시작했다. 킥킥거리며 아양 떠는 소리와 함께 옥으로 장식된 술병으로 포도주를, 은쟁반으로 안주를 대접하는 요염한 자태의 여자들이 네 형제들을 모시고 있었다. 형제들은 보료에 앉아 손에 든 잔의 술을 홀짝이고 물 담배를 피우면서, 두 명의 가수가 사즈* 연주에 맞춰 부르는 즐겁고 흥겨운 노래를 듣고 있었다. 악사들은 큰북과 나란히 붙어 있는 작은북 두 개를 치며, 폐에 온 힘을 실어 피리와 네이**를 불고 있었으며, 류트와 덜시머***의 현을 피크로 치고, 작은 현악기, 현이 세 줄인 사즈, 초위르****를 손으로 튕기고, 캐스터네츠와 종을 부딪치며 흥겹고 유쾌하게 떠드는 분위기가 계속 이어졌다. 노래가 끝나자마자 이번에는 가수들이 앞으로 뛰쳐나와 손에 들고 있던 캐스터네츠를

---

* 만돌린과 유사한 몸통이 둥근 터키 고유 현악기.
** 피리의 일종.
*** 사다리꼴의 현이 달린 타악기의 일종. 기타와 비슷함.
**** 류트와 비슷한 터키의 민속 악기.

치면서 춤을 추기 시작했다. 얼마나 교태를 부리며 몸을 흔들고 목을 뒤틀며 유혹적인 시선으로 바라보던지, 사즈와 춤의 하모니에 취한 형제들 중 한 명이 극도로 홍분하여 "헤이이이!" 하고 소리치며 단숨에 술을 들이켰다. 홍겨움과 희열에 취한 나머지 마시던 포도주가 입가로 흘러내리는데도 신경 쓰지 않았다. 이 사람은 실라히르였다. 턱은 짧고, 이마는 대단히 넓었다. 그의 머리는 어떻게 보면 배를 닮았고, 날카로운 턱 바로 밑에 목젖이 커다랗게 튀어나와 있었다. 가느다란 입술은 비웃듯 위로 올라가 있었다. 금방이라도 튀어나올 것처럼 돌출된 눈은 마치 무엇인가를 유심히, 아니 잔인하게 바라보고 있는 듯했다. 하지만 안타깝게도 이 많은 것들을 암시하는 그의 머리를 지탱하는 목은 걸인의 지팡이처럼 가늘고, 깡말라 있었다. 그 옆에 앉아 있는 쥐베이르는 거대한 턱, 커다란 윗입술을 가졌고 그 위에 무성한 콧수염을 기른 사람이었다. 호두만 한 크기의 뇌를 가지고 있는지, 그의 두개골은 거대한 턱에 비해 턱없이 작아 보였다. 이런 뇌가 많은 생각을 할 수 있을 리 없었다. 그는 자신이 알고 있는 것에 고집을 피우려는 듯 아랫입술이 위로 올라가 있었다. 그의 얼굴에 나타난 표정도 어차피 이것뿐이었다. 동생인 지한기르는 턱수염은 거의 없었지만, 고양이처럼 풍성하고 아주 정성 들여 매만진 콧수염이 있었다. 그는 사춘기에 접어들자마자 어른이 되었기 때문에 별로 성장하지 못했다. 하지만 작은 눈에 욕정이 가득하고 교활한 빛이 번뜩이는 것으로 보아 발육부전을 지력으로 보충하려고 한다는 것을 금세 알 수 있었다. 어찌 되었든 그들 중 가장 미남은 페다이르였다. 가시덤불처럼 풍성하고 검은 모발이 솟아나 있는 머리는 금고만큼이나 컸다. 그 속에 황금처럼 귀한 생각과 이익을 위한 계산이 담겨져 있음이, 일견 바보처럼 보이지만 꿰뚫어 보는 듯한 눈매에 확연히 드러났다. 아주 작은 턱은 부풀어 오른 뺨과 처진 이중 턱 사이에 파묻혀버리고 말았다. 실라히르와 지한기르는 말랐고, 쥐베이르는 펑퍼짐했고, 페다이르는 뚱뚱했다. 하지만 이들은 하나같이 난쟁이라 할 정도로 키가 작았다.

압뛸제야트는 집 안에서 일어나고 있는 일을 창문으로 구경하다 등 뒤에서 무언가가 부스럭거리는 소리에 깜짝 놀랐다. 뒤를 돌아보니 꽤 떨어진 곳에 개 한 마리가 보였다. 개는 아마도 자기 갈 길을 가고 있는 것 같았다. 하지만 압뛸제야트를 발견하고는 걸음을 멈췄고, 의심스러운 눈으로 그를 쳐다보기 시작했다. 그 태도와 행동으로 보아, 이곳을 자신의 것으로 여기고 농가를 불한당들로부터 지키는 것을 자신의 의무로 여기고 있는 게 분명했다. 무희와 악사들, 광대와 마술사까지 이곳에 다양한 사람들이 들락거렸기 때문에, 실상 단순히 들판에서의 삶에 익숙해진 동물의 지능은 이미 많은 세부 사항으로 꽉 차 넘치고 있었다. 압뛸제야트에게 바로 달려들지 않은 것도 이 때문일 것이다. 하지만 어느 시점 이후 의심이 더 커졌던지, 있던 자리에서 으르렁거리기 시작했다. 개가 서서히 다가오고 있었다. 눈에서 붉은 섬광이 뿜어져 나오는 것으로 보아 그를 반기고 있다고는 할 수 없었다. 개는 그날까지 이 집에 들락거렸던 사람들을 일일이 연상하여 기억하려고 했다. 하지만 이들 중 압뛸제야트와 닮은 사람은 도무지 떠오르지

152

않았다. 순간 머릿속에서 의심의 파편이 사라진 개는 남자에게 달려들었다. 개는 침입자가 도망칠 곳이 없었기 때문에 그를 물 수 있을 것이라고 확신했다. 몸집이 큰 양치기개가 눈에서 분노의 불꽃을 뿜으며 자신에게 뛰어오는 것을 본 압륄제야트는 새파랗게 질리고 말았다. 그 상황에서 벗어나기 위해 안간힘을 쓰면서 창문을 통해 집 안으로 몸을 던졌다. 무희들과 악사들의 비명 소리 속에서 그는 네 형제들의 발밑에 엎어졌다. 음악 소리가 갑자기 끊겼다. 밖에서 개 짖는 소리만 들려올 뿐이었다.

방금 전까지 춤과 술판이 벌어지던 방에 있던 다른 사람들처럼 형제들 역시 아연실색하고 말았다. 하지만 다른 사람들과는 다르게 그들의 얼굴에는 마치 죄를 짓다 어른에게 들킨 아이들 같은 표정이 떠올랐다. 남자가 방 안으로 떨어지자마자 긴 보료에서 일어난 쥐베이르의 턱은 도전하듯 앞으로 튀어나왔고, 눈썹도 분노로 위로 치켜 올라갔다. 그의 뒤에 몸을 숨긴 지한기르는 무척이나 두려워하는 모습이었다. 눈썹을 긁으며 정신을 집중하려고 하는 것으로 봐서 실라히르는 무엇인가를 말하고 싶어하는 것 같았다. 꾸중 들을 것을 두려워하는 듯 놀라고 두려운 빛이 역력한 시선을 그에게 고정시킨 페다이르는 그날 밤 자신들이 벌인 부끄러운 일에 대해 다른 형제가 둘러대기를 기다리고 있는 듯했다. 자신의 행동이 결코 용서받을 수 없다는 것을 아는 압륄제야트는 형제들이 우월한 위치에 있는데도 왜 자신에게 꾸중을 들을까 두려워하는 모습인지 이해할 수 없었다. 마치 방 안에 들어온 아버지에게 술판을 벌이고 있는 모습을 현장에서 들킨 것만 같았다. 오랫동안 장사를 해온 덕에 눈치가 빠른 압뒬제야트가 자신이 전혀 어려운 상황에 처해 있지 않다는 것을, 정반대로 우위에 있다고도 할 수 있는 것을 알아채는 데는 그리 많은 시간이 걸리지 않았다. 그는 먼저 형제들이 보이는 반응에 따라 행동하기 위해 시간을 벌려고 했고, 몸을 일으켜 온몸에 묻은 먼지를 털기 시작했다. 그런데 어찌 된 일인지 형제들은 정말로 자신들이 어려운 상황에 처해 있다고 느끼고 있었다. 이들 중 그나마 가장 두려워하지 않는 것처럼 보이는 페다이르는 잘 보이고 싶어 압뒬제야트 곁으로 가 그가 몸에 묻은 먼지를 터는 것을 도와주는 등 아부를 하며, 자신만이 이 일을 해야 할 의무를 가지고 있고, 이렇게 해서 이곳에서 일어난 일에 대해서 해명하는 수고는 다른 형제들의 몫이라는 인상을 주고 싶어했다. 압뒬제야트가 꾸짖으며 책임을 묻는다면 고집쟁이 쥐베이르가 대들 것이 분명했다. 한편, 그의 뒤에 몸을 숨긴 지한기르는 평계를 댈 것이며, 그사이 다른 형제들이 상황을 파악하게 되면, 그들이 자신보다 우위가 되는 상황으로 바뀔 수도 있을 것이다. 그래서 압뒬제야트는 실라히르를 겨냥해 먼저 주사위를 던졌다. 그가 아버지 같은 태도로 말했다.

"그래! 어디 한번 설명해보아라!"

이는 마치 모든 정황을 알지만, 그래도 그의 입을 통해 듣고 싶다는 듯한 태도였다. 이 말이 떨어지자 압뒬제야트의 몸에 묻은 먼지를 털고 있다 동작을 멈춘 페다이르를 포함해 다른 형제들은 이 상황에 정당성을 부여해 거짓말을 꾸며대는 수고를 짊어진 불운한 실라히르가 무슨 말을 할지 궁금해하며 그를 바라보았다. 실라히르는 한두 번 침을 삼키더니 이렇게 말했다.

"알아요, 이건 부도덕한 일이에요. 저는 미리 형제들에게 미리 경고했지만 지한기르가 여자들과 악사들을 데려왔어요. 그래서 저도 어쩔 수 없이 술잔치에 가담하게 된 거예요."

형이 자신을 비방하자 지한기르는 부당한 처사를 당한 듯 분노하며 소리를 질렀다.

"거짓말! 쥐베이르 형이 나한테 '여자들을 데리고 와' 하고 시켰다고요. 형의 말이기 때문에 복종할 수밖에 없었고요. 쥐베이르 형은 실라히르 형이 자기한테 시켰다고 했구요. 그런데 지금 와서 나를 모함하다니요."

이 말을 듣자마자 쥐베이르는 지한기르의 따귀를 갈겼다. 이미 그를 때릴 준비가 되어 있었던 것이 분명했다. 그는 다른 한 손으로 따귀를 더 때리려다 분노에 찬 목소리로 말했다.

"이건 다 모함이야! 나는 그런 말을 한 적 없어요. 실라히르 형이 '여자들을 데려와' 하고 말했다고요. 저는 싫다고 했어요. '나를 부도덕한 일에 연루시키지 마'라고 말하고는 형의 부탁을 지한기르에게 전했을 뿐이에요."

화살이 다시 자기한테 날아오자 실라히르는 다음과 같이 말하며 입을 다물었다.

"네, 자백하지요. 제가 그렇게 말했어요. 하지만 진짜 죄는 페다이르의 위협에 제가 굴복한 거지요. 다 그의 머리에서 나온 거라고요. 페다이르가 이 일을 하도록 강요했어요. 시키는 대로 안 하면 저의 회고록을 불태우겠다고 말했어요. 저는 감상적인 사람이라, 제게 추억은 아주 중요해요. 그래서 그의 부도덕한 제안에 굴복할 수밖에 없었어요."

그때까지 압뛸제야트의 곁에서 떨어지지 않던 페다이르는 이 말을 듣자마자 사건의 심각성을 깨닫게 되었다. 커다란 충격을 받았다는 것을 그의 얼굴에서 읽을 수 있었다. 마치 말을 잘못 듣기라도 한 듯 다시 말해달라는 듯 간절한 눈빛으로 실라히르를 쳐다보았다. 하지만 형이 그를 희생시킨 게 명백했다. 다른 형제들도 그를 희생시키는 데 동의한 듯, 질책하는 눈길로 그를 쳐다보았다. 벗어날 방도를 찾지 못한 페다이르는 어쩌지 못하고 비통한 표정으로 압뛸제야트에게 애원했다.

"사랑하는 큰아버지! 저를 믿어주세요! 제 형제들이 거짓말을 하고 있어요. 이 모든 것을, 이 부도덕한 술판을 저들은 매일 벌인답니다. 저는 동참하고 싶지 않은데 억지로 저를 끌어들여 자신들의 죄에 저를 도구로 사용한답니다. 제발 절 믿어주세요, 큰아버지! 사랑하는 살리흐 큰아버지!"

이로써 모든 것이 확실해졌다. 가련한 페다이르의 말이 끝나자 쥐베이르가 그에게 "닥치지 못해, 분수를 알아!" 하고 소리치며 주먹을 쥐어 보였다. 하지만 압뛸제야트가 선수를 쳐 페다이르의 목덜미를 세게 내리쳐 징벌했다. 이렇게 벌이 내려지고 정의가 실현되자 모두들 마음이 편해졌고, 긴장된 분위기는 풀렸다. 압뛸제야트도 마음을 놓았다. 이들은 자신을 그들의 큰아버지인 살리흐와 혼동하고 있는 것 같았다. 그런데 그 사람이 혹 자신의 운명을 손에 쥐고 있는 저 신성한 노인인 살리흐는 아닐까?

156

형제들이 자신을 그들의 큰아버지인 살리흐와 혼동한 결과 안전한 상황에 놓이게 된 압튈제야트는 행운이 그의 곁에 찾아왔다는 것을 느꼈다. 그는 이 기회를 잡아 네 형제에게 밤을 보낼 침구를 준비해달라고 요구했다. 용서받고 싶었던 페다이르는 즉시 이 일을 맡아 그를 작고한 아버지 페유즈의 방으로 안내했다. 이곳에 있는 거대한 책장에는, 관심 있는 사람들에게 세상의 흐름에 방향을 제시하는 법칙들이 낱낱이 다 설명된 위대한 작품들이 있었다. 이것들은 주로 마법, 연금술, 화학 같은 주제들에 관한 것이었다. 화학책 중 두 권이 압튈제야트의 관심을 끌었다. 『행복의 기술』과 『정신현상학』이라는 제목의 무척이나 이상한 책이었다. 그런데 페다이르가 이 책들을 들고 화로 쪽을 향해 걸어가고 있었다. 다른 형제들처럼 그도 장작 대신 가끔 아버지의 책들을 사용했던 것이다. 게다가 화로에 불을 지피는 데 사용할 등유도 에틸알코올도 없었다. 그래서 두 권 중 『정신현상학』을 택했다. 책에서는 에틸알코올 냄새가 나고 있었다. 라이터를 켜고 불을 붙이자 책은 활활 타올랐고, 불길과 연기 사이에서 환영이, 한 유령이 나타났다. 그 유령은 살리흐와 똑 닮은 모습이었다. 게다가 그의 손에는 지팡이도 들려 있었다. 페다이르는 불타고 있는 책에서 유령이 뛰쳐나왔을 때 공포에 질려 고함을 치며 손으로 자신의 눈을 가렸기 때문에 다행스럽게도 이 유사성을 알아차리지 못했다. 미소를 짓는 것으로 보아 자신이 일으킨 일에 만족한 듯 보이는 유령은 벽에 걸려 있는 거울을 향해 날듯이 다가갔다. 그가 거울을 보자마자 놀란 것을 보면 아마도 난생처음 거울에 비친 자신의 모습을 본 것 같았다. 유령은 자신이 보고 있는 것에 아직 어떤 의미를 부여하지 못했는지 좌우로 돌면서 어깨 너머로 여기저기를 관찰하고 있었다. 하지만 고작 거울을 통해 자신을 안다는 것에는 물론 한계가 있었을 것이다. 그래서 유령은 공중에서 휙 돌아 책장에 있는 책들 중 한 권 속으로 들어가버리고 말았다. 용기를 내어 이 책을 집어 들어 살펴본 압뛸제야트는 그 책이 『세계사』라는 작품인 것을 알게 되었다. 책 안에서 형이상학적인 잠에서 깨어난 유령은 다른 책 속에서 계속 잘 생각을 했던 것 같다. 많은 위험한 상황을 극복하느라 피곤하고 지친 압뛸제야트는 그 따스한 방의 침상에서 몸을 구부리고 잠에 빠졌다가 꿈속에서, 마치 그 유령처럼 『세계사』 속에서 배고픈 책벌레가 된 자신을 보게 되었다. 꿈속에서 그는 큰 글씨로 쓰인 첫 페이지의 '금단의 과일'이라는 단어를 깨물고는 작품을 먹기 시작했다. 둘째 페이지에서는 '추락의 고통'을 맛보았다. '페스트' '전쟁' '재앙' 그리고 더 많은 것들을 지나 마지막 페이지에 이르렀다. 그는 이제 하나의 종(種)으로서 고치를 지을 수 있었다. 그는 고치 속에 있는 미네르바의 어둠 속에서 탈출을 기다렸다. 때가 되자, 맛보았던 모든 아름다움으로 현란한 날개가 달린 나비가 되어 어둠 속에서 빛을 향해 나갔다. 그는 이제 천국으로 날아갈 수 있었다.

한편 아즈파얌 산에 정착한 제히르, 네지르, 데미르라는 세 명의 산적은, 사람들이 지나다니는 길목에서 매복을 한다든가, 마을 급습, 공물 강요, 몸값 요구, 피를 보고야 마는 행패 등으로 그 지역 사람들을 위협하고 있었다. 이 포악한 행위와 억압에 염증이 난 사람들은 드디어 이 상황에 종지부를 찍어야 한다는 생각에 마을 광장에 모였다. 아무도 큰소리치지는 않았지만, 모두들 내심 무장하고 서로 힘을 합친다면 산적들을 응징할 수 있을 거라 생각하고 있었다. 이리하여 그들은 당장 사냥총을 꺼내 기름칠을 하고 깨끗이 청소를 했다. 멧돼지 사냥에 쓰는 총알과 사냥용 총알들을 탄띠에 넣고, 사냥칼을 갈았으며, 자루에 먹을 것을 넣었다. 행동 개시의 날이 오자 마을 남자들은 북소리와 피리 소리가 울려 퍼지는 가운데 광장에 모였다. 용사들처럼 탄띠를 가슴에 십자형으로 교차시켜 묶고, 사냥총도 어깨에 둘러멨다. 산적 사냥을 하러 나가는 것인데도 거의 모든 사람들은 다리미질이 잘된 외출용 옷을 입고 있었고, 어떤 사람들은 운동모자 대신 중절모를 쓰고 있기까지 했다. 잔뜩 멋을 낸 그들의 모습을 본 아낙네들, 노인들, 아이들은 환호하며 박수쳤다. 북소리와 피리 소리가 울려 퍼지는 가운데 손에 손을 잡고 원을 그리며 민속춤을 췄고, 양도 잡았고, 아이란도 마셨으며, 허공에 대고 총도 쐈다. 사람들이 너무나 뿌듯해하고, 축제의 분위기에 휩싸여 있었기 때문에 하염없이 시간이 흘러 주위는 어두워졌고, 행동 개시일은 그다음 날로 미뤄졌다. 다음 날 아침, 무장을 한 일흔 명의 남자는 아내와 아이들과 작별을 하고 산적의 소굴을 향해 길을 나섰다. 모두들 아주 들떠 있었고, 지나치게 용감해 보였다. 날이 어두워지기 전에 그들은 산자락에 도착했다. 산적들의 소굴까지는 그리 멀지 않은 것 같았다. 하지만 먼 길을 오느라 지쳐버린 마을 사람들은 그 산자락에서 밤을 보내고 쉬어야 힘찬 모습으로 산적들과 맞설 수 있다고 생각했다.

그들은 멈춘 곳에서 자리를 깔고, 자루에서 빵, 고기구이, 괴즈레메*, 바즈라마**를 꺼냈다. 불을 피우고 배가 터져라 식사를 한 후 담배를 한 대씩 피웠다. 라크 병을 따고 멜론을 자르자 이제 술 마시는 순서가 왔다. 모두들 기분이 최고조에 달한 것 같았다. 라크의 영향으로 자신 혹은 자신의 조상들의 무용담을 서로에게 늘어놓기 시작했다. 이러한 분위기에 자극받아 극도로 흥분한 몇 명은 "지금 당장 가자! 그 빌어먹을 놈들을 죽여버리자!" 하고 소리치며, 무기를 들고 산을 오르려고 시도하기도 했다. 하지만 연륜이 깊은 사람들이 저돌적이며 막무가내인 사람들을 진정시키고 그들에게 충고에 충고를 거듭했다. 드디어 잠자리에 들 시간이 왔다. 일흔 명의 남자는 자리에 누워 담요를 덮었다. 여독 때문에 얼마 지나지 않아 거의 모두가 곯아떨어졌기 때문에, 전속력으로 달려오는 말발굽 소리는 몇 사람만이 겨우 알아챘다. 여명의 어둠 속에서, 발굽에서 불똥을 튀기며 달리던 말이 그들이 쉬는 곳 한가운데에 와서 멈췄을 때에야, 모두들 깨어나 잠자리에서 머리를 들었다. 하지만 그들은 여전히 잠에 취해 있었기 때문에 무슨 일이 일어나고 있는지 제대로 알아채지 못한 듯했다. 그러다 사방이 "일어서지 못해!"라고 소리치는 기병의 목소리로 쩡쩡 울리자, 모두들 예외 없이 이 명령에 복종했다. 말 위의 사람은 세 명의 포악한 산적들 중 한 명이었다. 그는 잔인한 눈빛으로 마치 책임을 묻

---

* 가는 막대기로 밀가루 반죽을 아주 얇게 빈대떡처럼 민 다음, 그 속에 치즈와 야채를 넣고, 기름을 칠한 철판 위에 구워 만드는 음식.
** 아주 단 괴즈레메.

듯 일흔 명의 남자를 쳐다보았다. 손에 무기는 없었다. 상황이 이
러했으므로 마을 사람들이 그를 쏘는 것은 식은 죽 먹기였다. 하
지만 사람들은 모두 이 일을 다른 사람이 하기를 기다리며, 아무
도 먼저 행동하려 하지 않았다. 산적이 무시무시하고 굵은 음성으
로 "여기서 뭣들 하고 있어!" 하고 소리치자, 그나마 총을 쏠 생각
을 하던 극소수의 사람들의 가슴에 타오르던 용기의 불꽃이 사그
라지고 말았다. 게다가 말도 최소한 기병만큼이나 화가 나 있었
다. 말은 코로 숨을 훅훅 내쉬었고, 등에 주인을 태우고 있으면서
도 신경질적으로 좌우로 돌고 있었고, 가만히 서 있을 때에는 말
발굽으로 성마르게 땅을 헤집고 있었다. 자신의 말과 일심동체가
된 듯한 산적이 "여기서 뭣들 하고 있느냐니까! 누구든 말해봐!"
하고 다시 고함을 치자, 마을 사람들은 마치 죄지은 아이처럼 고
개를 숙이고 아무 말도 하지 못했다. 다들 '다른 사람들이 말을
하지 않으니 나도 입을 열지 말아야지' 하고 생각하는 것이 분명
했다. 그러자 산적은 한 사람을 찍더니 그를 향해 말을 몰고 가서
는 그의 멱살을 움켜쥐었다.

"네가 말해봐! 이 첩첩산중에서 뭐 하나니까?"

그러자 그 촌부는 어쩔 줄 몰라하며 좌우를 둘러보았다. 하지만
아무도 그를 도와주지 않았다. 도리어 산적에게 지목당한 것이 자
신들이 아니어서 기뻐하는 것처럼 보였다. 촌부는 이렇게 말할 수
밖에 없었다.

"우리는 몰이사냥을 나왔습니다. 우리 논밭에 멧돼지 한 마리가
자주 출몰해서 그 멧돼지를 잡으러 온 거예요."

산적은 그의 멱살을 놓고는 미소를 지으며 물었다.

"뭐? 이 많은 사람이 멧돼지 한 마리 잡겠다고 길을 나섰단 말이야? 혹시 세 마리 아냐?"

새하얗게 질린 촌부가 대답했다.

"말도 안 됩니다! 그게 무슨 말씀이십니까? 천부당만부당하신 말씀입니다."

산적은 몸을 조아리고 있는 사람들 사이로 말을 몰아 여유롭게 한 바퀴를 돌았다. 무엇인가를 고심하고 있는 것이 확실했다. 잠시 후 그는 이렇게 고함쳤다.

"자! 모두들 팬티만 남기고 다 벗어!"

마을 사람들은 무서운 산적의 명령을 당장 실행에 옮겼다. 잠시 후 모두들 팬티만 입고 서 있었다. 그러자 산적이 말했다.

"너희들은 지금 팬티 외에는 다 벗은 상태다. 이제 목숨을 거둬들일 때다. 왜냐하면 이것이 산의 법이니까. 이런 상황에서 목숨을 살려두는 사람을 산적이라고 부르진 않는다!"

이 말을 듣자마자 모든 사람들은 공포에 질려버리고 말았다. 산적은 장총을 꺼내 장전을 하고, 조준할 준비를 하고 있었다. 사람들 중 한 명에게 무기를 겨냥하자 그 가련한 사람은 눈물을 흘리면서 애걸하기 시작했다.

"제발 절 죽이지 마세요! 마누라 둘과 자식 열한 명이 있습니다. 저를 죽이면 그들은 누가 돌본단 말입니까? 그들을 과부와 애비 없는 자식으로 만들지 마십시오! 저를 살려주면 평생 당신을 위해 기도할 것이며, 선행과 용서를 베풀어주신 대가로 저주의 눈길로부터 당신을 보호해줄 수 있도록 매년 숫양을 희생시키겠습니다!"

무기를 내려놓은 산적은 한참 생각한 후 마을 사람들에게 소리쳤다.

"내가 죽일 사람을 내가 아니라 운명이 선택하도록 놔두겠다. 동이 트고 있다. 모두들 그 상태로 마을로 뛰어가라. 걷는 것은 용납하지 않겠다. 뛰다 지쳐 멈춰 서는 사람이 있으면 그를 맨 처음으로 쏘아버리겠다!"

날은 밝아 있었다. 그 잔인한 자가 신호를 내리자, 팬티만 입은 일흔 명의 촌부가 마을을 향해 뛰기 시작했다. 손에 총을 든 산적은 말에 탄 채 그들을 따라갔다. 마을 사람들은 그 상태로 정오 때까지 걸음아 날 살려라 하며 뛰었다. 숨이 차서 멈추는 첫번째 사람을 쏜다고 했기 때문에 아무도 걸음을 멈추지 않았다. 드디어 멀리서 마을이 보였다. 일흔 명의 남자 모두 마을 광장으로 들어가자마자 한 명씩 쓰러졌다. 어떤 사람은 땅에 입을 맞췄다. 그들은 잠시 숨을 몰아쉬고는, 멀리 말 위에서 자신들을 바라보고 있는 산적을 쳐다보았다. 잠시 후 산적은 팔을 들어 허공에 총을 한 번 쏜 후 돌아서서 아즈파얌 산을 향해 전속력으로 말을 몰았다. 먼지바람을 일으킨 지 얼마 지나지 않아 그는 시야에서 사라졌다.

간단히 말하자면, 그 의도가 그 지역 사람들을 두려움으로 벌벌 떨게 하는 것이라면, 보다시피, 사실 한 명의 산적만으로도 충분했다. 인간의 수명은 영원하지 않기 때문에, 마을 사람들은 그 산적들이 명을 다해 죽기를 기다리며 자식과 손자 들에게 평온한 미래를 남겨줄 수 있을 것이다. 하지만 그들의 수명이 다하는 날이 그리 빨리 올 것 같진 않았다. 무엇보다도 신선한 산 공기가 그들의 건강에 아주 좋은 게 분명했기 때문이다. 뿐만 아니라 먹고살기가 힘들다고 말할 수도 없었다. 그리고 무엇보다도 중요한 것은, 산적질을 하기로 작정한 것으로 보아 신경질적이며 싸우기 좋아하는 자들임에 틀림없었다. 하지만 그들 사이에 별로 불화가 있는 것 같진 않았다. 제히르, 네지르, 데미르는 형제지간이었고, 공물, 노획물 그리고 모은 돈들을 사이좋게 나누어 가졌다. 그 지역 노인들은 그들의 아버지가 페유즈라는 것을 알고 있었다. 그들만큼이나 나쁜 네 명의 형제가 더 있었다. 하지만 아즈파얌 산자락에 있는 농가의 네 형제와는 달리 산적들은 당연히 겁쟁이들이 아니었다. 그들은 나쁜 성격에 걸맞게 살기 위해 젊은 나이에 농가를 버리고, 산꼭대기로 가는 길에 있는 어떤 동굴에 정착했다. 자신들만큼이나 용감하고 결단력 있는 사람만이 그 동굴이 있는 곳으로 올라올 수 있기 때문에 이곳은 어떤 면에서는 안전한 곳이었다. 그래도 그들 중 한 명은 동굴 입구에서 항상 망을 보고 있었다. 그러던 어느 날, 망보는 차례가 된 산적이 동굴 안에 있는 형제들에게 "이것 좀 봐! 우리 큰아버지 살리흐가 산꼭대기를 향해 올라가고 있어!" 하고 소리쳤다. 이에 다른 형제들이 동굴 입구로 와 손에 지팡이를 들고 산정으로 올라가고 있는 사람을 보았다. 망보던 산적이 물었다.

"총을 쏠까?"

하지만 다른 형제들이 무관심한 것을 보고는 그도 귀찮았던지 무기를 내려놓았다.

압튈제야트는 산정으로 올라갈 때 자신은 산적들을 보지 못하겠지만 그들은 자신을 볼 수 있다는 것을 알고 있었다. 게다가 그들의 총신 끝에, 자신의 삶과 죽음 사이의 경계가 있다는 것도 알고 있었다. 네 형제들 중 어느 누구도 자신에게 길을 안내해주려고 하지 않은 것은, 자신이 걷고 있는 그곳이 산정으로 가는 길 가운데 가장 위험한 지역이기 때문일 것이었다. 조금 더 산을 오르자, 산적들의 동굴은 이제 그의 밑에 있게 되었다. 위험 지역을 지나왔으니 이제 앉아서 약간의 휴식을 취할 수도 있었다. 하지만 편히 숨을 내쉬고 경치를 맘껏 즐기기도 전에 비탈 위 수목이 우거진 곳에서 도끼 소리가 들려오자 그는 소스라치게 놀랐다. 그것은 이 위험한 지역에 누군가가 있다는 뜻이었다. 그는 몸을 숨기고 숲을 향해 조심스럽게 다가갔다. 도끼 소리가 더욱 분명하게 들려왔다. 나무 뒤에 몸을 숨기고 소리 나는 쪽을 바라보던 압튈제야트는 깜짝 놀라고 말았다. 머리가 두 개 달린 거인이 손에 도끼를 들고 커다란 나무를 자르고 있었던 것이다. 이 광경에 처음엔 눈이 튀어나올 것만 같았던 압튈제야트는 정신을 차리고 거인을 자세히 바라보았다. 그들은 바로 살리흐와 에흐리반의 아들들인 아부제르와 알렘다르라는 몸이 붙은 쌍둥이였다. 몸은 하나이지만 머리는 두 개였다. 나무를 자르면서 신경질적으로 입씨름을 하고, 서로에게 기분 나쁜 말들을 던지는 것으로 보아, 그들의 심장은 따로 달린 것 같았다.

살리흐의 아이를 임신한 에흐리반은 아이들을 낳은 지 몇 년이 흐른 뒤에야 이 두 쌍둥이가 성격과 마음씨 면에서 서로 얼마나 다른지 알게 되었다. 살리흐를 닮은 아부제르는 예배도 열심히 드리며 신실했지만, 에흐리반을 닮아 보이는 알렘다르는 방탕하며, 유흥을 좋아하고, 음흉했다. 더 최악인 것은, 같은 몸을 공유하고 있지만 생각이 다르기 때문에 항상 싸움과 소동이 끊이지 않았던 이 쌍둥이는 서로로부터 떨어질 수도 없었다는 것이다. 상황이 이런 만큼 그들은 무척 불안한 삶을 살아가고 있을 것이었다. 신앙심 깊은 아부제르가 사원에서 예배를 드리고 싶어할 때, 형제인 알렘다르는 술집에 가 인생을 즐기고 싶어했다. 이렇게 그들은 티격태격하며 하루를 보냈다. 오랜 입씨름 끝에 결국 술집에 가게 됐을 때에도, 신실한 종교인이기 때문에 술은 입에도 대지 않는 아부제르는, 술꾼들에게 포도주 그리고 이와 비슷한 술은 종교적으로 금지되어 있다고 설교하면서, 당장 참회하지 않으면 지옥 불에 탈 것이라는 등의 성스런 말들로 술자리 분위기를 망쳐놓았다. 게다가 한 몸을 공유하는 쌍둥이가 술을 마시기 시작하면 라크의 모든 영향이 아부제르에게도 나타나기 때문에, 이 설교의 초속적(超俗的)인 수위도 갈수록 높아졌다. 그들은 논쟁을 하다 사원에 가는 경우도 있었다. 하지만 기회를 잡은 알렘다르는 이번에는 형제가 술집에서 했던 것에 앙갚음을 하기 위해, 신도들이 몸을 숙이는 순간 고래고래 소리를 지르며 외설적인 노래를 불렀다. 더 나쁜 것은 금요일마다 이맘이 설교를 하기 시작했을 때 그의 말을 가로막고 무례한 말을 내뱉은 것이다. 그뿐만이 아니었다. 이 몸이 붙은 쌍둥이는 라마단 기간을 치고 박고 싸우며 고함을 치는 등 난리법석을 떨며 보냈다. 그들의 위가 하나이기 때문이었다. 금식을 하려는 아부제르는 이 기간에 일부러 계속 주워 먹는 알렘다르와 아침부터 밤까지 티격태격 싸움을 그치지 않았다. 알렘다르는 때로 하루 종일 먹지도 마시지도 않다 이프타르*가 시작되기 바로 오 분 전에 입에 무엇인가를 넣고는 '자 봐, 내가 뭘 하나!' 하는 식으로 자신의 형제를 쳐다보며 씹어 아부제르에게 심한 충격을 주었다. 아부제르의 머리는 몸의 오른쪽에, 알렘다르의 머리는 몸의 왼쪽에 있었다. 저세상에서 좌우에 의거하여 죄목을 낱낱이 일러주는 것으로 보아, 어쩌면 이 방향은 운명이 선택한 것 같기도 했다. 아부제르는 오른팔을, 알렘다르는 왼팔을 사용할 수 있었다. 그렇다고 그들 사이에 싸움이 일어날 경우 아부제르가 우세하다고는 할 수 없었다. 왜냐하면 왼손잡이이기 때문에 알렘다르의 팔이 아부제르의 오른팔만큼이나 강했기 때문이다. 서로 주먹질을 할 경우 몸이 붙어 있기 때문에 서로에게 가하는 고통을 양쪽이 똑같이 느꼈다.

　그러던 어느 날 성품이 나쁜 알렘다르는 왼손으로 칼을 들고는 살인을 저지르고 말았다. 그가 죽인 사람은 어느 지주의 아들이었다. 그 살인의 유일한 목격자는 물론 아부제르였다. 아들이 살해당해 비탄에 잠긴 가련한 아버지는 살인자를 자신의 손으로 죽여 복수를 하지 않고는 이 세상과 저세상에서 평화롭지 못할 것이며, 그 살인자를 고발하는 목격자에게 정확히 금화 천 개를 하사할 것

---

*　라마단 기간에 금식을 중단하고 먹는 저녁식사.

이며, 그 목격자를 죽은 아들 대신 양자로 삼을 것임을 사방에 알렸다. 드디어 어느 날 하인 하나가 이상한 사람 혹은 사람들이 그를 만나고 싶어한다는 말을 전했다. 그를 찾아온 사람은 아부제르와 알렘다르라는 이름의 몸이 붙은 쌍둥이었다. 이상한 일이지만 아부제르는 자신의 쌍둥이 형제가 살인을 저질렀다고 말하면서, 그 대가로 금화 천 개 그리고 양자로 받아달라는 요구를 했다. 아들의 살인자를 죽이기로 맹세한 아버지는 이 상황에 당황하고 말았다. 만약 복수를 위해 알렘다르를 죽이면 양자권을 얻은 아부제르의 목숨도 앗아가는 셈이 될 것이며, 이렇게 될 경우 그는 살인자가 될 것이었다. 이 늙은 아버지는 자식이라고 생각하는 아부제르에게 입맞춤을 하며 냄새를 맡았다. 하지만 형제와 같은 감정을 느끼는 알렘다르 역시 행복해하는 것을 보고는 살인자의 뺨을 갈겼다. 그런데 마치 그 따귀를 자기가 맞은 듯, 아부제르가 아픈 뺨에 손을 갖다 대는 것을 보고는 이번에는 그를 위로하려고 애를 썼다. 하지만 이 연민의 결과가 알렘다르의 얼굴에도 나타났다. 자식을 잃어버린 고통뿐만 아니라 복수심 그리고 새 아들을 만났다는 기쁨으로 활활 타오르는 지주는 이 일을 어떻게 해결해야 할지 알 수 없었다. 자신의 낭패스런 상황을 마을의 노인들에게 털어놓자, 그들은 그에게 다음과 같은 해결책을 내놓았다. 약속을 한 이상 살인자를 고발한 사람에게 금화 천 개를 줘야 하며, 그를 양자로 받아들여야 한다. 하지만 그 양자가 그와 함께 살 필요는 없다. 그러니 살인을 저지른 알렘다르를 쌍둥이 형제와 함께 추방하여 아즈파얌 산으로 유배시키라는 것이었다. 이는 물론 별로 좋지 않은 해결책이었다. 하지만 마을 노인들의 지략은 이 정도였다. 결국 몸이 붙은 쌍둥이는 산으로 유배되었다. 아부제르는 알렘다르가 낭비하지 않도록 금화 천 개를 쓰지 않으려고 안간힘을 썼다. 돈은 땀 흘려 벌어야 하는 것이기 때문이었다. 그래서 그들은 나무꾼 일을 하기 시작했다. 그 일은 힘들었기 때문에 과거처럼 그들 사이에는 항상 싸움이 났고, 그들은 견원지간처럼 하루 종일 티격태격 다퉜다. 이것이 바로 압튈제야트가 아즈파얌 산의 정상으로 올라갈 때 보았던 몸이 붙은 쌍둥이의 사연이었다.

정상에 거의 가까워진 것 같았다. 압튈제야트는 날이 어두워지기 전에, 자신의 꿈속에 나타나 여기까지 부른 살리흐를 찾고 싶었기 때문에, 쌍둥이들이 티격태격하는 모습을 구경하다 다시 길을 나섰다. 그는 해가 질 무렵에야 정상에 다다랐다. 드디어 살리흐를 찾을 수 있을 것이었다. 산 정상에서 좌우를 한번 살펴보는데 낡고 작은 오두막집이 눈에 들어왔다. 살리흐라는 그 신성한 노인이 거기에 있는 것이 확실했다. 여러 날이 걸린 여정이 이제 다 끝나간다는 생각에 압튈제야트의 가슴은 흥분으로 쿵쿵 뛰었다. 하지만 그 오두막집의 문을 열었을 때 그는 실망을 감출 수 없었다. 안에 아무도 없었기 때문이다. 게다가 거미줄로 덮여 있는 것으로 보아 이곳에 오랫동안 아무도 살지 않은 것 같았다. 며칠 동안 그 많은 고초를 겪었는데 목적을 이루지 못하자 당황한 압튈제야트는 어쩌면 자신이 실수한 것일 수도 있다고 생각하며 주위를 살펴보았다. 하지만 그곳에 사람이 살았다고 생각할 만한 아주 작은 흔적조차 찾지 못했다. 결국 그는 그 자리에 털썩 주저앉아 울기 시작했다.

　이렇게 그는 오두막집에서 자신의 불운과 악운을 저주하며 한동안 통곡했다. 머리를 쥐어뜯고 손뼉을 치면서 한탄했고, 눈물을 펑펑 쏟았다. 처음에는 목이 터져라 울었고, 나중에는 흐느꼈으며, 그다음에는 한숨을 쉬기 시작했다. 눈물이 마르자 또 한숨을 내쉬었다. 그는 손수건으로 눈물을 닦다, 자신이 어떤 뚜껑 위에 주저앉아 있다는 것을 알아챘다. 반듯한 돌로 만들어진 동그란 그 뚜껑은 꽤 무거웠다. 맷돌보다 더 크고 무거운 것으로 봐서 절대 열지 못하도록 그곳에 놓아둔 것이 틀림없었다. 하지만 그래도 "안에 무엇이 있을까?" 하고 궁금해하는 사람들에게 기회를 주기 위해서였는지 뚜껑에 손잡이 두 개가 박혀 있었다. 놀라운 것은 그 손잡이조차 두께가 팔뚝만 했다는 것이다. 압뛸제야트는 허름한 오두막집에 이렇게 거대한 뚜껑이 왜 있는지, 그리고 그 밑에 무엇이 숨겨져 있는지 스스로에게 물었다. 그러고는 고향을 떠나 멀리 이곳까지 온 것이 헛수고가 아니었음을 바로 깨달았다. 그러자 불같은 호기심이 일기 시작했다. 조금 전까지만 해도 불평하며 울었는데 지금은 희망이 불타올랐고, 열망으로 눈을 이글거리며 고리 모양의 손잡이를 잡고 뚜껑을 들어 올리려고 했다. 하지만 뚜껑은 꿈쩍도 하지 않았다. 한참 안간힘을 쓰다보니 어느새 진이 다 빠져버린 압뛸제야트는 희망에 들떴기 때문에 식욕이 되살아나 배고픔을 느꼈다. 그래서 밖으로 나가 신선한 공기를 마시고, 블랙베리나 야생 과일로 배를 채워야겠다고 생각했다. 밖으로 나간 그는 풀밭 위에서 풀을 뜯고 있는 송아지 한 마리를 보았다. 저녁식사 거리가 준비된 것 같았다. 그는 자루에서 칼을 꺼내 송아지 쪽으로 다가갔다.

하지만 압틸제야트는 송아지를 죽이지 않았다. 그는 송아지를 한 곳에 묶어두고는 그 앞에 여물을 놓았다. 송아지를 키울 작정이었던 것이다. 그는 배를 채우기 위해 야생 딸기, 블랙베리, 당아욱, 식물 뿌리를 먹었고, 샘에서 물을 마시며 살아갔다. 그의 가장 커다란 기쁨은 산정에서 경치를 바라보는 것이었다. 이곳에서는 모든 것이, 모든 세상이 다 보이는 것 같았다. 그가 보지 못하는 유일한 존재는 살리흐뿐이었다. 그는 분명 이 근처 어딘가에 있을 것이었다. 꿈에 나타날 정도로 신성한 존재인 살리흐가 그에게 거짓말을 할 리가 없었다. 모든 비밀은 저 무거운 돌 뚜껑에 있는 것이 분명했다. 압틸제야트의 희망은, 그 뚜껑을 가능한 한 빠른 시일 내에 들어 올려 여는 것이었다. 이를 위해서는 인내심을 가지고 기다려야 했다. 그는 이러한 마음으로 수도승처럼 살면서 몇 달 동안 배를 곯으며 지냈다. 일 년 정도가 지나자, 이곳에 온 첫날 죽이지 않고 여물과 물을 주며 돌보았던 송아지는 이제 몸집이 커져, 힘세고 강한 황소가 되었다.

이제 뚜껑을 들어 올릴 때가 되었다고 생각한 압틸제야트는 밧줄의 한 끝을 뚜껑 손잡이에 맨 다음 그 줄을 황소에게 묶었다. 황소를 몰자 밧줄이 팽팽해졌고, 뚜껑이 움직이더니 갑자기 열렸다. 호기심에 가득 차 달려가 그 안을 들여다본 압틸제야트는 우물이 있는 것을 알게 되었다. 그는 우물의 수면에 비친 자신의 모습을 보자마자 모든 것을 이해하게 되었고, 마음속으로 이렇게 생각했다.

"바로 내가 살리흐구나!"

진실은 그것에 이르기 위해 우리가 지불하는 대가인지라, 그 많은 세월이 걸린 힘든 여행과 고난 이후, 보름달처럼 반짝이는 어두운 우물의 수면에서 자신의 모습을 보았을 때, 압퇼제야트는 자신의 진정한 정체를 자각하며 전율했다. 이 진실은 바람처럼 영혼 전체 그리고 몸의 모든 세포에 불어 퍼져나갔다. 그의 영혼은 흥분해 있었고 육체는 떨렸다. 진실을 보기가 힘들어 자신의 눈을 손으로 가렸지만 헛수고였다. 하늘도 땅도 받아들이기를 거부했던 그 진실을 어차피 허락한 후였다. 이제는 이것과 함께 살아야만 했다. 그는 힘겹게 자리에서 일어났다. 영혼에 담긴 진실의 무게 때문에 그의 신발 밑창은 땅바닥에 깊은 흔적을 남기고 있었다. 보는 것을 여전히 참아내지 못하는 눈은 꼭 감겨 있었다. 오두막집의 문을 열었을 때 갑자기 안으로 빛이 가득 들어왔다. 빛이 좋다는 것을 바로 이 첫번째 날 보았다. 하지만 그는 참기 힘들었다. 긴 겉옷으로 얼굴을 덮고는 오두막 안에서, 낮과 밤 동안, 바닥에 엎드려 기다렸다. 동이 틀 무렵에야 겨우 고개를 들 용기가 났다. 그는 바닥을 기어 여명 속에서 밖으로 나갔다. 머리를 들었을 때 하늘과 그 하늘의 선함을 보고는 경외감으로 떨기 시작했다. 운명은 그의 영혼에 자아가 들어갈 자리를 남겨놓지 않은 것 같았다. 셋째 날 아침, 이젠 하늘을 볼 용기도 남아 있지 않았다. 자신이 있는 산정에서 고개를 숙이고 밑에 있는 언덕, 계곡, 들판을 바라보았다. 그리고 그것들의 선함을 보았다. 다음 날 저녁, 지는 해, 떠오르는 달 그리고 헤아릴 수 없이 많은 **별들**을 바라보았다. 뚜껑을 연 지 닷새째 되는 날, 각양각색의 암수 동물들을 보았다. 엿새째 되는 날, 다시 우물 앞으로 가 수면을 뚫어지게 바라보았을 때 자신을 보았다. 그는 떨기 시작했다. 아흐렛날, 길렀던 황소를 희생시켜 피를 보고 감사드렸다. 자신이 있는 산 정상에서 빛, 하늘, 대지, 달, 태양, 별 그리고 먼 곳에 있는 사람들을 마음껏 바라보기 시작했다. 자신이 사는 곳에서 아래쪽에서 장작을 패고 티격태격하는 아부제르와 알렘다르를, 동굴에 있는 세 명의 산적을, 산자락 농가에서 가난하게 살고 있는 네 명의 형제를, 또 아주 먼 마을에 있는 사람들조차 볼 수 있었다. 얼마 지나지 않아 지평선과 그 뒤에 있는 것들 그리고 모든 것이 보이게 되었다. 인간의 모든 악, 추함 그리고 어두운 일들을 이렇게 해서 알게 된 그는 울기 시작했다. 선과 악을 동시에 맛보자 고통스런 수치심을 느꼈다. 그렇다, 신이 주신 이 선악을 볼 수 있는 힘을 그는 감당할 수 없었다. 그는 오두막집으로 들어가 눈물을 흘리며 기도하기 시작했다. 모든 것을, 그러니까 선과 악을 잊고, 새로운 인생이 시작되기를 빌었다. 그의 기도는 동이 틀 때까지 계속되었다. 피곤하고, 지치고, 잠을 자지 못했기 때문에 그 자리에서 그대로 깊은 잠에 빠져들고 말았다.

꿈에서 자신이 선과 악의 학문을 소유했기 때문에 그 이름들을 떠올릴 때마다 수치심을 느끼고 무시했던 인간들 중 한 명을 보았다. 의상과 외모의 화려함, 손가락에 낀 비싼 반지, 옆에 있는 물담배를 보아하니 그 사람은 상인임에 틀림없었다. 하지만 그는 진실을 무시한 채 헛되이 그 많은 재산을 모은 사람처럼 보였다. 그는 조금 전 배가 터지도록 먹었기 때문인지 몰라도 앉아 있던 의자에서 잠이 들고 말았다. 잠시 후 물 담뱃대가 손에서 떨어졌다. 깊은 잠에 빠졌던 것이다. 어차피 살리흐도 이것을 기다리고 있었다. 안개 속에서 그에게 다가가고 있을 때 남자가 눈을 떴다. 살라흐가 말했다.

"여봐라, 상인! 너는 몇 주 동안, 몇 달 동안, 몇 년 동안 그리고 수십 년 동안 이 세상에서 죄인들의 눈을 속이고, 그들을 타락시키는 많은 물건들을 원가의 열 배, 백 배, 천 배에 팔았다. 반짝반짝 빛나는 금화를 모았고, 지갑에 가득한 돈과 수백 장의 차용증서는 금고에 다 들어갈 수 없을 정도다. 가격이 떨어지고, 손님이 뚝 끊어지고, 사업이 잘되지 않을 거라는 걱정으로 잠을 설쳤고, 밤낮으로 걱정과 근심으로 몸부림을 치기도 했다. 결국 부자 중의 부자가 되었지만 마음은 가난한 자가 되었다. 사실 네가 그 많은 고생을 하면서 많은 돈을 모으기 전에 나의 요구 사항을 말했어야 했는데, 안타깝구나! 하지만 지금에야 이걸 말할 운명이었나보니 어쩌겠느냐! 사실 너는 내세를 무시하고 세속적인 일에 빠져 옳지 않은 일을 했다. 너의 운명은 사업이 아니라 내 손에 있다. 너는, 오랜 세월 동안 먹지 않고, 마시지 않고, 입지 않고 모은 재산을 당장 가난한 사람들에게 나누어주고 아즈파얌에서 나를 찾아야 한다. 나의 이름은 살리흐이며 너의 운명은 내 손안에 있다. 지금 잠에서 깨어나자마자, 금고에 있는 차용증서들을 네게 빚진 사람들에게 아무 조건 없이 돌려주어라. 네 돈과 물건들을 가난한 사람들에게 나누어주고, 당장 아즈파얌으로 가 거기에 있는 산을 올라가라. 나는 바로 그 산의 정상에 사는 은둔자다. 내 곁으로 와서 내 손등과 옷자락에 입을 맞춰라."

그의 말을 들은 상인은 번개를 맞은 것 같았다. 사실을 말하자면 그가 상인에게 이렇게 요구하는 것이 결코 쉬운 일은 아니었다. 고생고생을 하며 오랜 세월 동안 이를 악물고 돈을 모아 이제야 항아리를 채웠는데, 그 많은 노력의 결실을 보기 시작한 지금 재산을 가난한 사람들에게 나눠주라고 하는 것이었다. 그의 얼굴에서 조금 전의 경악과 당황스러움이 사라지고 진지하고 용기 있는 표정이 자리 잡은 것으로 보아, 호락호락 넘어가지 않을 게 확실했다. 호두만 한 뇌로 일련의 술수를 꾸미고 있었던지 그 상인은 살리흐에게 이렇게 말했다.

"수염과 머리가 하얗고, 옷이 깨끗하고, 옳은 말을 하는 은둔자여! 당신은 내가 나의 돈, 재산, 물건, 쾌락과 안락함, 세상의 모든 좋은 것을 버리고, 어디에 있는지도 모르는 아즈파얌 산에 사는 당신에게 가, 당신 앞에 무릎을 꿇고, 손등과 옷자락에 입을 맞추고, 당신의 축복을 받길 원하시는군요. 만약 당신이 내 처지였다면 어떻게 하시겠습니까? 당신은 산속에서 은둔을 하고, 명상을 하며 사느라 세상사를 잊고, 머리카락과 수염은 하얗게 셌고, 남은 생에 중요하게 할 일이 남아 있지 않군요. 허리는 굽고, 이도 다 빠졌구려. 보시오! 게다가 당신은 혀 짧은 소리로 말을 하는군요. 물론 이 모양새를 한 당신이 돈에 중요성을 부여할 처지에 있는 사람은 아닐 겁니다. 게다가 한 발은 이미 무덤에 들어가 있는 것 같고요. 하지만 아직 늦은 것은 아니오. 산속에서 명상을 하며 그 많은 시간을 허비했으니, 이제 그만 내려오시오. 불길이 얼마 남지 않은 당신 인생의 마지막 시기에, 저세상에 가기 전에 조금이나마 희열을 만끽하며 사시오! 간단히 말하면 나의 운명이 당신의 손에 있는 것이 아니라, 당신의 운명이 내 손안에 있소. 또 장례식을 치르려고 감춰둔 돈도 몇 푼 있을 테니, 내게로 올 때 그 돈도 가지고 오시오. 술집과 갈보 집에서 함께 씁시다그려."

상인이 이 무례한 말을 채 끝내기도 전에, 분노 때문에 피가 머리 끝까지 몰린 살리흐는 지팡이를 들고 불손한 상인을 가차 없이 공격했다. 신성한 지팡이를 부도덕한 놈의 머리에 막 내리치려던 찰나 꿈에서 깼고, 살리흐는 벌떡 일어났다. 분노 때문에 입술이 여전히 떨리고 있었다. 빛과 하늘, 땅, 해와 달 그리고 별, 이것들의 안과 위에 있는 것들, 가장 중요한 것은 인간을 보고, 이러한 이유로 모든 신성하며 초속적인 지식을 소유하고 있는 자신을 불손한 말로 깔보는 상인에게, 잠이 덜 깬 상태에서도 저주를 퍼붓기 시작했다. 하지만 그를 질투하고 있는 것이 확실했다. 그는 일년 정도 산 정상에서 살고 있었다. 하지만 정상은 살기 위해서가 아니라 도달하기 위해 존재하는 것이다. 그는 자신의 영혼에 있는 질투심을 인지하게 되자, 조금 전 화를 냈던 상인을 자신이 부러워하고 있다는 것도 알게 되었다. 그처럼 되고 싶었다. 하지만 정상에서 도달하게 되었던 이 하늘의 지식을 잊고 새로운 삶을 시작한다는 것은 이제 어려울 것 같았다. 그러나 그에 대해 나쁘게 생각하는 것으로 보아, 그가 도달한 신성한 진실에도 불구하고 영혼은 아직 욕망으로부터 정화되지 않았던 것이다. 그렇다. 그는 참회해야 마땅했다. 오만함 때문에 신이 되고자 목말라했기 때문이다.

소문에 의하면, 아즈파얌의 마을 중 한 곳에 한때, 손자들에게 종교적인 이야기들을 해주길 좋아하는 한 할아버지가 살았다. 지금도 그렇지만 그 시대에도 할아버지들은 장작 패는 일, 가축 돌보기, 양털 깎는 일들에서 손을 뗐기 때문인지는 몰라도, 여전히 존경을 받기는 하지만 은근히 무시당하는 경향이 있었다. 젊은 시절의 용맹함, 여러 번 극복한 위험한 고비는 인간의 빈약한 기억 때문에 잊혀지고, 그들을, 이 표현이 적당한지 모르겠지만, '쓸모없는 사람'으로 간주했다. 이 할아버지도 일을 하는 다른 가족들과는 구별되어 손자들과 같은 수준으로 취급당했다. 하지만 손자들도 눈치가 있어 다른 가족들이 할아버지를 무시하는 것을 알았기 때문에 할아버지의 충고와 꾸중을 귀담아듣지 않았고, 어른 대접을 하지 않았다. 이러한 태도에 마음이 영 불편해진 할아버지도 지고 싶지 않았다. 그래서 이제 늙었으니 곧 저세상으로 떠날 여행객이라는 현실이 부여한 위치와 권한으로 가끔 손자들 중 한 놈을 곁으로 불렀다. 만약 손자가 얼떨결에 할아버지의 말에 복종한다면, 그 아이는 불시에 붙잡히는 셈이 되었다. 할아버지는 이런 기회가 생길 때마다 손자들에게 코란의 구절들을 외우게 하거나 종교와 관련된 이야기를 해주었다. 손자들은 이에 저항할 권리가 없는 듯했다. 왜냐하면 기회가 될 때마다 할아버지에게 반항하긴 하지만, 코란의 구절들을 외우는 것을 거부하며 코란과 예언자를 거부하는 것은 불가능했기 때문이다. 할아버지의 덫에 걸린 아이는 여러 기도문들 중 하나를 완전히 외우지 않고는 할아버지 손에서 벗어날 수 없었다. 이렇게 해서 할아버지는 개구쟁이 손자에게 복수를 하는 동시에 종교적으로 선행을 한 셈이 되었다.

비가 억수같이 쏟아지던 어느 날, 집 안에서 방석에 앉아 옛 추억에 젖어 있던 할아버지는 손자들이 떠드는 소리에 진력이 났는지 또다시 종교와 관련된 이야기를 하기 위해 아이들에게 조용히 하라고 말했다. 이번에 해준 이야기의 제목은 '산 정상에서 내려온 수도승'이었다. 할아버지 이야기에 의하면, 한때 아주 부자였지만 재산을 가난한 사람들에게 나누어주고는 어떤 산의 정상에서 명상에 빠진 수도승은 어찌어찌 하여 신성한 비밀과 보이지 않는 세계의 학문을 배우게 되었다. 하지만 그 많은 학문과 지혜에도 불구하고 여전히 불행하고 분노에 차 있었다. 왜냐하면 진짜 알아야 할 것을 모르고 있었기 때문이다. 바로 이러한 이유로 그의 마음에 목마름이 생겼다. 그는 이러한 감정으로 은둔하고 있던 곳에 있는 깊은 우물에 두레박을 늘어뜨렸다. 모든 것은 바로 그 이후에 일어났다. 수도승이 줄을 당긴 순간 두레박에 들어 있는 물의 수면에서 자신의 비친 모습을 보았던 것이다. 물이 아니라, 수면에 있는 자신의 모습을 마신 남자는 모든 학문을 잊었지만 결국 자신을 알게 되었다. 어쩌면 이것이야말로 그가 알아야 할 유일한 것이었다.

할아버지가 이렇게 이야기하는 순간 비는 그쳤고, 얼굴을 내민 해가 사방을 환하게 비췄다. 지루해하던 아이들은 이제 밖으로 나가 마음껏 놀 수 있었다. 한두 명씩 방에서 나가던 아이들 중 한 명이 할아버지를 돌아다보며 이렇게 물었다.

"그런데 할아버지, 그 수도승은 어느 산에 있었어요?"

할아버지는 손가락으로 창밖을 가리키며 말했다.

"바로 저기! 저 아즈파얌 산에서 내려와 우리가 있는 여기로 왔단다!"

"할아버지는 그 사람을 봤어요, 얘기해봤어요?"

손자가 자신의 말을 들었다는 것에 어깨가 으쓱했던 할아버지는 "당연하지! 얘기했고말고! 봐라, 나한테 금화 세 닢도 줬는걸!" 하고 말하면서 품에서 손수건을 꺼내 펼쳤다. 그 안에는 금화 세 닢이 들어 있었다. 흥분한 손자가 "아, 금이다! 할아버지 그거 나 줘! 나 가질래!" 하고 소리치자 노인은 신경질을 내며 "그게 말이나 되는 소리냐! 이건 내 수의 비용이야!"라고 말하며 아이의 간청을 거절했다. 뻔뻔한 손자는 한동안 더 매달리며 금화를 달라고 했지만, 고집 센 노인이 도무지 마음을 바꾸지 않자 아이는 울면서 집 밖으로 나갔다. 하지만 비 온 뒤 얼굴을 내민 해와 해가 밝힌 아름다움을 보자 사실은 그렇게 실망할 이유가 없다는 것을 알게 되었다. 아이는 그 반짝이는 금화를 잊어버린 것 같았다. 그리고 개울가를 따라 걷고 있는 형제들을 보고는, 자신도 함께 놀기 위해 있는 힘을 다해 그들 곁으로 뛰어갔다.

*

이렇게 해서 죽음은 '세계사' 이야기를 끝마쳤고, 자신이 한 이야기에 자신이 감명을 받은 것 같았다. 왜냐하면 이야기를 끝냈을 때 마치 더이상 할 말이 남아 있지 않은 듯 조용히 있었기 때문이었다. 게다가 마치 아주 커다란 비밀을 말하기라도 한 듯, '이렇다니까!'라는 의미로 의미심장하게 머리를 끄덕이기까지 했다. 이 정적을 노인이 깨뜨렸다.

"이건 정말 교훈들로 가득 찬 이야기군요. 하지만 너무 길어요. 그러니 아이들에게 해줄 이야기는 아닌 것 같소. 게다가 이야기를 따라가는 것도 약간 힘든 것 같고. 듣는 사람의 이해보다는 이야기하는 사람의 즐거움을 위해 이야기하는 것처럼 보이는구려."

죽음은 노인의 말에 기분이 상한 것 같았다. 그래서인지는 몰라도 기대했던 인상을 남기지 못한 것에 실망한 듯, 목소리마저 약간 떨면서 대답했다.

"당연히 이야기하는 즐거움 때문이지! 내가 왜 자네를 배려해야 하지? 게다가 이게 더 솔직한 거 아닌가? 자네에게 익숙한 스타일과 단어들을 사용하며 자네를 감동시키기 위해 이야기를 했다면, 무엇보다도 내가 즐거움을 느끼지 못했을 거야. 그렇다면 그건 매춘부가 하는 짓거리밖에 안 되었을 거야. 처음에 내가 말했던 것처럼, 이야기 한 편당 이 세상에서의 자네의 수명이 한 시간 더 느는 것 이외에, 이 게임은 우리 둘에게 아주 사소한 이익도 주지 않아. 우리의 목적이 이기는 것이 아니니, 자네도 나도 좋은 결과나 이익을 좇는 것은 의미가 없지. 하지만 그래도 난 우리의 이야기가 아름답기를 바라네. 하지만 난 포주처럼 아름다움을 자네 발밑에 놓고 그 대가를 원하지 않아. 이 아름다움, 그러니까 이야기를 하면서 즐거움을 느낀다면 그걸로 나는 충분해. 내가 보기엔 자네도 그런 것 같은데."

이에 노인이 말했다.

"물론 그것이 가장 옳은 방법이지요. 그렇다면 내가 해준 종교와 관련된 이야기에서 기대했던 것을 왜 얻지 못했는지 이해할 수 없군요. 당신은 당신이 목덜미를 쥔 모든 사람이 겁쟁이라고 생각하시오? 아니면 당신이 불멸의 존재이기 때문에 두려움을 모르는 것이 오로지 당신뿐이라고 생각하는 거요? 내가 이 세상에서 맛본 가장 커다란 맛은 삶이 아니라 인간성이오! 항상 그렇지만 지금도 나는 살아 있다는 것 자체가 아니라 인간으로서의 희열을 만끽하고 있소! 내가 이야기를 할 때마다 한 시간씩 수명을 연장해줘서 고맙소. 하지만 이걸 잘 알아두시오. 나는 이 시간을, 사는 것 대신에 이야기를 하기 위해 사용하고 있소!"

죽음은 노인의 이야기를 끝까지 들은 후 이렇게 말했다.

"내가 자네의 삶이 아니라 인간성을 원했다면, 물론 자네는 두려워했을 테지. 하지만 이 멋진 선물은 자네에게 영원히 부여되었어. 그것을 자네에게서 되돌려받는다는 것은 불가능해 보이는군. 어떤 면에선 자네도 나처럼 불멸의 존재지. 하지만 많은 사람들이 인간으로서 느끼는 즐거움을 만끽하는 것보다는 생명을 유지하고 지속시키는 걸 더 중요하게 생각하는 것처럼 보이더군. 사람들은 어떤 희생을 치르든 살기 위해 안간힘을 쓰느라 사실 아주 커다란 행복을 놓치고 있어. 고통과 죽음에 대한 공포가 그들을 지배하고 있지. 그런데 안타깝게도 이 공포를 신이라고 말들 해. 하지만 세상을 두려움이 아닌 인간의 눈으로 본다면 신을 보았을 거야. 뭐 어쨌든! 공포에 대한 언급도 이렇게 해서 끝이 났군! 종교에 관련된 이야기도 다 했고. 이제 더 인간적인 주제에 대해 이야기하는 게 어떤가? 이번에는 자네가 고르게."

노인은 이 물음에 마치 준비가 되어 있지 않은 듯 대답했다.

"그렇다면 이번에는 사랑 이야기를 한 편씩 하는 게 어떻소? 내가 먼저 이야기를 시작하겠소. 내 머릿속에 당신이 해준 종교에 관한 이야기 같은 것이 있으니까."

이렇게 말하는 사이 그들은 엘할리드 마을에 당도했다. 그들은 죽음이 우준 이호산을 찾을 거라고 생각한 집 근처에 도착했을 때 사람들이 북적거리며 모여 있는 것을 보게 되었다. 사람들은 모든 일을 제쳐둔 채, 자신들에게 도덕적인 연설을 하고 있는 다섯 살짜리 소녀를 경청하고 있었다. 소녀는 마치 애늙은이 같았다. 모든 것을 다 알고 있다는 듯한 말투로, 나이와는 상관없이, 아이들에게 옳은 길을 가고, 부모님 말씀을 잘 들으라고 충고하고 있었다. 소녀의 말에서 가장 흥미로운 부분은 만약 부모님들이 도덕 법규에 어긋나는 일을 할 때 아이들의 기본적인 의무는 그들을 교육시켜 옳은 길로 인도하는 것이라는 주장이었다. 그 소녀가 얼마나 진지하고 열성적으로 연설을 했던지, 그 아이의 도덕성에 꽤나 감명을 받은 것처럼 보이는 인파 속 몇몇 여인들은 손수건을 꺼내 눈물을 훔칠 정도였다. 소녀는 정말로 경청하게 만드는 데 일가견이 있어 보였고, 죽음을 보자마자 그의 의도와 목적을 눈치 챘기 때문인지 손가락으로 어딘가를 가리키고는 소리쳤다.

"봐! 저기! 네가 찾고 있는 남자가 저기 있어! 봐, 도망가잖아! 어서 붙잡아!"

경고를 들은 죽음은 자리에서 뛰쳐나가 소녀가 가리키는 곳으로 뛰었다. 하지만 건방지고 도덕적인 소녀가 가리켰던 우준 이흐산은 눈 깜짝할 사이에 사라지고 말았다. 죽음이 낭패감에 주위를 둘러보고 있는데, 소녀가 성난 모습으로 다가와 아주 작은 발로 그의 무릎을 걷어차며 소리쳤다.

"넌 정말 서툴기 짝이 없구나! 어떻게 그 사람을 놓칠 수가 있어!"

죽음은 우준 이흐산을 붙잡는 것이 그 소녀에게 왜 중요한지 이해해보려고 했다. 소녀는 다른 사람을 비방하기 위해 기회를 엿보고 있던 것 같았다. 만약 이 생각이 맞다면 소녀는 교육을 아주 잘 받은 것이 분명했다. 엄한 교육을 받고 자라 의기소침해 있던 소녀는 자신이 겪은 고통을 다른 사람도 당하기를 원했던 것이고, 이 점에서 전적으로 정당하다고 할 수 있었다.

검은 장정으로 된 명부에 쓰여 있는 것이 맞다면, 우준 이흐산은 마카메 마을에 있을 것이다. 이제 정오가 되었고, 하루의 절반이 지나갔다. 그 마을을 향해 길을 나서면서 죽음이 말했다.

"우준 이흐산을 거기서 찾을 거라는 확신이 드는군. 우리가 갈 곳은 거의 이 마을의 정반대쪽이라고 할 수 있어. 해가 우리 머리

위에 떠 있고, 갈 길도 멀어. 자네가 할 이야기가 길면 좋겠군. 그렇지 않으면 먼 길을 가는 동안 지루할 수도 있으니까. 참 그런데, 이야기의 제목은 뭔가?"

노인이 '에지네의 괴물'이라고 대답했다.

죽음은 "그건 사랑 이야기에 별로 적합한 제목이 아니군. 혹 공포 이야기 아닌가?"라고 물었다.

젯잘 데데는 이 질문을 못 들은 척하면서 '에지네의 괴물' 이야기를 시작했다.

*

지금으로부터 사십 년 전 소도시나 군 소재지가 아직 시골이었을 때, 그곳에 사는 사람들은 도덕과 예의범절을 중요하게 여겼다. 남녀노소 모두 예의, 공손함 그리고 예법을 잘 지켰다. 이것을 지금의 어른들은 어렴풋하게, 노인들은 아주 잘 기억했다. 하지만 가장 슬픈 것은, 시골에서 숙녀로서 유명세를 떨치기가 쉽지 않았다는 것이다. 왜냐하면 대도시에 있는 회사에 주문한 베이킹파우더, 비단 스타킹, 볼연지, 치마용 조젯, 블라우스용 새틴, 치마 정장용 모직 천 그리고 가장 중요한 백 퍼센트 실크로 된 옷감, 수분 크림, 스타킹 가터벨트가 도착하는 데에는, 우체국 관리부의 소홀함 때문에, 몇 주일, 때로는 몇 달이 걸렸기 때문이다. 하지만 남편들의 중요한 업무 때문에 가난한 지역에서 살 수밖에 없었던 부인네들은 눈물 한 방울 흘리는 것으로 이러한 재앙들에 대응할 정도로 성숙하고 인내심이 많았다. 정말이지 거의 대부분의 여자들은 울며 겨자 먹기로 모든 부정적인 상황과 조건 아래서 여자의 의무를 그대로 실천했다. 하지만 이 의무들은 물론 어려운 것들이었다. 한 예로, 한 여자를 진정한 여성으로 거듭나게 하는 미덕들 중 몇 가지를 들자면 청결, 살림 솜씨, 매력 그리고 남편의 장래성이 있다. 이 미덕들 중 하나인 청결은 여자들 이외에는 그 어떤 창조물들도 쉽사리 이해할 수 없는 수수께끼였다. 자주 목격되고, 들리고, 칭찬으로 알려진 바에 따르면, 여자들이 한밤중에 잠자는 것을 포기하고, 화장실에서 볼일을 보고 나온 남편의 뒤를 이어 그곳을 솔과 염화수소산으로 문지르고 닦는 것은 청결이라는 미덕의 가장 숭고하고 훌륭한 사례 중 하나로 간주되었다. 한편 남자의 눈으로 본다면 집안일 중 가장 중요한 것은 요리였다. 실제로 당시 시골 마을에서 여자들의 부엌은 완전히 신비스러운 장소였다. 왜냐하면 음식이 맛있다면 그 음식의 비법 혹은 비결이 있을 거라고 여겼기 때문이다. 이 비법을 모든 사람에게 알려주지는 않았으며, 요리법을 가르쳐달라고 하는 사람에게도 재료를 다 말해주진 않았다. 이렇게 해서 그 비법은 성인 알리의 칼처럼 할머니에게서 어머니에게로, 그리고 딸에게 전수되고, 이 때문에 가족 내 모든 여자들의 긍지와 자랑이 되었다. 더욱이 과거 여자들의 부엌은 마치 연금술사의 실험실과 같았다. 어디에 필요한 것인지 남자들은 도무지 이해할 수 없는 일련의 신비스런 재료들이 들어 있는 병들이 선반에 일렬로 정리되어 있었고, 이것들 사이로 겉보기에는 흑마술 책과 비슷한 몇 권의 요리책도 눈에 띄곤 했었다. 무엇보다 중요한 것은 그 시대의 여자들은 부엌에 남편들이 들어오는 것을 쉽사리 허락하지 않았다는 것이다. 예를 들어, 만들고 있던 케이크에 남편이 시선을 주면 부정이 타 그 많은 수고가 물거품이 된다고 생각했다. 또한 옛날 여자들은 남편에 대한 의무를 잘 이행했다. 그 시대의 여성들은 피로에 절어 귀가한 남편들의 발을 씻겨주는 것을 현대 여성들과 달리 자신을 비하시키는 행동이라고 생각하지 않았다. 남편이 바깥으로 눈을 돌리지 않도록 아양과 애교를 떨었으며 원하는 모든 것을 즉각 이행했다. 이러한 이유로 당시의 정 많고 남편을 받들며 복종적인 여성들은, 아름답게 보이기 위해 머리에 헤어롤을 감고 불편한 잠을 자는 것도 의무로 여겼으며, 나이보다 일찍 늙고 아름다움을 잃고 싶지 않아 피부에 오이 즙, 수분 크림, 카카오유를 발라 영양을 주었으며, 제모를 절대 게을리 하지 않았다. 무엇보다도 이 여성들이 남편들에게 완벽하게 보이려고 하고, 그들을 애지중지하는 것은 옳은 행동이었다. 왜냐하면 그녀들의 남편들 중 누군가는 선임 상사나 재무 담당관 혹은 부재무 담당관이었기 때문이다. 모든 사람들이 인정하듯, 남편들이 요직에서 일을 잘해 진급을 하는 것은 여성들에게 있어 항상 자랑의 이유가 되었다. 각설하고, 나이 든 어른들이 옛날 여성들을 기억하며 애정 어린 눈물을 글썽이는 것이나 깊은 감상에 젖어 과거의 추억에 잠기는 데에는 다 그만한 이유가 있었던 것이다.

바로 이 유명한 옛 여성들 중, 에지네라고 하는 마을에 혼기가 찬 네 딸과 함께 살고 있는 하미예트라는 과부가 있었다. 소문에 의하면 그녀는, 죽은 사람에 대해 말하는 것은 옳은 게 아니지만, 남편을 가정적인 사람으로 만들기 위해 소스, 고추 그리고 토마토 으깬 것을 뿌린 당나귀 혀를 하루 한 끼 남편에게 꼭 먹였다. 이 음식의 마법이 효력을 발휘해 그를 가정에 붙들어놓았는지는 모르지만, 그 음식 안에 들어 있던 높은 콜레스테롤이 남자의 영혼과 몸을 연결하는 끈을 끊고 말았다. 과부가 된 후 하미예트 앞에는 재혼할 운명의 남자가 별로 나타나지 않았고, 그녀는 딸들이 자신의 운명을 닮지 않도록, 씀씀이가 크고, 남자답고, 의젓하고, 호언장담하는 남편을 찾는 비법을 가르쳤다. 예를 들면, 여성만의 신비, 남자를 손안에 쥐고 흔드는 비결, 눈을 집 밖으로 돌리지 못하게 하는 방법, 공처가로 만드는 기술, 음식, 안주, 애교, 교태 그리고 말투 등을 가르치는 데 인생을 바쳤다. 딸들의 이름은 질외나즈, 이쉬외나즈, 귄레나즈 그리고 알렘나즈였다. 막내인 알렘나즈는 사슴 같은 눈과 작은 입의 미인이었다. 하지만 남자처럼 넓은 턱에 난, 하나는 붉고, 둘은 검은 세 가닥의 털을 이틀에 한 번 족집게로 뽑지 않으면 그녀의 아름다움에 그늘이 드리워질 수 있었다. 보는 사람마다 '갈증을 없애주는 물 한 모금'이라고 말했던 귄레나즈는 이런 문제가 없었다. 그녀의 아름다움을 실컷 감상할 수 있는 기회를 얻은 사람들에게 어떤 심오한 느낌을 불러일으키는 이유는 그녀의 오른쪽 눈이 항상 왼쪽을 응시하고 있었기 때문이었다. 하지만 이쉬외나즈는 이 두 딸보다 더 아름다웠다. 반짝이는 아몬드 모양의 눈은 작고 서로 가까웠다. 큰딸인 질외나즈는 동생들도 동의하듯 자신이 가장 아름답다는 것을 알고 있었고, 이를 대놓고 표현하는 것도 서슴지 않았다. 하지만 그녀를 질투하는 사람들은, 그녀의 코가 큰 이유는 바로 코끝에 있는 보라색 사마귀 때문이라고 말하며 그 질투심을 드러내곤 했다. 딸들의 어머니인 하미예트는 피부가 하얗고 깔끔했으며, 통통하고, 눈과 눈썹이 아름다운 여자였다. 딸들보다 두 배 정도 아름다운 이 여성은 똑똑하기도 했다. 왜냐하면 모공이 큰 피부를 분으로 가리고, 턱에 있는 사마귀를 짙은 색의 파운데이션으로 교묘하게 잘도 감추었기 때문이었다. 그녀를 질투하는 어떤 사람들은 그녀의 눈이 너무 작다고 말하곤 했지만, 이는 단지 그녀의 왼쪽 눈에만 해당되었다.

어머니와 딸들은 에지네의 쥐레파 마을에 있는, 뒤뜰이 높은 벽으로 둘러싸여 있는 목조 가옥에서 살았다. 이 집안의 유일한 남자가 남긴 집이었다. 여자는 과부 수당으로 딸들을 중학교까지 공부시켰다. 셋째와 넷째는 직업학교에도 보냈다. 여자들만 가는 이 학교의 수예과에는 서른 살이 넘었지만 아직 짝을 찾지 못한 지식이 풍부한 여선생들이 있었다. 그녀들은 강의를 하고 싶지 않을 때면, 학생들에게 결혼의 철학과 적당한 남편을 얻는 방법에 대해 끊임없이 말하곤 했었다. 결혼이라는 것이 너무나 중요하고 민감한 주제였기 때문에 뜨개질이나 바느질에 능숙하지 않은 여학생들에게 선생들은 이렇게 말해 아이들을 울렸다.

"이런 식으로 계속하다간 너를 결혼 상대로 원하는 사람이 나타나지 않을 거다! 너는 창밖을 바라보며 네 운명의 상대만 기다리고 기다리다 늙어갈 게 뻔해!"

하지만 하미예트 같은 어머니를 둔 두 딸은 직업학교에서 배울 게 별로 없다는 것을 어차피 알고 있었다. 그래도 예의범절, 상 차리는 법, 유럽 음식 조리법, 축음기 다루는 법, 탱고, 삼바를 거기서 배웠다. 하지만 그녀들은 이러한 춤을 추기에는 너무 살집이 많았다. 하미예트 부인이 만든 녹말가루로 요리한 기름진 음식들, 밀가루 음식들은 딸들의 입맛보다는 미래 남편감의 음식 취향에 더 맞는 듯했다. 그녀는 줄자로 허리둘레와 엉덩이둘레를 재는 딸들에게 이렇게 소리 질렀다.

"왜 그렇게 유럽 스타일을 부러워들 하니! 울상 짓지 마라! 앞으로 결혼을 하게 되면, 남자의 손에 살이 잡혀야 한단다, 뼈가 아니라!"

그녀의 분노에 딸들은 몰래 킥킥댔지만, 하미예트 부인의 입장에서 보면 백 번 옳은 이야기였다. 왜냐하면 그녀는 자신이 오스만제국 시대의 여자라고 믿었기 때문이다. 그녀는 진짜 여자라면 흰 피부에 통통하고 말랑말랑해야 한다고 생각했다. 바깥양반이 피곤해하며 신경질적인 모습으로 귀가했을 때 남편에게 술상을 준비해주어야 하고, 등에 삶의 짐을 지고 있어 지치고 의기소침한 남자의 투덜거리는 소리와 거친 말에 신경 쓰지 않고 그를 즐겁게 해주어야만 한다고 생각했다. 물론 남자는 여자가 행동을 잘못할 경우 이를 저지할 정도로 손이 매워야 하며, 필요할 경우 따귀도 올려붙여야 한다. 하지만 딸들은 원숭이처럼 유럽 스타일 셔츠와 짧은 재킷을 입고 빈티지 스타일의 새로운 유행을 따르는 남자들을 좋아했다. 하미예트 부인에 의하면 그 원인은 딸들이 침대에서 벌어지는 결혼의 은밀한 시간들에 대해 진정한 경험을 한 게 아니라, 귀동냥으로 주워들은 정보들 때문이었다. 딸들의 교양에 많은 신경을 쓰고 있는 부인은 이러한 이유로 딸들에게 정확히 두 번, 일련의 은밀한 것들을 말해준 적이 있었다. 보통 남자들과 용감한 남자들의 몸에 대해 가장 자세한 부분까지 비교해 설명해주었고, 아주아주 부끄러운 것들까지도 얘기해주었기 때문에 더이상 말할 필요가 없었다. 결국 딸들은 남자들을 외모나 옷차림이 아니라 다른 기준으로 평가해야 한다는 것을 이해한 것처럼 보였다. 어느 날 하미예트 부인은 딸들이 부엌에서 우유 장수에 대해 말하는 것을 몰래 듣게 되었다. 딸들 중 한 명이 쉰 살 먹은 우유 장수를 불러 무슨 짓인가를 했다는 것을, 또는 우유, 생크림 그리고 개암을 아주 좋아하는 남자의 마음에 야성적인 느낌을 불러일으키는 어떤 원인을 제공했다는 것을 알게 되었다. 이 사건이 일어난 날 밤 하미예트 부인은 아침까지 기도를 했다.

그녀들의 집에서는 하루가 대략 이렇게 지나갔다. 아침에 동이 트자마자 항상 막내가 제일 먼저 일어나 화덕에 불을 붙인 후 언니들을 깨우고는 곧장 오븐으로 간다. 그녀가 아침을 준비할 즈음 따뜻한 빵이 도착하고, 그러면 하미예트 부인을 깨운다. 혼수함 크기만 한 라디오를 켜면 주위에는 생기가 돌았고, 가족이 아침을 먹을 때면 신나는 음악 소리, 설탕을 넣고 휘저으면 달그락달그락거리는 찻잔 소리, 활활 타오르는 난로가 내는 장작 타는 소리가 들렸다. 아침을 먹은 후 하미예트 부인에게 쓴 커피를 대령하고, 부인은 그날의 첫 담배를 피웠다. 하지만 집안일이 하도 많아 이 즐거움은 그리 오래가지 않았으며, 식탁에서 일어나 그날 일을 곧장 시작했다. 먼저 창문을 열고 집 안을 환기시켰다. 카펫과 킬림을 마당으로 가지고 나가, 그곳에 있는 난로에 불을 지피고는 삼발이 위에 물이 가득 든 솥을 올려놓았다. 하미예트 부인이 손에 빨랫방망이를 들고, 입에는 담배를 문 채 카펫을 치며 먼지를 털 때, 딸들 중 누군가는 집 안에서 소다를 푼 물로 바닥을 닦고, 다른 딸들은 창문을 닦거나 설거지를 했다. 아주 중요하고 해야만 하는 이 일을 할 때 그녀들의 복장은 물론 평소 때와는 사뭇 달랐다. 대개 약간 낡은 넉넉한 바지와 셔츠를 입고, 머리에는 꼭 무명 스카프를 동여맸다. 이러한 모습을 다른 사람들에게 보이지 않기 위해 먼저 마당에서의 일, 그러니까 카펫 털기와 빨래를 우선적으로 끝내려고 했다. 솥에 물을 끓이는 것도 바로 이 때문이었다. 지금 세대들이 이 다섯 명의 부지런한 여자가 마당에 놓인 물이 끓는 솥 앞에서 빨래하는 것을 보았더라면, 당연히 깜짝 놀랄 것이다. 청소를 하기 위해 의식을 행하는 마녀들처럼, 하미예트 부인이 솥에 들어 있는 뜨거운 물을 바가지로 퍼 대야에 담을 때, 흥분한 상태에서 돌려 짠 긴 시트가 잿물에 부딪히곤 했다. 딸들은 침대보 양쪽을 잡고 비비 틀어 짤 때면 숨을 헐떡거렸고, 눈동자는 아주 커졌으며, 특히 땟물이 떨어져 흘러가는 것을 보고는 마치 귀신들과 대적하는 무당처럼 정신이 혼미해지곤 했다. 만약 그녀들의 이 모습을 남자가 보았다면, 빨래가 아주 재미있는 일이라는 결론을 내리고는 여자로 태어나지 않은 것을 가슴 치며 애석해했을 것이다. 하지만 이 즐거운 일은 기껏해야 네 시간 정도밖에 걸리지 않았으며, 하루 전에 세탁해 널어둔 빨래를 줄에서 걷은 후 그 자리에 새로 한 빨래를 널었다. 그사이 집 안에서는 지난밤 먹다 남은 음식들을 다시 덥히고, 점심시간이 왔을 때 하던 일을 잠시 멈추고는 배를 채우곤 했다. 그다음에는 다림질과 풀 먹이는 일이 시작됐다. 시트, 침대보, 베개 커버, 셔츠, 치마, 속옷 그리고 여자들이 사용하는 다양한 천들을 다리미질해 개어 서랍에 넣었다. 집안일이 끝나면 모두 모여 피곤을 날려버리기 위해 커피를 마시고, 일주일에 한 번 하는 일이지만, 자세하게 설명하기에는 별로 적당하지 않은 또다른 일을 시작했다. 막내가 부엌에서 양푼 안에 설탕과 레몬으로 만든 제모 재료를 준비해 들고 오면, 어머니와 언니들이 방석에 앉아 다리에 난 털을 관찰하고 있는 것을 보게 된다. 이 작업이 계속되는 동안 라디오를 켜고 노래와 민요를 따라 부르면서 모두들 열심히 적당한 곳을 깨끗하고 매끈하게 만들었다. 일이 끝나면 실크 스타킹, 가터벨트, 치마 그리고 블라우스를 입고 거울 앞에 섰다. 기초 화장품과 파운데이션을 바르고 파우더로 피부를 뽀송뽀송하게 한 후, 볼터치와 아이섀도, 마스카라를 칠한 후 아이펜으로 마무리했다. 머리 빗는 일이 끝나면 외투를 입고 핸드백을 든 후 곧장 에지네 클럽의 가족 살롱으로 가, 흔히 하는 말로, 사람들 사이로 들어갔다. 하미예트 부인은 여기에서 항상 커피, 딸들은 사이다를 마셨다. 자신들의 보물을 지키려는 숙녀처럼, 그 불편한 의자에서 무릎과 다리를 딱 붙이고 앉아 있었다. 이곳에서 그리 많은 시간을 보내지 않고 집으로 돌아오면 다시 화덕을 지피고, 준비한 저녁을 먹은 후 긴 보료에 앉아 라디오를 들으며 뜨개질을 했다. 시간이 흐를수록 딸들은 공상에 잠긴 채 혼숫감을 위해 다양한 문양이 들어간 뜨개질을 하고는, 식탁보와 작은 탁자보, 라디오 덮개를 준비하는 일을 자신들의 결혼식 때까지 모두 끝마치려고 했다.

하미예트 부인은 매일 밤, 잠자리에 들기 전에 종아리와 어깨, 등을 딸들에게 주무르도록 시켰다. 그러는 동안 막내딸은 대야에 소금이 들어간 물을 담아 와 어머니의 발을 씻겼다. 누가 이 장면을 봤다면 하미예트 부인을 매정한 엄마라고 생각하기 쉽지만 이는 부당한 것이다. 왜냐하면 집안에 남자가 없는 상태에서 혼기가 꽉 찬 딸들을 건사하는 책임이 낙타의 무릎을 꿇게 하는 것만큼이나 힘이 든다는 것을 이해심 많은 사람들은 알 것이기 때문이다. 이러한 이유로 그녀가 최소한 딸들의 행복을 볼 때까지, 근심으로 인해 뭉친 어머니의 근육과 뼈마디를 매일 밤 주무르는 것은 자식으로서의 도리뿐만 아니라, 그녀가 당연히 느껴야 할 마음의 평화를 갖도록 해야 하는 딸들의 의무였다. 사실 뼈마디를 주무를 때, 느슨해져 녹아 난 근육의 통증이 사라지고 대신 시원하고 달콤한 느낌이 신음할 정도로 커다란 희열을 주었지만, 딸들을 결혼시키지 않고 하미예트 부인이 긴 평온에 도달한다는 것은 의심할 바 없이 어려운 일이었다. 무엇보다도, 막내가 스물네 살이고, 큰딸이 서른한 살인 네 딸은 사춘기에 들어선 이후 영혼과 마음에서 드러나기 시작한 불처럼 뜨겁고 좀처럼 참기 힘든 욕구들과 필사적으로 싸우고 있었던 것이다. 이런 점에서 집에는 불똥만 튀어도 바로 폭발할 거대한 크기의 화약통 네 개가 있는 셈이었다. 오직 괸레나즈만이 늙은 우유 장수를 통해 이 불똥을 본 것 같았다. 다행히 이 불똥은 화약통을 그저 한 번 쓰다듬고 지나갔을 뿐이다. 하지만 하미예트는 저 멀리 부엌에서, 때때로 서로 모여 수다를 떨고 있는 딸들의 잡담과 킥킥거리는 소리를 들었다. 그러고는 엄마 된 사람으로서의 충동에서 기인한 호기심으로 그곳으로 가 열쇠 구멍으로 안을 들여다보았을 때, 양쪽 검지를 한 뼘 정도 벌려 무엇인가의 크기를 보여주는 괸레나즈, 젖가슴 밑에 펜을 넣고는 처졌는지 여부를 알아보려고 하는 질외나즈와 이쉬외나즈, 언니들을 따라하면서 킥킥 웃는 알렘나즈를 보고는 한숨을 내쉬었다. 이런 식으로 간다면 딸들은 남편이 없어 미쳐버릴 수도 있을 것 같았다. 다리 사이에 오랜 세월 동안 간직한 불꽃이 이제는 그녀들의 영혼에 불을 붙였고, 야성적인 욕구는 통제가 불가능했다. 하미예트 부인은 종교적으로 신실한 사람이었다. 딸들이 그 참을 수 없는 욕구로 몸부림치는 것을 엄마 된 사람으로서 보고만 있는 것이 죄라는 것을 알고 있었다. 하지만 가련한 딸들의 영혼에 일고 있는 불을 잠재워줄 좋은 인연이 아직은 나타나지 않았던 것이다. 우유 장수 사건 이후 며칠 동안 생각하고, 때로는 눈물을 흘렸던 하미예트 부인은 결국 에지네의 유명한 중매쟁이인 나필레 부인을 찾아가기로 마음먹었다.

예의상 그리고 두려움 때문에 그녀 앞에서는 나필레 부인이라고 부르는 이 여자의 진짜 별명은 여기에서 말하기엔 별로 적당하지 않을 정도로 부끄러운 것이었다. 하지만 이 부도덕하고 교양 없는 그녀의 별명은 그녀 앞에서는 절대 불리지 않았다. 그녀는 사십대의 미혼이었다. 그녀의 외모는 적어도 여자들이 보기엔 무척이나 특이했다. 머리에 새까만 스카프를 써 목덜미 쪽에서 단단히 맸고, 검은색이나 커피색의 풍성한 옷을 입고는 여름 겨울 할 것 없이 나무로 된 슬리퍼를 신고 돌아다녔다. 나이는 거의 쉰 살에 가까웠지만 흘러가는 세월은 그녀를 별로 변화시키지 못했다. 젊었을 때도 지금처럼 추하고 흉했다. 이러한 이유로 다리 사이의 불을 꺼줄 남편감이 그녀 앞에 나타나지 않았다. 어느 날 밤에는 이 불꽃이 극도로 활활 타올라, 아침에 일어났을 때 팬티에 흔적이 보이기도 했다. 속옷뿐 아니라 방석까지 태울 만한 이 욕정의 불길은 종국에는 그녀의 영혼에 질투의 지옥을 검은 불길로 타오르게 했다. 동갑내기들이 하나 둘씩 결혼하는 것을 보면서 그녀 안에 있는 지옥의 열기가 여자의 지방을 야금야금 녹여 그녀는 삐쩍 마르고 왜소한 사람이 되어버렸다. 마음속 질투의 불씨를 부채질하는 또다른 것은, 외모와 마음은 아주 저 밑에 있지만, 눈은 지나치게 높은 곳에 있다는 사실이었다. 이제 어차피 노처녀로 늙어갈 수밖에 없으니, 정상에 올라 그곳에서 사는 유일한 방법은 정숙한 여자로 보이는 것이었다. 시장에서 마주치는 남자들 중 그 누구도 그녀를 갖고 싶다는 눈빛으로 바라보지 않았기 때문에, 도덕적이고 정숙하게 보이는 것이 그녀에게 해가 될 리는 없었다. 게다가 그녀가 정조를 잃을 위험은, 장님이나 귀머거리가 발작을 일으키지 않는 한 거의 불가능했다. 그럼에도 불구하고 가장 커다란 이점은, 관습과 전통을 지키는 정숙함의 모델 나필레 부인이 이러한 태도로 다른 여자들을 쉽게 비방할 수 있는 지위에 이르렀다는 것이다. 게다가 그녀는 사람들이 어떤 죄를 짓는지를 더 잘 파악하기 위해 종교에도 헌신했다. 결국, 노력하며 올라갔던 이 정상에서 특히 여자들의 죄와 잘못을 더 잘 보고 그녀들을 비난할 수 있었던 것이다. 이렇게 해서 그녀는 혀에 가시가 돋고, 가십을 퍼트리는 여자가 되었다. 어찌 됐든 그녀의 얼굴은 이런 일에 제격이었다. 갈고리처럼 아래로 늘어진 코와 길고 뾰족한 턱 사이는 겨우 손가락 세 개 너비 정도였다. 그녀가 입방아를 찧을 때 그 날카로운 혀는, 굴에서 뛰쳐나온 뱀처럼, 길고 얇은 입술 사이에서 밖으로 나오고, 때로 코에 때로는 턱에 부딪혀서 철썩거리는 소리를 내곤 했다. 작고 번쩍이는 눈은 마치 보기 위해서가 아니라 바라보는 대상에게 불운을 가져다주기 위해 존재하는 것 같았다. 사실 이러한 외모가 발산하는 두려움은 지극한 경외심을 불러일으켰지만, 지나친 두려움은 그녀를 사회에서 소외시키는 원인이 될 수도 있었다. 이렇게 되자 그녀 면전에 대고 대문을 닫는 사람들의 결점을 볼 수도 없었고, 그들의 결점을 대놓고 말할 수도 없었다. 그리하여 그들의 집 안으로 들어가는 방법을 찾아야만 했다. 이러한 이유로 그녀는 중매쟁이 일을 선택하게 되었다. 이제 그녀는 아들과 딸을 둔 어머니들의 집에 초대를 받았고, 그들은 예의와 대접을 소홀히 하지 않고 항상 그녀를 극진히 대했다. 그녀가 이 직업에서 성공한 가장 커다란 이유는, 냉소적이며 날카로운 혀를 가진 덕분에 다른 사람들이 그녀의 말을 귀담아듣도록 할 수 있었기 때문이다. 보통 나쁜 말들이 사람들에게 가장 현실적으로 느껴지며, 상처를 주기도 하고 예리한 면이 있기 때문에, 온화한 성품의 사람들 사이에서 그녀는 아주 현실적이며 개성이 강한 사람으로 보였다. 게다가 원하는 사람에게 남자 혹은 여자를 주선해 보금자리를 만들어주는 것도 쉬운 일이었다. 다리를 서로 꼭 붙여 여성성을 억제하는 것이 만들어낸 까다로움과 반듯함에 대해 부인이 얼마나 집착하는지는 나필레 부인이 서로에게 잘 맞을 것이라고 생각한 커플들을 보면 알 수 있었다. 키가 작은 사람은 키가 작은 사람과, 피부가 희고 금발인 사람은 그런 사람과 결혼시켜주었다. 팔이 불구인 한 여자아이의 어머니의 요청으로 절름발이 혹은 발이 뒤틀린 남편감을 찾아주었고, 사팔뜨기는 사팔뜨기와 맺어주어 짚신도 짝이 있다는 것을 증명해 보이곤 했다.

하미예트 부인이 찾아와 네 딸의 천생연분이 될 남편감을 하나씩 찾아달라고 부탁하자, 나필레 부인의 머리는 부지런히 작동하기 시작했고 그녀는 그 딸들에게 네 형제를 찾아주기 위해 팔을 걷어붙였다. 만약 성사된다면 이 결혼식은 중매쟁이 경력의 최고점을 기록할 것이며, 그녀의 이름은 에지네 전체에 알려질 것이다. 드디어 그녀는 자신의 경험과 재주의 결실을 보게 되었다. 에지네의 호이라트라르 마을에 사는 홀아비 푸주한의 장성한 네 아들에게 눈독을 들이게 된 것이다.

당시 호이라트라르 마을에 까다로운 손님들이 믿고 거래하는 레제트 정육점이라는 가게가 있었다. 그 마을에서 아름답든 못생겼든 노소를 가리지 않고 대부분의 여성이 곁눈질로 훔쳐보고 애교를 부리며 '아이와즈 씨'라고 부르는, 쉰 살이 넘었지만 여전히 용사 같은 외모에 붉은 머리칼, 붉은 뺨, 사나이다운 행동을 하는 어떤 남자가 이곳을 경영하고 있었다. 이십사 년 전에 세상을 뜬 아내는 그에게 셀라하틴, 젤라레틴, 니자메틴 그리고 휘사메틴이 라는 튼튼한 네 아들을 낳아주었다. 남편감을 찾느라 남자들의 결 혼 여부에 무척 관심이 많은 어떤 여자들은 그를 '홀아비 푸주한' 이라고 불렀다. 여자들은, 물론 남자의 얼굴에 대고 이렇게 부르 지는 않았지만, 가게 앞을 지나갈 때, 안에서 한 손에는 고기 써는 작은 칼, 다른 손에는 거대한 칼을 들고, 허리에는 붉은색 긴 앞치 마를 두르고, 발에는 나무 슬리퍼를 신은 이 장사 같은 남자를 훔 쳐보며 깊은 한숨을 몰아쉬면서 핑크빛 상상에 빠져들곤 했다. 또 한 그의 윗입술 위에는 기름을 바르고 윤을 내 매만진 커다랗고 붉은 콧수염이 있었다. 피부는 하얗고, 새까만 눈은 활활 타올랐 다. 평생을 이슬람 규율에 의거하여 가축을 도살한 이 대범한 남 자는 그 많은 피를 보는 것으로 모자랐던지, 매달 한 번씩 마을 이 발소에 가 칼로 등을 째고 피 두 병을 뽑았다. 수년 동안 홀아비 신세이다보니 힘이 넘쳐 난 것이 틀림없었다. 그날까지 도살한 그 많은 황소의 힘과 참을성과 기질이 마치 그 남자에게 전이된 것 같았다. 어깨는 넓었으며, 목은 굵었고, 머리는 황소 머리처럼 커 다랬다. 손발도 아주 컸다. 가게에서 매일 온 힘을 다해 칼을 휘두 르고, 뼈를 자르고, 고기를 조각 내고, 피를 튀겼다. 이러한 모습 의 그를 본 여인들은 곧장 성인의 묘나 성소로 달려가 행운의 여 신이 자신들에게 미소를 지어 그런 터프한 남편을 허락해달라고 빌곤 했다. 그는 터프했지만, 동시에 예술가적인 기질과 섬세한 영혼의 소유자이기도 했다. 이것은 가게 진열장의 정돈 상태를 보면 분명히 알 수 있었다. 예를 들면, 도살장에서 가죽을 벗겼지만 머리가 잘리지 않은 맛 좋은 새끼 양의 배를 갈라 심장, 비장 그리고 간을 늘어뜨려 진열장에 진열해놓곤 해 손님들의 군침을 돌게 했다. 이빨 사이에 파슬리를 쑤셔 넣은 가축의 좌우에는 마치 웃기는 것이라도 있기나 하듯 손님들을 보며 웃는 머리들을 죽 늘어놓았다. 하지만 딜* 다발과 색을 맞추기 위해 이 머리들 사이에 붉은 토마토를 놓는 것도 소홀히 하지 않았다. 또한 갈고리에 걸어놓은 가축의 몸 적당한 곳에 문명의 표시인 냅킨도 쑤셔 넣었다. 이렇게 해서 그 작은 진열장에 그의 예술적 감각의 결실이 드러나고, 바라보는 사람들은 이를 바라보며 매료되고 부러움을 느끼기도 했다. 아이와즈는 이렇게 섬세할 뿐만 아니라 좋은 아버지였다. 사춘기에 들어선 아들들에게서 반항심, 건방짐, 무례함이 보이면 따귀를 때리며 바른길로 이끌었고, 아버지의 직업인 푸주한 일을 자식들에게 하나하나 가르쳐주며, 손목에 금팔찌도 하나씩 채워주었다. 성인이 된 큰아들 셀라하틴에게는 에지네에서 멀리 떨어진 마을에 정육점 지점을 하나 열어주었다. 이곳의 상호는 영화에 나오는 우주선처럼 '레제트-2'였다. 둘째 젤라레틴과 셋째 니자메틴이 시 관할 도살장에 일하러 가면, 막내 휘사메틴은 아버지 곁에서 일했다. 자식들을 그렇게 돌보는 것만으로 충분하지 않은 듯 아이와즈는 동물들에게 아주 동정심이 많은 사람이었다. 레제트 정육점만 바라보며 비가 오나 눈이 오나 가게 앞에서 충실하

---

* 미나리 과 식물. 열매나 잎은 향미료로 쓰인다.

게 기다리는 노랗고, 하얗고, 검고, 줄무늬가 있는 네 마리의 뻔뻔한 고양이가 있었다. 고양이들은 아침 일찍 가게 문을 열려고 온 아이와즈를 즉시 알아보고는 꼬리를 하늘로 치켜 올리고 그에게 달려왔다. 하지만 고양이들은 그 사람에게 아무리 야옹거리고 애원을 해도 자신들의 먹을 것이 간보다는 바퀴벌레와 쥐일 거라는 것을 본능적으로 알고 있었다. 당시 거의 모든 집에 해충이 있었지만, 무엇보다 아이와즈 푸주한과 아들들은 아주 청결한 사람들이었다. 이를 확인하기 위해서는 지하에 가게가 있는 목조 건물의 위층을 한 바퀴 돌아보는 것만으로도 충분했다. 가게 바로 옆에 있는 돌계단을 올라가 철문을 열면 방 여섯 개가 있는 넓은 집으로 들어가게 된다. 이 방들 중 다섯 개는 사용하지 않고 있으며, 나머지 한 방에서 아버지, 네 아들이 음식을 요리하고 요를 펴고 잠을 잤으며, 물을 데워 대야에 담아 몸 전체를 청결하게 씻었다. 이 방에서는 매달 한 번씩 빨래도 했는데, 물론 이 일은 막내 휘사메틴 담당이었다. 빨래를 다 한 다음 창문에 있는 줄에 널어놓는 회색 속옷, 시트에 묻은 노란 무늬, 누런색의 이상한 얼룩을 본 사람들은 전능한 신을 되뇌며, 타락한 인간들이 그처럼 많은데 왜 악마가 그들은 놔두고 이 다섯 명의 신사들을 찾아와 이들의 잠자리를 뒤숭숭하게 하는지 놀라곤 했다. 하지만 한때 흰색이었던 옷을 남자 손으로는 겨우 이 정도로밖에 세탁할 수 없었기 때문에 그 얼룩에 대해 휘사메틴이 잘못한 것은 별로 없다고 할 수 있었다. 뒤숭숭한 잠자리를 어찌할 수 없었던 이유는, 아침식사를 포함하여 하루 세 끼를 기름에 볶은 고기, 비장, 간 같은 영양 성분이 높은 음식을 먹기 때문이었다. 그들이 아주 좋아하는 꼬리 기름과 커민이 들어간 말린 고기를 먹고 땀을 흘리면, 특히 겨드랑이 밑에서 냄새가 많이 났기 때문에 자주 씻고 청결을 유지해야만 했다. 그래서 아버지와 네 아들은 매달 첫째 주 목요일에 에지네의 유명한 아바자 할릴 파샤 목욕탕에 가 서로 때를 밀어주며, 물을 끼얹고, 남자인 관계로 칵칵 가래침을 뱉어가며 목욕을 했다. 만약 노파가 목욕탕에서 그들을 보았다면 그 자리에서 혼절했을 것이다. 왜냐하면 허리 부분에 두르는 천이 정말이지 그들에게 아주 잘 어울렸기 때문이다. 큰아들 셀라하틴은 아버지처럼 뚱뚱하고, 목덜미가 굵고 배가 나온 용사였다. 매일 아침 머리 빗는 귀찮은 일에서 벗어나기 위해 머리카락을 아주 짧게 자르는 습관을 들였고, 그래서 귀 윗부분부터 머리카락이 붕 떠 있고 땅콩을 연상시키는 두상이 그를 곁눈으로 보는 사람들의 마음에 두려움을 불러일으켰다. 가운데 아들들 중 젤라레틴은 머리를 길러 세심하게 빗곤 했다. 머리에 얼마나 정성을 쏟는지 매달 목욕탕에 올 때면 머리 모양이 변하지 않도록 머리카락을 적시지 않으려고 안간힘을 썼으며, 당연히 머리에 비누칠도 하지 않았다. 니자메틴은 젤라레틴처럼 심오한 정신세계를 갖추지 못했다. 이러한 이유로 진짜 사나이처럼 삶을 현실주의자처럼, 즉 공허하게 바라보았다. 막내 휘사메틴은 형들의 장점을 다 가지고 있었다. 하지만 미남에다 거들먹거리는 이 젊은이는 얼굴에 난 여드름을 고민하며 '여러분의 건강 문제를 해결해 드립니다'라는 신문 상담난에 편지를 써 여드름에서 벗어날 길을 알려달라고 요청하곤 했다. 사실 그의 눈은 바깥을 향해 있었다. 그는 기회가 되면 대도시에 가 영화배우가 되어, 에지네에 있는 그 유명한 런던 극장의 은막에 등장하려는 꿈으로 불타오르고 있었다. 그가 이런 환상세계에 살고 있는 진짜 이유는, 막내인 탓에 집안일의 대부분을 자신이 해야 했기 때문이다. 빨래뿐 아니라 집 안 청소도 그의 몫이었다. 하지만 그는 이 어려운 일을 성실히 수행했고, 청소도 절대 소홀히 하지 않았다. 매주 정확히 한 시간 동안 손에 빗자루를 들고, 그들이 자고 일어나는 방과 복도를 쓸었고, 식사를 할 때 바닥에 던졌던 뼈를 일일이 다 주웠다. 다른 다섯 개의 방은 사용하지 않았기 때문에 청소할 필요가 없었다. 여섯번째 방은 그의 표현에 따르면, '쓰레기 방'이었다. 그에게는 빗자루는 있었지만 쓰레받기가 없었다. 바로 이런 이유로 쓸어 모은 그 많은 쓰레기를 곧장 그 방으로 쓸어 넣고 방문을 꼭꼭 닫았던 것이다. 물론 시간이 흘러 그 방에서 악취가 흘러나오기 시작하자 머리가 비상한 아들은 매번 청소를 한 후 쌓여 있는 쓰레기 더미 위에 석회를 두 삽 정도 던져 이 골치 아픈 문제도 해결했다. 그의 아버지는 이런 문제를 전혀 모르고 있었다. 한편, 이 방은 가게 바로 위에 있었다. 그러던 어느 날, 그 방의 부패한 쓰레기들이 방바닥을 녹여 가게의 천장이 무너지고 말았다. 그 많은 음식물 쓰레기, 즉 쪽쪽 빤 뼈, 열심히 씹었지만 힘줄이나 신경 부분이었기 때문에 목으로 넘기기 못했던 고깃덩어리, 뇌와 볼살을 먹어치운 양 머리, 그리고 정확히 스무 마리의 쥐와 수많은 바퀴벌레로 이루어진 이 쓰레기 더미가 마치 악몽처럼, 방바닥과 함께, 바로 밑에서 고기를 썰고 있던 아버지 그리고 네 명의 여자 손님 머리 위로 와르르 무너지고 만 것이었다. 그 자리에서 정신이 나간 여자들의 비명 소리가 하늘까지 울려 퍼지고 있을 때, 아이와즈는 문에서 거리로 도망치는 쥐들에게 칼을 던졌고, 바퀴벌레들은 발로 짓이겼다. 그다음의 일은 어차피 그의 소관이 아니었다. 죽지 않을 정도로 흠씬 두들겨 맞은 휘사메틴은 어찌 되었든 이 오물들을 청소해야만 했다. 청소 방법에 대해 이웃 아주머니들로부터 조언을 얻은 휘사메틴은 비누 가루와 염화수소, 소다, 쥐약으로 이 일을 해결했고, 특히 가게에 드나드는 네 마리 고양이를 풀어놓아 오물에 붙어 있던 해충, 쥐 등 모든 생명체들을 제거했다. 최소한 그는 그렇게 믿었다. 하지만 그날 이후, 그 집에 놓은 엄청난 쥐약에도 불구하고 살아남아 자정마다 즐겁게 고함을 지르는 무언가의 소리가 들려왔다. 아마도 그 쥐약으로 먹고사는 어떤 괴물이 지르는 소리인 듯했다. 그 괴물을 본 사람은 붉고 반짝이는 눈과 시커먼 모습, 날카로우며 긴 이빨을 한 커다란 그 무엇이었다고 가슴에 손을 얹으며 말했다. 사람들의 말에 따르면 그 괴물이 얼마나 끔찍했던지 가게에 있던 네 마리의 고양이조차 그곳에서 도망쳐 다른 마을로 갔다고 했다. 사실 아이와즈가 밤중에 쇠갈퀴를 들고 매복해서 괴물을 한구석으로 몰았고, 그 어둠 속에서 쇠갈퀴가 아주 부드러운 무엇인가에 닿았지만 도무지 그 괴물을 찌르지 못했으며, 괴물은 고통과 분노로 소리만 지르고 있었다. 바로 이 어두운 밤에 아버지와 아들들은 더러운 괴물의 날카롭고 하얀 이빨을 보았다. 괴물은 오물 속에 살고, 오물만 먹고 살아가는데도 목숨을 부지하기 위한 유일한 밑천인 날카로운 이빨을 아주 잘 돌보고 있었던 것이다. 쥐약 처방과 쇠갈퀴도 아무 효과가 없자 아이와즈는 최소한 자신들이 잠을 자고 있을 때 괴물이 배가 고파 공격하는 일이 없도록 매일 밤 괴물에게 이천오백 그램의 고기를 던져주기로 결론을 내렸다. 그후, 아이와즈와 아들들은 밤마다 그 끔찍한 이빨로 우두둑 우두둑 뼈를 씹는 소리와 고기를 뜯어서 배를 채우는 소리와 트림 소리를 공포에 떨며 들어야 했다. 그들은 아침에 일어났을 때 자신들의 어떤 신체 기관들이 괴물에게 물리지 않게 해달라며 연거푸 기도를 올렸다. 이 모든 재앙은 그들이 남자이기 때문에 집안일을 잘하지 못해 일어난 일이었다. 그러니 이제라도 여자의 손길이 닿아야만 했다. 하지만 이 일을 할 용기가 있는 여자를 찾는 것은 쉽지 않아 보였다. 게다가 아들들의 혼기는 이미 지나 있었다. 이러한 이유로 큰 고민에 싸인 푸주한은 아들들이 결혼하는 것을 보며 아버지로서 행복감을 느끼고 싶다는 생각을 했고, 나필레 부인이라는 중매쟁이를 찾아가 자신의 고민을 털어놓았다.

나필레 부인은, 아들들과 함께 이십 년 넘게 홀아비로 사는 어려움에 이제는 지치고 질렸기 때문에 하소연하면서 때로는 눈물까지 글썽이는 푸주한 아이와즈의 말을 무심한 태도로 끝까지 들었다. 남자는 말을 할수록 슬퍼했고, 슬퍼할수록 이야기를 더 많이 했다. 그러다 갈수록 격해지는 감정을 말로 표현할 수 없는 지경에까지 이르렀기 때문에 어느 지점에서 멈출 수밖에 없었다. 사면초가에 처한 사람들이 남의 말을 더 귀담아듣고, 그럴듯한 제의에 더 혹한다는 것을 아는 중매쟁이는 바로 이 순간을 기다리고 있었다. 가로막기는커녕, 말을 더 하라고 부추겼다. 이 사자처럼 늠름한 남자를 그녀 앞에서 울게 만들어야 했다. 그녀는 바로 그의 고민의 정곡을 찌르는 문제에 대해 질문하고 홀아비 생활의 세세한 문제를 파고들었으며, 그의 고민을 알려고 한다는 핑계로 가련한 남자의 마음에 바늘을 찌르며 고통을 후벼 팠다. 게다가 이러한 분위기를 고조시키기 위해 눈물이 나지 않는데도 손수건을 꺼내 눈가를 닦았다. 그러자 이 모습에 남자의 섬세한 감정을 제어하고 있던 마지막 장벽도 결국 금이 갔고, 곧이어 슬픔, 걱정, 고통의 홍수가 그의 모든 영혼에 갑자기 사방으로 번졌다. 푸주한은 나이고 뭐고 생각하지 않고 울었다. 모든 위엄은 사라지고, 조금 전까지는 사자처럼 늠름했지만 지금은 고양이처럼 얌전하고 예민한 사람이 되어버렸다. 이십사 년 동안 억눌렀던 모든 눈물이 갑자기 터져나왔으니 쉽사리 그칠 것 같지 않았다. 잠시 후 그는 수줍어하며 나필레 부인의 말을 경청할 정도로 얌전하고, 부드러워졌다. 남의 위로가 필요한 것이 분명했다. 그래서 나필레 부인의 입에서 쏟아져 나온 몇 마디를 듣자마자 흥분하고 말았다. 중매쟁이는 자신이 네 자매를 알고 있다고 말했다. 푸주한은 눈물을 훔치고는 앉았던 자리에서 일어나 여자의 손을 움켜쥐었다. 심장이 쿵쿵 뛰고 있었다.

"정말이오, 나필레 부인? 정말로 그런 네 자매가 있소?"

가련한 남자의 젖은 눈에서 희망과 함께 걱정의 빛이 반짝였다. 하지만 그녀는 대답 대신 미소를 지었다. 푸주한의 얼굴을 새빨갛게 변했고, 흥분은 극에 달했다.

"사실을 말해주시오! 어떤 처자들이오? 예쁩니까? 요리는 잘한 답니까?"

"숨 좀 돌리세요. 너무 큰 기대는 갖지 마시고요. 이게 뭐 서두 른다고 될 일인가요? 제가 한번 생각해보지요. 일주일 후에 오세 요. 그때 한번 이야기를 나눠보지요, 뭐."

푸주한에게는 나필레 부인의 얼굴에 나타난 미소가 유일한 희 망일 수밖에 없었다. 그녀의 집에서 나왔을 때도 그는 여전히 그 자매들을 생각하고 있었다. 사실 나필레 부인이 이 자매들의 외모 에 대해 어떤 실마리도 주지 않았지만, 자매들의 얼굴이 추했다면 어차피 이런 제안도 하지 않았을 것이다. 하지만 푸주한은 외모에 실망하고 싶지 않았다. 그래서 그는 네 자매가 비록 예쁘고 통통 하진 않더라도 최소한 성격은 좋을 거라는 심증을 가졌다. 어차피 여자가 너무 예쁘면 남의 이목을 끌기 때문에 남편이 질투하게 되 고, 그러면 가족의 행복이 위험에 처할 수 있었다. 가장 좋은 것은 그들의 외모가 보통 수준이고 집안일과 요리를 잘하고 남편에게 웃는 얼굴과 달콤한 말로 대해주는 것이다. 이렇게 되면 남편은 아내의 모든 결점을 눈감아주고 용서해주는 용기를 보여준다. 하 지만 나필레 부인이 마음에 들어하는 것을 보니 그 자매들이 예쁘 다는 것은 확실했다. 그렇더라도 이 추측을 확신하는 것은 좋지 않을 것 같았다. 푸주한의 머릿속에서 돌아가는 이 계산들은 한 여성의 가장 강력한 치장이 미지성(未知性)이라는 것을 증명하고 있었다. 모든 남자들은, 알지만 보지 못하고 이러한 이유로 상상 할 수밖에 없는 여성들에 대해 한번 핑크빛 환상을 갖게 되면, 그녀들과 만난 후에도 현실이 아니라 계속 환상을 꿈꾸게 된다. 이 신비스런 사실을 세월이 흐르면서 경험을 통해 알게 된 나필레 부인은 그 남자의 머리가 다양한 생각들로 들끓고 있다는 것을 꿰뚫고 있었다. 아니나 다를까, 자정 무렵 누군가가 그녀의 대문을 두드렸다. 문을 연 중매쟁이는 그 늦은 시간에 푸주한 아이와즈를 보게 되었다.

"나필레 부인, 그 처녀들에 대해 조금만 말해주시오. 정말이지 너무나 궁금해 죽겠어요."

그는 중매쟁이에게서 뭐라도 듣고 싶어 안간힘을 쓰고 있었다. 중매쟁이가 바라는 것도 바로 이것이었다. 그녀는 푸주한의 궁금증을 풀어주기는커녕 더욱더 배가시키는 애매모호한 말만 몇 마디 하고는 간신히 그를 돌려보냈다. 그렇다! 현재로서는 모든 것이 잘 돌아가고 있었다.

다음 날 중매쟁이는 다락방으로 올라갔다. 정확히 삼십오 년 동안 한 번도 만지지 않았던 커다란 함을 가지고 와 거울 앞에 섰다. 이 함 안에는 유통기한이 지났기 때문에 피부에 해로운 볼터치, 파운데이션, 영양크림 그리고 립스틱이 있었다. 하지만 세월의 탓으로 거칠어진 여자의 피부는, 물론 유행과 유효기간이 지난 이 화장품에 피해를 입지는 않을 것이다. 나필레 부인은 반세기 전에 나프탈렌 속에 방치해둔 하얀 옷을 입은 후 거울 앞에서 화장을 하기 시작했다. 화장이 끝나자 머리를 땋아 뒤로 올렸다. 귀 뒤에 빨간 카네이션을 꽂는 것으로 치장을 마쳤다. 그녀의 모습은 마치 천국을 떠나온 까마귀 같았다. 하지만 그녀의 태도와 몽롱한 눈빛은 자신의 매력을 철석같이 믿고 있어 추한 외모 따위는 안중에도 없고, 남녀 할 것 없이 모두에게 과시를 하고 싶은 마음을 그대로 보여주고 있었다. 그녀는 거울 앞에서 돌면서 마지막으로 한 번 더 머리끝에서 발끝까지 점검한 후, 팔에 바구니를 끼고 마당으로 나가 가장 예쁜 꽃들로 바구니를 채웠다. 정오가 가까워질 무렵 그녀는 하미예트 부인 집으로 향했다. 물론 걸어가면서 자신이 할 말을 생각했고, 머릿속에는 수십 마리의 여우가 돌아다니고 있었다. 먼 길을 걸어 하미예트 부인의 집에 도착했을 때, 모든 계획은 완벽하게 짜여 있었다. 담장 뒤에서 들려오는, 화로에서 불꽃이 타닥거리며 타오르는 소리, 솥에서 물이 보글보글 끓고 있는 소리, 빨래를 비틀어 짜자 대야로 물이 떨어지는 소리는 하미예트 부인이 딸들과 함께 빨래에 몰두하고 있음을 이야기해주고 있었다. 나필레 부인은 지체하지 않고 담장 뒤에 있는 사람들에게 이렇게 고함을 친 후 느릿느릿 걸어갔다.

"이봐요, 하미예트! 집을 깨끗하게 청소하고 정리하시구려! 어쩌면 운명이 찾아올지도 모르니까!"

계산에 따라 느릿느릿 걸어가던 중매쟁이는 등 뒤에서 흥분한 딸들이 킥킥대는 소리, 급히 열렸다 닫히는 마당 문 그리고 골목으로 뛰쳐나오는 한 여자의 나막신 소리를 들었다.

"나필레 언니! 잠깐만, 잠깐만요! 기다려요, 따라갈 수가 없다고요! 잠깐 이리와봐요. 네? 우리 집에서 잠시 수다나 좀 떨자고요!"

하미예트가 이렇게 소리 질렀지만 중매쟁이는 뒤도 돌아보지 않고 가던 길을 계속 갔다. 그래도 발걸음을 약간 늦추는 것 같긴 했다. 드디어 하미예트 부인이 숨을 헐떡거리며 그녀를 따라잡았다.

"잠깐만요! 뭐라고 했어요? 운명이 찾아왔다고요? 제발 안으로 들어와 커피 한잔 같이 마셔요!"

하지만 나필레는 아무런 관심도 보이지 않았다. 하지만 이제는 마음속에 간직하고 있던 말을 꺼낼 차례였다. 게다가 딸들도 기뻐서 빨래할 때의 옷을 입은 채 골목으로 뛰쳐나왔고, 드디어 오랫동안 기다리던 희소식이 왔다는 생각에 흥분하고 있었다. 신부 후보라는 말을 듣자 어쩔 수 없이 상기된 막내는 기뻐서 킥킥거리지 않기 위해 입술을 깨물었지만 기분이 들떠 있었기 때문에 주먹을 쥐고 언니의 등을 장난으로 두드리고 있었다. 가운데 딸은 신방에서 일어날 일들을 떠올렸는지 손으로 입을 가리고 킥킥대며 무릎으로 다른 자매들을 툭툭 쳤다. 큰딸이 제자리에서 "남편감을 찾았어!" 하고 기뻐하며 팔짝팔짝 뛰고 있을 때, 막내는 "흐흐흐!" 하고 킥킥대며 주먹 쥔 왼손으로 오른쪽 손바닥을 치며 환호했다. 이 행복한 장면의 완성은 지금 나필레 부인이 막 하려는 말에 달려 있었다. 그녀는 한동안 입을 다물고 있다 이렇게 말했다.

"네 형제가 있다우. 그 형제들의 아버지는 아들들에게 적당한 예쁘고, 성격 좋고, 교양 있는 처녀 넷을 찾고 있지. 그런 처녀들이야 많지만, 내 머리엔 자네 딸들이 떠올랐다네. 게다가 그만 내 입에서 자네 딸들에 대한 말이 튀어나와 그 형제들의 아버지에게 운을 뗐지 뭔가. 그 어르신이 '그럼 한번 그 처녀들을 봅시다'라고 했다네. 내가 입방정이었지 뭐야. 이 일이 성사될 것 같진 않은데, 그 형제들은 아주 까다롭고 점잔 빼는 사람들이라고 하니까. 신사들이지 뭐, 신사들! 무척이나 공손하고, 세심하지. 멋쟁이라고까지 할 수 있고. 셔츠에도 풀을 먹인다더라구. 남자라면 좀 지저분한 데가 있어야 하는데 말이야."

나필레 부인은 푸주한의 네 아들의 결점들을 단숨에 쏟아놓더니 가려고 했다.

"나필레 언니, 무슨 말씀이세요? 그게 무슨 속물이예요? 잠시만! 잠시만! 이건 분명 좋은 자리예요. 조금만 더 얘기해요."

그러면서 하미예트 부인이 나필레 부인을 잡았다.

"이런 일은 서두르면 안 된다니까. 너무 기대하지 마시게. 신랑 후보들이 까다롭고 많이 잰다고 하더라구. 웬만한 여자는 마음에 들어하지 않는다는 얘기지. 화덕에 음식을 올려놓지 않았다면 자네가 끓여주는 커피를 마실 텐데 말이야. 냄비가 눌어붙으면 안 되지 않겠어? 어차피 지나가다 한번 그냥 들른 걸세."

나필레 부인은 그렇게 말하고는 다시 걷다 잠시 멈추고는 뒤돌아서서 말했다.

"하지만 궁금하면 모레쯤 우리 집에 한번 들르게. 오 분 정도 얘기하지 뭐. 물론 원한다면 말일세."

멀어져가는 중매쟁이의 뒷모습을 바라보면서 하미예트 부인은 궁금증과 근심으로 안달이 났다. 나필레 부인이 아름다운 것이라면 질투와 부러움의 대상으로 보기 때문인지, 그녀가 언급했던 신랑 후보들이 자신의 아름다운 딸들을 마음에 들어하지 않을 거라고 말했던 것이다. 게다가 그녀는 진한 화장과 요란한 치장에 장신구도 주렁주렁 달고 있었다. 누군가를 마음속에 두고 있는 것일까? 그녀의 속내를 알기는 어려웠지만, 무슨 꿍꿍이가 있는 것이 분명했다. 하미예트 부인은 밤새 눈 하나 깜박이지 않고 곰곰이 생각했다. 고심에 고심을 거듭했지만 아침이 되었을 때 그녀를 불편하게 하는 물음들은 줄어들지 않고 오히려 더 늘어나 있었다. 있는 대로 몸이 달아오른 하미예트 부인은 더이상 참지 못하고 나필레 부인의 집에 가기로 결정했다. 중매쟁이가 신랑감 후보들과의 유일한 연결 끈이었기 때문이다.

정오 무렵 나필레 부인의 집에 도착한 하미예트 부인이 몇 번이나 두드렸지만 문은 열리지 않았다. 집에 아무도 없는 것 같았다. 절망에 빠져 울먹이던 하미예트 부인이 막 돌아서려는 순간, 창문이 열리더니 나필레 부인이 아래를 내려다보며 소리쳤다.

"하미예트! 나 집에 있어, 들어와요!"

문을 두드렸을 때 그녀는 화장실에 있었거나 아니면 그렇게 생각하게끔 하려고 했던 것 같았다. 하지만 나쁜 의도를 가진 사람은, 그녀가 창문 앞에서 아침부터 하미예트를 기다리고 있었음에도 기다렸던 사람이 문을 두드렸을 때 그녀에게 절망감을 주기 위해 고의로 문을 열어주지 않았다고 생각할 수도 있다. 실상 중매쟁이라는 직업의 성공은, 이야기를 꺼낼 적당한 때를 찾는 데 달려 있었다. 손님을 집 안으로 맞아들였을 때 중매쟁이는 하미예트 부인 주변에 널린 다리미대, 풀 그릇, 옷들을 보게 함으로써 집주인이 아침부터 일을 하고 있었으며, 내일 방문할 거라고 생각했던 손님을 이 분주한 때에 맞아들일 수밖에 없는 상황을 분명하게 알려주었다. 하미예트 부인은 나필레 부인이 신랑 후보들에 대해 정보를 주지 않았기 때문에 궁금해서 미칠 지경이었고, 알 수 없는 이상한 것들 때문에 근심에 싸여 있었다. 문 앞에서 기다리고 있을 때에는 절망감에 싸여 있다, 지금은 잔뜩 상기된 표정의 하미예트 부인은 기세가 꺾여 어찌할 바를 몰랐다. 그녀는 다리미질을 하고 옷을 개며 분주하게 일하고 있는 나필레 부인에게 신랑 후보들에 대해 자세한 질문을 할 낯이 없었다. 게다가 일을 하면서 손님의 말을 듣던 중매쟁이가 그 순간에는 다리미질에 열중한 듯, 하미예트 부인의 질문에 한참 후에나 모호하게 대답하는 것이었다. 그녀에게는 옷을 반듯하게 개어 정리하는 것이 가련한 여자의 궁금증을 해소시키는 것보다 더 중요해 보였다. 그렇다고 그녀가 아무 말도 하지 않은 것은 아니었다. 하미예트 부인은 그녀에게서 네 명의 신랑 후보들이 에지네에 있는 가장 부유한 푸주한의 아들들이라는 것을 알게 되었다. 수년 전에 세상을 떠난 그 총각들의 어머니는 살아 있을 때 아주 깔끔한 여자로 알려져 있었다. 죽음의 문턱에서도 눈물을 흘리는 남편과 아들들에게 코란을 가져오라고 해서, 그 성서에 손을 얹고 자신의 유언에 대해 맹세를 하게 했다고 한다. 이 유언에 따르면 아들들의 일은 쉬웠다. 그저 매일 목욕탕에 가서 때를 밀고 씻고, 하루에 한 번 양말을 바꿔 신고, 매주 목요일에 손톱 발톱을 깎고, 청결 문제에 대해 아버지의 말을 잘 들어야 한다는 것이었다. 하지만 아버지의 일은 매우 어려운 것이었다. 아버지는 아들들을 깔끔하고 점잖고 교양 있는 신사로 키워야 했던 것이다. 이제 아이들에게 아버지 노릇뿐 아니라 어머니 노릇도 해야 했고, 이를 위해 필요한 모든 집안일의 세세한 부분까지 배워야 했다. 실은 그의 아내가 그에게 남긴 유일한 말은 가족이 영적으로나 육체적으로 깨끗해야 한다는 것이었다. 물론 이 요구는 다섯 명의 남자에게 있어 무척이나 어려운 일이었다. 하지만 여자는 죽기 전에 모든 방법을 강구해놓은 것 같았다. 유서의 한 조항에 의하면, 마을 사진관에서 그녀의 사진 다섯 장을 커다란 크기로 확대해서 그 밑에 '어머니가 널 보고 있다'는 말을 넣고 틀에 끼운 뒤, 집 안의 모든 방에, 특히나 잘못을 가장 많이 저지르는 죄의 장소인 화장실에 걸어야 했다. 무엇보다 그 가련한 여자는 요리, 설거지, 빨래 그리고 청소 같은 일을 어떻게 해야 하는지 세세하게 설명해놓은 공책에 서명을 하라고 했으며, 코란 다음으로 그 명령을 어기지 않아야 하는 두번째 책이 바로 이것이라고 말했다. 아내가 숨을 거두자마자 슬픔에 휩싸인 아버지는 고인의 영혼을 편하게 하기 위해 즉시 이 공책을 펼치고는 모든 지침들을 그대로 실천에 옮기기 시작했다. 고인의 유언에 얼마나 충실했던지, 아이들에게 아버지 노릇보다는 어머니 노릇을 했다고도 볼 수 있었다. 그는 아들들을 정성 들여 키웠으며, 자신의 힘과 지식이 모자라면 가정교사, 선생 그리고 교양교육 전문가를 고용해 아이들을 청결하고 꼼꼼하고 교양 있는 사람으로 키우려고 노력했다. 하지만 이 문제에 약간 도가 지나치게 신경을 썼던 것인지 결국 그들은 모두 나태하고 허약하고 지저분한 남자로 성장하고 말았다. 유언에 따라 도가 지나칠 정도로 청결을 중시한 아들들은 몇 시간 동안 목욕탕에서 나오지 않았고, 하루에 각자 비누 한 장을 다 써버리고, 속옷조차 다림질하고 팬티는 하루에 두 번 바꿔 입었다. 게다가 집 안은 그야말로 청결 그 자체였다. 그럼에도 불구하고 각 방에 놓인 금박 사진틀 속 어머니의 커다란 사진은 여전히 그들을 질책하듯 바라보고 있었는데, 얼룩이나 먼지를 닦지 않은 장식품들이 그녀의 눈에 띄었던 것 같다. 가장 중요한 것은, 그녀의 유언장에 쓴 한 조항을 여전히 실행하지 못했다는 것이다. 그것은 푸주한이 가정을 잘 꾸려나갈 여자와 결혼해야 한다는 조항이었다. 아내는 홀아비가 될 남편이 어떤 여자와 결혼해야 하는지 외모와 성격도 명확히 밝히고 있었다. 신부가 될 여자는 몸매가 통통해야 하고, 교양과 예의를 지키고, 집안일을 잘 아는 사람이어야 했다. 하지만 가장 중요한 조건은, 그녀가 엄마로서의 미덕을 아는, 그러니까 자식을 키워본 여자여야 한다는 것이었다. 딸을 키워본 여자가 일순위였다. 몇 년 동안 이러한 요건에 맞는 여자를 찾지 못해 고인의 바람을 이루어주지 못했기 때문에 푸주한은 속이 썩어 문드러졌다. 나필레 부인은 푸주한에 대해 정보를 주면서 하미예트 부인에게 이렇게 말하는 것도 잊지 않았다.

"사실 그 총각들의 아버지는 바로 나 같은 사람을 찾고 있는 거지."

부끄러움을 모르는 여자는 이렇게 말한 후 머리를 매만졌다. 다림질을 잠시 멈추고 입가에 미소를 머금으며 먼 허공을 바라보는 것으로 보아 핑크빛 상상에 빠진 것 같았다. 그러고는 손님에게 의미심장한 미소를 지으며 "누가 알아, 자네 딸들의 시어머니가 될지" 하고 말하자 하미예트 부인은 아연실색하고 말았다. 나필레 부인이 현란하게 몸치장을 한 이유가 무엇인지 이제야 알게 되었던 것이다.

저녁때 중매쟁이는 곧장 에지네의 호이라트라르 마을로 가 푸주한 아이와즈를 만나 희소식을 전했다. 신부 측에서 신랑 후보들이 다음 주 성스런 금요일에 방문해주었으면 한다는 것이었다. 사실 이 날짜는 나필레 부인이 정한 것이었다. 왜냐하면 아들들과 그 아버지를 준비시키기 위해 약간 긴 시간이 필요했던 것이다. 아버지는 안도의 숨을 몰아쉬었다. 몇 년 만에 처음으로 그의 얼굴에 화색이 돌았다. 아들들도 아주 기뻐했다. 너무나 들뜬 나머지 입이 귀에 걸리고, 눈이 반짝반짝 빛나던 아들 중 누군가는 오일 레슬링에서 일등을 한 사람처럼 손을 머리 위로 깍지 끼고 승리의 함성을 질렀고, 기쁨에 넘친 다른 누군가는 딱딱 소리 내어 손가락을 튕기면서 에지네 민속춤을 추었고, 누군가는 너무나 기쁜 나머지 흐르는 눈물을 훔치고 있었고, 축제 분위기에 휩싸인 넷째 아들은 손가락 두 개를 입으로 가져가 휘파람을 불어 그 소리가 온 집 안에 울렸다. 그들이 이렇게 행복에 겨워하고 있을 때, 중매쟁이가 희소식을 하나 더 전해주었다. 자식들이 결혼하는 것을 보고 싶어 애원하며 기도했던 결과를 보게 된 푸주한이 너무 감격한 나머지 눈물을 흘리자, 나필레는 눈물을 그치라면서 그에게 신붓감들의 어머니에 대해 언급하기 시작했다. 그녀는 신부 후보들의 어머니인 하미예트 부인도 모든 생애, 마음, 사랑, 영혼 그리고 몸을 헌신할 남편을 찾고 있다고 설명했다. 중매쟁이에 의하면 그녀의 유일한 행복은 장차 남편 될 사람이 저녁에 집으로 돌아오면 그의 발을 씻겨주고, 깨끗한 속옷과 파자마를 입히고, 만약 행운의 여신이 미소를 지어준다면 아이 하나를 낳는 것이었다. 그 여자는 아이를 갖고 싶은 열망으로 활활 타오르고 있다고, 한 손에는 피를 묻히고 다른 손에는 칼을 쥔 진짜 사나이의 아기를 아홉 달 동안 배 안에 지니고 싶어한다고 했다. 게다가 일단 결혼식을 올리면 그녀는 남편에게 절대 복종할 것이며, 그의 말을 군소리 없이 들을 것이며, 남편이 울면 그녀도 울 것이고, 남편이 웃으면 그녀도 웃을 거라고 했다. 이 모든 것보다 더 중요한 것은, 남편 될 사람의 장점, 결점을 있는 그대로 받아들일 것이며, 남편이 잘못을 했을 경우에도 바가지를 긁지 않을 것이라는 점이었다. 중매쟁이는 하미예트 부인이 바로 이런 핑크빛 환상에 빠져 있기 때문에 그녀가 결혼하기 전에 딸들을 결혼시킬 상황이 아니라고 덧붙였다. 그래서 푸주한의 아들들과 자신의 딸들이 약혼을 하고 결혼을 하는 것은, 자신이 결혼한 이후에나 가능하다는 것이었다. 일이 이렇다 보니, 중매쟁이의 표현에 의하면 주위에서 헌신적인 아버지로 소문난 아이와즈의 평온한 가정을 꾸려 마땅한 네 아들의 결혼식은 지체될 것이었다. 하미예트 부인은 과부이기는 하지만 무척 매력적이며 통통하고 아름다운 미녀였다. 간단히 말하면 사원은 무너졌지만 미흐라브*는 건재했으며, 이곳에서 신에게 감사와 찬양을 드리고 자신의 행복에 감사하며 자신처럼 다른 사람들도 행복하기를 기원하는 남자가 절을 올려야만 했다. 나필레 부

---

* 이슬람 사원의 사방 벽 중에서 메카 방향으로 만들어진 벽감.

인이 이 중요한 말을 하고 있을 때, 아이와즈의 눈에서는 행복과 근심의 빛이 켜졌다 꺼지기를 반복했고, 그는 귀를 쫑긋 세워 그녀의 말을 듣고 있었다. 만약 그들이 이렇게 속삭이며 얘기하는 모습을 누가 봤다면, 그녀가 점쟁이이며 남자의 미래를 줄줄이 풀어놓고 있다고 생각했을 것이다. 하지만 아들들은 평범하고 경박했기 때문에 점쟁이를 필요로 하지 않고 미래를 핑크빛으로 보았던지, 조금 전의 들뜬 행동을 계속하면서 주위를 어수선하게 했다. 집에서 가장 위험한 여섯번째 방에 있던 거대한 괴물은 이 난장판으로 인해 심기가 상한 것 같았다. 왜냐하면 아들들이 기쁨에 휩싸인 나머지, 하수구에서 도망쳐 집의 오물 구덩이로 왔고, 되돌려보내거나 독약으로 죽인다는 것이 거의 불가능해 늙어 죽기를 바라고 있던 이 괴물 쥐에게 먹이 주는 것을 잊었기 때문에 배가 고픈 동물은 있는 대로 신경이 날카로워져 있었던 것이다.

그날 밤 아들들은 들뜬 나머지 별로 잠을 자지 못했다. 맞선 준비금으로 아버지에게서 일인당 금화 세 냥을 받은 나필레 부인과 아침 일찍 에지네 시장에 나가 단장을 할 예정이었기 때문이다. 셋째 아들 니자메틴은 꿈이 미래를 보여준다고 믿었는데, 잠에 곯아떨어졌을 때 자신이 에지네 시장 한가운데에 있는 것을 보았다. 시장에 있는 양복점, 보석상, 이발소, 포목점을 일일이 다 돌아다니면서 말쑥하게 단장을 하는 중이었다. 그는 하얀색 줄무늬가 있는 군청색 양복을 입고 있었다. 셔츠의 단추를 배까지 풀어놓아 양 칼라의 끝이 거의 어깨 끝에 닿을 정도였고, 목에는 부적 목걸이 외에, 코란 문구가 있는 펜던트를 단 반짝이는 금사슬을 걸고 있었다. 물론 폼을 잡아야 했기 때문에 재킷의 앞 단추도 열어놓고 있었다. 보는 사람의 눈을 부시게 할 정도로 반짝거리는 금속성의 주먹 크기만 한 버클도 볼 수 있었고, 이는 그 화려하고 뽐내는 소품들 사이에서 마치 해처럼 떠올랐다. 그것만으로는 모자랐는지 그는 재킷의 가슴 주머니에 붉은색 인조 실크 손수건을 꽂아놓았고, 새하얀 양말에 코가 뾰족하고 약간 굽이 있는 번쩍번쩍한 신발을 신고 있었다. 시계를 넣는 조끼 주머니에는 은체인이 늘어져 있었고, 왼쪽 손목에는 금팔찌, 오른손 새끼손가락에는 호두만 한 인장을 새긴 반지를 낀 것이 눈에 확 띄었다. 이 모습은 그야말로 폼 자체였고, 거들먹거리면서 시장 바닥을 돌아보는 이로 하여금 눈이 부시게 했다. 사람들도 뽐내며 걷는 이 젊은이의 화려한 모습을 그냥 보고만 있지 않고, 때때로 그의 길을 막고는 등을 쓸어주면서 칭찬했다. 이렇게 폼을 잡고 거들먹거리며 커다란 시장을 천천히 걸어 한 바퀴를 다 돌고 분수 앞에 도착한 순간, 그는 갑자기 자신의 평생 배필을 눈앞에서 보게 되었다. 하지만 그 미녀의 손을 잡으려는 순간, 자신의 이름이 페리드이며 직업은 신경정신과 의원이라고 말하는 둥근 턱수염에, 화가 나 코로 숨을 씩씩 내뿜는 한 안경 쓴 노인이 군중들 사이에서 튀어나왔다. 니자메틴을 어떤 잘못을 저지른 에딥이라는 이름의 남자와 혼동한 노인은 호통을 치면서, 말하는 중간 중간 신고 있던 슬리퍼로 그의 목덜미를 후려쳤다. 포악한 노인이 슬리퍼로 때리는 것을 견디지 못해 바닥에 엎드린 니자메틴은 고통 속에서 자비를 구하다 꿈에서 깨어났다. 열어놓은 창문을 통해 들어오는 차가운 바람이 머릿속의 수면 관할부에 긍정적인 영향을 미치지 않아, 그 꿈은 안타깝게도 미래와 관련된 일련의 사실들을 맞추지 못했다. 왜냐하면 다음 날 아침 니자메틴과 형제들이 나필레 부인 인솔하에 시장에 가 에지네에서 유명한 백작 양복점에 갔을 때, 흰 줄이 있는 군청색 양복을 입는 것이 물거품이 되었기 때문이다. 중매쟁이는 신문에서 오려 네 번 접은 사진을 주머니에서 꺼내 재단사에게 보여주었다. 신문기자가 영국까지 가서 찍은 이 사진 속 주인공은 어느 귀족 청년이었다. 손에는 엽총을 들고 개와 함께 저택 앞에서 포즈를 취하고 있는 모습이었다. 나필레 부인은 재단사에게 이 귀족 청년이 입은 사냥 재킷, 프릴 달린 셔츠, 무릎까지 내려오는 바지를 네 아들의 치수에 맞게 네 벌을 맞춰달라고 주문했다. 옷은 신부 후보들 집에 맞선을 보러 가는 날 입을 것으로 가장 중요한 것이었다. 귀족 청년이 쓴 모자와 비슷하지만 더 싼 것은 잡화상에서도 살 수 있을 것이다. 하지만 나필레 부인은 그 청년이 입은 바둑판무늬 양말을 하루 뒤 대도시에 가서야 살 수 있었다. 사실 아들들은 이 의상을 입기가 부끄럽고 어색했지만, 중매쟁이가 먼 곳에서 주문했던 상자를 열어 보여주었을 때 눈이 휘둥그레지고 말았다. 상자에 초침까지 달린 네 개의 손목시계가 들어 있었던 것이다. 다음 날에는 다이아몬드 대신 유리 조각이 박혀 반짝이는 네 개의 넥타이핀이 도착했다. 맞선을 보러 가기 하루 전날, 그러니까 목요일 오후 백작 양복점의 조수가, 재단사가 신문에 나온 사진을 보고 또 보며 만든 옷을 가지고 오자, 아들들의 모든 준비는 이렇게 해서 끝난 것처럼 보였다. 하지만 중매쟁이는 가장 중요한 단계를 마지막으로 미뤄놓고 있었다. 날씨가 갑자기 나빠져 천둥이 치고 유리창이 삐걱거리고, 순간적으로 번개가 쳐 사람의 얼굴을 무섭게 밝혔던 그날 밤, 누군가가 대문을 두드리자 푸주한은 아래층으로 내려갔다. 그는 문을 열었을 때, 그 어둠 속에서 겨우 알아볼 수 있었던 그 괴물이 곰 혹은 이와 비슷한 무엇일 것이라고 생각하고 있었는데 그 순간 번개가 쳐, 거대한 남자의 콧구멍과 귀에서 삐져나온 털, 번개의 빛이 여진히 흔들거리고 있던 검은 눈동자, 넓고 긴 턱, 자신보다 한 뼘 정도 높은 곳에 있는 이마, 귀까지 뻗쳐 있는 팔자수염을 보고는 질겁하고 말았다. 이 사람은 나필레 부인이 데르사데트 마을에 전보를 쳐 에지네로 부른 유명한 목욕탕 때밀이 야흐야였다. 그는 아이와즈 집에서 밤을 보내고, 아침이 되었을 때 아들들의 때를 충분히 밀어 깨끗하게 만들 것이다. 남자는 정말로 깜짝 놀랄 만하고 소름 끼치는 외모의 소유자였다. 제일 먼저 눈에 띈 것은 허리, 팔목, 다리 그리고 목의 두께였다. 목덜미가 두껍고 배가 나온 때밀이의 짧은 머리는 눈썹과 두 손가락 위에서 시작되어, 머리 전체에서 거의 가시처럼 솟구쳐 있었다. 무슨 이유에서인지 운명은 그를 덩치 크고 몸에 털도 무성하게 창조했던 것이다. 열 살 먹은 아이의 머리통만 한 턱은 힘, 사과만 한 뇌를 보호하는 작은 두개골과 좁은 이마는 단호함의 상징 같았다. 이만한 크기의 머리에 생각이나 걱정이 별로 있을 수 없었고, 어차피 먼 길을 오느라 지쳐 그는 자신을 위해 준비한 침대에 눕자마자 곯아떨어져 코를 골기 시작했다. 그는 아주 깊이 잠들었으며 폐와 후두가 무척이나 강하게 보였기 때문에, 그가 코를 골았을 때 목젖이 입천장에서 거의 떨어질 듯한 기세였고, 그 소음 때문에 창이 진동했고, 선반에 있는 식기들은 흔들리며 달그락거렸다. 다음 날 아침, 그가 허리에 천을 두르고 나막신을 신은 채 마당에 나타나자, 지난밤 어둠 때문에 잘 감지하지 못했던 위풍당당한 풍채가 적나라하게 드러났다. 때밀이 야흐야는 마당 한 곳에 장작들을 쌓은 후 불을 피웠다. 풀무 같은 폐를 가진 그가 한두 번 입으로 불자 장작더미는 단박에 지옥으로 변했다. 그러고는 삼발이 위에 솥을 올려놓고 그 안에 물을 채웠다. 한 솥 가득한 물이 얼마 지나지 않아 팔팔 끓기 시작하자, 그는 목욕용 의자를 가지고 와 손짓으로 두 아들을 불렀다. 남자가 씩씩거리며 코로 숨을 쉬는 것으로 보아 자신의 일을 진지하게 여기는 것이 확실했다. 허리에 천만 두른 큰아들이 희생양처럼 다가와 의자에 앉았을 때, 때밀이가 솥에서 지옥처럼 팔팔 끓고 있는 물을 한 바가지 퍼 신랑 후보의 머리 위에서 끼얹어 아들의 때를 불렸다. 세 달 전에 마지막으로 목욕탕에 갔던 큰아들은 이렇게 해서 야흐야에 의해 세례를 받은 셈이 되었다. 곧이어 머리 위에서 몇 바가지 들이부은 뜨거운 물로 불린 몸이 고통으로 몸부림치는 것으로 보아, 최소한 영혼은 평온한 것 같았다. 정말로 영혼과 몸이 평온함과 열기로 희열을 느꼈던지 아들의 눈에서는 눈물이 맺혔고, 금방이라도 울 것처럼 얼굴을 찡그렸다. 하지만 마음 아파할 필요는 없었다. 왜냐하면 뜨거운 물이 때를 완전히 불렸기 때문이었다. 때밀이 야흐야는 비누 거품을 내더니 큰아들의 머리끝에서 발끝까지 비누칠을 했다. 그다음에 오른손에 때 타월을 끼고 왼손으로

는 신랑 후보의 목덜미를 잡고, 꼬리뼈에서 목 쪽으로 몇 번이고
왔다 갔다 하면서 때를 밀기 시작했다. 몇 날, 몇 주, 몇 달 묵은
때가 아들의 등에서 말려 뚝뚝 떨어졌다. 이렇게 정확히 다섯 번
온몸에 비누칠을 하고, 머리끝부터 발끝까지 세 번 때를 밀었다.
드디어 큰아들은 물통의 물을 다 쓰고 때와 더러움에서 정화된 몸
을 깨끗이 말렸다. 이사이 아들이 공포로 완전히 긴장한 것을 알
아챈 때밀이는 그의 긴장을 풀어줄 심신이었던 것 같다. 그는 의
자 위에 앉아 있는 가련한 아들에게 얼굴을 무릎에 붙이고 기다리
라고 했다. 그는 이 상태로 의자에 쪼그리고 앉아 있던 아들의 목
덜미에 타고앉았더니 그의 팔목을 잡아 자신 쪽으로 당겼다. 아들의
팔꿈치가 견갑골에 닿는 순간 어깨에서 우두둑 우두둑 소리가 났
다. 이게 끝이 아니었다. 그는 손님의 오른쪽 다리를 머리 위로 올
려 오금을 목덜미에 닿게 했다. 이런 과정을 다른 다리에도 똑같
이 적용하여 엉덩이 관절들에서 우두둑 소리가 나게 했다. 다른
관절의 차례가 오자 큰아들을 일으켜 세우고는 그의 뒤로 가 마치
그의 목을 조르기라도 할 것처럼 왼팔로 목을 둘렀다. 그다음에
자신의 오른쪽 팔꿈치로 가련한 아들의 관자놀이를 치자 목 관절
에서 우두둑 소리가 들려왔다. 야흐야는 목욕의 예술을 아주 잘
알고 있었다. 그는 저녁때 맞선을 보러 가는 신랑 후보를 개운하
게 해주고 싶었다. 그는 아들의 등 뒤로 가더니 마치 적에게 치명
타를 가하고 싶은 장수처럼, 그의 허리를 거머잡고 한두 번 올렸
다 내렸다 한 후 어깨에서 우두둑 소리가 나게 했다. 바로 그 순간
아들의 고함 소리가 하늘로 울려 퍼졌다. 손님이 고함을 지르자,

자신의 직업에 아주 충실한 때밀이도 도취해 소리를 질렀다. 드디어 신랑 후보는 기운이 쏙 빠지고 지친 모습으로 신음하며 집 안으로 들어갔고, 의자를 동생에게 양도했다. 하지만 집 안에서 팬티와 양모 내복을 입다 맞선 준비가 아직 끝나지 않았다는 것을 알게 되었다. 나필레 부인이 아들들의 면도와 이발을 위해 마을 이발사를 집으로 부른 것이다. 이발사는 목욕이 끝난 뒤에도 여전히 신음하고 있는 큰아들을 의자에 앉히고 목에 천을 두른 후 면도칼을 갈기 시작했다. 그러면서 한편으로는 손님을 곁눈질해 보고 있었다. 이발사는 큰아들의 얼굴에 거품을 바르고 말끔히 면도를 한 후 머리카락을 깎고 정리했다. 그리고 철사 끝에 알코올을 묻힌 솜을 묶은 후 귀에 난 털을 태웠다. 뺨에 난 솜털을 비단실로 제거하고, 얼굴에 난 여드름들을 짜기 시작했다. 이 모든 일을 마치고 분첩으로 얼굴을 두드리고, 머리카락에 머릿기름을 발라 빗으로 옆 가르마를 탄 후, 당시의 유행에 따라, 관자놀이에서 뒤로 빗어 넘겨 뒤통수를 멋지게 동그란 모양으로 만들었다. 하지만 이것으로 끝난 게 아니었다. 노련한 이발사는 빗을 손님의 머리에, 가르마와 나란하게 정중앙에 놓고는 기다렸다. 그러다 빗을 이마 쪽으로 손가락 두 개 너비 정도로 움직이자, 뒤로 빗어 넘긴 신랑 후보의 머리는 위에서 보면 V자 형태의 멋진 모양이 되었다. 이발사의 솜씨가 얼마나 대단한지는, 거울로 머리카락의 초자연적인 모습을 바라보던 젊은이의 얼굴에 떠오른 미소로 알 수 있었다. 조금 전 때밀이가 자신을 목욕시킬 때 겪은 그 많은 고통과 괴로움이 사라지고 이제는 후련함과 신성한 평온함이 온몸에 번졌다.

큰아들은 의자에서 일어나 그 자리를 방금 막 때를 밀고 신음하며 들어온 동생에게 넘겨주었다. 그러고는 백작 양복점에서 맞춘 옷 앞으로 갔다. 나필레 부인이 말했던 것처럼 먼저 셔츠를 입고, 그 다음에 긴 양말을 신기 시작했다. 양말이 흘러내리지 않도록 무릎에 고무줄을 걸친 후 골프 바지를 입었다. 프릴이 달린 셔츠 깃 안에, 중매쟁이가 전에 준비해놓았던 넥타이를 맸다. 두 가지 색의 신발을 신고 재킷을 입은 후 폼 나는 손목시계와 휘황찬란한 넥타이핀을 달고는, 손에 모자를 들고 거울 앞에 서서 위 아래로 훑어보려고 했다. 하지만 동생을 면도하던 이발사가 계속 움직이며 위치를 바꾸었기 때문에 도무지 거울에 모습을 비춰볼 수가 없었다. 그래서 신랑 후보는 마당으로 나갔다. 그곳에 위층 창문에서 버리는 개숫물과 화장실에서 가끔 넘치는 하수가 모여 생긴 작은 물웅덩이가 있었기 때문이다. 아들은 신발에 진흙이 묻지 않도록 이 작은 물웅덩이 바로 옆에 있는 돌을 밟고 잠잠한 수면에 비친 자신의 모습을 맘껏 바라보기 시작했다. 다림질한 골프 바지, 멋진 재킷, 반짝이는 넥타이핀, 셔츠의 프릴 그리고 깔끔하게 잘 다듬어진 머리 모양을 한 잘생긴 젊은이가 바로 앞에 있었다. 그는 자신의 얼굴을 더 잘 보기 위해 돌 위에서 물 쪽으로 몸을 숙인 순간, 그 어떤 아가씨도 자신의 매력을 거부할 수 없을 거라는 믿음이 생겼다. 반짝이도록 혀로 입술을 핥고, 물에 비친 자신의 모습을 보기 위해 한 번 더 몸을 숙였다. 물에 비친 그 모습도 유리의 법칙을 거부할 수 없었는지, 선망하는 마음으로 젊은이에게 다가 갔다. 자신의 반영체에 느끼는 선망이 물리적 법칙이 감당할 수

있는 것보다 더 컸기 때문에 그는 조금 더 몸을 숙이다 그만 구정
물 속으로 빠지고 말았다. 그 오물 냄새가 뼛속까지 파고들었을
때, 그는 그 멋들어진 모습이 사라진 상태에서 넋이 나간 채 좌우
를 둘러보았다. 모든 것이 한순간에 원점으로 돌아갔기 때문에,
이제 다시 처음부터 다시 시작해야 할 상황이었다. 지금까지 들인
공이 물거품이 되어버린 것을 본 때밀이는 화가 머리끝까지 올라
"이 빌어먹을 놈 같으니라고!" 하고 포효하며, 나막신을 벗어 젊
은이에게 던졌다.

관습과 풍습이 개인을 통제하고, 부유하지도 않은 보수적인 마
을에서 생활한다는 것이 사람에게 부여하는 가장 커다란 축복은,
의심할 바 없이, 심오한 내면세계와 숭고한 감정 같은 제약에서
자유롭다는 것이다. 진정 마을 사람들은 혼자 산속에서 사는 양치
기나 저택에서 은둔하는 귀족 자제와는 달리, 세상과 사람들에 관
한 모든 판단을 미리 내리고, 이러한 것을 전통으로 삼고 있는 어
떤 공동체 속에서 살고 있었다. 이 판단은 확실하고, 확고하고, 견
고하기 때문에 이를 어기는 것은 물론이고, 받아들이지 않거나 자
기 나름대로 이것 대신에 새로운 원칙을 적용하는 것 같은 불필요
하고 위험한 모험에 뛰어드는 것 역시 불가능했다. 이로써 마을
공동체의 일원들 대부분은 양심이라는 골칫거리에서 벗어나는 셈
이었다. 왜냐하면 어차피 관습과 풍습이 정도를 제시하고 있기 때
문에, 그 정도를 찾기 위해 골머리를 앓을 필요는 없었다. 이렇듯
양심이라는 것이 필요 없기 때문에 이번에는 양심이 동반하는 고
통을 잃게 되는 결과를 가져왔다. 내면세계가 있는 사람만이 느끼

는 양심의 숭고한 고통을 시골 마을의 생활에서는 별로 맛보지 못하기 때문에, 사람들은 공동체에 의해 지탄받고 벌을 받는 것을 무척 두려워했다. 자아실현을 하는 가장 쉽고 영리한 방법은 다른 사람들을 위협하고 굴복시키는 것이기 때문에, 사람들의 결점을 조사해서 찾아 그들을 지탄하는 기회를 잡는 것, 위협할 수 있는 이 강력한 패를 한번 손에 쥔 후 공동체에서 제외되는 두려움을 다른 사람들로 하여금 경험하게 하는 것은 마을 생활에서 가장 기본적인 법칙이었다. 인생에서 힘을 가지는 한 방법은 사람들의 죄와 잘못에 관해 정보를 모으고 쌓는 것이다. 이를 통해 높은 직위로 올라갈 수 있는 건 아니지만, 적어도 다른 사람들을 흠집 낼 수 있으며, 나락으로 떨어뜨릴 수는 있었다. 이렇게 하는 이유는 어쩌면 다른 사람들의 은밀한 삶을 주시하며, 가십과 감시 그리고 손가락질받을까 하는 두려움을 안고 있는 사람들이 겪는 것들을 다른 사람들도 함께 경험하게 하면서, 운명을 공유하고 고민을 좀 덜어보고자 하는 바람 때문일 것이다. 귓속말을 하고 입방아를 찧는 것은 남녀 모두가 좋아했지만, 남자들보다 세부적인 것들을 잘 감지할 만큼 섬세한 여자들이 훨씬 더 잘해냈다. 정말이지 풀루하이리예, 산사르 멜라하트, 아이바시 네리만, 알르 무알라, 본죽루 라비쉬 같은 수다쟁이들은, 과거 시대에 자신들처럼 마녀들을 수색하여 체포하는 이단 심문자들을 연상시킬 정도로 마을을 헤집고 돌아다녔고, 이 사람 저 사람의 은밀한 생활을 관찰하여 마치 스파이처럼 의심 가는 사람들의 신상명세서를 작성하곤 했다. 여느 곳처럼 에지네에서도 이들의 입에 오르내리는 것은 사람에게 닥치는 최대의 재앙 중 하나였다. 더욱이 자신들이 잘못이나 수치스러운 일을 저지르지 않았다는 것을 그들의 눈앞에서 증명하기 위해 결혼식과 종교 기념일 같은 모임에 이 마녀들을 꼭 초대해야 했다. 하지만 이러한 조치도 별로 소용은 없었다. 예를 들면 에지네의 유명한 궁전 식장에서 치렀던 거창한 어느 할례식에 대한 입방아는 일 년이 지났지만 여전히 계속되었고, 귓속말은 절대 끝나지 않았다. 왜냐하면 많은 돈을 쓰고 좋은 의도로 공을 들였다 할지라도, 이웃 사람들에게 질투심을 불러일으키기 위해 벌이는 이러한 파티에서 알르 무알라, 풀루 하이리예 같은 수다쟁이들에게 도전하는 것은 정신이 똑바로 박힌 사람의 몫이 절대 아니었다.

바로 호이라트라르 마을에서 푸주한 아이와즈 집의 바로 맞은편에 살고 있는 마이문* 사니예도 바로 이 유명한 여자들 중 한 명이었다. 얼굴이 원숭이를 약간 닮았고, 꽤 살이 찐 이 여자의 성격이야말로 바로 이 동물을 닮았다고 할 수 있었다. 정말로 마이문 사니예는 사람들의 집 내부, 어떤 물건이 있고 어떤 물건이 없는지, 그들의 의도와 이를 실현시키기 위해 무엇을 준비하고 있는지, 어려운 때를 위해 돈을 얼마나 감춰두고 있는지, 누가 누구를 떠받드는지, 누가 누구에게 적의를 품고 있는지를 아주 궁금해하고, 이런 것들을 알고 싶어 하루 종일 안달했고, 밤에는 궁금증을 억누르지 못해 이불 속에서 이리저리 뒤척였다. 그녀가 살아가면

---

* '원숭이'라는 뜻.

서 맞은 가장 커다란 치명타는 수년 전 마흔 살이 되었을 때 부분적으로 백내장에 걸렸다는 것이다. 하지만 병원에서 잡일을 하는 조카의 도움으로 수술한 덕분에 비록 안경을 끼긴 했지만 사람들의 결점들을 충분히 볼 수 있게 되었다. 부드러운 새미가죽 조각으로 한 시간에 한 번씩 닦았던 안경이 깨끗할수록, 자신이 관찰하던 사람들은 그만큼 더 더러워질 수 있었다. 천성적으로 그녀의 혀는 날카로웠다. 이 년 전에 결혼했는데 여전히 아이를 못 낳는 여자, 마흔 살이 다 되도록 결혼하지 못한 남자, 선생과 가정교사를 고용했지만 계속해서 형편없는 성적표를 가져오는 아이, 며느리가 이틀에 한 번꼴로 요를 햇볕에 말리는 것으로 봐서 소변을 못 가리는 노인 등 이들은 모두 결국 그녀의 가십 거리가 되곤 했다. 한편 마이문 사니예는 푸주한 아이와즈의 집 바로 맞은편에 산다는 것이 만족스러웠다. 왜냐하면 자신의 가시거리 안에, 하루 종일 관찰할 수 있는 다섯 명의 미혼 남자가 있었던 것이다. 물론 가게에 찾아오는 손님들은 덤이었다. 특히 그녀는 오후에 쓴 커피한 잔을 끓인 후, 창문 앞에 앉아 담배를 말아 피우면서 정육점을 들락거리는 손님들을 바라보고, 그들이 산 고기의 양을 보고는 저녁때 손님을 초대하는지 혹은 재정 상태가 어떠한지 가늠해보려했다. 신께 맹세하건대, 이 다섯 명의 미혼남의 집에 그날까지 나필레 부인 외에 그 어떤 여자도 드나든 적이 없었다. 어차피 그 여자도 마이문 사니예처럼 마흔 살을 넘긴 여자였다. 하지만 그녀의 방문은 마이문 사니예의 마음속에 의구심을 불러일으켰다. 나필레 부인이 그 집으로 와 아들들을 데리고 간 후 지금까지 모든 것을 지켜봤던 마이문 사니예는 황급히 집에서 나가 그들을 따라갔다. 그리고 중매쟁이의 인솔하에 아들들이 백작 양복점에서 몸치수를 재고, 신발을 주문하고, 모자를 썼다 벗는 것을 보았다. 이 모든 준비가 혼사와 관련된 일이라는 것은 불 보듯 뻔했다. 그날 이후 그녀는 정육점 창문에서 눈을 떼지 않았다. 너무나 호기심이 많아 밤늦은 시간까지 잠을 이루지 못한 이 고통받는 영혼은 결국 지쳐서 곯아떨어졌다. 이렇게 되자 이번에는 흉몽을 꿔 때때로 깜짝 놀라 벌떡 일어나곤 했다. 게다가 늦은 밤 시간에 대도시에서 온 때밀이를 보자 궁금증은 두 배로 증가했다. 이제 그녀에게 잠이라는 것은 죄악이나 다름없었다. 금요일 아침 마당에서 피어오르는 연기를 보고는 깜짝 놀랐고, 참지 못해 안달이 났다. 그녀는 갑자기 마당으로 내려가 사다리를 지붕에 댔다. 사력을 다해 그 나이에 사다리를 올라타고 지붕에 올라가보니 푸주한 집 마당이 훤히 내려다보였다. 조금 전 연기를 피워 올린 장작불 위에서는 솥이 끓고 있었고, 허리에 천을 두른 반라의 아들들이 목욕 의자에 앉아 때를 밀 순서를 기다리고 있었다. 그렇다, 이것이 혼사와 관련 있다는 것은 이제 두말할 필요도 없었다. 그러니까 저들은 오늘 밤 맞선을 보러 갈 예정인 것이다. 이렇게 해서 비밀의 커튼을 들춰본 마이문 사니예는 때밀이가 혼내며 때리며 때를 벗겨주는 네 형제를 몇 시간이고 바라본 후 지붕에서 내려와 곧장 아이와즈의 정육점으로 갔다. 그녀의 계획은 단순했다. 그녀는 마치 무슨 재앙의 소식이라도 전하려는 듯 황급히 가게 문 안으로 얼굴을 내밀고는 이렇게 소리 질렀다.

"아이와즈 씨! 마당에서 연기가 나요! 불이 났나요?"

"아니오, 불난 거 아닙니다. 물을 끓이고 있습니다."

그러자 그녀는 조금 진정이 된 듯 다시 물었다.

"빨래는 이틀 전에 하지 않았나요?"

"아들놈들이 목욕하고 있습니다."

그녀는 의심에 가득 차 물었다.

"네 명이 한꺼번에요?"

푸주한은 실토할 수밖에 없는 상황에 이르렀다.

"네, 오늘 밤 맞선을 보러 간답니다."

그녀의 계획이 한 걸음 한 걸음 척척 실행되고 있었다.

"어머나! 그래요? 좋은 인연이 나타나면 좋겠네요. 그런데 뉘 집 딸들을 보러 가는 거예요?"

그녀는 푸주한을 떠보았다.

"어떤 과부의 네 딸입니다."

대답을 듣자마자 그녀는 이 기회를 놓치지 않기 위해 이렇게 말했다.

"아니, 어떻게 그런 일이 있을 수 있어요? 그 집에 남자가 없는데 어떻게 당신들끼리 간단 말예요? 주위에서 말이 이만저만 나오지 않을 거예요. 아드님들이 가십 거리가 되는 처녀들과 결혼하길 바라세요? 맞선을 보러 갈 때 당신들과 함께 서너 명의 여자들도 같이 가야 한다고요."

그러자 푸주한의 머릿속은 복잡해졌다. 사실 나필레 부인이 그들과 함께 갈 테지만, 저 마녀의 말을 들어보니 그 수가 충분하지 않았던 것이다. 푸주한이 걱정하고 있다는 것을 느낀 마이문 사니예는 그 틈을 놓치지 않았다.

"이봐요, 아이와즈 씨. 저는 당신도 자제분들도 잘 알고 있습니다. 저는 당신들을 이 여자 저 여자를 쳐다보지 않는 점잖고 도덕적으로 올바른 사람들로 알고 있어요. 만약 당신도 원하신다면 저도 함께 가지요. 아시겠지만 결혼하지 않은 사람의 의견만 듣고 배우자를 맞을 수 없지요. 게다가 여자가 여자를 더 잘 본다고요. 만약 잘되면 자제분들의 행복에 저도 보탬이 되는 것 아니겠어요. 얼마 남지 않은 이 삶에서 선행을 해 천국에 가서도 당신을 위해 기도할게요."

그녀가 이렇게 간청하자 푸주한은 어물거렸다. 사람들이 주저하는 순간에 아퀴를 짓는 것이 얼마나 효과적인지 아는 여자는 그가 생각할 틈을 주지 않고 물었다.

"가서 얼른 채비할게요. 몇 시에 며느릿감들을 보러 가나요?"

어리둥절한 푸주한은 "두 시간 후에요" 하고 대답했고, 이는 사실 그녀에게 "예"라고 말한 것이나 마찬가지였다. 이제 화살은 시위를 떠난 것이나 다름없었다. 마이문 사니예는 이렇게 해서 목적을 달성했고, 그녀를 며칠 동안 몸부림치게 했던 궁금증을 잠재울 기회를 잡게 되었다. 하지만 계획된 상황이 아니었기 때문에 물론 나필레 부인은 좋아하지 않을 터였다.

감정을 자제하지 못하고 안달하던 마이문 사니예는 자신의 집으로 돌아와 한 시간 만에 채비를 끝마쳤다. 푸주한 아이와즈의 집 대문을 두드렸을 때는 선을 보러 가기까지 아직 시간이 있었다. 물론 그녀는 이 시간을 헛되이 보낼 여자가 아니었다. 집 안으로 들어가자, 아들들이 마치 영국 귀족 자제들이나 입을 법한 비범한 옷을 입고 좌우로 돌며 전신 거울 앞에서 자신들을 바라보고 있는 것을 목격했다. 하지만 그 집 사람들에게 의심을 불러일으키지 않기 위해 관심 없는 척 행동했다. 이 집의 생활상을 샅샅이 알아보는 데 어차피 정확히 한 시간이나 남아 있었기 때문이다. 그녀는 아이와즈를 따라 위층에 있는 거실로 가 피곤한 척하면서 긴 보료에 누웠다. 정말이지 그녀는 스파이 짓과 비밀 캐내기에 있어 진정 프로였다. 사람들의 은밀하고 비밀스런 삶을 캐내어 실상을 알아내는 데 기본 요건은 무엇보다도 주의를 끌지 않는 것이었다. 그것은 일견 다른 사람들에게 관심 없는 척하는 것, 호기심에 지쳐 자신의 세계에 파묻혀 있다는 인상을 주는 것만으로도 충분해 보이지만, 그보다 중요한 것은 몸을 꼼짝하지 않고 티를 내지 않는 것이었다. 정말이지 그녀는, 예를 들면 어떤 집에서 세 시간 정도 머물게 되면 겨우 십 분 정도 몸을 움직였으며, 절대 무엇인가를 뚫어지게 쳐다보지 않았고, 모든 일들을 곁눈질로 관찰했다. 평범하게 보이는 것이 스파이 짓의 비결인지라 손수건으로 안경을 닦은 후 긴 보료에서 일어나는데, 그녀의 옷자락이 그만 서랍장에 걸렸다는 것을 알아챘다. 일이 그렇게 되려고 했는지 서랍은 꽤 열려 있었고, 그 안에 들어 있던 신문에서 오려낸 몸이 드러난 여자 사진들을 보게 되었다. 서랍 손잡이에 걸린 옷이 찢어지지 않도록 그녀는 천천히, 조심스럽게 옷을 빼냈다. 문을 향해 걸어가다 이번에는 무릎을 옷장에 부딪혔다. 몇 발짝 뗀 후에야 옷장

문이 열렸다는 것을 알게 된 그녀는 뒤돌아서서 문을 닫으려고 했다. 옷장에 자신이 빠뜨린 것이 없다는 것을 확인한 후, 그 옆을 지나면서 곁눈질로 라디오를 보고는 어떤 채널에 맞추어져 있는지 확인했다. 그녀는 마치 이 집 사람인 것처럼 자연스러운 태도로 아래층으로 내려갔다. 왜냐하면 마당도 한번 둘러보고 싶었기 때문이었다. 하지만 그곳에는 손에 빗자루를 들고 물을 뿌려가며 돌 위를 청소하는 때밀이 외에는 아무도 없었다. 그 남자는 허리에 천 하나만 두르고 있을 뿐이었다. 그녀는 부끄러워하며 머리에 쓰는 스카프 끝자락으로 얼굴을 가리고 안으로 들어갔다. 아이와즈는 현관에서 이발사에게 돈을 지불하고 있었다. 그녀는 눈 끝으로 그의 지갑을 보았다. 그 안에 지폐 일곱 장 그리고 어떤 여자 사진이 들어 있는 게 눈에 들어왔다. 아카시아 사진관에서 찍어 수정한 이 사진의 장본인이 에지네 회관에서 알게 된 하미예트라는 이름의 과부라는 것을 알아차리는 데에는 그리 많은 시간이 걸리지 않았다. 그녀는 자신이 본 것을 나중에 생각하기로 하고, 비틀거리는 시늉을 하면서 그에게 부딪혀 호주머니에 있는 딸랑거리는 잔돈의 양이 얼마나 되는지 가늠해보려고 했다. 그녀는 거실 창문을 통해 나뷜레 부인이 온 것을 본 아들들이 기뻐하며 뛰어서 계단을 내려오는 것을 보고 위층에 아무도 없다는 것을 확인했다. 어차피 거실은 이미 살펴보았기 때문에, 나머지 네 방을 하나하나 다 열었을 때 그 안이 비어 있는 것을 보고 실망하고 말았다. 이제 마지막 방만 남아 있었다. 문이 삐걱거리며 열렸고, 안은 컴컴했다. 창문도 꼭꼭 닫혀 있었다. 눈이 어둠에 익숙해지자 그녀는 한

두 걸음 조심스레 내디디며 좌우를 둘러보았다. 그러면서도 현관에서 들려오는 소리에 귀를 쫑긋 세우며 주의를 게을리 하지 않았다. 큰 소리가 들리는 것으로 보아 중매쟁이가 들어온 것 같았다. 그런데 바로 그때, 잔인한 광채가 번뜩이는 두 개의 붉은 눈이 자신을 똑바로 쳐다보고 있다는 것을 알아채고는 심장이 멎을 정도로 놀라고 말았다. 비명을 지르고 싶었지만 목소리가 나오지 않았다. 두려움으로 얼어붙어버렸기 때문에 움직일 수도 없었다. 그녀는 신앙고백을 하면서 한동안 기다렸다. 그녀에게 공격적인 시선을 꽂고 있던 괴물은 그래도 목숨만은 살려주려는 것 같았다. 잠시 후 여자는 다리에 약간의 감각이 느껴지자 천천히 문 쪽으로 향했다. 그리고 간신히 밖으로 몸을 피한 후 심호흡을 했다. 바로 이 여자가 장차 에지네 괴물에 대한 소문을 낸 장본인이었다.

일주일 후 에지네는 믿을 수 없는 소식으로 들끓었다. 그렇다, 네 자매는 자신들에게 어울리는 네 형제와 결혼 준비를 하고 있었다. 하지만 무엇보다도 중요한 것은 한 이불을 덮고 함께 늙어갈 결심을 했던지 자매들의 엄마와 형제들의 아버지도 결혼할 작정을 한 것 같다는 것이었다. 마치 불확실한 것을 참지 못하고, 질서, 조화, 균형을 좇는 수학과 이성의 대가들처럼 마을 사람들도 이 경사스런 일의 기막힌 대칭으로 넋이 나가고 말았다. 운명이 원한다면 실현될 이 결혼은 마치 나필레 부인이 아니라 어떤 학자 아니 기하학자가 자와 컴퍼스를 가지고 계산한 것 같았다. 큰아들은 큰딸과, 둘째 셋째 아들은 둘째 셋째 딸과, 막내는 막내와, 아니 그보다 가장 좋은 것은 이들의 부모가 서로 결혼하려는 것을 본다면 자연법칙에서 통용되는 '유유상종'이라는 법칙이 모든 곳에서 그러하듯 에지네에도 적용된 것이다. 세상이 돌아가는 데 방향을 제시하는 힘이 법칙에 따라 시계처럼 정확히 작동한다는 것이 이렇게 해서 다시 한번 증명되었기 때문에 보수적인 마을 사람들은 무척 기뻤다. 천지창조 이후 지금까지 이 우주 안에서 일어난 사건들과 예상 밖의 사건이나 의외의 것들은 절대로 실현되지 않을 어떤 의식 혹은 가장행렬로 생각하는 것을 좋아하는 이 사람들에 의하면, 질외나즈는 셀라하틴과, 이쉬외나즈는 젤라레틴과, 괸레나즈는 니자메틴과, 알렘나즈는 휘사메틴과 맺어지고, 하미예트 부인도 아이와즈와 신방에 들어갈 것이고, 세계의 질서는 이렇게 계속 흘러갈 것이다. 벌써부터 축하 인사들이 쏟아지기 시작했고, 소문도 사방으로 퍼졌다. 잠도 편히 자지 못하고 밤낮으로 계산해 이 상황까지 이끌고 온 나필레 부인은 아이와즈의 네 아들이 실수를 저지르면 어쩌나 하고 걱정하면서 여전히 침상에서 뒤척였다. 양쪽 모두 신방에 들어가기 전까지 잠은 여전히 허락되지 않을 듯했다. 신랑 쪽에서 일을 잘하려다 망치지 않도록 하기 위해, 신부 쪽에 보낼 은쟁반도 그녀가 대신 준비했다. 하미예트 부인 집에 오가는 사람들에게 보여줄 쟁반은, 첫날밤에 신랑의 혼을 쏙 빼놓을 정도로 화려한 난초, 장미, 백합 무늬가 들어간 빨간 레이스 팬티, 신랑의 욕구를 타오르게 할 새빨간 색의 짧은 새틴 잠옷, 향수, 립스틱, 볼터치, 분, 마스카라 같은 화장품들, 결혼식 날 진짜를 끼려고 그 전까지 임시로 착용하고 있었던 유리, 가짜 진주, 도금 귀걸이와 팔찌, 목걸이, 머리띠 그러니까 정신이 똑바로 박힌 여자들이라면 갖고 싶어 안달하는 다양한 종류의 장식품들로 가득 차 있었다. 보여주기에는 별로 자랑스럽지 않은 물건들과 다른 크고 작은 선물들도 덤으로 더 있었다. 푸주한 아이와즈는 어떤 아이의 손에 한두 푼을 쥐여주고 제철에 만든 수죽* 열 타래, 혹은 어린 양 두 마리의 다리와 간을 하미예트 부인의 집으로 보냈다. 간단히 말하자면 신부 측은 만족했고, 신랑 측은 행복했다. 이러한 행복을 갈망했던 사람들은, 이런 행복에 너무나 다다르고 싶었는지 조금이라도 덕을 볼 수 있을까 하는 생각에 이러한 부유함에 대해 입이 닳도록 말하면서, 가끔씩 빈정대며 엉뚱한 말을 퍼뜨리기도 했다. 마이문 사니예가 바로 그런 사람이었다. 푸주한 아이와즈와 나필레 부인과 함께 맞선 자리에 갔다고 알려진 그녀는 이 맞선에 대해 말이 나올 때마다 고집스레 입을 다물었다.

"내가 보기도 했고 아는 바도 있지만 말하지 않겠어요. 그렇게 되면 가정이 파탄 나고 죄를 짓는 셈이 되니까요. 그러면 절대로 천국에 갈 수 없겠지요."

그녀의 말은 듣는 사람들을 안달복달하게 만들었다. 그녀는 정확히 한 달 동안 이 말을 계속했다. 그녀의 계산은 명확하고 단순했다. 저세상으로 간 고인들처럼, 침대에서 평온하게 잠자고 있는 이 덧없는 세상의 사람들은 단지 알아야 할 것만 아는 운 좋은 사람들이었다. 누군가의 마음을 불안하게 하는 데는 그가 모르는 무언가가 있다는 것을 믿게 하는 것만으로 충분했다. 그녀가 행동에

---

* 양고기와 소고기를 섞어서 만든 터키식 소시지.

옮긴 것도 바로 이러한 것이었다. 방법이 효과를 발휘했던지, 어느 이웃 여자는 밤늦은 시간 그녀의 대문을 두드리고는 호기심으로 안달 난 표정으로 그 비밀이 무엇인지 물었던 적도 있었다. 그러던 어느 날 이웃집 여자가 공포로 새파랗게 질려 마이문 사니예의 집에서 뛰쳐나오더니 곧장 다른 이웃 여자네로 숨을 헐떡이며 뛰어갔다. 그녀는 믿을 수 없다는 듯 두려운 표정을 짓고 있었다. 대문을 연 이웃에게 허둥거리며 "세상에, 세상에나! 절대 하미예트 부인의 귀에 들어가면 안 돼요. 들었어요? 글쎄 푸주한 아이와즈의 집에 괴물이 있다는군요! 잠깐만, 제가 하나하나 자세히 말해줄게요"라고 말했다.

이 비밀이 폭로되자마자 이웃집 여자는 놀라서 손을 자동적으로 입으로 가져갔고, 눈을 커다랗게 뜬 채 중얼거렸다.

"네? 그래요? 세상에나 세상에나!"

이 소문이 얼마나 빨리 퍼졌던지 이 말이 처음 새어 나온 집 바로 옆에 사는 푸주한 아이와즈는 처음에는 왜 손님이 갑자기 줄어들었는지 이해할 수 없었다. 친구들과 이웃들 그리고 지인들은 마치 그를 곧 죽기라도 할 불운한 사람처럼 바라보았다. 마음이 착해서인지는 몰라도 그는 자신의 집이 '괴물이 있는 집'으로 소문났으리라고는 전혀 생각하지 못하고 있었다. 하지만 마침내, 특히 천둥번개가 치는 밤이면 사람들이 어두운 골목을 지나가다 그의 집 앞에 이르러, 두려움을 이기기 위해 노래를 부르는 것을 알아챈 아이와즈는 자신이 모르는 무엇이 있다고 생각하기 시작했다. 진짜 재앙이 일어나는 데에는 어차피 그리 많은 시간이 필요하지도 않았다. 소문의 꼬리는 거의 에지네 전역을 돌아다니며 갈수록 길어지다, 결국에는 하미예트 부인의 집에도 이르렀다. 하미예트 부인은 자신과 딸들이 신부로 들어갈 집에 어떤 괴물이 정착해서 살고 있다는 불길한 소문을 듣는 순간 세상이 무너지는 것 같았다. 그녀는 아이와즈와 솔직하게 이야기를 나누어야겠다고 생각했다. 하지만 혼인 증명서를 아직 주고받지 않은 커플이 만나 사람들 앞에서 대화를 나누는 것은 바람직하지 않았기 때문에 편지를 써서 보냈다. 신랑 측에서 다른 집을 구해야 한다는 내용이었다. 하지만 아이와즈는 안타깝게도 이 요구를 받아들일 만한 경제력이 없었다. 뭔가 불운이 닥친 것이 확실했다. 왜냐하면 그는 나필레 부인의 경고를 무시하고, 악운을 쫓아버리기 위해 점쟁이를 찾아가지 않았던 것이다. 이 재앙의 원인 제공자는 하수구에서 나와 그의 집안을 불안하게 한 저 괴물 쥐였다. 새집으로 이사 가는 것이 불가능했던 푸주한은 이 동물을 죽이기 위해 다양한 계산을 하기 시작했다. 괴물은 가장 약효가 강한 쥐약에도 끄떡하지 않았고, 먹고사는 데 별 힘을 들이지 않아서인지는 몰라도 금방 명이 다해 죽을 것 같지도 않았다. 총을 사용하는 것이 가장 좋은 방법이라고 생각한 푸주한은 친구에게 사냥총 한 자루를 빌려 왔다. 괴물을 방구석으로 몰아 총을 쏜 후, 사체를 줄에 매달아 창밖으로 내걸어 이웃 사람들에게 보여준다면 소문이 사라질 것이었다. 이렇게 생각한 그는 아들들을 불러 머리를 맞대고 계획을 짰다. 여러 가능성을 저울질하고, 아들 모두에게 각자의 역할에 대해 자세하게 설명했다. 그는 괴물이 잘 때, 그러니까 밤에 일을 벌일 생각이었다. 이 일을 가능한 한 빨리 실행에 옮겨야 했다. 푸주한은 낮에 사냥총을 닦고 기름칠을 한 후, 아들들과 함께 잔뜩 흥분한 채 주위가 어두워지기를 기다렸다. 호주머니에는 총알 다섯 발이 들어 있었다. 저녁 예배 시간을 알리는 소리가 들려오자 푸주한은 신의 이름으로 기도를 올리며 총알 하나를 장전했다. 아들들은 호롱불을 켰다. 아버지가 표적을 잘 겨누도록 하기 위해서였다. 준비가 끝나자 그들은 모두 조용히 계단을 올라가 괴물이 자고 있는 저주받은 방 앞으로 갔다. 모두의 심장이 쿵쿵 뛰었다. 푸주한은 뒤돌아서서 집게손가락을 입술에 갖다 대며 조용히 하라는 신호를 보냈다. 그런 다음 손잡이를 돌려 조용히 문을 열었다. 호롱불 방을 살짝 밝혔다. 괴물은 정말로 자고 있었다. 아버지는 조심스럽게 괴물을 향해 총을 겨냥했다. 하지만 매일 아침 이웃집 닭이 우는 소리로 잠이 깨는 데 익숙한 괴물이, 순간 자신을 겨냥하고 있는 총의 방아쇠 당기는 소리에 눈을 떴다. 일은 벌어지고 말았다. 빨간 눈에 잔인한 섬광을 번뜩이는 괴물은 하얗고 날카로운 이빨을 드러내고, 코와 입에서 침을 흘리며 있는 힘껏 으르렁거렸다. 이제 역할은 바뀌어버렸다. 조금 전 잠을 잘 때는 사냥감이었던 괴물이 눈을 뜨자마자 사냥꾼이 되어버린 것이다. 괴물이 막 사냥감을 덮치려던 찰나 아버지는 방아쇠를 당겼다. 하지만 총알들 대부분은 빗나갔고 한두 방만 목표물에 적중하여 괴물을 더욱더 난폭하고 거칠게 만들었다. 괴물이 분노하여 날뛰며 입에 거품을 물고 괴성을 지르자, 모두들 새파랗게 질리고 말았다. 이 상황에서는 도망치는 것이 가장 옳은 선택이었다. 주위가 아수라장이 되자 다섯 명이 한꺼번에 문을 향해 뛰어갔다. 하지만 문이 좁았기 때문에 밀고 당기던 와중에 아버지가 바닥에 넘어지고 말았다. 아들들이 호롱불을 던지고 걸음아 날 살려라 하며 도망치는데, 이 난리통에 있는 대로 신경질이 난 괴물이 자리에서 벌떡 일어나더니 아버지를 뛰어넘고 도망치는 아들들을 뒤쫓아가기 시작했다. 그런데 아들들이 던져버린 호롱불이 마룻바닥과 복도 창문 커튼에 붙어버렸다. 그렇다, 아주 안타까운 일이지만 불이 난 것이다. 푸주한은 불을 끄려고 했지만 가망이 없어 보였다. 그리하여 계단을 내려가 밖으로 빠져나갔다. 아들들은 밖에 있었다. 불길은 곧 크게 번졌고 온 집을 휘감았다. 불이 난 것을 알게 된 사람들은 줄무늬 파자마, 납작한 취침용 모자, 슬리퍼 그리고 밤 날씨가 쌀쌀했기 때문에 스웨터를 걸친 차림으로 거리로 쏟아져 나와, 그 달에 에지네에서 발생한 세번째로 큰 사건을 구경하고 있었다. 거의 모든 사람들이 불길이 아니라 괴물의 저주가 이 집을 휩쓸고 있다고 생각하고 있었다. 간단히 말해, 푸주한 아이와즈가 자신과 아들들의 행복을 위해 했던 그 무수한 계산은 실패로 끝나고 말았다. 집이 완전히 불탄 이 다섯 명의 미혼자는 그날 이후 정확히 일곱 달 동안 에지네의 다른 지역에 큰아들을 위해 개업한 '레제트-2' 정육점의 마룻바닥에서 잤으며, 말 그대로 가난하고 형색이 말이 아니었다. 신부들에게 줄 예물, 예식장, 악단, 신부가 목욕탕에서 벌이는 잔치, 결혼 전날 밤 신부 집에서 신부 손에 헤너 물을 들이며 벌이는 잔치, 마차 타기, 신랑이 신부의 베일을 벗긴 후 처음 얼굴을 보는 날 주는 선물 의식, 거실 가구 세트, 탁자, 의자,

장식장, 작은 탁자 그리고 그 외의 것들의 비용을 대기가 어려워 보였다. 사실 불가피한 사유로 일어난 이러한 재앙 때문에 신부 측에서 혼인을 파기하는 것은 물론 관례에 적합하지 않았다. 하지만 삶은 잔인했다. 하미예트 부인의 막내딸은 결혼식장에서 작은 바이올린을 연주하는 남자와 도망칠 터였으며, 둘째나 셋째 딸 중 한 명은 이집트에 있는 할아버지가 죽은 후 부자가 되어 가족에게 아주 많은 유산을 남긴 중년의 우유 장수와 결혼을 할 것이며, 다른 딸은 영화배우가 되고자 하는 열망에 어머니에게 이제 자신을 찾지 말라는 편지를 남기고 대도시로 갈 것이며, 큰딸은 노처녀로 남게 될 것이었다. 온 집이 불길로 활활 타 없어지고 있을 때, 푸주한 아이와즈는 불길과 함께 이 모든 것이 보이는 듯했다.

다음 날 아침, 집이 다 타버리고 난 다음 마을 사람들이 모두 제 집으로 돌아간 후, 폐허 가운데에서 잿더미가 꿈틀거리기 시작했다. 먼저 괴물의 빨간 눈이 보이더니 곧 흉측한 몸뚱이가 드러났다. 불은 진작 꺼졌지만, 꽤나 더운 밤을 보낸 괴물은 여전히 화가 나 있었고, 신경이 예민했다. 왜냐하면 곧 새끼들을 낳을 참인데 보금자리가 잿더미가 되어버렸기 때문이다. 따라서 새끼를 낳고 안전하게 젖을 먹일 수 있는 새로운 장소를 찾아야 했다. 날이 어두워지고 인적이 끊기자 괴물은 오랜 세월 동안 편하게 먹고살았던 지역을 떠나 어두운 거리에서 운명을 향해 뛰어가기 시작했다. 거의 모든 집이 괴물의 마음에 들지 않았다. 대문 앞에 서서 냄새를 맡았지만, 자신의 입맛에 맞는 음식 냄새를 도무지 맡을 수 없었다. 해가 뜰 시간이 가까워졌지만 괴물은 계속 돌아다녔다. 그러다 드디어 어느 목조 가옥 앞에 당도했다. 이곳은 괴물 자신이 아니라 마치 운명이 선택한 것 같았다. 아주 마음에 들었던 이 집에는 어느 과부와 혼기가 찬 네 딸이 살고 있었다. 벽 높이가 성인 남자 키만큼 높았지만 괴물은 단번에 뛰어 넘었다. 하수구를 헤엄쳐 하수를 배출하는 커다란 파이프에 도착했고, 곧 부엌으로 들어갔다. 한 번에 새끼 일곱 마리를 낳는 이 동물은 최소한 지금은 이 집에서 소동을 피우거나 식구들을 놀라게 하지 않고 적당한 곳을 찾았다. 그런데 불행하게도 이 집은 구석구석이 깨끗했다. 괴물은 옷장 문이 약간 열려 있는 것을 보고 그 안으로 들어갔다, 손님들을 위해 다림질해 개어놓은 시트, 침구 그리고 베갯잇들을 보았다. 바로 이곳에서, 눈에 가장 띄지 않는 구석을 찾아갔다. 곧 낳을 일곱 마리 새끼의 새 보금자리는 이제 정해진 것이다.

*

젯잘 데데가 이야기를 마쳤을 때 죽음은 묻지 않을 수 없었다.

"자네 이야기에는 남녀뿐만 아니라 언약, 결혼, 맞선 그리고 많은 의식들이 나오는군. 간단히 말하자면 거의 모든 게 이것이 사랑 이야기임을 말해주고 있네. 하지만 자넨 공포와 종교적 감정을 가볍게 여겼을 뿐만 아니라, 평생 사랑에 대해서도 별로 고심하지 않은 것 같군. 내 말이 맞나?"

이에 노인이 대답했다.

"사랑만으로는 사랑이 이루어지지 않지만, 열망하며, 열의를 가지고 노력하면 이루어지곤 하지요. 난 사랑을 가슴에 담고 있는 한 그것을 이루었다고 생각하오. 사랑한다는 것은 열망하고, 노력하고, 실천하는 것일 테니 말이오. 세상을 보고 있으면 미소 짓지 않을 수 없소. 나도 세상을 볼 때 세상과 그 안에 있는 것들을 사랑하며 미소 짓는다오. 난 세상에 대한 어떤 이야기를 할 때 사랑이 아니라, 열망과 의욕을 가지고 하지요."

말을 마친 젯잘 데데의 얼굴에 미소가 번졌다. 물론 이 만족스런 미소에는 자신이 들려준 이야기의 몫도 있었다. 하지만 죽음은 얼굴을 찡그리고 있었다. 천성적으로 차가운 눈빛은 거의 얼음처럼 변했고, 얼굴도 비석처럼 차갑고 무표정해졌다. 그에게서 어떤 감정의 흔적을 찾는다는 것은 거의 불가능했다. 죽음에겐 감정이 없어야만 했다. 직무상 신성한 명에 따라 살아 있는 피조물의 생명을 앗아가야 하기 때문에 애원, 호소, 간청 게다가 위협을 무시하고, 감정을 절대 일에 개입시키지 않아야 했다. 하지만 이는 그에게도 꽤나 어려운 일이었다. 왜냐하면 무관심이 철칙이라고 할지라도 죽음에게 아주 감정이 없는 것은 아니었기 때문이다. 그래서 그는 게임에 지나칠 만큼 집착했다. 게임을 통해서나마 흥분, 기쁨, 두려움을 느끼고, 스트레스를 풀었던 것이다. 하지만 이번에는 잘못된 게임을 선택한 것 같았다. 그는 자신이 해준 이야기에서뿐만 아니라 노인의 이야기에서도 영향을 받기 시작했다는 것을 느끼고 있었다. 아주 사소한 약점을 보이는 것만으로도, 최소한 이번만큼은 목숨을 거둬가는 그의 일이 방해받을 가능성이 있었다. 하늘의 법은 지극히 명백했다. 만약 살아 있는 누군가가 죽음의 마음을 부드럽게 해 그를 울게 하거나 웃게 만든다면 목숨을 살려줘야 한다. 울거나 웃는 가면을 쓴 고대 그리스 연극배우들처럼 죽음의 얼굴도 거의 가면 같았다. 하지만 이 얼굴은 웃지도 울지도 않기 위해 봉인을 한 것 같았다. 그런데 이 순간 죽음은 얼굴의 봉인 상태가 그대로 유지되는 것이 힘들 수도 있다는 것을 느꼈다. 그가 울거나 웃으면 봉인이 갈라져, 얼굴을 다시 봉인할 때까지 목숨을 앗아가는 죽음의 능력은 없어질 것이었다.

그렇다, 젯잘 데데가 살아남기 위해서는 죽음이 살짝 미소 짓는 것만으로도 충분했다.

그사이 그들은 마카메 마을에 도착했고, 우준 이호산이 머무는 곳으로 가다, 다시 엄청난 인파와 마주쳤다. 어느 튼튼한 소년의 힘자랑을 보려고 모여든 인파였다. 아이는 겨우 다섯 살 정도 되어 보였지만, 몸집이 크고 오일 레슬링 선수처럼 몸에 딱 붙는 가죽 바지를 입고 있었다. 양쪽에 각각 십 옥카*짜리 쇳덩이가 매달려 있는 바벨을 들어 올릴 준비를 하고 있었다. 아이가 손바닥에 침을 뱉고 바벨을 쥐자 군중들은 숨을 죽였다. 사실 아이가 그 정도의 무게를 들어 올릴 거라 믿는 사람은 아무도 없었지만, 나이에 상관없이 이러한 일을 시도하는 것으로 보아 뭔가 믿는 구석이 있는 모양이었다. 아이가 한두 번 몸을 턴 후 이십 옥카짜리 바벨을 들자 군중들 사이에서 우레와 같은 박수 소리가 터져나왔다.

---

* 무게 단위. 1옥카는 1283그램이다.

하지만 아이는 더 힘이 세다는 것을 증명하기 위해서인지 공중에 들어 올린 바벨을 내릴 줄 몰랐다. 젖 먹던 힘까지 다 썼던지 아이의 얼굴이 새빨갛게 변했다. 아이는 이 쇼에서 비싼 값을 치러야만 했다. 그 무거운 원반형의 쇳덩이를 드는 바람에 몸이 경직되자 허리춤의 끈이 풀려 가죽 바지가 밑으로 흘러내리고 말았고, 아이의 고추가 드러났던 것이다. 너무나 안간힘을 썼기 때문에 얼굴이 빨갛게 변한 아이는 부끄러움까지 더해져 모든 피가 얼굴로 몰렸다. 아이는 바벨을 던지고 가죽 바지를 즉시 끌어올렸지만 이미 물은 엎질러졌고, 사람들의 박수를 받으려다 도리어 부끄러운 처지에 몰리고 말았다. 게다가 군중들 중 일부가 놀려대며 웃는 것을 보고 아이는 울상을 짓고 말았다. 신경 쓰지 않으려고 노력했지만 부끄러워 어쩔 줄 몰라하는 것이 분명하게 드러났다. 군중들 사이에서 킥킥대는 소리가 다시 들려오자 아이는 한판 붙어보겠느냐는 듯 건달처럼 폼을 잡으며 인상을 썼다. 소란에 겁을 먹고 물러설 조짐은 전혀 없었다. 아이는 주먹을 쥐어 허리에 갖다대더니, 가슴을 부풀리고 턱을 치켜들고 군중들을 내려다보았다. 성이 나 닭벼슬을 바짝 세우긴 했지만 부끄러움 때문에 무릎은 여전히 떨리고 있었고, 얼굴을 붉으락푸르락해졌다. 사람들의 놀리는 듯한 시선이 그를 자극하여 화를 돋운 것이 분명했다. 아이는 분노를 터트릴 준비가 되어 있었고, 화풀이 대상을 찾고 있는 것 같았다. 바로 이때 죽음은 우준 이흐산을 발견했다. 그래서 자리에서 일어나 그를 잡으려고 했다. 그런데 갑자기 어떤 강한 힘이 그의 손목을 잡았다. 그 튼튼한 아이였다. 아이의 모습을 보아, 화풀이 대상으로 죽음을 찍은 것이 분명했다. 아이는 죽음에게 싸움을 걸었다.

"잠깐만! 어딜 가? 내 쇼가 맘에 안 들었어?"

"아니야, 아니야. 맘에 들어, 맘에 들어. 그런데 나 지금 가봐야 하니 이것 좀 놔줘. 잡아야 할 사람이 있거든."

죽음은 이렇게 말하며 아이를 달래려고 했다. 하지만 아이는 말귀를 알아들을 것 같지 않았다. 시비 거리를 찾고 있는 게 분명했다.

"누굴 잡을 건데? 말해봐!"

아이는 난폭한 기세로 대들었다. 그러면서 다른 한편으로는 상대의 화를 돋우어 싸움을 걸기 위해 조막만 한 키로 죽음을 계속 밀쳤다. 죽음은 아이에게 신경 쓰지 않고 우준 이흐산이 있는 곳으로 뛰어가려고 했지만 아이가 발을 거는 바람에 바닥에 넘어졌고, 아이는 곧장 그 위에 올라탔다. 아이는 자신이 한 일에 아주 만족스러워했다. 사람들이 킥킥대다 말고 이 새로운 쇼를 구경하기 시작했기 때문이다. 안타깝게도, 우준 이흐산은 이 몸싸움이 벌어지는 와중에 또다시 빠져나가고 말았다.

한동안 엎치락뒤치락한 끝에야 다섯 살짜리 아이의 손아귀에서 간신히 벗어난 죽음은 우준 이흐산을 나임 마을에서 찾을 수 있을 거라고 생각했다. 죽음은 그곳을 향해 길을 나섰고, 한참 후 젯잘 데데에게 말했다.

"이제 내 차례군. 그렇지만 이것저것 복잡하게 얽힌 이야기는 하지 않겠네. 이번에는 간단한 이야기를 하지. 이야기 제목은 '도둑의 사랑' 일세. 자네가 어떻게 평가할지 궁금하군."

이렇게 해서 죽음은 '도둑의 사랑' 이야기를 하기 시작했다.

*

한때 부르사*에 가까운 어느 마을에 몇 대에 걸쳐 도둑질과 소
매치기로 살아가는 가문이 있었다. 이 가문의 전통에 의하면 도둑
질은 남자들, 소매치기는 여자와 아이들의 몫이었다. 일의 분담은
척척 이루어졌다. 예를 들면 삼촌들 중 손재주가 뛰어난 이가 다
른 남자들에게 만능열쇠를 만들어주었고, 어떤 삼촌은 카펫을 훔
칠 때 이용할 고양이를 잡아 훈련을 시키고, 숙모들 한 명은 법적
으로 문제가 있어 블랙리스트에 오른 불운한 사람들에게 침식을
제공했고, 할아버지들 중 몇몇은 어른들의 말을 듣지 않고 정직하
게 살려는 성향이 있는 반항적인 젊은이들이 가문의 전통적인 직
업으로 돌아오도록 힘썼다. 가문의 가장 우두머리인 대부의 궤짝
에 보관되어 있는 훔친 물건들, 예를 들면 솔로몬 왕의 보물에서
훔쳤다고 알려진 은화, 골고다 언덕에서 십자가를 메고 가던 예수
의 품에서 훔친 잔, 또 이 가문의 일원인 도둑이 순례 차 메카에
갔을 때 눈 깜짝할 사이에 검은 돌에서 떼어낸 값을 매길 수 없는
돌 조각 같은 것들은 이들이 얼마나 뿌리 깊고 고매한 가문인지를

---

* 터키 북서부에 위치한 도시.

보여주고 있었다. 하지만 이 가문이 어느 변두리 마을에서 전혀 부유하지 않은 생활을 하는 것으로 보면 가문의 옛 영광은 사그라지기 시작한 것 같았다. 여기에는 근친결혼의 탓도 없지 않았다. 왜냐하면 당연히 정직하게 사는 사람들은 이 가문에 딸을 주지도 않을뿐더러 이 집안의 딸들을 며느리로 들이지도 않았기 때문이다. 이렇게 가난한 생활을 할 수밖에 없게 된 데에는 둔감하고 될 대로 되라는 식으로 사는 남자들에게 큰 책임이 있었다. 정말이지 남자들은 밤에 도둑질을 하러 나가 물건을 훔친 후 자루를 들고 아침에 집으로 돌아오면 저녁때까지 잠을 잤다. 그러고는 날이 어두워지면 곧장 밖으로 나가 부르사의 술집과 클럽을 돌아다니며 기를 써서 번 것들을 물 쓰듯 썼다. 집안을 건사하는 일은 여자들에게 떠넘겨졌다고 할 수 있었다. 간단히 말해 이 가문의 여자들은 소매치기를 해서 밥벌이를 하는 동시에 가계도 꾸려나가야 했던 것이다. 그녀들은 절약하며 검소하게 생활했지만 그럼에도 모두들 겨우 목구멍에 풀칠만 하고 살았다. 사실 가문의 일원의 절반이 교도소에 있지 않았다면, 그나마도 먹고살기 힘들었을 것이다. 그런 까닭에 대부분의 가족들은 그들이 일반사면으로 석방되지 않도록 기도를 올렸다. 하지만 어느 날 그들이 진정 두려워하던 일이 일어났고, 정부는 일반사면을 실시한다고 발표했다. 이렇게 해서 그날까지 교도소에서 공짜로 밥을 먹고 살던 친척들이 모두 집으로 돌아왔다. 밥 먹일 사람들의 수가 급격하게 늘어나자 이 가문은 그야말로 가난에 허덕이게 되었다.

이 가문에서 아직 일을 시작하지 않은, 그러니까 여전히 애송이로 취급받는 페자이라는 이름의 젊은이가 있었다. 기껏해야 열일곱 살 정도로 보이는 그는 몽롱하고 의미심장한 눈빛을 하고 있었으며, 키가 크고 마른 체형의 감상적인 젊은이라고 할 수 있었다. 이런 특징은 그의 옷에도 반영되었는데, 어머니가 꿰매주기 전에는 뜯어진 옷을 절대 입지 않았으며, 다림질하지 않은 바지도 입지 않았고, 매일 아침 구두를 닦았으며, 하얀 양말은 매일 갈아 신었다. 그가 미와 섬세함에 중요성을 부여하고 있다는 것은 여배우들의 사진을 신문과 잡지에서 오려 모으고 있는 것으로도 알 수 있었다. 그는 이 사진들을 스크랩해 보관하고 있었으며, 저녁 시간에 펼쳐놓고 맘껏 바라보며 핑크빛 상상에 빠져들곤 했다. 하지만 공상에 빠져 있고, 환상을 꿈꾸는 것은 도둑질을 하려는 사람들에게 있어 당연히 좋은 것이 아니었다. 그리하여 집안에선 그를 정신 차리게 하든지 아니면 그의 천성에 맞는 일을 제공해주어야 했다. 그러던 어느 날 페자이는 도둑 가문의 우두머리인 대부의 안전으로 오라는 부름을 받았다. 젊은이가 안으로 들어갔을 때 아흔 살이 훨씬 넘은 대부가 고집스레 입을 다물고 있는 것으로 보아, 페자이의 미래에 대해 어떤 결정을 내린 것이 분명했다. 대부는 무엇인가를 감추고 있기라도 한 듯 오랫동안 침묵하다 드디어 입을 열었다. 대부는 젊은이에게 쇠지레로 문을 부수고 몰래 집으로 들어가 무게가 나가지 않는 값비싼 것들을 자루에 넣고, 시장에서 사람들의 지갑을 훔치는 등의 거칠고 투박한 일을 하는 것은 그의 빛나는 미래를 망치는 지름길이나 다름없다고 말했다. 이런 평범한 일들은 어차피 가문의 다른 일원들이 그런대로 잘 수행하고 있었다. 게다가 이 모든 활동들은 젊은이의 기질에도 맞지 않았다. 그래서 대부는 바로 이런 민감한 문제와 관련해 가문의 불운을 바꿀 거대한 혁명을 준비했고, 중요한 결정을 내렸던 것이다. 가문의 불운에 종지부를 찍을 이 변화는 페자이가 실현시킬 것이었다. 그렇다, 민감하고 섬세한 영혼을 가진 페자이는 이제 바이올린을 켤 것이다. 그 가문에서 이 민감한 악기의 영혼에 대해 이해할 수 있는 것은 오직 페자이뿐일 것이다. 하지만 그들이 사는 마을에서 이 일을 실현시키는 것은 불가능해 보였다. 그래서 젊은이는 정장을 입고 곧장 부르사에 가야 했고, 다음 날 정오 무렵에 시립극장에 가 유명한 여성 바이올리니스트를 찾아야 했다. 모든 것을 계산하고 준비한 대부는 그 여성 바이올리니스트의 시립극장 콘서트 입장권을 젊은이에게 내밀었다. 콘서트 도중 페자이가 기회를 봐서 훔칠 물건은 바로 이 여자의 바이올린이었다. 그녀의 바이올린은, 대부가 발음한 바에 의하면, 우스트라다와루스라는 이름의 대가가 만든 것이었다. 만약 그 정보가 맞다면 이 둘도 없는 악기의 가치는 돈으로 환산할 수 없는 것이었다. 페자이가 그녀의 바이올린을 훔친다면 가문은 부유해질 것이다. 대부는 이미 아들을 시켜 음악을 흠모하는 한 신사와 흥정을 하여 이 악기를 정확히 금화 스물일곱 냥에 팔아넘기기로 한 터였다.

바이올리니스트의 공연 시간에 맞춰 시립극장에 도착한 페자이는 입장권을 내밀고 안으로 들어간 후, 대부가 준 밀랍으로 귀를 막았다. 경험 많은 대부는 민감한 일을 계획하면서 음악이 나약한 손자의 복잡한 영혼을 흔들지 않도록 예방조치를 취했던 것이다.

공연장 안으로 들어가 입장권에 쓰여 있는 자리에 앉은 후 좌우를
둘러보던 페자이는 청중들이 부르사의 유지들이거나 꽤 부유한
사람들이라는 것을 알게 되었다. 공연장에는 빈자리가 꽤 있었다.
그는 옆에 앉아 있는 상인의 금시계를 슬쩍한 후, 자리가 불편하
다는 시늉을 하며 다른 자리로 옮겨 앉았다. 그사이 바이올리니스
트가 무대에 나와 연주를 하기 위해 박수 소리가 잦아들기를 기다
리고 있었다. 하지만 일에 열중하고 하던 페자이는 그녀에게 관심
을 갖지 않고 자신의 오른쪽에 앉은 재단 이사장의 지갑과 금반
지, 왼쪽에 앉은 세무서장의 다이아몬드 넥타이핀을 훔친 후 앞자
리로 이동했다. 음악에 집중하고 있는 청중들의 방심을 틈타 여자
들의 팔찌, 목걸이, 브로치, 게다가 귀걸이를 하나하나 훔쳤다. 한
참 후 모두들 일어나 박수를 치고 있는 것으로 봐서 연주가 끝난
것 같았다. 이 공연장에서 도난당한 것이 바이올린이 아니라 자신
들의 지갑과 보석들이라는 것을 아직 알아채지 못한 청중들 사이
에서 빠져나와 출구로 간 페자이는 한 번 더, 이번에는 출입구에
서 있는 수위의 지갑도 소매치기했다. 그리고 계단에서 무대 뒤로
빠른 걸음으로 걸어가면서 귀를 막은 밀랍을 빼냈다. 박수가 여전
히 이어지고 있는 것으로 보아, 홀라당 도둑을 맞은 사람들 중 그
누구도 아직 상황을 알아채지 못한 것 같았다. 무대 뒤로 살그머
니 숨어 들어 모퉁이에 몸을 숨긴 페자이는 박수가 여전히 계속되
는 상황에서 무대를 떠난 바이올리니스트를 보는 순간, 갑자기 자
신의 영혼에 번개가 떨어진 듯한 느낌을 받았다. 바라본 순간 사
랑하게 된 이 여자는 달덩이 같은 얼굴, 사슴 같은 눈매, 초승달

같은 눈썹, 앵두 같은 입술, 진주 같은 치아를 하고 있으며, 그녀를 본 사람의 이성을 잃게 하고 미치게 만드는 천사와 재앙 같은 존재였다. 그녀는 페자이를 향해 곧장 다가오고 있었는데, 이것만으로는 충분하지 않은 듯 그 아름다운 입술에 미소를 머금고 있어 젊은이의 영혼을 활활 타오르게 했다. 그녀는 페자이를 거기에서 일하는 직원으로 여겼던지 바이올린과 활을 그에게 건네주면서 "이것 좀 케이스에 조심해서 잘 넣어주세요"라고 말하며, 테이블 위에 있는 케이스를 가리켰다. 그러고는 사슴 같은 눈매를 한 여자는 계속해서 박수를 치고 있는 청중들에게 마지막으로 한 번 더 인사를 하기 위해 다시 무대로 나갔다. 일을 하는 도중 마음을 빼앗긴 페자이는 갑자기 그의 영혼을 사로잡은 사랑 때문에 기절할 것만 같았다. 하지만 이를 악물고 정신을 차려야 했다. 그는 바이올린의 대가 우스트라다와루스가 만든 귀중한 악기를 케이스에 담은 후 손에 들고 서둘러 그곳을 빠져나왔다. 잠시 후 그는 시립극장 정문에서 거리로 뛰쳐나왔다. 양복 호주머니는 지갑과 보석들로 꽉 채우고, 손에는 가격을 매길 수 없는 바이올린을 들고 마을을 향했다. 하지만 그의 머릿속은 그 여자에 대한 생각으로 꽉 차 있었다.

드디어 페자이는 마을에 도착했고, 놀랍게도 가문의 대부 노릇을 하던 할아버지가 돌아가신 것을 알게 되었다. 할아버지 집 앞에 삼촌, 이모, 고모, 자식들, 손자들 등 남녀노소를 불문하고 모든 친척들이 모여 있었다. 솥에서는 고인을 기리기 위한 음식이 끓고 있었고, 집 안에서는 세 명의 코란 암송자가 고인의 영혼을 위해 코란을 처음부터 끝까지 암송하고 있었다. 한참 후 집에 모셔놓은 고인의 시신을 사원의 구쉴하네* 로 옮겼고, 사원 첨탑의 발코니에서 확성기를 통해 부고를 알리고 예배를 드렸다. 많은 사람들이 어깨에 메고 묘지에까지 운반한 관이 영원한 안식처에 매장되자 모두들 자기 집으로 돌아갔다.

대부가 사망한 지 정확히 일주일이 지났건만 페자이가 이따금 눈물을 글썽이고 침대에서 엉엉 우는 것을 본 사람들은 그가 할아버지의 죽음에 계속 애도를 표하는 거라고 생각했다. 하지만 사실은 그렇지 않았다. 물론 페자이가 할아버지의 죽음을 슬퍼하기는 했지만 그에게 정말로 영향을 미친 것은 시립극장에서 보는 순간 사랑하게 된 그 사슴 눈을 한 여자 바이올리니스트였다. 그는 연주 도중에 훔친 모든 물건을 가족에게 넘겼지만, 일의 전모를 아는 할아버지가 돌아가셨기 때문에 그녀의 바이올린만은 그 누구에게도 주지 않았다. 어차피 페자이는 그것을 누구에게도 줄 생각이 없었다. 왜냐하면 연인을 느낄 수 있는 유일한 물건이었기 때문이다. 집에 혼자 있을 때 그는 케이스를 열고 바이올린, 활, 송진 냄새를 맡으며 아주 먼 곳에 있는 연인의 존재에 최소한 눈곱만큼이라도 도달하고 싶었다. 그리고 무엇보다도 사랑의 열병을 앓고 있었기 때문에 침대에서 이 바이올린을 껴안고 있지 않으면 눈을 감을 수도 없었다. 사랑에 빠진 사람의 외로움은 진정 아주 고통스러웠다. 고통이 깊어지면 때로 바이올린과 대화를 나누기

---

* 사원에 있는 시신을 씻는 작은 방.

도 했다. 하지만 먼 곳에 있는 연인이 그에게 답하는 것은 불가능했다. 그는 대답 없는 사랑에, 혼자 대화하는 것에, 오로지 자신의 목소리만을 듣는 것에 지치고 말았다. 연인의 그 아름다운 얼굴은 못 보더라도 최소한 그녀의 목소리를 들을 수만 있다면 죽음도 불사할 수 있을 것 같았다.

그러던 어느 날 그는 그녀의 목소리를 듣게 되었다. 그날까지 만지는 것을 생각조차 못했던 바이올린의 현에 우연히 손이 닿은 순간 어쩌면 세상에서 가장 아름다운 소리를 듣게 된 것이다. 그것은 연인의 목소리였다. 아주 멋진 음색과 톤은 무척이나 축축하고 슬펐다. 그 소리를 듣자마자 페자이의 마음은 활활 타올랐다. 활을 현 위에 대고 연주를 하며 흥분과 경외감 속에 그 소리를 듣기 시작했다. 연인의 영혼이 현을 울리며 지나 바이올린의 몸통을 어루만지더니 페자이의 몸으로 퍼져나갔다. 소리는 물론 좋았지만 하모니는 없었다. 마치 바이올린은 그가 거칠게 다루었기 때문에 무척 화가 나고 아파 슬프게 신음하고 있는 것 같았다. 연인의 비명을 견디지 못한 페자이는 활을 내렸다. 그렇다, 이 악기는 그를 매료시켰던 것이다. 형언할 수 없을 정도로 멋졌지만, 조화롭지 못한 소리를 들어볼 때 젊은이의 사랑에 응답했다고는 말할 수 없었다.

예전에 부르사의 유명한 집시 마을에 클라스* 흐드르라는 이름의 무척이나 우울하고 삶에 대한 의욕을 잃은 한 집시가 살고 있

---

* '고상한'이라는 의미.

었다. 그는 땡전 한 푼 없을 정도로 가난했지만 어차피 돈이나 재물에 관심도 없었다. 그의 마음은 다른 곳에 가 있었다. 라디오가 처음 나왔을 때, 그러니까 수년 전에 실수로 채널을 잘못 돌리다 국립교향악단의 연주를 우연히 듣게 된 후, 이 웅장한 클래식 음악에 완전히 매료된 그는 서양음악을 간절히 열망하게 되었다. 그래서 그는 클라리넷, 바이올린, 작은 북으로만 연주하는 집시들과 달리 거대한 혁명을 일으켜 바이올린의 화음을 서양식으로 바꾸어, 여흥 예술에 새로운 바람을 불러일으켰다. 그에게 '클라스'라는 별명이 붙은 것도 바로 그의 이러한 욕망 때문이었다. 하지만 그 당시에는 이러한 유의 음악에 관심을 갖는 사람이 거의 전무했다. 그래서 클라스 흐드르의 새로운 예술은 별로 돈벌이가 되지 않았다. 하지만 그는 자식들을 조금밖에 먹이지 못하면서도 서양음악에 빠져, 라디오에서 흘러나오는 서양 음악을 경외심에 차 들으면서 "이게 바로 예술이야!"라고 혼잣말을 했다. 밥벌이를 전혀 하지 않아 결국 그의 아내가 집을 나갔을 때 그는 하모니와 대위법에 대해 연구하고 있었다. 수중에 있던 마지막 돈으로 양복점에서 연미복을 맞추자 그는 집시 마을에서 조롱거리가 되었다. 게다가 친구라고 여기며 한때 서로의 고통을 나누었던 이웃들조차 그가 집에서 바이올린을 켜면 불편해하고, 집 앞을 지나가며 이렇게 소리쳤다.

"아니, 도대체 왜 항상 슬픈 음악만 연주하는 거야! 우리를 이렇게 우울하게 만들다니. 잠시 왔다 가는 이 세상에서 우리 모두를 고민과 우울 속에 파묻히게 하고 싶나? 아니, 이웃이라는 게 이런 거야? 어떻게 이웃이 이웃을 불편하게 할 수 있어!"

이웃들이 이렇게 못마땅해했기 때문에 클라스 흐드르는 사람들과 멀리 떨어진 곳에 깡통 집을 지었다. 그는 집시 사회에 실망했기 때문에 아무도 만나지 않았고, 구걸 생활을 하며 대부분의 시간을 서양음악 연구에 할애했다. 많은 세월이 흐른 후 말하는 것도 그만두었다. 하지만 그 어떤 작곡가도 클라스 흐드르가 경험했던 지독한 고뇌를 표현할 수 있는 콘체르토를 작곡할 정도로 오래 살지는 못했다. 그래서 이제 그에게 서양음악은 가볍고 의미 없어지기 시작했다. 그러자 그는 어느 날 바이올린을 케이스에 넣고 잠가버렸고, 그 열쇠를 목에 건 후 음악을 좋아했던 것에 회한을 느끼며 술에 파묻혀 살게 되었다.

그렇게 몇 년이 흐른 후 어느 날, 페자이란 이름의 몽상에 잠긴 듯한 한 젊은이가 손에 바이올린을 들고 클라스 흐드르의 문을 두드렸다. 흐드르는 문을 열고 안으로 들어오라고 했다. 하지만 자신의 고민을 말하지 못하는 젊은이는 꿀 먹은 벙어리처럼 아무 말도 하지 못했고, 흐드르는 그 모습을 보고 젊은이가 가엾게도 상사병에 걸렸다는 것을 짐작할 수 있었다. 흐드르가 얘기하라고 계속 설득하자 페자이는 결국 입을 열었다. 그는 바이올린을 배우고 싶은 열망으로 가득 차 있었고, 자신에게 바이올린 켜는 법을 가르쳐달라고 부탁했다. 젊은이는 금방이라도 울음을 터뜨릴 얼굴이었다. 흐드르가 자신은 바이올린을 그만두고 술을 먹기 시작해 가르쳐줄 수 없다고 말하자 젊은이의 눈에서 눈물이 두 방울 뚝 떨어졌다. 사랑에 빠진 젊은이의 눈물을 본 흐드르는 자신의 젊은 시절이 떠올라 가슴이 아팠다. 그는 목에 걸고 있던 열쇠를 꺼내 수년 전에 잠갔던 케이스를 열고, 바이올린을 꺼냈다. 이렇게 해서 그들은 첫 수업을 시작했다. 그는 먼저 페자이에게 악보 보는 법을 가르쳤다. 그다음에는 바이올린과 활을 어떻게 쥐어야 하는지를 보여주었다. 젊은이가 라 현에 활을 대어 소리를 내자, 클라스 흐드르는 자신의 귀를 의심하면서 이렇게 소리쳤다.

"아, 이 얼마나 멋진 소리인가! 내 이성을 온통 빼앗겨버릴 지경일세그려. 날 미치게 만드는군."

수업은 다음 날에도 계속되었다. 페자이는 연습을 시작하기 전에 기도를 올리고 연인이 그 아름다운 소리로 자신에게 대답하고, 달콤하고 조화로운 말을 건네게 해달라고 빈 다음, 마치 무슨 의식을 행하듯 케이스를 열고 바이올린을 집어 들었으며, 활을 현위에서 움직여 대화를 하고자 했다. 당연히 처음에는 공허한 소리만이 나올 뿐이었지만 끼낑대며 열심히 연습했다. 시간이 흐른 후 초보자들에게 있어 가장 어려운 음인 솔과 미가 제대로 소리가 나기 시작했다. 그러니까 연인이 그에게 완전히 무관심한 것은 아니었던 것 같다. 이렇게 되자 젊은이의 가슴에 있는 희망의 빛이 서서히 커지기 시작했다. 연인에게 더욱더 예속되는 것 같았다. 몇 시간 연습을 하며 연인에게 밀어를 속삭이는 데 지치면, 바이올린을 어깨에서 내려 헝겊으로 정성스럽게 닦은 후 나사를 느슨하게 푼 활과 함께 잠자는 아기를 요람에 눕히듯 케이스에 보관했다. 클라스 흐드르에 의하면, 젊은이에겐 희망이 있었다. 집시의 칭찬과 격려에 젊은이는 완전히 흥분했고, 연인의 마음을 정복할 날을 꿈꾸게 되었다. 페자이는 드디어 라장조를 완전히 배웠고, 바이올린에서 첫 멜로디가 흘러나오기 시작했다. 하지만 그것이 완벽했다고는 절대 말할 수 없었다. 연인이 마치 그에게 내키지 않는 마음으로 대답하는 것 같았다. 아직 가야 할 길이 멀었다. 몇 주가 지나 모든 음조와 음의 위치를 배웠지만, 바이올린은 여전히 그에게 완전히 마음을 주지 않았고, 그의 모든 사랑, 관심, 시간 그리고 존재가 자신을 그리워해주길 원하는 듯했다. 하지만 페자이는 이미 그의 영혼을 연인에게 바친 뒤였다. 때로 연인의 변덕에 가슴이 찢어졌고, 슬픔과 절망 때문에 거의 미칠 지경이 되었으며, 이러한 상황에서 그를 위로하는 것을 자신의 의무로 여겼던 클라스 흐드르와 함께 술을 마시며 고민을 나누었다. 몇 달이 지난 후 드디어 클라스 흐드르는 계획을 진행시키기 시작했다. 클라스 흐드르는 부르사에서 전혀 알려지지 않아 스스로를 불운한 캬밀이라고 칭하는 어떤 작곡가의 작품을 페자이에게 주었다. 이 작품으로 연인의 마음속에 들어가 그 천국에서 사방을 돌아다니고 연인의 변덕에 맞서 변덕으로 대답하는 것이 가능해 보였기 때문이다. 이것은 거의 생사가 달린 문제였기 때문에 페자이는 필사적으로 연습했다. 손에 활을 들고 먼저 악보를 보고 밤낮으로 연인에게 말을 걸었다. 드디어 그날이 왔다. 클라스 흐드르 앞에서 연주하는 동안 그의 영혼은 연인의 영혼과 합치되었고, 연인은 그에게 달콤하고 촉촉한 목소리와 멋진 하모니로 대답했다.

이 멋진 날 이후 페자이는 모든 시간을 자신의 영혼을 드디어 받아들인 연인과 보냈고, 연습하며 희열을 느끼기 시작했다. 그는 바이올린과 거의 일심동체가 되었다. 그와 연인은 몇 날 며칠을 아침부터 밤까지 노래 불렀고, 울고 웃으며 행복의 절정에 다다랐다. 그러던 어느 날 페자이가 외출했다 집에 돌아와보니 바이올린이 사라지고 없었다. 사방을 뒤져보았지만 연인의 흔적은 그 어디에도 없었다. 짚이는 데가 있었던 페자이는 즉시 정원으로 달려가 술을 마시고 있던 아버지의 목덜미를 움켜쥐고는 바이올린의 행방을 물었다. 아버지의 대답은 그를 미치게 만들었다. 잔인한 아버지는 장인 우스투라다와루스가 만든 바이올린을 다우트 호쉬두락이라는 음악가에게 금화 마흔아홉 냥을 받고 팔았던 것이다. 게다가 그 손님은 바이올린을 건네받자마자 부르사를 떠났다고 했다. 아버지가 보고 느낀 바로는 그 음악가는 자기 분야에서 전설적인 사람이라고 했다. 그러면서 자신들의 가문이 몇 세기 만에 처음으로 이렇게 유명한 사람과 일을 한 것으로 보아 이 거래는 사실 영광스러운 것이라고 말했다. 하지만 이 재앙 이후 페자이의 세계는 끝이 나고 말았다. 그의 마음은 슬픔과 고통으로 가득 찼고, 그래서 식음을 전폐하고 말았다. 멀리 날아가버린 꾀꼬리를 그리워하는 장미처럼 안색이 창백해지고 여위어갔다. 아들이 눈앞에서 여위어가는 모습을 본 아버지는 어느 날 밤 그에게 꾸러미 하나를 건네주었다. 들뜬 마음과 희망으로 꾸러미를 연 페자이는 바이올린과 마주하게 되었다. 하지만 손에 활을 들고 연주하기 시작했을 때 연인의 그 달콤하고 촉촉한 소리는 들려오지 않았다. 두 바이올린 사이에는 정말 하늘만큼 땅만큼 차이가 있었고, 바이올린 위에 새겨진 사인을 보고 그 악기를 슨드르그르라는 목수가 만들었음을 알게 되었다. 바이올린을 벽에 던져 산산조각을 낸 페자이는 이제 슬픔과 분노에 휩싸이게 되었다. 하지만 정신을 차리고 연인을 추적해서 기회를 포착해 훔쳐와야만 했다. 그러던 어느 날 신문에서 한 기사를 읽게 되었다. 아버지가 언급했던 그 유명한 바이올리니스트가 어느 대도시에서 연주회를 연다는 것이었다.

대통령도 참석하는 중요한 이 연주회에서 바이올리니스트 다우트 호쉬두락은 박수를 받으며 무대에 나타났다. 우스트라다와루스가 만든 바이올린이 그의 손에 들려 있었다. 드디어 박수가 그치고 그는 연주를 하기 시작했다. 하지만 바이올린은 마치 그에게 저항하는 것 같았다. 그가 아무리 자신의 모든 예술적 재능을 발휘하려고 해도 그가 원했던 완벽함에는 도무지 다다를 수가 없었다. 그 이유는 분명 그와 바이올린 사이에 영혼의 결합이 아닌 혼인 계약 같은 인공적인 결합이 있었기 때문일 것이다. 바이올린으로부터 자신이 원하는 대답을 듣지 못한 남자는 불안하고 놀란 표정이었다. 어쩌면 이러한 심리 상태 때문이었던지 그의 집중력은 분산되었고, 그의 시선은 연주회장의 맨 뒤에 있는 어두운 지점을 향했다. 그곳에서 어떤 적의 가득 찬 시선이 자신을 노려보고 있는 것을 보았다. 얼마쯤 시간이 지난 후 그 시선은 연주회장의 중간 자리에 와 있었다. 그런데 이즈음 바이올린에게서 희망에 가득 찬 즐거운 소리가 나기 시작했다. 마치 환희에 찬 콘체르토가 승리를 향해 올라가는 것 같았다. 그사이 바이올리니스트는 그 분노에 찬 시선이 급속도로 자신에게 다가오는 것을 감지하게 되었다. 그러나 그 생각을 한 것은 이미 물이 엎질러진 후였다. 청중들 사이에서 달려와 무대 위로 뛰어오른 젊은이는, 남자의 손에서 바이올린을 낚아채 연인을 구해냈다. 그 모든 사건을 어리둥절한 모습으로 바라보던 청중들이 모두 자리에서 일어났고, 연주회장은 조금 전의 음악 대신 웅성거림으로 가득 찼다. 바이올리니스트의 놀란 시선 앞에서 연인을 품에 넣은 페자이는 지체하지 않고 무대 뒤로 뛰어갔다. 모든 직원들과 경비원들이 그의 뒤를 쫓기 시작했다. 무대 뒤에서 출구로 향하던 페자이는 그쪽에서도 남자들이 그를 향해 뛰어오는 것을 보았다. 이렇게 되자 그는 어쩔 수 없이 계단을 뛰어서 위로 올라갔다. 모든 사람이 그를 쫓아오고 있었고 모든 출구들은 봉쇄되었다. 이 쫓고 쫓기는 상황은 한동안 계속되었다. 결국 페자이는 건물 지붕까지 올라가게 되었다. 페자이는 지붕의 가장자리로 걸어가기 시작했다. 얼마 지나지 않아 사람들이 밑에 모여 그를 구경하기 시작했다.

"다가오지 마시오! 다가오면 아래로 몸을 던지겠소!"

그가 이렇게 소리치자 지붕까지 그를 따라온 사람들이 잠시 멈칫했다. 그는 바이올린과 헤어지느니 죽음을 택하겠다고 생각했다. 하지만 마지막으로 한 번 연인과 대화를 나누고 싶었다. 그는 품에서 연인을 꺼내 활을 현 위에 올려놓고 가장 애절하고 구슬픈 가락을 연주했다. 아래에 있던 군중 가운데 감수성 예민한 몇몇의 눈에는 눈물이 맺혔다. 이별의 시간이 왔다. 페자이는 바이올린에 입맞춤한 후 마치 아기를 다루듯 조심스럽게 기와 위에 내려놓았다. 연인에게 상처를 주고 싶지 않았기 때문이다. 그러고는 몸을 일으키더니 눈을 감고는 허공을 향해 몸을 던졌다.

그 도둑이 지붕에서 이렇게 밑으로 사라진 후, 어느 헌병에게 지붕을 조사하라는 임무가 내려졌다. 한동안 지붕을 뒤지고 돌아다니던 헌병은 가까운 곳에서 무슨 소리가 들려오자 걸음을 멈췄다. 좌우를 둘러봤지만 아무것도 보이지 않자 그는 새끼손가락으로 귀를 후볐다. 하지만 그 소리는 여전히 들려왔다. 그가 잘못 들은 것이 아니라면 이 소리는 사람의 마음에 파고들어 거의 가슴을 후벼 파는 것 같았다. 잠시 후 너무 놀라 입을 벌리고 멍하니 바라보던 헌병의 눈이 울먹이는 듯한 구슬픈 소리에 촉촉하게 젖기 시작했다. 잠시 후 그 소리가 나는 곳을 찾은 헌병이 "아!" 하고 소리쳤다. 바이올린이었다. 바이올린은 마치 연인과 헤어진 사람처럼 울고 있었다. 헌병이 바이올린을 만진 순간 가락이 끊겼다. 페자이가 떠난 후 바로 이 소리만이 영원히 남게 되었다.

*

죽음이 이야기를 마치자 젯잘 데데는 이렇게 말했다.

"처음에 우리가 이 게임을 어떻게 시작했는지 기억하오. 먼저 우리는 공포 이야기를 하나씩 했지요. 하지만 공포가 우리 영혼에 그다지 잘 와 닿지 않았기 때문에 그다음에 우리는 종교를 주제로 택했소. 그리고 방금 사랑 이야기를 끝마쳤소. 그런데 내가 이해할 수 없는 것이 있소. 어떻게 하다 우리가 여기까지 오게 된 겁니까?"

262

이에 죽음이 대답했다.

"사람들은 모두 미지의 것을 두려워한다. 이 두려움을 이기기 위해서는 알아야 하지. 하지만 알기 위해서는 먼저 모색을 해야 해. 종교가 바로 이 모색이 아니던가? 또한 만약 인간이 무엇인가를 찾고 있다면, 아직 그것을 찾거나 도달한 것은 아니라는 뜻이야. 도달하지 못한 것에 다다르기 위해 안간힘을 쓰지. 이것은 사랑이지! 그러니까 말하자면 우리는 지금 헤매고 있는 게 아니야. 공포에서 모색으로, 모색에서 사랑으로 넘어갔지. 이야기를 할 때 우리 자신도 모르게 선택한 주제를 통해, 이전에 지나왔던 곳을 다시 지나가는 것이 확실하네. 왜냐하면 이 세 가지 감정을 아주 잘 알고 있으니까. 공포도 모색도 사랑도 우리를 당황스럽게 하지 않아. 이 감정들은 우리 마음에서 이미 사그라진 태풍과도 같아. 내게 있어 이 상황은 아주 평범한 것이네. 하지만 자네에게는 아주 대단한 것처럼 보이겠지. 모색이 끝나면, 찾고 있는 것을 찾았기 때문에 공포도 사랑도 끝이 난다네."

노인은 지체하지 않고 대답했다.

"그러면 그때부터 기쁨이 시작되지요!"

죽음은 기분이 엉망이 되었다. 왜냐하면 어떤 영혼을 휩쓸어버린 태풍이 잠잠해진다는 것은 냉담하고 무관심하게 된다는 것이었기 때문이다. 이것으로도 모자란 듯 노인이 덧붙였다.

"천국도 바로 이런 것이지요!"

마치 기대하지 않았던 말을 들은 듯 죽음은 주의 깊게 노인을 바라보았다. 그러자 노인이 마지막으로 이렇게 말했다.

"그리고 미소를 짓는 모든 사람들은 천국을 바라보고 있다는 의미지요."

이에 죽음은 수천 년 만에 처음으로 침을 꿀꺽 삼켰다.

그러던 중 그들은 나임 마을에 도착했다. 계산대로라면 우준 이흑산은 이곳에 있는 어떤 집에 있을 것이다. 하지만 그 집 앞에 도착했을 때 시커먼 구름이 하늘을 뒤덮고 천둥과 번개가 치기 시작했다. 얼마 지나지 않아 비가 억수같이 쏟아지기 시작했다. 순간적으로 사위가 너무나 어두워지고 암울해진 게 꼭 밤이 온 것 같았다. 더 최악인 것은 거대하고 어두운 비구름이 자꾸만 밑으로 가라앉고 있다는 것이었다. 드디어 비구름이 안고 있는 습기, 안개, 우울, 어두움이 악몽처럼 마을에 내려앉았다. 한 치 앞도 볼 수 없는 상황이었다. 그들은 우준 이흑산이 머무는 집 앞에 있었기 때문에 손을 더듬어가며 대문을 찾는 것은 그리 어렵지 않았다. 그 집에서는 각 방마다 다른 가족이 살고 있는 것 같았다. 대문이 잠겨 있지 않아 쉽게 안으로 들어간 죽음은 라이터를 켜고 주위를 둘러보았다. 그런 다음 계단을 이용해 어둠 속에서 간신히 이층으로 올라갔다 현관 문틈 사이로 강한 빛이 흘러나오는 것을 보았다. 눈이 부셨던 죽음은 마치 태양을 쳐다보듯 눈 위에 손차양을 대고 방 안을 둘러보았지만, 이상하게도 빛을 발하는 램프나 전등 따위는 볼 수 없었다. 볼이 붉고, 혈색이 좋은 한 소년이 캔버스 앞에 앉아 손에 팔레트를 들고 그림을 그리고 있을 뿐이었다. 소년이 그리고 있는 그림이 얼마나 생기발랄하고 기쁨에 가득 차 있었던지 방에 있는 모든 빛은 그림의 색에서 비롯되고 있었다. 그가 그리고 있는 것은 미완성의 풍경이었다. 아직 태양이 그려져 있지 않은 상태였다. 소년이 그림을 그리고 있을 때 우준 이흐산은 문을 등진 채 창밖에서 내리고 있는 비를 바라보고 있었다. 그는 방심하고 있었다. 그러니까 죽음이 그를 붙잡는 데 있어 그 어떤 걸림돌도 없었던 것이다. 죽음이 그를 향해 막 걸음을 뗀 순간, 그림에 막 태양을 그리려던 소년이 붓에 노란색을 묻혀 한두 번 캔버스에 칠하자마자 갑자기 태양이 떠올랐다. 방은 눈을 멀게 할 정도로 강한 빛으로 가득 찼다. 밝은 빛을 견디지 못한 죽음은 두 손으로 눈을 가렸다. 잠시 후 용기를 내어 눈을 떠보니 소년은 그림을 끝낸 후였고, 캔버스에는 덮개가 덮여 있었다. 우준 이흐산은 또 도망치고 없었다.

하지만 죽음은 이번에는 그가 하에완 마을로 거라는 사실을 알고 있었다. 노인과 함께 밖으로 나왔을 때 비는 그치고, 해가 다시 나와 있었다. 하늘은 푸르렀고, 새들이 지저귀고 있었다. 모든 것, 이성과 감정이 있는 모든 창조물은 환희 속에서 다시 태어나고 있었다. 하지만 죽음이 감정을 표현할 가능성은 없었다. 왜냐하면 돌로 된 가면과도 같은 불멸의 봉인을 깨는 것은 무척이나 어려웠기 때문이다. 죽음은 노인의 말을 기억하는 듯 다음과 같이 말했다.

"조금 전 자네는 미소를 짓는 사람들은 천국을 보고 있다고 말했지. 이야기를 하면서 기회가 있을 때마다 미소를 짓는 것으로 보아, 자네는 최소한 그 점에 있어서 자신이 있나보군. 자네가 원한다면 이번 주제는 '천국'으로 하는 게 어떤가?"

노인이 대답했다.

"내 생각을 묻는 거라면 천국은 오로지 그곳을 본 사람만이 설명할 수 있다고 말하겠습니다. 당신이 원한다면 물론 시도해볼 수는 있지만, 잘 표현할 수 있을지 의심스럽구려. 천국에는 오로지 어린이들만 들어갈 수 있다고 생각하니까요."

그러자 죽음이 말했다.

"자네는 천국이 엄숙하고 진지한 곳이라는 것을 믿지 않는 것 같군. 정말이지 자네 생각이 궁금하군그래. 원한다면 먼저 이야기를 시작하게나."

이렇게 해서 노인은 '포도주와 빵'이라는 제목으로 이야기를 시작했다.

*

옛날 카이세리에 사는 어느 노파에게 스물일곱 살이 넘었는데도 도무지 결혼할 생각을 하지 않는 제이넬아비딘이라는 아들이 있었다. 이 배은망덕하고 배려심 없는 아들은 가련한 어머니의 간절한 부탁과 강요에도 아랑곳하지 않고, 가장 아름답고 가장 마음씨 착하고 가장 부지런한 신부감과의 결혼을 고집스럽게 거부함으로써, 부모로서 저세상에 가기 전에 행복감을 느끼고, 특히 손자를 쓰다듬어보고 싶어하는 여인을 슬프고 불행하게 만들었다. 제이넬아비딘은 아주 깐깐하고 깔끔하고 절제력 있는 사람이었다. 아이들은 산만하고 경솔하고 부주의한 존재라고 생각했고, 다른 집을 방문했을 때 안겨 아이가 그의 품에 다림질한 바지에 오줌을 싸는 것, 과자를 더 먹겠다며 아이가 떼쓰며 우는 것, 밥상에서 사방에 음식을 튀겨가며 말하는 것, 특히 부모들이 이 모든 것을 오냐오냐하며 봐주는 것에 분노가 치밀었다. 무엇보다도 아이가 우는 것이 그를 가장 미치게 만들었다. 한번은 가까운 마을에 사는 열두어 명 정도의 친척들과 아이들이 그가 사는 이층집을 방문한 적이 있었다. 한 아이가 사탕이 없다며 밤에 잠을 자지 않고 꽥꽥 울기 시작하자 제이넬아비딘은 화가 머리끝까지 났지만, 친척들의 기분을 상하지 않게 하려고 화를 마음속으로 삭였다. 다음날 아침 그의 얼굴에는 평생 사라지지 않을 신경 경련이 자리 잡게 되었다. 이제 제이넬아비딘은 아이를 보기만 해도 신경질이 나 오른쪽 눈썹이 위아래로 줄기차게 떨렸다. 하지만 아이들은 이것을 자신들에게 윙크하는 것, 함께 놀자는 신호로 여기고는 더러운 옷을 입은 채 그의 품으로 달려들었다.

이러한 상황으로 볼 때 제이넬아비딘에게는 아버지로서 필요한 미덕인 인내와 관용이 거의 없다고 할 수 있었다. 그래서 그는 결혼하기가 싫었고, 손자를 쓰다듬어보고 싶은 마음이 간절한 가없은 어머니의 마음에 상처를 주었다. 마침내 늙은 어머니는 아들의 자손이 없을 거라는 현실을 받아들였다. 어머니는 결혼식에서 며느리에게 주려고 준비했던 팔찌 등의 금붙이를 모두 아들에게 주었고, 아들이 이것을 밑천 삼아 밥벌이를 해 제구실을 하며 살길 바랐다. 이렇게 해서 제이넬아비딘은 미혼의 남성에게 맞는 일을 하게 되었다. 이제 방방곡곡 마을을 돌아다니며 야신과 테바레

케*, 코란 분책, 기도 담당 성직자들, 이슬람 원리를 설명한 책 그리고 이와 비슷한 책, 또한 깨알 같은 글씨로 쓰여 있는 책을 팔았으며, 상인들을 위해 '나에 대해 무엇을 생각하든 신이 당신에게 두 배를 주시기를'이라는 기원문이 쓰인 글을 액자 안에 넣어 신실한 사람들에게 팔면서 먹고살았다.

그러던 어느 날 제이넬아비딘은 카이세리의 어느 마을에 가게 되었다. 그는 어쩐 일인지 오래전부터 삶이 허무하고 답답하게 느껴지고 있었다. 그래서 금요 예배를 올리고 설교를 듣기 위해 사원에 갔다. 기도가 끝나자 이맘의 설교가 시작되었는데, 그 내용이 아이들에 관한 것이었다. 얼굴이 마치 술주정뱅이처럼 빨간 이맘은 거의 눈물을 흘릴 것 같은 표정으로 입에 침이 마르게 아이들을 칭찬하며 치켜세웠다. 그러더니 마침내 아이를 잃은 아버지처럼 울기 시작해, 결국 설교를 중단할 수밖에 없었다. 그래서 앞줄에서 기도를 올리던 몇몇 사람들은 자리에서 일어나 이맘을 부축해 기도 전 몸을 정갈하게 하는 수돗가로 데려가 그의 얼굴과 손에 물을 묻혀 진정시키려고도 했다.

이맘의 아이 사랑에 꽤 놀란 제이넬아비딘은 설교 내용에 대해 저녁때까지 곰곰이 생각했다. 머리가 너무 복잡하고 마음도 답답했던 제이넬아비딘은 밤이 되자 술집에 가 한잔 마시기로 했다. 하지만 이 죄의 온상에 들어가 술과 안주를 주문하자마자 눈이 튀어나올 정도로 놀라고 말았다. 이맘이 혼자 술을 마시면서 울고 있

---

* 각각 코란의 36장과 67장을 가리킨다.

었던 것이다. 게다가 그 시간에 벌써 한 병을 다 비운 후였다. 그러니까 선만큼이나 악도 알고, 선행만큼이나 죄악도 아는 이맘은 보이지 않는 모든 세계에 거의 완전히 통달한 인물이었던 것이다.

하지만 제이넬아비딘은 믿음이 강한 신자였고 이러한 이유로 부끄러워할 줄도 아는 사람이었다. 그래서 술을 마시기는 하지만 바로 이맘의 눈앞에서 술을 마시는 것은 진정 부끄러운 일이라고 생각했다. 그가 얼굴을 붉히며 어쩔 줄 몰라하는 것을 본 술집 주인은 그에게 다가와 귀에 대고 불편해하거나 부끄러워할 필요가 없다고 말했다. 그러면서 이맘은 과거에 방탕하고 술과 노름을 좋아하는 사람이었는데, 다섯 살 난 딸이 자신을 떠난 후 위안을 삼기 위해 신학을 공부해 이맘이 되었으며, 딸을 기억하기 위해 매일 저녁 술집에 와 술을 마시며 운다고 속삭여주었다. 이 말을 들은 제이넬아비딘은 호기심이 일었고, 술집 주인에게 이맘에 관한 이야기를 모두 들려달라고 부탁했다. 술집 주인은 슬픈 표정을 지으며 의자를 끌어당겨 앉고는, 세파라는 이름의 이 이맘과 다섯 살짜리 딸의 가슴 아픈 이야기를 들려주기 시작했다.

*

한때 아나톨리아의 한 마을에 책임감이라고는 눈을 씻어도 찾아볼 수 없는 남자가 살고 있었다. 세파라는 이름의 이 남자는 얼마나 태평스럽고 무관심했던지, 아버지가 유산으로 남겨준 목장과 스물한 마리의 소를 자신이 관리하지 않고, 교활하며 사기꾼 같은 관리인에게 맡겼다. 이로써 그는 하루 종일 세상의 은총을 맘껏 즐길 수 있는 기회를 잡게 되었다. 물론 시골에서의 생활이 다양할 리 없었기 때문에 세상의 은총은 술, 노름, 부도덕한 여자들과 놀아나는 것이 전부였다. 그는 무책임하고 태평스럽긴 해도 사실 착하고 욕심이 없는 사람이었기 때문에 이 정도의 방탕한 생활로 만족했다. 그는 나쁜 마음을 가진 관리인이 맡아 돌보는 목장에서 나오는 약간의 수입으로 이 정도의 풍성한 은총을 누리는 자신을 행복한 사람이라고 여기고 있었다. 각설하고, 세파는 사실 겸손하며 착한 사람이었다. 노름판에서 돈을 내지 못하는 가난한 노름꾼들에게 구호금 명목으로 돈을 주었으며, 술잔치로 흥청대며 재산을 탕진한 주정뱅이들을 자신의 술자리에 초대하고, 사랑이 재산이라고 생각해 세속적인 부를 여자들에게 다 쓴 늙은 바람둥이들에게 라마단과 희생절 바로 전날 옷을 사주곤 했다. 이러한 이유로 세파는 유흥과 노름 세계에서는 자선가로 통하곤 했다.

그런데 어느 날 보따리장수 여인이 품에 달덩이 같은 아이를 안고 세파의 대문을 두드리더니, 자신의 정조를 더럽혀 생긴 그 아이를 돌봐달라고 요구했다. 추측할 수 있듯이 세파는 남의 부탁을 거절할 사람이 아니었다. 유순하고 다정한 성격이라 화가 잔뜩 나 있는 여자의 마음에 상처를 줄 수 없었던 그는 아이를 거둬들일 수밖에 없었고, 그 아이에게 베스테누르라는 이름을 지어주었다. 하지만 그가 방탕하고 무관심했기 때문에 아버지 노릇과 책임을 다하는 것은 무척이나 어려웠다. 무엇보다도 달덩이 같은 얼굴의 아기에게 당장 젖을 먹여야 했다. 이 일에 가장 적합한 사람은 세파를 키운 유모였다. 하지만 이 늙은 여자에게 말을 꺼낼 낯이 없었다. 왜냐하면 세파가 막 청년기에 접어들었을 때 목욕탕에서 담배를 피우다 유모에게 들킨 적이 있었던 것이다. 세파는 유모로부터 그렇게 주의와 경고를 받았음에도 불구하고 올바른 정신을 멀리하고, 나쁜 친구들과 어울려 깨끗하고 연한 폐에 악영향을 미침으로써, 자신이 먹였던 그 많은 젖이 부정을 탔다고 한 소리 들은 적도 있었다. 예순 살이 된 그녀는 사람의 발길이 닿기 힘든 산골에 은둔하면서 죽음을 기다리고 있었다. 하지만 세파는 다른 방도가 없었기 때문에 품에 베스테누르를 안고 험난한 길을 넘어 그녀를 찾아갔다. 그러고는 그녀의 손등에 입맞춤을 한 후 안부를 묻고 아이가 걸을 때까지 돌봐달라고 부탁했다. 이 말을 들은 노파는 아랫입술을 깨물며 부끄러운 줄 알라는 듯 그를 바라보았고, 자신이 몇 년 동안 젖을 먹였던 그 많은 아이들 모두가 무책임하고 제멋대로 살면서 죄와 잘못을 저질렀기 때문에 이제는 젖이 말랐으며, 세파를 위시하여 모두 자신의 젖을 좋은 일에 사용하지 않았다고 말했다. 하지만 이 달덩이 같은 얼굴을 한 아기를 살릴 수 있는 젖이 가슴에서 나올 수 있도록 지금부터 당장 기도를 할 것이라는 말도 빼놓지 않았다. 이 노파의 기도는 사실 아주 효험이 있었다. 이렇게 해서 달덩이 같은 얼굴의 베스테누르는 그녀의 가슴에서 나온 천계의 젖을 먹고 무럭무럭 자랐다. 오 년이 지나 아이는 맑은 얼굴을 한 얌전하고 호감이 가는 예의 바른 여자 아이로 성장했다. 정갈하고 예의 바르고 부지런한 아이를 본 노파는 자신이 먹인 젖이 올바른 영향을 미쳤다는 것을 보고는 아이를 무릎에 앉히고 말했다.

"사랑하는 애야. 너를 제외하곤 지금까지 젖을 먹인 모든 아이들이 버릇없고 무책임했단다. 그 아이들이 젖을 뗀 후, 버릇없고 무례하다는 소식들이 항상 내 귀에 들어왔다. 이 아이들이 지저분하고, 버릇없이 보는 것마다 다 사달라며 떼를 써 부모들 속을 썩인 것이 나를 얼마나 고통스럽게 했던지 결국 젖이 말라버렸고, 나는 이 산골에서 은둔하며 살고 있었단다. 그런데 이런 아이들 중 한 명인 네 아버지 세파는 내가 죽음만을 기다리고 있을 때 너를 데리고 왔지. 젖이 다시 나와 네게 젖을 줄 수 있기를 얼마나 기도했는지 모른단다. 결국 내 가슴에 있는 믿음이 젖으로 변했고, 너는 이 젖을 먹고 자랐다. 이것이 이 세상에서의 내 마지막 의무였다. 이제 내겐 시간이 얼마 남지 않았구나. 그래서 네게 유언을 하마. 나의 마지막 바람은 첫째, 네 아버지 세파가 사람들 사이에서 인간 구실을 할 수 있도록 네가 예의를 가르치는 것이고, 둘째는 내가 죽은 뒤 비석을 하나 세워달라는 것이다. 다른 유모 같았으면 네가 이 두 가지 일을 다 이행한 이후에 네게 신의 축복이 깃들기를 기원하겠지만, 나는 미리 네 축복을 기원하겠다. 왜냐하면 난 네가 이대로 행동에 옮길 것을 진심으로 믿기 때문이란다."

말을 마친 유모는 자물쇠가 채워진 작고 낡은 궤를 가지고 오더니 목에 매달고 있던 부적을 펴 그 안에 든 열쇠를 꺼냈다. 그러고는 어쩌면 몇 년 동안 잠가놓았을 궤를 열었다. 그 안에는 새하얀 속옷 두 벌, 방울 술이 달린 양말 두 켤레, 하얀 리본 두 개, 앵두

무늬가 있는 붉은색 밀짚모자, 붉은 책, 가디건 그리고 같은 색의
망토, 반짝이는 붉은색 신발 한 켤레가 있었다. 다섯 살 난 여자아
이에게 있어 그것은 보물 상자나 다름없었다. 유모는 베스테누르
가 붉은색, 방울 술 그리고 프릴이 달린 것들에 매료된 것을 보고
는 이렇게 말했다.

"사랑하는 애야, 이것들은 할머니가 늑대에 잡혀 먹혔기 때문에
인생을 살아가면서 부딪칠 수 있는 모든 위험을 파악하고, 이러한
이유로 평생 순결을 지키며 산 어린 소녀의 물건이다. 그 소녀는
순결을 중요하게 여겼기 때문에 결혼도 하지 않았고, 평생 정조를
지키며 늙었단다. 그녀가 삶을 마감할 즈음 나도 너처럼 어린 나
이였단다. 내가 예의 바르고 얌전하고 부지런한 것을 보고 나를
얼마나 좋아했던지 이 옷들을 내게 주었단다. 하지만 나는 내가
충분한 자격이 없다고 생각했기 때문에 한 번도 입은 적이 없다.
또 이 궤에 들어 있는 해골 안에는 포도나무 가지로 만든 연필과
밀알 하나가 있다. 네 아버지 세파가 너를 내게 데리고 온 후, 나
는 포도나무 가지를 땅에 묻었고, 밀을 심었단다. 이듬해 포도나
무가 자랐고, 포도가 주렁주렁 열렸지. 올해는 빵을 만들 정도의
밀과 즙을 짜 한 병을 다 채울 수 있는 포도를 얻게 되었다. 지금
네가 이 옷을 입는 동안, 나는 네 아버지에게 줄 빵을 만들고 포도
즙을 짤 것이다. 지금부터 하는 말을 절대 잊지 말아라. 이것들은
네가 아니라, 가련한 삶을 산 네 아버지가 먹고 마셔야만 한다. 만
약 나의 이 말을 어기고 이것들을 네 입에 넣게 되면 넌 평생 사탕
도 먹을 수 없고, 셔벗도 먹을 수 없을 거란다. 산을 내려가면서

절대 다른 데 정신 팔지 말고 곧장 아버지에게 가져다주거라. 아버지와 함께 평생 행복하게 살아야 한다."

이렇게 해서 베스테누르는 유모의 손등에 입을 맞춘 후, 포도즙이 든 병과 빵이 든 바구니를 팔에 걸고 산에서 내려가기 시작했다. 하지만 그 주위에는 나쁜 마음을 먹은 괴물이 돌아다니며 이 어린아이에게 눈독을 들이고 있었다. 자신 뒤에 저주받은 괴물이 따라오고 있다는 것을 모르는 베스테누르가 비탈길을 내려가느라 지쳐 있을 때 갈림길 앞에 이 괴물이 나타났다. 베스테누르는 이 괴물을 보고 깜짝 놀랐다.

"넌 누구야?"

"네 아빠다."

괴물은 거짓말을 했다. 아이는 너무나 기뻐 소리쳤다.

"아, 아빠! 난 아빠 딸 베스테누르예요! 유모가 이 빵과 포도즙을 아빠에게 갖다드리라고 했어요. 자, 이걸 먹고 마시세요."

나쁜 마음을 먹은 괴물은 이를 거절하지 않았다. 빵을 한 조각 한 조각 뜯어 먹고, 병에 든 포도즙을 마셨다. 그가 먹고 마시는 모습을 유심히 살펴보던 아이가 더이상 참지 못하고 물었다.

"아빠, 지금 입고 있는 옷이 아주 멋져요. 악어가죽으로 된 두 가지 색의 신발, 캐시미어 재킷 그리고 챙 넓은 모자도 아주 멋져요. 왜 이렇게 멋지게 차려입었어요?"

"나는 유명해지고 싶고 존경받고 싶단다. 사람들이 나의 겉모습을 보고 속아 내게 존경을 표하도록 이렇게 입었지."

"그런데 겨드랑이 밑에 커다랗고 두꺼운 책이 있네요. 이 책들을 왜 읽나요?"

"나는 지식도 갈망한단다. 그래서 마치 나쁜 아이처럼 되는대로 뒤적이며 배우고 싶어한단다. 참, 그런데 내가 먹은 이 맛있는 빵과 포도즙을 누가 주었다고 했지?"

"유모가 해골 안에 있던 포도나무 가지와 밀알 하나를 키워 포도즙을 짜고 빵을 만들었어요. 그런데, 이빨이 왜 그렇게 날카로워요?"

그러자 괴물의 얼굴이 갑자기 어두워졌다.

"이 이빨은 너 때문에 날카롭단다. 하지만 지금은 아무런 의미가 없구나. 왜냐하면 내게 준 빵을 먹고 포도즙을 마셨기 때문에 이젠 배도 고프지 않고 목도 마르지 않아. 이건 인간에게는 구원일 수 있지. 하지만 내게는 죽음과 영원한 고통을 의미한단다."

이 말을 한 후 괴물의 표정은 더욱더 침울해졌다.

"왜 그렇게 불행한 표정이에요?"

"불행하기 위해서지."

그러고는 눈에 잔인한 빛을 번뜩이며 다시 작은 아이에게 말했다.

"유모의 말엔 신경 쓰지 마라. 너도 이 빵과 포도즙을 먹으렴. 그러면 더이상 사탕과 셔벗을 원하지 않게 되고, 어린 시절을 경험하지 않게 될 것이다. 도대체 어린 시절이라는 게 뭔데? 수많은 의무와 책임. 이거 해라, 저것은 하지 마라, 여기로 가라, 저기로 가지 마라! 내가 시키는 대로 하면 넌 천국에 가게 될 거야."

그렇지 않아도 배가 고프고 목이 마르던 차였다. 그래서 베스테누르는 괴물이 내민 빵과 포도즙을 먹었다. 빵과 포도즙을 다 먹어버리자 괴물은 사라지고 말았다. 이렇게 해서 베스테누르는 그가 누구인지 알게 되었다. 어린 시절의 천국에서 이미 나왔기 때문에 선과 악이 무엇인지 알게 되었던 것이다. 아이는 크게 후회를 하며 혼잣말을 했다.

"아, 어쩌면 좋아, 내가 뭘 한 거지? 유모의 말을 듣지 않고, 옳은 길에 도달해 도덕적인 사람이 되도록 아버지에게 드렸어야 할 빵과 포도즙을 실수로 괴물에게 주고 말았어. 가련한 아빠는 이 빵과 포도즙이 없기 때문에 술, 노름 그리고 부도덕한 여자들과 계속 놀아나실 거야. 게다가 나도 이것들을 먹었으니 얼마 지나지 않아 천국으로 가게 되겠지. 시간이 별로 없으니 빵과 포도즙 없이 내가 아빠를 옳은 길로 인도해야 해. 이제 내가 있어야 할 천국에 빨리 가서, 아빠가 이 부도덕한 상태로 혼자 남겨지지 않도록 기도를 해야겠어."

이렇게 해서 어린아이는 도토리 한 알을 땅에 묻고 앉아서 기도를 하기 시작했다. 눈물을 흘리며, 아버지를 개과천선시키기 위해 도토리가 나무가 될 때까지 자신이 천국으로 가는 시기를 늦춰달라고 기도했다. 하지만 아이가 자리에서 일어나 길을 나섰을 때 도토리는 이미 싹트고 있었다. 어쩌면 아이의 간절한 기도의 결과로 현재로서는 운명이 어린아이를 승천시킬 시기를 늦추기 위해 씨의 천성을 억누르고 있는지도 모를 일이다.

베스테누르가 마을에 도착해 아버지를 찾았을 때 그는 술상 앞에 앉아 술을 마시고 있었다. 아이는 허리에 주먹을 올려놓고는 아버지를 꾸짖듯 이렇게 말했다.

"아빠! 난 아빠의 어린 딸 베스테누르예요. 이제 저는 유모 젖을 뗐고, 유모가 아빠를 도덕적이고 예의 바른 사람으로 만들라고 해서 여기에 온 거예요."

하지만 세파는 벌써 두 병째 비운 상태였고, 정신을 잃을 정도는 아니었지만 이미 얼큰하게 취해 있었다. 게다가 눈에 핏발이 서 물체들이 두 개로 보였다. 하지만 이 상태에서도 빨간 망토와 빨간 모자를 쓴 사랑스런 아이가 자신의 딸이라는 것을 알아채고는 자리에서 일어났다.

"내 딸아, 내 새끼야, 사랑하는 내 딸아, 그 많은 세월 동안 어디에 가 있었느냐?"

아버지는 비명을 지르듯 소리치며 베스테누르를 껴안았다. 하지만 벌써 하늘이 아이를 부르고 있었기 때문에 어린아이의 몸은 꽤 가벼워져 있었다. 이를 알아차린 아버지가 말했다.

"사랑하는 딸아, 왜 이렇게 몸이 가볍냐? 유모가 널 잘 돌보지 못한 것이냐? 그렇다면 유모에게 아주 섭섭하구나. 네가 살이 오르고 무거워지길 기대했었는데. 어쨌든! 내가 널 꿀, 빵, 아몬드로 보양해줄 테니 걱정 말거라."

"사랑하는 아빠! 그럴 필요 없어요. 왜냐하면 유모가 사실 아빠에게 드리라고 주었던 빵을 먹고 포도즙을 마셔서 이제는 배도 고프지 않고, 목도 마르지 않을 거예요. 그래서 제가 가벼운 거예요. 빵과 포도즙이 제 안에 있기 때문에 전 지금 천국에 속해 있어요. 얼마 지나지 않아 발이 땅에서 떨어져 그곳으로 올라갈 거예요.

하지만 천국에 가기 전에 아빠를 절제력 있고 도덕적이며 신실한 사람으로 만들기로 작정했어요. 그러니 당장 술, 노름 그리고 다른 좋지 않은 습관을 버리시고, 재산을 가난한 사람들에게 나누어 주고 옳은 길로 들어서셔야 해요. 저는 아빠를 감시하며 욕구에 굴복하는 것을 막을 거예요. 그리고 이제부터는 기름진 안주와 건강을 해치는 음식을 먹지 말고 살을 빼셔야 해요. 전 곧 천국으로 올라갈 텐데, 그때 아빠도 제 발을 잡고 함께 가야 하니까요. 지금처럼 뚱뚱하고 무거우면 아빠를 감당할 수가 없어요. 그러니까 제 발이 땅에서 떨어질 때 아버지는 아주 마른 사람이어야 해요. 만약 제 말대로 하면 아빠를 구원해 천국으로 데려갈 수 있어요. 거기에서 우리는 영원히 행복하게 살 수 있어요. 이 모든 것은 아빠에게 달려 있어요. 내일 해야 할 첫번째 일은 아빠의 수입을 계속 빼돌려 돈을 모은 나쁜 관리인에게 목장을 파는 거예요. 그 돈으로 한때 아빠에게 젖을 주었고 지금은 저세상 사람이 된 가련한 유모의 비석을 세워주세요. 그런 다음 마당에 있는 오두막에서 함께 살기로 해요. 유모가 제게 외우게 한 기도문을 전부 아빠한테도 가르쳐드릴게요. 술, 노름 그리고 여자에게 한눈 파는 것을 그만두고 이 오두막에서 하루에 빵 한 덩어리와 물 한 통 외에 아무것도 먹지 않고 마시지 않아야 해요. 전 아빠를 위해 항상 감시할 거예요. 왜냐하면 저는 착하고 예의 바르고 정직한 아이니까요."

이렇게 되자 세파는 어쩔 수 없이 어린 딸에게 복종할 수밖에 없었다. 다음 날 목장을 팔아 산에 비석을 세우기 위해 장인과 거래를 했다. 남은 돈은 가난한 사람들에게 나눠주었다. 술, 노름 그리고 다른 죄에 대해 회개를 하고 딸 베스테누르와 함께 오두막에서 살기 시작했다. 그는 소문대로 욕심도 없고 순한 사람이었던 것이다. 세파는 공손하고 행동거지가 바른 딸을 얼마나 사랑했던지 며칠 동안 딸이 하라고 했던 대로 빵과 물만으로 살아갔다. 이렇게 해서 몇 주일이 지났다. 드디어 그는 몸이 가볍고 삐쩍 마른 사람이 되었다. 단식하느라 애쓴 것이 효과를 본 것이다. 어린 딸이 천국으로 올라갈 날이 코앞에 닥쳐 있었다. 베스테누르가 심은 도토리나무는 하늘에 닿을 듯 빠른 속도로 쑥쑥 자랐고, 그 그늘에서 양 떼 오백 마리가 풀을 뜯을 수 있을 정도로 커다란 나무가 되었다.

살인 현장에 반드시 살인자가 다시 나타나듯, 한때 베스테누르 앞에 나타나 어린 시절이라는 천국을 앗아간 괴물이 참지 못하고 다시 범행 현장에 왔다 이 거대한 도토리나무를 보게 되었다. 괴물은 그 어떤 나무도 그렇게 짧은 시간에 크게 자랄 수 없다는 것을 알기 때문에 어린아이가 무슨 일을 꾸미고 있다는 것을 알아챘다. 괴물은 곧장 마을로 가 아이를 찾았다. 그러고는 베스테누르와 아이의 아버지가 사는 작은 오두막집을 보고 모든 것을 파악하게 되었다. 괴물은 곧장 시장에 가 고기, 야채, 뚝배기 그리고 먼 나라에서 온 다양한 양념들을 샀다. 고기가 들어간 뚝배기 요리를 준비하여 오븐에서 끓였고, 이 음식을 세파가 볼 수 있도록 오두막집의 창문 앞에 놓았다.

베스테누르가 빵을 사러 밖에 나갔을 때 세파의 코에 맛있는 음식 냄새가 흘러 들어왔다. 얼마 지나지 않아 그는 괴물이 놓은 고기 뚝배기 요리를 보게 되었다. 하지만 딸과의 약속을 떠올리며 식욕을 억눌렀다. 하지만 베스테누르는 아무리 기다려도 빵을 가지고 돌아오지 않았다. 시간이 자꾸 흘러갔다. 결국 세파는 참지 못하고 그 음식을 한두 수저 떠먹다 결국에는 다 먹어 치우고 말았다. 배가 부르자 자신이 지은 죄를 깨닫고는 울기 시작했다. 이때 어린 딸이 돌아왔다.

"아빠! 아빠에게 신선하지 않은 빵을 드리고 싶지 않아 지금까지 기다렸다. 방금 구운 빵을 사왔어요. 이 빵이 아빠가 이 세상에서 먹는 마지막 빵이 될 것 같아서요. 그런데, 아빠, 왜 울고 있어요?"

"사랑하는 딸아, 우리가 곧 천국에 가게 될 거잖니, 그래서 너무 기뻐 울고 있단다."

그는 이렇게 거짓말할 수밖에 없었다. 아주 창피했기 때문이었다. 괴물은 음식에 버터를 많이 넣어 칼로리가 높은 요리를 만들었기 때문에 세파는 배가 더부룩했다. 배가 꺼지지 않아 답답해하던 세파는 신선한 공기를 쐬기 위해 딸과 함께 마당으로 나갔다. 그런데 바로 그때 일이 벌어지고 말았다.

바람이 불자 베스테누르의 발이 땅에서 떨어져 공중에 뜬 것이다. 어린 딸이 소리쳤다.

"아빠! 기쁜 소식이에요! 전 지금 천국으로 날아가고 있어요. 자, 빨리 제 다리를 잡으세요."

아이가 땅에서 남자 키 높이 정도 올라갔을 때, 세파는 약간의 희망을 가지고 딸의 다리를 잡았다. 하지만 얼마 올라가지 못했다. 딸의 말을 듣지 않고, 고기가 든 뚝배기 한 그릇을 다 먹어 치웠기 때문이었다. 베스테누르도 마침내 무슨 일이 있었는지 알아챘고, 세파를 질책하기 시작했다.

"아빠! 왜 내 말을 귀담아 듣지 않으셨어요? 칼로리가 많은 음식을 먹었군요. 이 때문에 저는 아빠의 몸무게를 감당할 수 없게 되었어요. 천국에서 우리 부녀가 행복하게 살 뻔했는데…… 욕구를 참지 못하고 또 죄를 저지르고, 제 마음에도 상처를 입혔어요. 지금부터는 제 아빠가 아니에요. 저는 천국에 가 다른 사람의 딸이 되겠어요!"

후회막급인 세파는 베스테누르의 말을 듣고는 딸의 다리를 놓았고, 아이는 자신이 속한 천국으로 올라가기 시작했다. 그러더니 마침내 푸른 하늘 속에서 하나의 점이 되어 사라지고 말았다.

이렇게 해서 하나밖에 없는 사랑하는 딸과 헤어진 세파는 몇 날 며칠이고 베스테누르를 생각했다. 그는 마침내 아이 없인 살 수 없다는 것을 깨달았다. 게다가 딸이 어디에 있는지도 알고 있었다. 세파는 무슨 수를 써서라도 천국으로 가겠다고 맹세했다. 그리하여 그 나이에 신학교에 가 이맘이 되었고, 종교에 헌신했다. 하지만 하나밖에 없는 딸과 헤어졌기 때문에 가슴이 찢어지게 아팠고, 매일 죽고 매일 다시 태어났다. 자신을 신에게 바쳤음에도 불구하고 매일 저녁 술집에 가 술을 마시며 우는 이유가 바로 이것이었던 것이다.

  술집 주인이 이맘 세파에 대한 이야기를 마치자, 가슴이 뭉클해
진 제이넬아비딘은 엉엉 울기 시작했다. 얼마나 울었던지 가끔 숨
도 제대로 쉬지 못했으며, 눈물을 흘리면서도 얼굴은 붉으락푸르
락 변했다. 술집 주인은 손님이 숨이 넘어가지 않도록 자리에서
일어나 그의 등을 탁탁 두드리기까지 했다. 하지만 제이넬아비딘
은 쉽게 진정되지 않았다. 그때까지 마신 술이 눈물이 되어 흘러
내렸기 때문에 다시 술을 주문할 수밖에 없었다. 맞은편에 앉아
있는 이맘도 눈물을 펑펑 흘리고 있었다. 제이넬아비딘은 사실 자
신의 가련한 어머니가 옳다는 것을, 그러니까 세상에는 절도 있고
예의 바르고 사려 깊은 자식들도 있다는 것을 이제야 비로소 이해
하고 후회가 되어 눈물을 흘리고 있었던 것이다.

  아침이 오자마자 그는 버스에 올라타고 곧장 어머니 곁으로 가
자비로운 어머니의 손등에 입을 맞춘 후 당장 결혼시켜달라고 부
탁했다. 왜냐하면 불효자식 때문에 오랜 세월 마음고생을 한 어머
니의 가장 큰 소원이 손자들을 쓰다듬는 것이라는 것을 알기 때문
이었다.

  젯잘 데데가 이야기를 마치자 죽음은 이렇게 말했다.

"그러니까 천국은 진정 아이들이나 갈 수 있는 곳인 것 같군. 내가 올바로 이해했다면 자네의 머릿속에 있는 천국 그림에는 진지하고 엄숙한 사람들이 없는 것 같아. 그곳이 그런 곳이라고 믿는 건가?"

"그건 잘 모르겠군요. 하지만 항상 얼굴을 찡그리며 불만족스러운 표정을 한 사람이 천국을 볼 수 있다고는 생각하지 않소. 아이들은 그렇지 않지요. 아이들에게는 모든 것이 놀이니까요."

죽음은 표정 하나 흐트러지지 않았다. 여느 때보다 더 차가운 시선으로 이렇게 물었다.

"혹 자네는 천국을 놀이동산쯤으로 생각하는 건 아니겠지? 자네가 말한 그 못마땅하거나 엄숙한 표정을 한 많은 사람들은 그곳으로 간 것이 확실한데, 그렇지 않나?"

이에 노인이 대답했다.

"당신이 말한 그 사람들이 얼굴을 찡그리고 있는 사람들이라고는 믿지 않소. 게다가 그럼에도 불구하고 그들이 천국에 들어갔다 해도, 이것이 그곳을 볼 수 있었다는 의미는 아니지요."

죽음은 잠시 머뭇거린 후 말했다.

"그렇다면 정반대도 있을 수 있겠군. 천국에 들어가는 데 성공한 사람이 그곳을 볼 수 없었다면, 천국에 있지 않은 사람들도 그곳을 볼 수 있다는 의미가 되지."

"나는 배운 사람이 아니오. 하지만 내 생각에 그곳을 본다는 것은 이미 그곳에 있다는 의미요."

죽음은 잠시 화를 내는 듯한 표정을 짓더니 다시 물었다.

"그렇다면 자네가 그곳을 보았다고 말하고 싶은 건가?"

"모르겠소. 그리고 신경 쓰지도 않소. 내가 본 것만으로도 충분하오."

그들은 한동안 말을 하지 않았다. 하지만 죽음이 이 문제에 대해 곰곰이 생각하고 있다는 건 확실했다. 사실, 그 침묵을 깬 것도 죽음이었다.

"이제야 이해가 되는군! 그래서 자네는 날 두려워하지 않는 것이었군! 아직 살아 있는 이 순간에도 자네는 자네가 천국에 있다고 생각하는 거야. 게다가 나를 그곳의 일부로 여기고 있고. 하지만 내가 자네를 데려갈 그곳에서 영원한 잠에 빠질 거라는 것은 모르나보군."

노인은 고개를 저은 후 이렇게 대답했다.

"그러면 어떻단 말이오? 영원한 잠에는 영원한 꿈이 있소. 천국은 꿈이 있는 곳에 있지 않느냐 말이오? 단지 하나의 꿈이 끝나고 다른 꿈이 시작될 뿐이오."

"하지만 그 꿈에서 절대 깨어나지 못할 걸세. 절대 아침이 오지 않을 것이고, 절대 해가 뜨지 않을 것이고, 자네는 절대 눈을 뜨지 못할 걸세."

"천국을 보기 위해서는 눈을 뜨는 것이 아니라 어쩌면 눈을 감아야 할 거요."

이에 죽음이 다그치듯 말했다.

"자네는 여전히 천국을 찾고 있군그래. 왜냐하면 눈을 뜨고 세상을 보면 좋은 것을 볼 수 없기 때문이지. 그래서 눈을 감는 거

284

야. 자네의 태도는 현실 도피에 불과해. 도피! 자네가 본 것들이 자네를 불행하게 하기 때문에 여전히 천국을 찾고 있는 거야. 따라서 아직 거기에 도달한 것이 아니라고 할 수 있지. 결과적으로 자네는 아직 이 세상에 있네. 그렇지 않다면 눈을 감을 이유가 없겠지!"

"어쩌겠소! 눈을 감으면 세상이 더 아름다워 보이니. 우리가 눈을 감지 않았다면 어떻게 그 많은 이야기를 꿈꾸고 해줄 수 있었겠소?"

그러자 죽음이 물었다.

"그러니까 지금 우리가 천국에 있다는 건가?"

"어쩌면. 하지만 당신이 미소를 지었을 때만 이를 이해할 수 있을 거요."

하지만 얼굴에 있는 봉인 때문에 죽음이 미소를 짓는 것은 거의 불가능했다. 하늘의 뜻에 따라 얼굴에 가장 작은 감정의 파편이 나타나는 것이 금지되어 있었던 것이다. 특권이라는 것은 절대 있을 수 없으며, 목숨을 가져가는 것은 공정하고 진지한 일이기 때문에 죽음의 차가운 얼굴에는 몇 세기 동안 동정심도 복수심도 그리고 다른 그 어떤 감정도 절대 드러나지 않았다. 이러한 일이 일어날 경우, 그의 얼굴에 있는 신성한 봉인에 금이 가거나 크게 타격받을 수도 있었다.

이러한 대화를 나누며 그들은 하에완 마을에 도착했다. 죽음은 검은 장정으로 된 명부를 꺼내 훑어본 후 좌우를 살펴보더니 찾던 집을 발견했다. 사실 그곳을 집이라고 부르기에는 적합하지 않았다. 곧 쓰러질 것 같은 데다, 수리한답시고 여기저기 아무렇게나 박아놓은 널빤지를 봐서는 막사라고 하는 것이 더 적합할 것이다. 이곳에 사는 사람도 그가 살고 있는 장소와 별반 다를 것이 없어 보였다. 이 추측이 맞기라도 하듯 죽음이 문을 두드렸을 때 지저분하고 형색이 형편없는 사람이 문을 열었다. 남자는 쉰 살 정도 되어 보였다. 푸른색 줄무늬가 있는 파자마 바지를 입고, 위에는 내의를 입고 있었다. 깨끗하다고 할 수 없는 바닥에 맨발로 서 있는 그 남자는 턱수염이 길었고, 잠에서 막 깨어난 듯 부은 눈은 충혈되어 있었다. 재가 곧 떨어질 듯 길게 타들어간 담배는 그의 형편없는 형색을 완성하고 있었다. 하지만 마지막 손질을 해 그림을 더 멋지게 보여주고 싶었던지 손톱은 언제 깎았는지 모를 정도로 길었고, 눈곱을 떼지도 얼굴을 씻지도 않은 상태였다. 게다가 하얀색이어야 할 내의 앞에 묻은 음식 자국은 그 정성 들여 그린 그림에 넣은 서명 같았다. 무엇보다도 남자의 이름이 그의 멋진 모습과 완전히 맞아 떨어지고 있었다. 그의 말을 믿는다면 그의 이름은 압뤼케흐리바르*였다. 그는 맹세에 맹세를 거듭하며 자기 집에 아무도 숨기지 않았다면서 죄지은 사람들에게 잠자리를 제공하는 일은 이미 몇 년 전에 그만두었다고 했다. 우준 이흐산을 찾기 위해 그 집 안을 샅샅이 뒤질 필요도 없었다. 어차피 이 집에는 방 하나밖에 없었기 때문이다. 방에는 의자 두 개, 테이블 한 개 그리고 궤짝 한 개 외에는 아무 것도 없었다. 찾고 있는 것을 발견

---

* 케흐리바르는 누런색을 띤 광물인 호박(琥珀)을 의미함.

하지 못한 죽음은 이곳을 떠날 수밖에 없었다. 죽음은 노인과 함께 골목을 걷다 뭔가 떠오른 듯 갑자기 뒤를 돌아보았고, 저 멀리서 우준 이흐산이 그 집에서 나오는 것을 보았다. 죽음은 그를 잡기 위해 전력을 다해 뛰었다. 하지만 소용없었다. 죽음은 당장 그 집으로 들어가 압튈케흐리바르의 멱살을 잡았다. 우준 이흐산은 방 안에 있던 궤짝에 숨어 있었던 것이 틀림없었다. 하지만 압튈케흐리바르는 아궁이에 불을 때기 위해 몇 푼을 주고 그 궤짝을 사가지고 왔는데, 죽음이 나간 후 궤짝 뚜껑을 열자 그 안에서 생전 처음 보는 사람이 뛰쳐나왔다고 말했다. 간단히 말하면 압튈케흐리바르의 입에서 나온 말의 대부분은 거짓말이었다. 죽음은 우준 이흐산을 또 놓쳤던 것이다. 하지만 이제 우준 이흐산이 도망칠 곳은 한 곳밖에 남지 않았고, 그곳은 바로 피르데위스 마을이었다.

해가 많이 떨어졌기 때문에 젯잘 데데와 함께 그곳으로 출발하기로 한 죽음은 자신이 이야기를 할 순서라는 것을 기억해냈다. 노인의 말들이 그에게 영향을 미쳐서인지 몰라도 이번에 그는 '하늘에서 온 아이'라는 제목의 이야기를 하기 시작했다.

*

그리 멀지 않은 옛날, 아나톨리아 중부 어느 마을에 쉰 살이 훨씬 넘었는데도 슬하에 자식이 없는 부부가 살고 있었다. 남편은 관용적이지 않은 마을 사람들이 그를 '씨 없는 사람'으로 부를까 봐 항상 두려워했기 때문에 이웃들과 거리를 두고 지냈고, 사람들이 자신에게 그래주기를 기대했기 때문에 항상 예의를 지켰다. 금요 예배에도 빠지지 않았고, 구호금이나 종교세도 할당액보다 더 많이 냈다. 아내의 경우는 더욱더 안타까웠다. 왜냐하면 그녀는 딸이 있었으면 하고 바랐기 때문이다. 그래서 그녀는 수십 년 동안 성인들을 찾아가 기도했고, 영험한 물도 마셨으며 신앙 요법도 시도해보았다. 또한 딸이 생기기를 얼마나 바랐던지 딸아이의 방을 벌써 몇 년 전부터 준비해놓았고, 치마와 속옷도 만들었으며, 인형, 소꿉놀이 장난감도 사놓았다. 게다가 딸아이의 이름도 이미 지어놓았다. 이 여인이 꿈꾸던 딸아이의 이름은 귈레르였다. 하지만 남편은 꼭 아들이어야 한다면서 아직 세상에 태어나지도 않은 이 아이에게 베르케나 에르케라는 이름이 어울린다고 주장했다.

드디어 어느 날 밤, 그들이 기다리던 아이가 하늘에서 정원으로 떨어졌다. 부부는 저녁을 먹고 있던 중이었다. 이들은 갑자기 천둥이 쳤나 하고 생각했다. 하지만 창밖을 보고 비가 오지 않는다는 것을 알게 되었다. 이상한 생각이 든 남편은 손에 톱을 들고 정원으로 나갔다. 한참 후 그는 한 손에 다섯 살 정도의 통통하게 살이 찌고 튼튼한 남자 아이를 데리고 어둠 속에서 나왔다. 다른 손에는 황새의 시체가 들려 있었다. 아이를 데리고 온 황새는 아이의 몸무게 때문에 힘이 빠져 이들 부부의 정원에 떨어졌던 것이다. 진짜 기적은 황새가 아이를 데려왔다는 것이 아니라, 아이가 이 사고에서 몸에 상처 하나 없이 살아남았다는 것이다. 남자는 너무나 기뻐 신에게 감사의 기도를 올렸으며, 운명이 그들에게 선사한 아들을 품에 안고는 허공으로 던졌다 받았다 하며 놀기 시작했다. 하지만 여인은 얼굴을 찡그리며 구석으로 가 남편과 아들을 바라보았다. 왜냐하면 딸아이를 원했던 바람이 수포로 돌아갔고, 코흘리개에다 킥킥거리는 것으로 봐 꽤나 개구쟁이 같은 남자 아이가 하늘에서 떨어졌기 때문이다.

이러한 이유로 그날 밤 남편은 씩씩거리고, 아내는 손수건으로 눈물을 훔치며 논쟁을 멈추지 않았다. 여전히 딸아이가 있었으면 싶었던 아내는, 남편이 벌써 에르케라는 이름을 지어주고 귀에 대고 에잔*을 읊을 준비를 하고 있는 남자 아이에게 여자 옷을 입혀 딸처럼 키우고 싶었다. 하지만 남자는 자신과 아들의 남성성을 포기할 사람이 아니었다. 그래서 테이블을 주먹으로 내리치며 아내에게 이렇게 소리쳤다.

"당신은 이 아이가 동성애자가 되어 남색가들의 안줏감이 되면 좋겠소!"

분노 섞인 남편의 말에 여자는 그저 하염없이 울 뿐이었다. 남편을 설득하지 못할 거라는 것을 안 여자는 이렇게 말했다.

"제가 뭐 어쩌겠어요, 집안의 어른은 당신인데. 당신이 원하는 대로 해요. 난 그저 찍소리 않고 이 아픔을 참겠어요. 하지만 최소한 아이의 이름은 귈레르라고 해주세요."

그러자 남편은 또 씩씩거리며 말했다.

---

* 사원에서 울려 퍼지는, 예배 시간을 알려주는 기도 소리.

"안 돼! 그건 여자 이름이야! 하지만 당신을 생각해서 귈레르크라고 부르지 뭐."

이 이름을 듣자 여자는 다시 눈물을 흘리기 시작했고, 심기가 불편한 남편에게 술상을 차려다준 후 침대에 몸을 던져 울기 시작했다.

남자는 술을 거나하게 마신 후 무슨 꿍꿍이가 있었던지 자고 있던 아이를 깨우고는 이렇게 훈계했다.

"사랑하는 아들아, 사실 말이지 남자로 태어난 것은 행운이란다. 하지만 힘들고 투쟁으로 가득 찬 세상의 삶이 너를 기다리고 있단다. 인생을 살다보면 네 앞에 나쁘고 철면피한 놈들이 나타날 것이다. 이러한 재앙이나 사람들과 맞서기 위해서는 진짜 남자가 되어야 한다. 항상, 항상 강해야 한다. 내일부터 마을에서 함께 놀 친구들 중 가장 빨리 달리고, 가장 높이 뛰고, 가장 높은 나무에 올라가고, 바람이 되어 불고, 불이 되어 활활 타는 아이는 너여야만 한다. 봐라, 넌 지금도 건강하고 튼튼한 아이다. 하지만 그 정도로는 충분하지 않아. 다른 사람들이 네게 존경심을 느껴야 한다. 그러니까 도덕적으로 생활하고, 우리 관습에 맞는 행동을 해야 하며, 가난하고 도움이 필요한 사람들, 재앙을 겪고 있는 사람들을 도와줘야 한다. 그러니까 강한 동시에 영웅이 되어야 한다는 이야기다. 모든 사람들이 너를 가리키며, 저 튼튼하며, 바람처럼 달리고, 영예롭고, 용감한 아이가 '회계사 무히틴 켄트의 아들이야'라고 말해야 한다. 이러한 이유로 네게 내가 어렸을 때 입었던 푸른색 옷과 빨간 망토를 주겠다. 난 너를 믿는다, 애야. 내일부터 당장 내가 조금 전 말한 것들을 실행에 옮길 기회를 찾아내거라. 아버지로서 명령한다."

이처럼 많은 말을 쏟아낸 아버지는 아들의 이마에 입을 맞추고 이불을 덮어준 후, 자신도 잠자리에 들었다. 아이가 막 잠에 빠져들려고 하던 순간, 이번에는 여인이 다가와 충고하기 시작했다.

"사랑하는 궐레르크. 네가 아들이 아니라 딸이었으면 얼마나 좋았을까! 남자 아이들은 개구쟁이에다 아주 지저분하단 말이야. 어차피 모든 남자들을 약간 지저분하고 무감각하지. 이러한 이유로 오랫동안 네 아버지와 결혼 생활을 하면서도 함부로 날 만지지 못하게 했고, 첫날밤도 치르지 않았단다. 그 냉담하고 깔끔하지 못한 남자는 내가 너를 깨끗하고 얌전한 여자 아이처럼 키우는 것을 원하지 않아. 하지만 난 네가 정리정돈 잘하고, 말도 잘 듣고, 깨끗한 아이가 되길 바란단다. 아버지 말을 귀담아듣지 마라. 내일부터 나쁜 친구들이 같이 놀자며 너를 밖으로 부를 거야. 그 아이들을 무시해라. 밖으로 나가 옷을 더럽히지 말거라. 집에 있으면 네게 과자랑 잼을 만들어주고 딸기와 아몬드를 먹여 널 키우마. 네가 밖에 나가 온몸과 옷을 더럽히지 않는 한 나는 너의 엄마가 될 것이다. 네가 내 말을 듣는지 듣지 않는지는 얼마든지 알 수 있단다. 내일 당장 시장으로 가 네게 줄 나비넥타이와 셔츠, 옷 한 벌 그리고 번쩍거리는 신발을 살 거야. 이것들은 너무나 깨끗하고 말끔하고 반짝반짝해서 밖으로 나가 먼지 구덩이 속에서 놀면 당장 더러워지고 말지. 그것들은 얌전한 아이를 위한 옷들이란다. 만약 그 옷들에 먼지가 앉아 있으면 난 네가 나를 속였다는 것을 알게 될 것이고, 그다음부터는 네 엄마가 되지 않을 테다. 아 참, 그리고 네게 안경을 하나 사주마. 물론 네 눈은 잘 보이고 아무 문제가 없단다. 하지만 그 안경을 쓰면 모든 것이 뿌옇게 보일 것이고, 그러면 얌전한 아이가 그러하듯, 보는 것마다 사달라고 조르지 않게 되겠지."

여인이 그에게 입을 맞추고 자러 간 후 쾰레르크는 잠을 이루지 못했다. 왜냐하면 아버지와 어머니는 서로가 무엇을 하는지 모르고 있었고, 아이에게 서로 다른 것들을 요구하며 아이를 혼란스럽게 했던 것이다. 어머니가 원하는 것을 하면 아버지가 상처 입을 것이고, 아버지의 바람을 따르면 여인은 그의 어머니가 되지 않을 것이다. 아이는 이러한 것을 생각하다 뜬눈으로 아침을 맞았다. 그 시간 아버지는 궤짝을 열고 한때 자신이 어린 시절에 입었던 푸른색 옷과 빨간 망토를 찾아 아이에게 보여주었다. 약간 구겨진 것으로 보아 이 옷을 입었던 사람은 꽤나 부산스럽고, 가만히 앉아 있는 사람이 아닌 것 같았다. 남자는 아이에게 이렇게 말했다.

"내가 강하고, 영예롭고, 영웅 같은 아이가 되도록 내 아버지가 이 옷을 내게 만들어주셨단다. 내가 네게 옳은 길을 가르쳐주었듯 내 아버지도 내게 충고를 하시고 바른 길로 인도해주셨단다. 내 아버지의 이름은 싸브리*였다. 아버지에 대한 나의 고마움과 존경심은 영원하기 때문에 아버지 이름의 첫 철자를 푸른색 옷에 금실로 새겼단다. 그리고 아버지가 내게 해주었던 충고를 일일이 실천

---

* '인내'라는 뜻.

하며 은혜를 갚았지. 이렇게 해서 난 훌륭하고 존경받는 사람이
되었단다."

남자는 뽐내는 투로 이렇게 말했다. 이런 태도를 취한 것은 아
이가 자신을 본받았으면 하는 바람 때문이었다. 이렇게 되면 아이
가 자신을 우러러보고, 그처럼 되기 위해 삶을 바칠 거라고 여겼
던 것이다. 하지만 아버지가 부추기는데도 퀼레르크는 별 관심을
보이지 않았다. 아이는 단지 아버지가 상처 입지 않기를 바랐을
뿐이었다. 그래서 아이는 아버지가 자신에게 건네준 옷을 받았다.
남자가 아이에게 말했다.

"자, 그것을 입어라. 난 지금 골목 어귀에 있는 내 회계사 사무실
에 갈 것이다. 당장 밖으로 나가 네가 누구인지 친구들에게 보여
주어라. 그 아이들보다 더 높이 뛰고, 더 빨리 뛰어라. 그리고 십
오 일 안에 누군가의 목숨을 구해라. 네가 중요한 사람이라는 것
을 모두에게 보여줘라. 사무실 창문에서 너를 주시하고 있겠다."

아버지가 나간 후 퀼레르크는 푸른색 옷을 입고 빨간 망토를 걸
친 후 밖으로 뛰어나갔다. 거리로 나가자마자 자전거를 탄 남자와
경주를 했고, 모퉁이에 도착하기 전에 남자를 추월했다. 그 남자
는 다름 아닌 보건 의사, 더 자세히 말하면 남자 아이들의 악몽인
할례 전문의였다. 이 모든 사건을 동네 아이들이 놓칠 리 없었다.
모두 잔인한 보건 의사를 단번에 추월한 아이를 에워싸고, 그에게
어디에 살며 부모가 누구인지를 물었다. 하지만 아이는 이 모든
질문에 대답하지 않았다. 왜냐하면 이 모든 일이 어머니의 귀에
들어가는 걸 원하지 않았기 때문이다. 게다가 어느새 집에 돌아가

야 할 시간이었다. 자신의 옷을 사러 간 어머니가 집에 돌아왔을 때 자신이 없으면 속상해할 것이 분명했다. 그래서 퀼레르크는 단숨에 집으로 달려갔다. 아이들은 퀼레르크가 시야에서 사라질 때까지 그에게서 눈을 떼지 않았다. 얼마 지나지 않아 아이들은 그 아이가 누구를 때리고 누구를 때릴 수 없는지를 놓고 논쟁하기 시작했다. 한 아이는 그 아이가 일곱 명의 난쟁이를 때릴 수 있을 거라고 주장했다. 다른 아이들은 여기에 이의를 제기하면서 일대일로 싸운다면 난쟁이를 이길 수 있지만, 일곱 명을 동시에 이길 수는 없을 거라고 말했다. 하지만 대부분의 아이들은 그 아이가 약간 맞기는 하겠지만 최소한 난쟁이 네다섯 명은 이길 수 있을 거라는 생각에 동의했다. 이 논쟁은 저녁때까지 그칠 줄 모르고 계속되었다.

아이는 집에 왔을 때 어머니가 시장에서 사온 장 꾸러미를 풀고 있는 것을 보았다. 여인은 눈물을 흘리고 있었다. 구슬프게 울고 있었지만, 꾸러미에서 꺼낸 옷들을 차곡차곡 개고, 반짝거리는 신발에 입김을 불며 광을 내는 것을 보아, 그녀를 속상하게 한 아이에 대한 서운한 감정을 억누르고 있는 것이 분명했다. 아이가 밖에서 놀았다는 사실이 그녀를 너무나 가슴 아프게 한 것이 틀림없었다. 하지만 모성이 슬픔보다는 우위에 있었다. 그래서 그녀는 아들에게 이 슬픔을 보여주고 싶지 않았고, 몰래 손수건으로 눈물을 훔치고 있었다.

퀼레르크는 어머니가 너무나 가슴 아파하는 것을 보고는 급히 방으로 들어가 옷을 갈아입었다. 마치 오랫동안 집에 있었던 것처럼, 이 방에서 혼자 놀고 있었던 것처럼 어머니 곁으로 다가갔다. 여인은 사실을 알고 있음에도 거기에 대해 일절 아무 말도 하지 않았다. 아이를 부끄럽게 해 '네가 무엇을 하든 나는 아무 말도 하지 않을 것이다, 하지만 난 모든 것을 알고 있다'는 생각을 불러일으키고 싶었던 것이다. 어머니는 아들에게 입맞춤을 했다. 여인의 눈물이 아이의 뺨에 번졌다. 아이는 어머니에게 왜 우는지 묻지 않았다. 그 이유를 알고 있었기 때문이었다.

새 옷을 입혀주기 전에 어머니는 아이를 마을 목욕탕으로 데려갔다. 그 많은 여자들 사이에서 아이에게 비누칠을 하고 깨끗이 씻겼다. 얼마나 때를 벗겨냈던지 아이의 피부가 발갛게 달아올랐다. 집으로 돌아온 어머니는 아이에게 깨끗한 속옷, 하얀 셔츠, 다림질한 바지를 입혔고, 나비넥타이를 매어주고 발에 신발을 신긴 후 두꺼운 뿔테 안경을 씌웠다. 그러고는 재킷을 입히고 단추를 채워주었고, 그런 후 부엌으로 가 커피 한 잔을 끓였다. 이 많은 일을 한 후 소파에 깊숙이 몸을 파묻고 피로를 덜기 위해 커피를 마시면서 아이를 곁으로 불렀다. 그리고 자신과 조금 떨어진 곳에 서보라고 한 다음 자신의 작품을 한동안 바라보았다. 그러고는 가끔 귈레르크에게 "오른쪽으로 좀 돌아보렴, 어깨 패드가 쳐졌나 보자꾸나, 잠깐 고개를 숙여보렴, 다림질이 잘되어 있는지 좀 보게"라고 말하며, 뭔가 흠을 발견할 때마다 아들을 옆으로 불렀다. 때로는 얼룩을 손으로 문지르고, 때로는 입에 물고 있던 핀을 꺼내 줄이거나 늘릴 곳이 있는지 점검했다. 그녀는 커피를 다 마신 후 아들에게 말했다.

"사랑하는 귈레르크야, 이제 너는 얌전한 아이 옷을 입고 있단다. 이 예쁜 옷을 더럽히거나 구기지 마라. 그러면 내가 속이 상할 거고, 더이상 네 엄마 노릇을 하지 않을 테니 다른 엄마를 찾도록 해라. 과거지사는 불문에 부치겠다. 이제부터는 얌전한 아이가 되어라. 네 일자리를 구했다. 우리 마을에서 발행하는 〈행성〉 신문사에서 일하면서 정리, 질서, 책임감이 무엇인지 배워라. 직장에서 너의 옷차림은 모든 사람에게 모범이 될 것이다. 그곳에서 네 인성을 찾도록 해라. 신문사 사장이 '한번 만나보도록 하지요' 하고 말했단다. 그를 만나러 가거든 그의 마음에 들도록 얌전하고 정중하게 행동하거라. 이제 인생이 무엇인지 배우도록 해라. 그리고 배운 것들을 내게도 말해다오. 하지만 절대 옷을 더럽힐 생각은 하지 마라. 그러면 내 마음이 아플 테니까."

〈행성〉은 그 마을의 어느 늙은 인쇄공이 발행하고 있는 신문이었다. 처음에는 결혼식과 할례식 초대장을 찍었던 이 사람은 까막눈이었다. 그래서 그의 곁에는 철자법을 잘 아는 세 명의 소년과 소녀 한 명이 일하고 있었다. 이들은 예전에 마을 초등학교의 벽보를 준비하던 아이들이었다. 하지만 인쇄소 주인은 교장이 명절 때 학생들에게 했던 연설, 학부모 회의의 결정들, 연말 학예회 그리고 예행연습 같은 소식들을 찍겠다고 약속하고는 교장의 허락하에 이 글 잘 쓰는 학생들을 자신의 신문사에게 일하게 했다. 그리고 〈행성〉에 제과점, 구멍가게 그리고 청과물 가게의 광고를 게재하고 마을 유지들과 귀부인들의 교제의 날과 이 교제의 날에 만드는 과자, 케이크의 종류와 이것들을 만드는 법을 사람들에게 알려주었다. 신문사 사장은 아이들의 급여를 현금이 아니라 물건으로 지불했다. 금요일마다, 그러니까 주급날에는 아이들에게 세 가지 중 하나를 선택하게 했다. 아이들이 원하면 피스타치오 세 줌 혹은 사탕 열 개, 혹은 초콜릿을 주었다. 사장은 신문사 앞에서 피스타치오를 자루째 놓고 팔고 있었다. 아이들은 주급을 자신들이 가져가지 않고, 항상 사장이 줄 때를 기다렸다. 왜냐하면 사장의 손아귀가 더 컸기 때문이었다.

〈행성〉 신문사에 첫 출근하는 날 퀼레르크는 두 가지 옷을 다 입어야 했다. 그래서 먼저 아버지가 선물한 푸른색 옷과 빨간 망토를 속에 입은 후, 어머니가 사준 옷과 하얀 셔츠를 그 위에 입고, 나비넥타이도 매고 일터로 갔다. 인쇄소에 도착했을 때 아이들은 열심히 일하고 있었다. 모두들 남들보다 많은 일을 하고 있었다. 왜냐하면 아이들 모두가 기자, 집필, 교열 그리고 판매 작업을 동시에 해야 했기 때문이었다. 외모와 옷차림을 보고 소년이 말끔한 것을 확인한 인쇄소 주인은 장차 그 아이를 식자공으로 키우기로 결정했다. 하지만 물론 먼저 아이는 자신의 진짜 일을, 그러니까 사건 취재를 게을리 하지 않아야 했다. 이를 위해 어떤 소녀를 시켜 그에게 이 일의 세세한 부분을 가르치도록 했다. 퀼레르크는 옐다라는 이름의 이 소녀를 보자마자 마음을 빼앗겼다. 하지만 예의 바른 소년이 그러하듯 자신의 감정을 감춰야만 했다. 게다가 그 소녀는 다른 아이를 사랑하고 있는 것 같았다. 소녀는 말끝마다 바람처럼 달리며 푸른 옷을 입고 빨간 망토를 걸친 통통한 소년에 대해 언급하면서 눈을 크게 뜨고 한숨을 쉬었다. 퀼레르크는 그 소년이 사실은 자신이라고 말하고 싶었다. 하지만 이 모든 것이 어머니의 귀에 들어가면 그녀는 마음의 상처를 입을 것이고, 그러면 다시는 그의 어머니가 되지 않을 것이다.

저녁 무렵 귈레르크가 집에 왔을 때 아버지가 그를 불렀다. 남자는 눈을 가늘게 뜨고 마치 속을 꿰뚫어 보기라도 하듯 의심스러운 눈초리로 아이를 바라보았다. 그러고는 아이의 귀를 잡아 자기 쪽으로 끌어당겼고, 아프지 않게 아이의 뺨을 때렸다. 아버지가 단호하고 무서운 목소리로 말했다.

"듣자 하니 네가 일자리를 찾았다고 하더구나. 네 엄마는 '난 아무 말도 안 했어요, 자기 혼자 한 일이에요'라고 하던데. 넌 무슨 일인가를 꾸미고 있구나. 물론 네가 무슨 짓을 하는지 곧 알게 되겠지. 그때 가서 다시 물어보마. 게다가 오늘 사람들이 인쇄소 근처에서 말쑥하게 옷을 빼입은 너와 닮은 소심한 아이를 보았다고 하더구나. 어떻게 아느냐고 묻지 마라. 나는 모든 것을 알고 있단다. 저 닫힌 문의 뒤편도 볼 수 있다. 저 문 뒤에 누가 있는지 아느냐? 네 엄마가 귀를 문에 대고 있다. 자, 믿지 못하겠다면 가서 봐라, 하지만 조용히 걸어라."

남자는 마지막을 속삭이듯 말했다. 아들이 아버지가 말한 대로 조용히 걸어가 갑자기 문을 열자 정말로 엄마와 마주 보게 되었다. 여인은 문에서 엿듣고 있다 발각되었다는 것을 알고는 손에 들고 있던 헝겊으로 먼지를 닦는 시늉을 했다. 하지만 마음에 상처를 입어서인지 몰라도 그 헝겊으로 눈물을 닦기 시작했다. 남자는 그 상황에 만족한 듯 말을 계속 이어나갔다.

298

"사람들이 내게 '옷 한 벌을 쫙 빼입고, 안경을 쓴 소심한 아이가 자네 아들을 닮았더군' 하고 말했을 때 난 그들의 말을 부인했단다. 대신 '내 아들은 부끄러움도 타지 않고, 소심하지도 않소, 바람처럼 빠르고, 불처럼 화끈합니다'라고 말했지. 그러니 앞으로 행동 똑바로 하거라. 우리 둘 모두에게 말이 들어오지 않도록. '회계사 무히틴 켄트의 아들이 아주 계집애 같더군'이라는 말이 나오지 않도록 말이다."

컬레르크는 그날 밤 잠을 설쳤다. 다음 날은 라마단 첫날이었다. 어머니와 아버지가 사흐루* 시간에 일어났을 때 아이는 여전히 잠을 자지 않고 있었다. 라마단 둘째 날은 남자도 여자도 금식으로 인해 신경이 날카로워질 것이고, 아이에게 더욱더 관심을 집중하게 될 것이다. 아침이 되자 아이는 이러한 비관적인 생각에 잠겨 직장에 나갔다. 다른 아이들은 밤새 라마단 기간 동안의 일정표를 조정하느라 정오까지 휴무였다. 따라서 모든 일은 아이 몫이 되었다. 신문사 사장이 그에게 준 첫번째 임무는 취재였다. 아이는 곧장 마을 광장으로 가 있다, 범상치 않은 사건이 일어나면 신문사로 뛰어와 상황을 보고해야 했다.

이렇게 해서 컬레르크는 마을 광장에서 기다리기 시작했다. 정오까지 지루한 시간이 계속되었다. 중요한 사건은 일어나지 않았고, 평범한 일상만이 계속되었다. 시간이 지나면서 아이의 주의력은 산만해졌고, 주변에서는 비둘기들이 구구거리고, 거리의 개들

---

* 금식 기간 중 해뜨기 전에 먹는 식사.

이 어슬렁거리며 돌아다니기 시작했다. 그런데 드디어 예기치 않았던 일이 벌어졌다. 뚱뚱하고 머리에 스카프를 쓴 늙은 아주머니가 겨울용 땔감을 사서 마차에 싣고 마부 옆에 앉아 그에게 집으로 가는 길을 가르쳐주고 있었다. 그런데 갑자기 길에 나타난 쥐가 말을 놀라게 했고, 금식 때문에 정신이 몽롱했던 모자 쓴 마부는 말을 통제하지 못하고 땅에 나뒹군 것이다. 쥐를 보고 깜짝 놀란 말은 미친 듯이 전속력으로 달렸고, 마차와 사색이 된 가련한 노파는 끌려가고 있었다. 귈레르크는 아버지의 말을 떠올리고는 단숨에 마을 우체국으로 들어가 어머니가 입혀주었던 옷을 벗었다. 안에는 푸른색 옷과 빨간 망토를 입고 있었다. 이 상태로 날듯이 광장으로 달려가 말의 고삐를 쥐고 멈추게 했다. 그리고 가련한 노파를 구해내 진정시켰다. 이렇게 해서 아버지가 원하는 사람이 되었던 것이다. 그러니까 다른 사람의 목숨을 구한 것이다. 임무를 마치자마자 귈레르크는 광장에서 다시 단숨에 우체국으로 뛰어가 어머니가 사준 옷을 다시 위에 입었다. 자신이 한 일이 너무나 자랑스러워 벤치에 앉아 몇 시간이고 생각에 잠겼다. 해가 떨어지고 나서야 신문사에 가 내일 자 신문에 실릴 소식을 전해야 한다는 것을 떠올렸다.

신문사에 돌아가니 사장은 마을 광장에서 비범한 아이가 가련한 노파를 죽음에서 구했는데, 이 마을에서 백 년에 한 번 일어날까 말까 이 소식을 게으른 기자의 어리석음 때문에 놓치고 말았다고 펄펄 날뛰고 있었다. 내일 자 신문이 이미 인쇄에 들어갔던 것이다. 만약 이 소식을 게재했더라면, 만약 사장의 계산이 맞다면,

300

판매 부수가 백사십 부, 아니 백오십 부에 이를 것이었다. 〈행성〉
의 사장은 얼마나 화가 났던지 귈레르크에게 매운 손으로 따귀를
올려붙이기까지 했다. 설상가상으로 이 사건은 옐다의 눈앞에서
일어났다. 소녀는 그 사건에 대해 듣고는 일기장에 푸른색 옷을
입고 빨간 망토를 걸친 소년에 대한 자신의 감정을 썼고, 한편으
로는 한숨을 쉬었다. 이러한 모든 것은 귈레르크가 감당하기 너무
힘든 일이어서 아이는 결정을 내리게 되었다. 마을 사원의 첨탑에
올라가 투신자살을 할 생각이었다. 〈행성〉에 나올 기사를 눈앞에
서 보는 듯했다. 톱기사는 아마도 이러할 것이다.

회계사 무히틴 씨의 아들 귈레르크 켄트가 첨탑에서 뛰어내렸다.

이 톱기사 밑에는, 그 오랜 세월 동안 평범한 사건들만이 일어
났던 마을에 기사가 될 수 있는 비범한 사건이 터지도록 〈행성〉의
기자가 첨탑에서 투신자살을 해, 신문의 판매 부수를 높이는 데
목숨을 던져 헌신했다고 쓰일 것이다.

이프타르를 기다리던 마을 사람들은 해가 산 뒤로 넘어갔는데
도 왜 사원에서 저녁 기도 소리가 들리지 않는지 궁금해하며 하나
둘씩 창밖으로 고개를 내밀기 시작했다. 그들은 이프타르가 시작
되기를 기대하며 첨탑을 올려다보았다 첨탑 발코니에서 무에진이
아니라 푸른 옷을 입고 빨간 망토를 걸친 사내아이를 보게 되었
다. 소년의 손에는 쇠스랑이 들려 있었다. 아이가 첨탑 발코니 문
을 걸어 잠그고, 기도 시간을 알리는 것을 허락하지 않는 것이 분

명했다. 밑에서는 이미 소방관들이 와 사다리를 첨탑에 걸쳐놓고 있었다. 하지만 아이는 쇠스랑으로 위협하며, 사다리를 타고 첨탑으로 올라오는 소방관이 자신에게 다가오는 것을 막고 있었다. 사람들은 밑에서 속수무책으로 기다리고 있는 무에진을 쿡쿡 찌르며 높은 곳으로 올라가 이프타르를 알리는 기도를 읊으라고 종용하고 있었다. 왜냐하면 더이상 배고픔을 참기 힘들었던 것이다. 무에진은 교칙상 사원 첨탑에서만 기도문을 읊어야 하는데, 첨탑 발코니 문이 잠겼다고 말하는 중이었다. 결국 사람들은 사다리를 타고 첨탑으로 오르려 하는 소방관에게 기도문을 읊으라고 요구했다. 하지만 그 소방관은 자신은 공산당원이라 신앙이 없다고 말하면서 사람들의 요구를 거절했다. 간단히 말해 주위는 아수라장이나 다름없었다. 첨탑 아래서 구경하는 사람들 중에는 아이의 부모도 있었다. 사람들 앞에서 망신을 당했다고 생각한 여인은 울면서 아이에게 소리쳤다.

"사랑하는 귈레르크야, 넌 지금 이웃 사람들 앞에서 날 망신 주고 있구나. 이 사람들 얼굴을 앞으로 어떻게 쳐다볼 수 있겠니? 이제부터 나는 네 엄마가 아니다. 다른 엄마를 찾아보도록 해라!"

아버지도 참지 못하고 이렇게 소리 질렀다.

"자, 아들아, 밑으로 뛰어내리렴! 바람이 되어 불어닥치고, 불이 되어 모든 것을 태워라! 자 빨리 아래로 몸을 던져라! 이제는 날아야 할 때다. 네 아버지로서 명령한다!"

이 모든 일이 일어나고 있을 때 사원의 돔에 둥지를 틀고 있던 황새는 더이상 관망하고만 있을 수 없었다. 군중들이 길조라고 여기는 이 새는 둥지에서 날아올라 첨탑 주위를 몇 바퀴 돌았다. 이 사이 아이는 첨탑 발코니로 나와 있었고, 한동안 주저하더니 허공으로 몸을 던졌다. 그 순간 밑에 있던 군중들이 비명을 질렀다. 아이가 밑으로 떨어지는 순간 황새는 부리로 아이의 허리춤을 물었고 죽을힘을 다해 날아가기 시작했다. 밑에서는 아버지가 이렇게 소리치고 있었다.

"난다! 용감한 내 아들이 난다! 그 아버지의 그 아들이다! 보시오! 보시오! 날고 있지 않소!"

그러자 어머니가 소리쳤다.

"바보! 내 아들 귈레르크는 이런 짓을 하지 않아! 황새가 아이를 물어 날게끔 하고 있잖아요!"

하지만 아이는 너무나 무거웠다. 황새는 "자, 이제 울어도 돼. 눈물을 펑펑 흘려야 네 몸이 가벼워질 거야. 네가 왔던 천국으로 다시 널 데려다주마. 이제 더이상 참지 말고 울어" 하고 말했다. 황새 말대로 아이는 더이상 참지 않고 엉엉 울었다. 아이는 펑펑 눈물을 쏟으며 하늘로 올라갔다. 그 아이는 울면서 천국으로 간 유일한 아이였다.

황새가 아들을 하늘로 데려가버리자 남자와 여인은 다시 그 옛날의 지루한 삶으로 돌아갔다. 그들은 과거처럼 여전히 불행했다. 이따금씩 아들을 그리워하기도 했다. 여인은 가끔 가슴이 울컥해져 손수건을 꺼내 눈물을 닦았다. 남자는 아내의 이런 모습에 익숙해져 있기 때문에 별로 신경 쓰지 않았다. 그러던 어느 날 밤, 밖에서 천둥이 치는 소리가 들리는 듯하다 연이어 무슨 소리가 들

려왔다. 마치 무언가가 땅에 떨어지는 소리 같았다. 남자는 톱을
들고 다시 정원으로 나갔다. 잠시 후 남자는 어둠 속에서 손에 사
과 몇 개를 들고 돌아왔다. 여인이 물었다.

"무슨 일이에요? 황새가 또 아이를 데리고 왔나요?"

남편은 착잡한 표정으로 대답했다.

"아무것도 아냐. 하늘에서 사과 세 개*가 떨어졌을 뿐이야."

*

죽음이 '하늘에서 온 아이'라는 제목의 이야기를 끝내자 젯잘
데데가 말했다.

"내가 했던 것과 비슷한 이야기를 해주었군요. 아마 우리는 천
국에 관한 문제에 대해서는 생각이 같은 것 같구려, 그렇지 않소?"

죽음은 이 질문에 대답하고 싶지 않은 듯했고, 대신 이렇게 질
문을 던졌다.

"우리 게임은 여전히 계속되고 있네. 이제는 무슨 주제로 넘어
가지?"

그런데 노인의 대답이 의외였다.

"다음 주제는 없소. 이제는 이야기를 하고 싶지 않으니까요. 게

---

* 터키 옛날이야기의 종결부에 나오는 후렴구. 주로 "하늘에서 사과 세 개가 떨어
졌습니다. 한 개는 주인공을 위해, 한 개는 듣는 사람에게, 나머지 한 개는 이야기
를 해준 사람을 위해"라고 끝맺는다.

임은 끝났소. 내게서 가져가고 싶은 것이 있으면 가져가시오."

이 말을 듣자 죽음이 말했다.

"왜 그렇게 말하는 건가? 계속 이야기를 해도 되네. 이야기 한 편당 한 시간의 수명을 더 준다고 말한 걸 잊었나?"

이에 노인이 대답했다.

"사실 난 당신에게 지금까지 우리가 한 모든 이야기를 포괄하는 한 편의 이야기를 할 수 있고, 이 이야기는 영원히 지속될 거요. 하지만 이야기꾼이 나인 것으로 보아 당신이 추측하듯 너무 지루할 거요. 나는 이야기에는 끝이 있어야 한다고 믿는 사람이오. 우리네 삶도 이러하지. 지금까지 우리는 즐거운 시간을 보냈소. 하지만 이제 때가 되었소. 보시오, 잠시 후면 해도 서산으로 넘어가겠소."

이즈음 이들은 우준 이흐산이 머물고 있는 피르데위스 마을의 한 집 앞에 당도했다. 이렇게 해서 이들의 이야기도 도중에 끊기고 말았다. 그의 뒤를 좇아 이렇게 먼 길을 따라온 죽음은 한시라도 빨리 일을 끝내야만 했다. 그래서 집을 향해 서둘러 걸어가는데, 문 바로 앞에 아주 큼지막한 개 혹은 늑대와 비슷한 동물이 코를 꼬리 부분에 처박은 채 몸을 동그랗게 말고 자고 있는 것이 보였다. 정말이지 그 동물을 개라고 부르기는 적절치 않아 보였다. 자고 있었지만 귀를 좌우로 움직이며 길에서 들려오는 소리에 주의를 집중하고 있는 것으로 보아, 망을 보며 집을 지키는 것을 자신의 의무로 삼고 있는 것이 분명했다. 죽음이 약간 다가가자 동물은 한쪽 눈을 떴다. 그 눈의 빛깔은 괴물에게서나 볼 수 있는 붉은색이었으며, 그 심연에는 잔인한 빛이 번뜩이고 있었다. 간단히 말해 적을 위협하기 위해서는 그저 한쪽 눈만 뜨고, 날카로운 이빨 대신 잔인한 눈빛을 던지는 것만으로 충분해 보였다. 자신의 힘을 철썩같이 믿고 있어서 그런지, 몸을 둥그렇게 말고 만족스러운 듯 누워 있는 이 동물은 희생물을 한쪽 눈으로 주시하는 것을 빼면 꿈쩍도 하지 않고 있었다. 어쩌면 이빨로 물어 벌을 주고자 하는 기쁨을 맛보기 위해 죽음이 잘못을 저지르도록 분위기를 조성하는 것 같기도 했다. 동물의 본성을 모르는 죽음은 개의 반응을 보고 어떻게 행동할지 판단하려고 "워리, 워리" 하고 말했지만, 개는 여전히 꿈쩍도 하지 않았기 때문에 이 부름 역시 효과가 있었다고는 할 수 없었다. 그러니까 이 괴물이 던진 커다란 난관을 극복하고 문 안으로 들어가는 것은, 비유가 적절하다면, 내기를 하는 것과 같았다. 그러니까 동물은 문 안으로 들어가려는 사람들에 신경 쓰지 않을 수도 있고, 혹은 그 날카로운 이빨로 물어버릴 수도 있을 것이다. 어차피 동물의 목적은 자신의 이러한 행동으로 희생자를 주저하게 만들고, 정신적으로 압박하고, 결국에는 포기하게 만드는 것이라고 말할 수도 있을 것이다. 상황이 이렇다보니 죽음은 문을 통해 집 안으로 들어갈 수 없었다. 다른 방법을 찾아야 했다.

죽음은 젯잘 데데와 함께 집 주위를 둘러보다 대략 땅에서 두 사람 키 정도 높이의 창문을 발견했다. 계산을 해보니, 그쪽으로 올라가면 안으로 들어갈 수 있을 것 같았다. 젯잘 데데의 도움을 받는다면 가능해 보였다. 그래서 노인에게 "자네가 벽에 잠깐 기대고 있으면, 내가 자네 어깨를 밟고 창문으로 들어갈 수 있을 것 같은데" 하고 말하자, 노인은 잠시 멈칫했다. 왜냐하면 자신에게 해달라고 하는 일은 젊은이나 할 수 있는 일이었기 때문이다. 그가 주저하는 것을 보고 죽음은 이렇게 말할 수밖에 없었다.

"잠깐이면 되네. 내가 창문을 잡자마자 내 밑에서 물러나게. 그다음 일은 내가 알아서 함세."

그러자 노인은 죽음이 원하는 대로 해주었다. 죽음은 먼저 노인의 등을, 그다음에는 어깨를 밟고 열린 창문을 통해 안을 들여다보았다. 우준 이흐산은 정말로 그 방 안에 있었다. 몸을 구부린 채요 위에서 자고 있었다. 그의 목숨을 앗아가기 위해서는 그를 깨워야 했다. 그런데 바로 이때 전혀 예기치 않은 일이 일어났다. 방에 있는 누군가와 눈이 마주쳤던 것이다.

그렇다! 그녀는 죽음의 누나인 '잠'이었다!

그는 창문에서 떨어지지 않기 위해 있는 힘껏 매달렸고, 그 상태에서 잠에게 물었다.

"누나! 여기서 뭐 하고 있는 거야?"

그의 큰 목소리에 화난 표정을 지은 여자는 검지를 입에 갖다 대고는 속삭이며, "쉿! 조용히 해, 이러다 이 사람 깨우겠어!" 하고 동생을 질책했다.

죽음은 목소리를 낮추며 이렇게 말했다.

"하지만 누나! 그는 다시는 잠에서 깨어나면 안 돼요. 누나는 그에게 이런 잠을 자게 할 권리가 없어요. 나만이 오로지 그를 잠재울 수 있다고요."

잠은 동생에게 이렇게 말했다.

"지금 누나에게 반항하는 거냐! 그렇다면, 알았어! 그게 쉬운 일이라면 한번 깨워보시지그래. 하지만 내 도움 없이는 절대로 성공하지 못할걸. 왜냐하면 난 그를 떠날 생각이 없거든."

"사랑하는 누나! 그를 떠나지 않을 거라고 말하고 있지만, 그건 불가능해요. 왜냐하면 누나는 큰 소리를 싫어하잖아요. 지금 내가 큰 소리로 외치면 누나가 여기서 당장 도망칠 거라는 걸 알아요. 한번 해볼까요?"

남동생의 의도를 알아챈 잠은 분노로 얼굴을 떨면서도 두 손으로는 귀를 막고 눈을 감았다. 있는 힘을 다해 창턱을 잡고 있던 죽음은 방 안으로 향해 "야호! 야호! 잠에서 깨어나! 자, 가자고!" 하고 소리치기 시작했다. 이 비명은 기대했던 반응을 일으킨 것 같았다. 요 위에서 자고 있던 우준 이흐산이 불편한 듯 한두 번 몸을 뒤척이다 다른 편으로 몸을 돌린 것이다. 하지만 그가 아직 잠에서 깨어난 것은 아니었다. 이에 죽음은 더 큰 소리로 소리치기 시작했다. 하지만 이는 커다란 실수였다. 왜냐하면 문 앞에서 누워 보초를 서고 있던 거대한 늑대 개가 죽음이 내는 소리를 듣자마자 귀를 쫑긋 세우더니, 그 소리가 집 쪽에서 들려온다는 것을 파악하고는 번개처럼 자리에서 벌떡 일어나 단숨에 창문 밑으로 달려왔기 때문이다. 죽음은, 발밑에서 으르렁거리며 짖는 긴 이빨이 난 괴물을 보자 누나에게 소리쳐 자신을 위로 끌어 올려달라고 부탁했다. 하지만 죽음이 있는 힘껏 고함을 지른 터라 잠은 신기루처럼 사라지고 없었다. 이 와중에 우준 이흐산이 잠에서 깨어났다. 그는 자리에서 일어나 창문을 바라보았다 죽음이 와 있는 것을 알게 되었다. 잠결에 눈을 비비며 "넌 누구냐? 여기서 뭘 하고 있냐?" 하고 물었다.

"난 죽음이다. 네가 추측하고 있듯 네 목숨을 가져가려고 왔다. 우선은 나를 좀 구해줘. 도와주면 창문을 넘어 방으로 들어갈 수 있을 테니."

"나는 보통 누굴 도와주면서 대가를 바라지 않아. 하지만 이번 경우는 좀 달라. 당신이 원하는 걸 해주면 내게 뭘 줄 텐가?"

우준 이흐산이 이렇게 묻자 죽음은 바로 발밑에서 사냥감을 잡기 위해 팔짝팔짝 뛰고 있는 괴물을 본 후, 분노를 참느라 이를 꽉 물며 이렇게 말할 수밖에 없었다.

"네 수명을 조금 더 연장해주겠다."

이렇게 해서 그는 아홉 명의 목숨 중 단지 여덟 명의 목숨만을 가지고 갈 수밖에 없었다.

우준 이흐산을 영원으로 데려가려는 시도는 이렇게 해서 실패로 끝났고, 죽음은 밖에 나가 옷에 묻은 먼지를 털었다. 그의 목숨을 앗으려고 이렇게 먼 길을 왔는데 성과를 거두지 못해 무척이나 언짢은 표정이었다. 쳇잘 데데는 길 맞은편에서 그를 기다리고 있었다. 죽음이 온통 먼지를 뒤집어쓴 것을 본 노인이 말했다.

"요즘엔 목숨 빚이 있는 사람들에게서 받을 것을 징수하는 것도 그리 쉽지 않은가보오. 그런데 왜 그렇게 자신이 하는 일에 그리 열심인 거요?"

죽음은 이 질문에 화를 냈다.

"그건 내 소관이 아니다. 난 단지 내 임무를 다할 뿐이지. 인간은 자신의 빚에 충실해야 한다. 그렇게 덤으로, 공짜로 살아서는 안되지. 그들은 삶이라는 밥상에 앉은 뻔뻔하고 뻔뻔한 손님들이야. 그들은 삼사 분 지속되는 목숨조차 소중히 다루지. 이렇게 짧은 시간을 덜 살고 더 살았다고 해서 뭐 달라지는 것이라도 있나!"

이에 노인이 대답했다.

"맞아요. 하지만 생명이라는 것은 달콤하지요. 게다가 사람들은 자신들이 가야 할 곳에 대해 거의 정확한 정보가 없소. 그것이 바로 사람을 두렵게 하는 거요. 어쩌면 당신은 이 문제에 대해 그들에게 뭘 좀 알려줘야 하지 않겠소?"

"그건 그래. 하지만 내가 무슨 말을 하면 자신들을 속인다고 생각들을 하지. 게다가 죽음으로 인해 발생하는 모든 문제들을 내게 해결해달라고 졸라. 예를 들면 어음, 유산, 유언 같은 것들 말이야. 그게 뭐 쉬운 일인 줄 아나? 내가 취할 가장 옳은 태도는 이것들을 무시하는 걸세. 게다가 난 카운슬러가 아닌걸. 난 그저 징수원에 지나지 않아."

"내 생각엔 그들이 당신을 두려워하는 이유가 그 부루퉁한 얼굴 때문인 것 같소. 보시오, 당신이 얼굴을 얼마나 찌푸리고 있는지. 게다가 그 어떤 표정도 없고 말이오. 어쨌든 그 어떤 감정의 흔적도 없다 이 말이지요. 그러니 사람들이 당신을 두려워하는 게 당연한 거 아니겠소?"

노인의 말에 죽음이 말했다.

"내 얼굴에는 당연히 그 어떤 표정도 없어야 하네! 왜냐하면 난 일과 감정을 엄격하게 구분하니까. 만약 내가 일과 감정을 구분하지 못한다면, 어떤 사람들은 내가 복수의 칼을 갈아 제명보다 먼저 죽고, 어떤 사람들은 내가 베푼 동정심 때문에 제명보다 오래 살게 되겠지. 바로 이러한 이유로 내 얼굴은 봉인되었네. 난 내 감정들을 가슴속에 묻어두었네."

"그렇다면! 혹시 영원한 기쁨과 행복이라고 하는 천국을 본다면! 그때도 당신의 감정을 드러내지 않겠소?"

이에 죽음은 이렇게 대답했다.

"내 얼굴에 봉인이 존재하는 한 나는 미소 지을 수도, 울 수도 없네!"

이렇게 해서 이야기는 끝난 것처럼 보였다. 그들은 영원으로 가기 위해 마을을 벗어나 길을 나섰다. 둘 다 아무 말도 없었다. 주변에 있는 골목에서 막 모퉁이를 돌았을 때 일곱 살 정도 되어 보이는 아이와 마주치게 되었다. 이 아이는 젯잘 데데의 열한 명의 손자 중 하나였다. 아이는 할아버지를 보자마자 아주 멀리에 있는 듯한 형제들에게 소리쳤다.

"어서 이리 와, 빨리! 우리 할아버지가 여기 있어! 그 사람도 함께 있어! 빨리 여기로 뛰어와, 빨리!"

할아버지가 자기들을 빼놓고 에프라시압의 보물을 찾으러 갔다고 생각한 아이들은 아침에 일어났을 때 그가 보이지 않자 사방으로 흩어져 동네를 샅샅이 뒤지고 다녔고, 이제야 그 결실을 보게 되었던 것이다. 형제의 고함 소리를 듣고 주위에서 달려온 아이들의 얼굴에 나타난 표정은 거의 비슷했다. 하루 종일 찾다 이제야 할아버지를 찾았기 때문에 기쁨에 가득 차 있었지만, 한편으로는 자신들에게 약속을 해놓고 속였다는 것에 모두 마음이 상해 있는 것 같았다. 이와 더불어 하루 종일 뛰어다니며 여기저기 찾아다닌 보람이 있다는 생각이 만면에 드러나 있었다. 기쁨으로 눈을 반짝이던 몇몇 아이들은 너무나 들뜬 나머지 제자리에서 팔짝팔짝 뛰며 소리를 질렀지만, 삐친 눈빛으로 할아버지를 바라보던 한두 명의 손자는 할아버지의 나이는 생각하지도 않고 이유를 캐물을 준비를 하고 있었다. 상황의 심각성을 파악하지 못한 두 명의 아이는 "어쨌든 할아버지를 찾았잖아!" 하고 말하더니 문제가 끝났다고 생각하고 서로 밀쳐대며 장난을 쳤다. 이때 가장 어린 손녀는 마치 새끼 고양이처럼 다가와 노인의 다리를 안고서 "할아버지, 왜 우리를 두고 갔어? 그러면 안 되는 거 아냐?" 하며 징징거렸다. 돌아가는 상황을 보아하니 이 일이 쉽게 해결될 것 같지 않았다.

노인은 손자들을 보며 이렇게 말했다.

"얘들아! 약속하마! 에프라시압의 보물을 찾으러 모두 함께 가자꾸나. 하지만 먼저 어떤 사람에게 들러 지도를 가지고 와야 한단다. 지금 모두 집으로 가거라. 저녁때, 너희들이 자기 전에 지도를 가지고 오마. 아침에 우리 모두 함께 집을 나서서 보물을 찾자꾸나!"

하지만 거짓말에 또 넘어갈 아이들이 아니었다. 모두 한 목소리로 이렇게 소리치기 시작했다.

"안 돼요! 안 돼요! 안 된다고요! 우리도 데리고 가요! 우리도 데리고 가요!"

젯잘 데데가 온갖 감언이설로 아이들을 설득하려고 했지만, 손

자들은 모두 손가락으로 귀를 틀어막고는 "몰라요! 몰라요! 우리
도 데리고 가요! 몰라요, 몰라!" 하며 아우성을 쳤다.

  손자들이 떼를 쓰고 고집을 피웠기 때문에 노인은 사실을 말할
수밖에 없었다. 그는 적당한 말을 찾기 시작했다. 그는 아이들이
입 다물기를 기다리다 이렇게 말했다.

  "애들아! 너희들에게 처음부터 말했더라면 더 좋았을걸 그랬구
나. 난 이제 너희들 곁을 떠날 건데 다시는 돌아오지 못할 거야.
내가 갈 곳은 너희 같은 아이들이 있을 곳이 아니란다. 그곳은 아
주 어둡지. 아마 너희들은 심심해서 견디지 못할 거야."

  이 말이 끝나기도 전에 가장 어린 손녀가 "그러면 어때! 할아버
지가 거기에서도 우리에게 옛날애기 해주면 우린 심심하지 않
아!" 하고 말했다.

  젯잘 데데는 이렇게 말했다.

  "그건 아주 어렵단다. 그곳에서는 조용히 몸을 움츠리고, 꼼짝
하지 않고 가만히 있어야만 한단다. 그렇게 아무 말이나 하면 안
된단다."

  하지만 손녀딸은 여전히 고집을 피웠다.

  "하지만 할아버지! 거기가 그렇게 나쁜 곳인데 도대체 왜 가는
거야?"

  대답할 말을 찾지 못한 노인은 죽음을 쳐다볼 수밖에 없었다.
공이 자신에게 넘어온 것을 안 죽음이 아이들에게 말했다.

  "너희들이 그것을 이해하고 받아들이는 것은 아주 어렵단다. 할
아버지는 자신이 원해서 거기에 가는 것이 아니란다. 내가 데리고

가는 것이다."

그의 목소리는 아이들과 이야기를 나누기에는 너무나 차가웠다. 하지만 아이들은 거기에 별로 영향을 받는 것 같지 않았다. 그런데 이때 아이들 중 하나가 흥분하며 소리쳤다.

"애들아! 나 이 사람 알아! 이 얼굴을 찌푸리고 있는 사람은 죽음이야! 영화에서 봤어! 난 이 얼굴을 어디서 보든 기억할 수 있어. 어쩐지 처음부터 어디선가 본 것 같은 생각이 들었다니까!"

아이들은 새파랗게 질렸고, 무서워서 한두 발자국 뒷걸음을 쳤다. 하지만 손자들 중 나이가 많은 네 명은 방패처럼 가슴을 펴고 마치 할아버지를 보호하려는 듯 죽음과 할아버지 사이에 섰다. 주먹을 꽉 쥐고 있었고, 눈빛은 단호했다. 죽을 각오를 하고 할아버지를 지킬 심산이었다. 그들 중 한 명은 죽음에게 "우리 할아버지 절대 못 데리고 가!" 하고 소리치기까지 했다.

죽음은 자신이 이 문제를 해결할 수 있을 정도로 똑똑하다고 생각하고 있었다. 죽음은 아이들에게 다음의 해결책을 제시했다.

"좋아, 정 그렇다면 너희들과 게임을 하자. 봐라, 곧 해가 떨어질 것이다. 너희들에게 해가 지평선에서 사라질 때까지 시간을 주겠다. 그 시간 안에 나를 웃기거나 미소 짓게 한다면 너희 할아버지를 두고 가겠다. 하지만 성공하지 못하면 데리고 갈 테다. 어때, 내기를 하겠느냐?"

할아버지를 지키겠다고 맹세한 것 같은 큰 손자들 중 골목대장처럼 보이는 아이가 "좋아, 내기해!"라고 소리치자 게임은 시작되었다. 곧바로 죽음 앞으로 뛰쳐나온 아이들은 여러 가지 장난을

314

치면서 그를 웃게 만들려고 온갖 재능을 다 펼쳐 보이기 시작했다. 어린아이들은 혀를 내밀고 눈을 크게 떴으며, 좀더 큰 아이들은 눈 아래 꺼풀을 손가락으로 밑으로 당기고 뺨을 부풀렸고, 다른 아이들은 눈 양끝을 손으로 당겨 중국인 같은 얼굴을 만들기도 했다. 또한 장난치기 좋아하는 어떤 손자는, 죽음 몰래 그의 뒤로 가, 공기를 넣어 부풀린 종이봉투를 터트렸다. 또다른 아이는 자기도 지지 않으려는 듯 공중제비를 넘어 환호를 받았다. 하지만 죽음은 웃지 않았다. 이제 곧 해가 떨어질 참이었다. 이 상황을 알아챈 한 아이가 두려움에 찬 목소리로 소리쳤다.

"얘들아! 해가 지려고 해! 할아버지를 잃겠어, 어떡해!"

이 비명을 듣고는 가장 어린 손녀가 죽음에게로 다가가 그에게 "넌 정말 얼굴을 찌푸리고 있는 데는 선수구나! 이 많은 아이들이 도무지 널 웃기지 못하니, 사실 넌 똑한 사람이 아니라 고집불통이야. 난 확신해!"

죽음은 자신에게 무척이나 화가 난 듯한 아이를 바라보았다. 소녀는 마치 놀이의 흥을 깨트린 데 삐친 듯 입술을 오므리고 있었다. 삐졌기 때문인지 몰라도 두 손을 등 뒤로 돌려 깍지를 끼고 있었다. 다른 한편으로는 색이 바랜 빨간 신발의 앞부분으로 땅을 헤집고 있는 것으로 보아, 그를 웃기는 행동을 할까 말까 망설이는 것 같았다. 게임을 아주 심각하게 여기고 있는 것이 분명했다. 죽음을 웃기려고 뛰다 넘어져 무릎에 상처나 난 것만으로도 소녀가 얼마나 게임을 진지하게 여기는지 알 수 있었다. 하지만 그 아이 앞에 아주 커다란 상실감과 슬픔이 기다리고 있다는 것을, 벌써부터 눈물이 그렁그렁한 눈을 보면 느낄 수 있었다. 곧, 정말로, 머리에 있는 리본을 매만지고 있던 아이의 눈에서 커다란 눈물 한 방울이 뚝, 떨어졌다.

죽음은 바로 이 눈물을 보았다. 그다음에 어린 소녀의 얼굴을, 그 얼굴에 나타난 글자를, 동화를 그리고 천국을 보았다. 그렇다, 그 아이의 아이다움이 천국 그 자체였고, 천국은 바라볼 만한 충분한 가치가 있었다. 죽음은 그 아이를 바라볼수록 자신의 얼굴이 부드러워지고, 하늘로 올라가듯 진정한 형태에 이르려고 한다는 것을 알아챘다. 이때 무엇인가가 갈라지는 소리가 들렸다.

봉인이 깨졌고, 죽음은 미소를 짓고 있었다.

해가 진 후 한참이 지나 아이들이 잠자리에 들 시간이 되었다. 모든 아이들의 눈에는 잠이 가득 들어 있었지만, 그럼에도 불구하고 이야기에 귀를 쫑긋 세우고 있었다. 젯잘 데데는 이야기의 마지막 부분을 말했다. 그런데 궁금증이 부풀어 올랐는지 가장 어린 손녀가 물었다.

"그런데 할아버지, 에프라시압의 보물을 찾은 다음, 그걸 어떻게 했대요?"

손자들의 이러한 질문에 어차피 모든 대답이 다 준비되어 있는 노련한 노인은 즉각 대답했다.

"다이아몬드, 루비, 에메랄드의 휘황찬란한 빛을 마음껏 바라보았단다!"

하지만 손녀의 궁금증은 해소된 것 같지 않았다.

"그런데 할아버지 얼마 동안이나 바라보았대요? 평생 그것만 바라보았대요? 바라보다 질리진 않았대요?"

노인은 웃으면서 이렇게 대답했다.

"질릴 수가 있겠느냐? 내가 너를 바라보는 것에 질리는 거 같으냐?"

졸음이 잔뜩 몰려와 눈꺼풀이 무거워진 손녀는 이렇게 중얼거렸다.

"그렇다면, 내가 클 때까지 내 옆에서 절대 떠나면 안 돼. 할아버지, 날 항상 바라봐줘야 해요."

노인은 아이를 깨우지 않게 조심하면서 눈이 감긴 손녀를 품에 안아 천천히 침대에 눕히고는 이불을 덮어주었다. 창으로 달빛이 새어 들어와 어린 소녀의 얼굴을 밝히고 있었다.

천국을 보는 데에는 사실 이 정도의 빛만으로도 충분하지 않겠는가?

우리의 삶을 담아내는 이야기

얼마 전, 터키 유수의 잔 출판사의 설립자이자 유명 작가인 고(故) 에르달 외즈를 기념하기 위해 제정된 '에르달 외즈 문학상' 발표가 있었다. 이 문학상의 제1회 수상자는 다름 아닌 이흐산 옥타이 아나르였다. 심사위원들은 "(이흐산 옥타이 아나르가) 중요한 작품들을 발표해옴으로써 터키 문학에 기여했다는 점과 이 작품들이 표방하고 있는 고유한 스타일" 때문에 이 상을 수여한다고 그 선정 이유를 밝혔다. 2006년 노벨문학상 수상자인 오르한 파묵도 참석한 이 시상식에서 터키의 모든 언론이 주목하는 가운데, 이흐산 옥타이 아나르는 "이렇게 큰 상을 받게 되어 행복합니다. 영광으로 생각합니다. 모든 사람들에게 감사드립니다"라고 간단하게 수상 소감을 밝혔다. 많은 사람들이 더 긴 수상 소감을 기대했을지도 모르지만, 그는 이렇게 짧은 소감만 밝히고 무대에서 내려갔다. 하지만 일부 참석자들은 이미 그 장면을 예견하고 있었을 지도 모르겠다. 그가 세간에 모습을 드러내지 않는 작가이며, 과묵한 작가라는 것 또한 익히 알려져 있기 때문이다. 그는 해외에서 초대하는 여러 문학 행사, 심지어 '476 Player'라는 극단이 『에프라시압 이야기』에서 세 편을 골라 97편부터 일 년 동안 모노드라마로 무대에 올린 연극 공연에도 초대받았지만 참석하지 않았다. 오로지 작품으로만 말하겠다는 작가의 생각을 엿볼 수 있는 대목이다.

한 사람이 살아간다는 것은 한 편의 이야기를 완성해나가는 과정이며, 죽음은 살아 있는 생명에게 누구나 동등하게 부여되는 운명이자 일종의 완성이라 할 수 있다. 소설이라는 이야기의 끝에 남는 건 무엇일까? 사람의 죽음이 결코 단순한 종말이거나 허무한 끝이 될 수 없듯, 소설이라는 이야기의 결말 역시 반드시 깊고 순수한 감동과 기나긴 여운을 느끼는 독자와 함께해야 하고, 또 이야기의 힘 자체로서도 완결미를 추구해야 할 것이다.

현존하는 터키 작가 중에서 '이야기의 힘'으로 우리의 삶을 느끼게 해주는 작가를 꼽으라고 한다면 나는 단연 이흐산 옥타이 아나르를 추천하고 싶다. 여러 가지 이유를 들 수 있겠지만, 그중 한 가지를—사뭇 개인적이지만—독자들과 공유하고 싶어 이 지면에서 밝히고자 한다.

작년 여름, 나는 터키의 고요하고 따사로운 에게 해에 면해 있는 도시 이즈미르에 사는 이흐산 옥타이 아나르의 초대를 받아 그의 집을 방문했다. 이스탄불에서 버스로 아홉 시간이나 가야 하는 기나긴 여행이었다.

작가를 만나 그의 집에서 아침식사를 함께하고, 친절하고 유쾌한 그의 부인과 더불어 대화를 나누며 행복한 하루를 보냈다. 작가와 대화하고, 그럼으로써 그의 작품을 통해 느꼈던 세계를 공감하며, 『에프라시얍 이야기』를 번역하는 동안 잘 이해되지 않았던 여러 가지 문제들을 풀어나갔다. 두 사람이 작가와 번역가라는 관계로 만나 한 권의 책이 다른 언어를 통해 다른 세계로 넘어가는 다리가 되어가는 과정을 함께 엮어나가면서, 어떻게 현실의 삶과 작품에서 느껴지는 이야기의 아우라가 이토록 하나로 포개질 수 있는가에 대해 놀랄 수밖에 없었던 시간이었다.

이흐산 옥타이 아나르를 한국에 처음 소개한 작품 『안개 낀 대륙의 아틀라스』의 '옮긴이의 말'에서도 밝혔듯, 작가 약력이나 신문, 방송, 잡지, 인터넷 등의 여타 다른 매체를 통해 알려진 그에 대한 정보는, 단지 출생 연도와 출생지, 현재 재직하고 있는 에게 대학교의 철학과 교수 직함, 그리고 작품 목록뿐이다. 작품성을 인정받는 유능한 작가가 일반적으로 경험하게 되는 언론 인터뷰나 취재, 문학 모임, 심지어 다른 나라에서의 초대조차 그는 꼿꼿한 대나무처럼 정중하게, 좀 지나치다 싶을 정도로 거절해왔기 때문이다. 그래서 사실 나도 그의 초대를 받아 그의 집에서 함께 얼굴을 마주 보고 대화하며 작품에 대해 이야기하게 될 거라고는 미처 기대하지 못했다. 이처럼 어려운 만남을 통해 내가 알게 된 것은 그의 모든 작품들이 결연하고도 신비로운 방식으로 그의 삶과 맞닿아 있다는 것이었다.

이흐산 옥타이 아나르의 작품을 읽어본 독자라면 그의 이야기가 전해주는 기묘하면서도 신비로 가득 찬, 마치 푸르른 새벽녘의 안개로 가득한 청명한 대기 속을 거니는 듯한 몽환적이며 비현실적인 느낌, 꿈과 현실이 결코 다르지 않다는 것을 이야기 속의 은밀한 속삭임을 통해 넌지시 일러주는 매력을 경험해보았을 것이다. 터키의 어떤 매체도 경험해보지 못한 작가와의 이 낯설고도 오묘한 만남을 통해 내가 느낀 것은 작가의 삶이 이야기 속에 등장하는 신비로운 키 큰 사나이 우준 이흐산 에펜디의 삶 그 자체라는 것이었다.

그는 스스로의 삶—동시에 불완전한 현실—을 완성하기 위해서 자신만의 또다른 세계를 창조했으며, 그 세계가 투영된 이야기를 통해 자신이라는 존재를 조금씩 완성해나가는 것처럼 느껴졌다. 그가 생각하는 현실과 환상의 국경은, 마치 우리가 꾸는 꿈에서, 분명히 현실에서는 일어날 수 없다는 걸 자각하면서도 한편으로는 그러한 꿈이 현실이 되기를 간절히 바라는 소망처럼 순수했다.

우리는 현실에서 꿈을 꾸면서 한편으로는 그 꿈이 현실이 아니라는 것을 안다. 하지만 꿈은 우리가 그 속에 들어가 있는 동안 엄연한 하나의 현상이며, 존재하는 현실이며, 자기 자신의 의식과 무의식을 통해 이룩한 하나의 세계다. 물론 우리는 잠에서 깨어나기 바로 직전의 순간, 자신의 모든 존재감과 감정으로 충만해 있던 꿈의 세계를 전혀 기억하지 못하거나 또는 부정하거나 거부하거나 이해하지 못할 수도 있다.

나는 개인적으로 '꿈'이라는 것은, 환상처럼 스스로 깨닫기에 따라 완전히 별개의 독립된 세계로 존재할 수도 있으며, 꿈을 꾸다 퍼뜩 깨어나 순식간에 현실을 자각하는 그 순간이, 어쩌면 우리가 맞닿아 있는 현실에서는 결코 이해되지 못할 어떤 세계와 또 다른 세계가 만나는 과정을 보여주는 것은 아닐까 생각한다. 이런 기묘한 상상은 이흐산 옥타이 아나르의 작품을 읽어나가는 데 있어 매우 유효하고도 충만한 단서이며 그의 작품에 고루 나타나는 세계관이기도 하다.

현실과 환상을 이어주고 한편으로는 깨어남을 통해 순식간에 두 세계를 분리시키는 이 꿈처럼 오묘한 개념이 또 있을까? 만약 이야기를 통해 독자를 꿈꾸게 하고, 작가 자신이 꾼 꿈으로—즉 작가 자신이 창조한 이야기의 세계—독자들을 안내할 수 있다면 그 작가의 이야기를 독자들은 과연 무엇이라 불러야 할까. 꿈? 이 야기? 상상? 완전한 자의? 의식? 무의식?

나는 그의 작품들을 읽어나가고 번역하며 스르륵 넘어갔던 그 세계를 이야기 속의 꿈이라 불러야 할지, 현실 속의 감동이라 불러야 할지 잘 모르겠다. 다만 그의 작품을 읽고 나니 마치 예전에 내가 꿈꾸었던 하나의 세계가 다른 사람을 통해 전달되는 느낌이었다.

『에프라시압 이야기』에서 죽음과 젯잘 데데는 우준 이흐산을 찾아 길을 나선다. 죽음은 젯잘 데데에게 이 긴 여정에서 이야기 한 편당 이승에서의 한 시간을 더 허락하겠다는 제의를 하고, 젯잘 데데는 이를 수락한다. 이 둘은 길을 가면서 서로에게 이야기를 들려주게 되는데 그 주제는 공포, 종교, 사랑, 천국, 즉 우리 인간의 삶과 필연적으로 맞닿아 있는 것들이다. 이 네 가지 주제는 현재 철학과 교수로 재임하고 있는 그의 삶과도 매우 닮아 있다. 작가에게 있어 죽음이라는 존재는 마치 내기를 좋아하는 변덕스러운, 하지만 감정이 봉인당한 채 자신의 임무를 수행할 수밖에 없는, 그러나 결국은 웃음이라는 기적을 경험하게 되는 존재인지도 모른다. 죽음은 이야기 속에서 우리가 주변에서 마주치게 되는 한 인간의 삶을 떠올리게 하기도 한다. 한편으로는 작가 스스로의 삶을 죽음의 표적으로 만들어놓고, 그 죽음과 작가 자신의 경험담을 독자들에게 들려주는 듯한 몽상을 떠올리게 한다.

이 작품 역시 전작 『안개 낀 대륙의 아틀라스』와 마찬가지로 꿈이 매우 중요한 상징으로 등장한다. 압튈제야트라는 부유한 상인이 꿈에서 만난 살리흐라는 노인의 훈계를 듣고 떠나는 기나긴 여정은 결국 우리의 삶이 다다라야 할 길을 보여준다.

작가의 삶은 작가가 써내려가는 이야기 자체의 반영이라고 말할 수 있으며, 작가가 써내려가는 이야기는 마치 그가 꾼 꿈속의 세계를 이야기로 옮긴 것처럼 매우 환상적이지만, 엄연히 현실 속에서 이루어진 이야기를 또다른 세계로 옮긴 것에 지나지 않는다고 말한다면, 작가의 능력에 대해 지나친 찬사가 될까? 그러나 나는 이흐산 옥타이 아나르의 작품과 그와의 만남을 통해 어떻게 작가와 그의 이야기가 이토록 놀라운 방식으로 하나로 포개질 수 있는지 아직도 이해하지 못하고 있다. 그것은 마치 압튈제야트와 살리흐가 만나 서로가 누구인지를 알게 되는 치환의 순간과도 같다.

소설에서 한 편의 독립된 이야기는 이 작품 안에서 완전히 독립된 한 편의 또다른 이야기와 만나고 녹아든다. 그리하여 우리는 한 사람의 현실이 다른 한 사람의 꿈과 만날 수 있으며, 한 사람이 꿈에서 깨어남으로써 모두가 사라지거나 혹은 모두 존재하게 될 수도 있다는 것을 생각하게 된다. 나아가 꿈속에서 만난 인물은 결국 자기 자신이었음을 확인하게 된다. 그럼에도 꿈에서 깨어나는 순간 우리의 현실은 꿈처럼 허망해진다. 그러나 그러한 순간들이 모여서 결국 삶이 된다고 이흐산 옥타이 아나르는 우리에게 말하고 있는지도 모른다.

이야기가 끝나는 것처럼, 우리의 삶 역시 끝이 있어야 한다고 젯잘 데데는 말한다. 하지만 그 끝은 다만 우리가 꾸는 꿈에서 깨어나는 순간처럼 또다른 어떤 삶으로 이어지는 찰나일지 모른다. 그러한 꿈을 살아가는 이야기처럼, 그러한 꿈을 경험하는 독자들처럼, 그것을 기나긴 한 편의 이야기로 만들어가는 우리의 삶처럼, 작가 이흐산 옥타이 아나르는 모두와 이어지는 이야기를 살아가며, 그 속에서 자신의 세계를 창조하고 있다.

이야기 속 주인공들처럼 나는 가끔 꿈속을 현실로 착각할 때가 있고, 꿈이 분명한 꿈이라는 것을 알면서 현실처럼 살고자 할 때도 있다. 그리고 현실 속에서 이게 꿈이 아닌가 하는 황당하고도 놀라운 순간을 만나기도 하고 차라리 그것이 꿈이기를 간절히 바랄 때도 있다. 독자 여러분들도 나처럼 꿈과 현실이 뒤섞여버리는, 뒤바뀌길 바라는 순간이 있었을 것이다. 꿈과 현실은 우리에게, 개인에게 완전히 독립된 하나의 세계이며, 우리는 꿈과 현실을 통해 자신만의—동시에 모두의—세계를 창조하고 있는지도 모른다. 나는 무엇보다도 이러한 세계관이 이흐산 옥타이 아나르의 작품을 읽기 위한 중요한 바탕이라고 생각한다.

작가는 나와의 만남에서 거의 이야기를 하지 않았다. 내가 묻는 질문에만 매우 짧은 단어로 투박하게 답변할 뿐이었다. 그는 서둘러 자신만의 세계로 들어가고 싶어하는 듯 보였으며, 자신의 세계에 낯선 존재가 들어옴으로써 자신의 존재가 지워지는 느낌을 받은 건 아닐까 싶을 정도로 수줍어하며 어려워했다. 그러나 그는 바위가 왜 바위인가를 느끼게 해주는 굳건하고 단호한 인품을 가진 사람이었으며, 세속의 모든 것을 떠난 듯한 소탈함과 침묵과 깊은 내면을 가진 존재였다.

우리는 아침부터 저녁까지 내내 대화를 했고, 홍차를 연거푸 마셨으며, 에게 해의 바람을 맞으며 바닷가에서 산책하고 자리를 옮겨 근사한 식사를 했다. 눈물이 날 정도로 아름답고 서글픈 한 편의 꿈을 꾸고 난 뒤 잠에서 깨어 스스로 기억하지도 못하면서 왜 우는지도 모르면서 눈물을 흘리며 기쁘고 괴로워 의아해하는 아침을 맞이하는 것처럼, 나는 그날을 생생하게 기억한다.

이흐산은 "어떤 작가의 영향을 가장 많이 받으셨는지요?"라는 나의 질문에 이렇게 대답했다. "포도주는 포도로만 만들어지는 게 아닙니다. 다른 많은, 위대한 것들이 조화를 이루어야 하지요."

이 말을 들었을 때, 나는 우리의 삶도 어쩌면 우리 자신에게서만 비롯되는 건 아니겠구나, 라는 생각을 했던 것 같다. 그리고 죽음으로 완성되는 우리의 삶도, 포도 씨앗에서 포도주가 탄생하는 기나긴 여정처럼, 완전히 다른 무엇이 되어가는 과정임을 느꼈다.

꿈처럼 기억되는 작가와의 만남은 내게 현실에서 경험하기 어려운 낯선 아름다움이었다. 이흐산 옥타이 아나르라는 작가가 우리에게 전하는 이야기들이 독자들에게 부디 이러한 느낌을 전달할 수 있기를, 그리고 옮긴이로서 작가의 삶과 독자 여러분들의 삶을 이어주는 꿈을 계속해서 꿀 수 있기를 바랄 뿐이다.

감사드리고 싶은 분들이 많이 떠오른다. 번역할 때 부딪혔던 많은 문제들을 그림까지 그려 보이며 설명해주신 이흐산 옥타이 아나르 선생님, 터키에 가실 때마다 엄청난 자료를 가져와 안겨주시는 데니즈 외즈멘(Deniz Özmen) 주한 터키 대사님, 터키어의 특징에 대해 많은 조언을 해주신 레일라 우준(G. Leyla Uzun) 교수님, 그리고 부족한 원고를 꼼꼼히 살펴준 문학동네 편집부에 진심으로 감사드린다.

2009년 7월
이난아

옮긴이 **이난아**

한국외대 터키어과를 졸업하고 터키 국립 이스탄불 대학(석사)과 앙카라 대학(박사)에서 터키 문학을 전공했다. 앙카라 대학 한국어문학과에서 5년간 외국인 교수로 강의했으며, 현재 한국 외대 터키어과 강사로 있다.
저서로 『터키 문학의 이해』『터키어-한국어, 한국어-터키어 회화』(터키어) 『오르한 파묵과 작품 세계』(터키어) 등이 있으며, 옮긴 책으로 『하얀 성』『안개 낀 대륙의 아틀라스』『내 이름은 빨강』『눈』『새로운 인생』『검은 책』『살모사의 눈부심』『위험한 동화』『감정의 모험』『당나귀는 당나귀답게』『생사불명 야샤르』『튤슈를 사랑한다는 것은』『제이넵의 비밀편지』『바닐라 향기가 나는 편지』『파디샤의 여섯 번째 선물』『개가 남긴 한마디』『이렇게 왔다가 이렇게 갈 수는 없다』 등 다수가 있으며, 엮은 책으로는 『세계 민담전집-터키편』이 있다. 『한국 단편소설전집』 『이청준 수상전집』『나는 나를 파괴할 권리가 있다』를 터키어로 번역, 소개하기도 했다.

문학동네 세계문학
에프라시압 이야기

초판 인쇄 2009년 8월 10일 | 초판 발행 2009년 8월 20일

지은이 이흐산 옥타이 아나르 | 옮긴이 이난아 | 펴낸이 강병선
책임편집 강건모 오영나 | 저작권 김미정 한문숙
마케팅 장으뜸 정민호 한민아 김정민 정소영 | 제작 안정숙 서동관 김애진

펴낸곳 (주)문학동네 | 출판등록 1993년 10월 22일 제406-2003-000045호
주소 413-756 경기도 파주시 교하읍 문발리 파주출판도시 513-8
전자우편 editor@munhak.com | 전화번호 031) 955-8888 | 팩스 031) 955-8855

ISBN 978-89-546-0867-1 03890

www.munhak.com